ブロッケンの悪魔

南アルプス山岳救助隊K-9《ケーナイン》

樋口明雄
Akio Higuchi

角川春樹事務所

ブロッケンの悪魔

南アルプス山岳救助隊K－9

自由の樹は、たびたび愛国者と暴君の血を吸って育ってゆく。

——トーマス・ジェファーソン

愛国主義とは悪意ある者の美徳である。

——オスカー・ワイルド

愛する者よ、自ら復讐すな、ただ神の怒に任せまつれ。録して『主いひ給ふ、復讐するは我にあり、我これに報いん』とあり。

——新約聖書『ローマ人への手紙』第12章第19節より

〈目次〉

主な登場人物

星野夏実……山岳救助隊員。
ボーダーコリー、メイのハンドラー。巡査。
神崎静奈……山岳救助隊員。
シェパード、バロンのハンドラー。巡査。
進藤諒大……山岳救助隊員。
川上犬、カムイのハンドラー。巡査部長。
深町敬仁……山岳救助隊員。巡査部長。
関真輝雄……山岳救助隊員。巡査。
横森一平……山岳救助隊新人隊員。巡査。
曾我野誠……山岳救助隊新人隊員。巡査。
杉坂知幸……山岳救助隊副隊長。巡査部長。
江草恭男……山岳救助隊隊長。警部補。

藤野克樹……南アルプス署芦安駐在所。巡査長。
納富慎介……山梨県警航空隊。操縦士。警部補。
菊島優……山梨県警生活安全部地域特別指導官。警視。
松戸颯一郎……北岳山荘スタッフ。
栗原幹哉……同スタッフ。松戸の親友。
三枝辰雄……北岳山荘管理人。
篠田功一郎……鳳凰小屋管理人。
田辺康造……内閣総理大臣、自由党総裁。
茂原光男……官房長官。
角和夫……幹事長。

小島尭之…………………………内閣情報官。
小田原和雄…………………防衛大臣。
有馬修………………………防衛事務次官。
京橋望………………………警察庁長官。
伊庭健一……………………内閣危機管理監。
矢口達也…………東部方面隊第四対戦車
　ヘリコプター隊小隊長。三等陸佐。
谷崎充………………………観測士。一等陸尉。
鷲尾一哲……………………テロリストのリーダー。
　元陸上自衛隊一等陸佐。
陣内正美……………………元陸上自衛隊三等陸佐。
　鷲尾の右腕的存在。
氷室猛………………………鷲尾の部下。

＊本書は書き下ろしフィクションです。

鳳峠
地蔵岳
2,764m
鳳凰小屋
アカヌケ
沢ノ頭
青木鉱泉
観音岳
2,840m
鳳凰三山
薬師岳
2,780m
薬師岳小屋
南御室小屋
韮崎市
南アルプス
林道
辻山
2,584m
南アルプス市
野
呂
川
池山御池
小屋
山
63m
鷲ノ住山
登山口
鷲ノ住山
1,534m
N
W
E
S
滝ノ沢頭山
2,149m
夜叉神峠
御勅使川

北沢山
2,435m
広河原峠
小太郎山
2,725m
野呂川広
イン
メーシ
セン
広河原
山荘
広河原
小太郎尾根
白根
御池
小屋
草すべり
小太郎
尾根分岐
シレ
沢向
2,104
大樺沢
北岳肩の
小屋
バットレス
中白峰沢ノ頭
2,841m
大樺沢二俣
北岳
3,193m
左俣沢
ボーコン
沢ノ頭
池山吊
尾根
八本歯ノ頭
八本歯
のコル
北岳山荘
中白根山
3,055m
白峰三山
三峰岳
2,999m
間ノ岳
3,189m

装画　小野利明
装幀　多田和博

序章

午前六時半――。

いつものように、その時刻に自然と目が覚めた。

眠りは意外に深く、夢も覚えていなかった。

薄手のカーテン越しに朝の淡い光が部屋に差し込んでいる。庭先に植えたナナカマドの枝から、スズメたちがさかんにさえずる声が聞こえる。

鷲尾《わしお》一哲《いってつ》はベッドの上にゆっくりと身を起こし、カーペットに足を下ろした。立ち上がろうとして、ふと、ゴツゴツと骨張った自分の素足をじっと見つめた。それぞれの指をゆっくりと開き、閉じてみる。左足の小指と薬指が動かないのは、カンボジアで負った古傷のせいだ。そこだけ白っぽく、皮膚から浮き上がるように目立っている。

あれから二十四年になる。

頭に違和感を覚え、そっと手をやった。掌《てのひら》にざらりという感触。

白髪交じりの頭髪を、昨日、馴染《なじ》みの床屋で思い切って刈り込んでもらった。ここまで髪を短くしたのは自衛隊の現役時代以来だった。あの頃の記憶が――それも、あまりにもつらすぎる光景が、次から次へと走馬灯のように脳裡《のうり》によみがえっては消えていった。

ふうっと吐息を洩《も》らし、両手で顔を覆った。

枕許《まくらもと》に置いたアナログの目覚まし時計が、秒針を小刻みに動かして時を刻んでいる。

アラームは午前七時ちょうどにセットしてあった。それを手に取って、アラームモードを解除してから、ゆっくりと立ち上がる。

寝間着を脱いで、ベッドの上にていねいにたたんで置いた。糊《のり》のきいた白いワイシャツを着て、ズボンを穿《は》く。灰色のズボンには、手が切れそうなほどにアイロンでぴしっと折り目がつけられている。シャツの襟を立て、少し太めのネクタイを選んで締めた。

壁際にある大きな姿見に自分の姿が映っている。

五十六歳で陸上自衛隊を定年退職し、以来、三年。体型はほとんど変わっていない。胸板が厚く、引き締まった腹には贅肉《ぜいにく》がまったくない。物差しを入れたようにピンと背筋を伸ばす癖は相変わらずだ。

鷲尾は太い眉を少し寄せ、眉間に縦皺《たてじわ》を刻んで、おのが顔を見つめていた。

自分に迷いがないことを知ると、意を決したように姿見の前を離れた。

洗面をすませてキッチンに入る。流し台の前に立つ妻の千代子《ちよこ》の後ろ姿があった。

自室から持ち出した大きな黒い革の鞄《かばん》を、壁際にそっと置いた。

「おはよう」

声をかけた。エプロンをつけた千代子が肩越しに見て、微笑《ほほえ》みを返す。

食卓の上には朝刊がたたまれて置かれている。椅子に座り、いつものよう手に取ると、一面のトップに大きく書かれた見出しに目をやる。

〈首相、G20サミットを終えてドイツより帰国〉

見出しに続く記事を少し読んだ。

――三日の午後七時。田辺《たなべ》総理大臣は政府専用機で羽田空港に到着した。官邸で行われた記者会見で、首相はサミットでの成果を強調し、三種の神器にたとえた新経済政策によって、企業の収益や雇用が拡大、デフレ脱却に拍車がかかったなどと述べた。

総理大臣の写真を見つめていた鷲尾は、そのすぐ左下にある記事を見た。そこには、こう、見出しが書かれてあった。

〈さいたま市の陸上自衛隊施設で資材盗難か⁉〉

〝資材〟という文字にじっと見入っていたが、ふいに口許を引き結ぶと、新聞を素早くたたみ、傍らに放った。

朝食を運んできた千代子が、鷲尾の前に茶碗《ちゃわん》や皿、汁椀《しるわん》を置く。

向かいの席についた妻とともに、静かに食べ始めた。

白米のご飯と、ケチャップを少しかけたプレーンオムレツ。塩鮭《しおざけ》とほうれん草のおひたし。鷲尾が最初に箸を入れたのは、赤出汁《あかだし》の味噌汁《みそしる》だった。小さく切った豆腐と刻みネギが浮いたそれを少しすってから、ご飯を口に入れた。

鷲尾が動きを止めたので、千代子が顔を上げた。

「いかがされました」

その声に気づいた鷲尾は、そっと味噌汁の椀を下ろすと、目を細めて笑みを浮かべた。

「美味《うま》いな」

「はい？」

「いつも、お前の作ってくれる料理を黙って口に入れていただけだった」

千代子は驚いた顔で夫を見つめている。

鷲尾はまた笑みを浮かべた。「あらためていわせてもらうが、毎日、こんなに美味《おい》しい食事を出してくれて、ありがとう。本当に感謝している」

千代子は箸をそっと置くと、恥ずかしげに俯《うつむ》き、目をわずかにしばたたいたが、あわてて思い直したように箸をとり、白い湯気を立てるご飯を口に入れた。

鷲尾もおかずを口に運んだ。

それきり会話はなかったが、それでよかった。ふたり、静かな時間の中で、それぞれの朝食を食べた。キッチンのサッシ窓の外からは、往来の道路を急ぐ通勤のサラリーマンや学生たちのせっかちな足音が聞こえてくる。

やがて鷲尾は箸をていねいに並べて置き、手を合わせて「ごちそうさま」といい、立ち上がった。

短い廊下を抜け、畳敷きの和室に足を運んだ。仏壇の前に正座し、蠟燭《ろうそく》を灯して線香に火を点《つ》けた。小さな写真立ての中で陸上自衛隊の制服姿で笑っている息子の前で手を合わせた。長い黙禱《もくとう》を終えて立ち上がり、和室から静かに出た。

後ろから、千代子がスーツの上着をそっと着せてくれた。それから前に回り、少し曲がっていたネクタイをていねいに直してくれた。

一瞬、目が合ったが、鷲尾はあえて視線を逸《そ》らした。壁際に置いていた黒い大きな鞄をとると、玄関に向かった。三和土《たたき》に置いていた革靴に足を入れて、靴べらを使う。

ドアノブに手をかけたところで、振り向いた。

少し血の気を失った妻の顔を見た。

「千代子。ありがとう」

そういった。声がかすかに震えていた。

思い直したように足許に荷物を置くと、右手の指先をきちんとそろえて、自衛隊式の敬礼をした。

妻が楚々《そそ》とした様子で頭を下げ、黙礼を返してきた。

エプロンの端を摑《つか》んだ細い指のそれぞれに、力がこもっているのが見えた。

鷲尾は気づかぬふりをし、右手を下ろすと、鞄を手にして踵《きびす》を返した。そっとドアを閉め、長年、住み馴れた家を出た。

第一部

1

カラカラと音を立てて、頭上から岩が降ってきた。

最初は小さな音だったため、小石が落ちてきたかと思っていたら、近づくにつれ、だしぬけに音が大きくなった。アッと思いながら見上げたとたん、ラグビーボール大の岩石が顔をかすめて、そのまま遥《はる》か下方に落ちていった。

火薬の燃焼臭に似た匂いがツーンと鼻孔を突く。

垂壁にしがみついたまま、小森和樹《こもりかずき》は震えた。直撃していたら、きっと頭が砕けていた。

落石が一度きりとはかぎらない。思わず肩をすぼめながら、頭を片手でガードし、目を閉じていた。

が、さいわいなことに、それきり落下物は降ってこない。

そっと目を開いた和樹は足許を見下ろす。

切り立った懸崖《けんがい》の下を濃霧が流れてゆく。

尾根線から下まで二百メートル以上はありそうな岩壁だった。その途中にしがみついていた。足場となっている狭い岩の段差は濡《ぬ》れて、ツルツルと滑る上に、あちこちでひび割れていて、今にも崩れそうな感じがした。

遥か下方に、ダケカンバのまばらな林が見下ろせる。枝々が奇怪な感じにねじ曲がっていて、まるで魔女の森のように見えた。崖にへばりつくようなハイマツの葉叢《はむら》を揺らして、ふいに大きな鳥が飛び立ち、白い霧の輪郭すれすれのところを麓に向かって滑空していった。

斑模様《まだら》のホシガラスだった。

凪《な》いでいたが、空気がしんしんと冷えてくる。

九月の半ばだというのに、冬のように大気が冷たい。

右肩に重い痛みがあった。

崖から落ちたときに右腕をひどくひねった。肩から腕が外れたのを知って、愕然《がくぜん》となった。左手でグッと押したら、外れた関節が小さな異音を立てて元に戻った。が、それきり利き手はダラリと垂れたままだ。自分で腕を上げることもできなかった。

肩にかかるザックの重みが苦痛だったため、苦労して背中から下ろした。そのとたん、ザックが足許から転げ落ちていった。

崖にとりついたまま、おそるおそる下を覗《のぞ》くと、二十メートルぐらい下の岩の突起に危なっかしくひっかかっている。あの中には防寒衣も入っている。しかし、あれを取りに行くことなんてできるはずもなかった。

和樹は頭上を見上げた。

空は一面の雲。いや、山にかかっているからガスというのだろうか。

少し前よりも、それが低く垂れ込めてきているように思えた。

左右が切れ落ちた痩せ尾根を渡っていて、バランスを崩して滑落したのは、もう一時間以上も前になる。今朝方まで雨が降っていたため、足許の岩が滑りやすかった。慎重に歩いたつもりが、ちょっと気を抜いた隙の出来事だった。

急斜面を数十メートル滑落し、躰《からだ》が何度も回転した。とっさに露出した木の根を摑んだため、滑落が止まり、命だけは助かった。さもなければ切れ落ちた崖から飛び出して、そのまま遥か下の地表まで落下していたに違いない。しかし、おかげで肩が抜けてしまった。外れた関節は元通りにおさまったものの、右手が使い物にならなくなった。

ふたつの足と左手だけで、この懸崖を這《は》い上がることは不可能。もちろん下りるなんて自殺行為もいいところだ。

両手や顔にもひどい傷があった。滑落したときに受けた擦り傷だろう。出血は止まって血が凝固しているが、右肩の痛みに負けぬほどにズキズキと痛んだ。

携帯電話もザックの中だった。

単独行だったし、滑落したときに目撃者はいなかっただろう。麓の広河原《ひろがわら》山荘のポストに登山届を出してあるが、下山予定は余裕をもって明後日《あさって》と書き込んでおいた。東京の家族にもそういってあるし、会社の同僚もそう思っている。

そう。和樹の遭難を、誰も知らない。そのことが彼を絶望に追いつめていた。

風が吹いてきた。

冷たさに顔を上げると、ちょうど眼前を覆っていたガスが切れたところだった。

白い紗幕《しゃまく》がゆっくりと左右に分かれた。その間隙の向こうに、巨人のように黒々とそびえる岩壁が出現していた。和樹は魂を抜かれたように、口を半開きにしながら凝視した。

標高三一九三メートル。南アルプスの主峰にして日本第二位の高さ。

山の名は北岳《きただけ》。

悪天候のおかげで、登りの道中はずっと姿が見えなかった。それが、今になって忽然《こつぜん》と全容を現したのである。

真正面に屹《き》り立つのはバットレス。クライマーたちにそう呼ばれる頂稜《ちょうりょう》直下、東面の大岩壁である。高さはゆうに六百メートルあるという。壁面のところどころに真綿のように白くガスをまとい、突兀《とっこつ》とした岩の隆起や割れ目は、まるで不均一な模様の甲羅のようだった。そこかしこに斑に散らばってハイマツがへばりついている。まるで幻影のようにどこかおぼろげで、それでいて圧倒的な迫力で岩稜が眼前にそびえていた。

巨大な岩屏風《いわびょうぶ》の手前。数羽のイワヒバリがしきりに羽ばたき、風に翻弄《ほんろう》される枯葉のように空中を舞いながら横切っていった。

自然の美しさよりも、和樹は本能的な恐怖を感じた。

まさにここは神の領域であった。人間が作った常識やルールなど、いっさい通用しない世界であった。そして、人ひとりの命がいかにちっぽけなものか、そんなことをいやというほど思い知らされるような、あまりに壮絶な大自然の光景であった。

自分はいったい、何という場所に来てしまったのだろうか。そんな思いにとらわれながら、和樹は身を震わせた。

きっとこのまま、ここで死ぬ。

そんな予感にとらわれていた。

時が経《た》つにつれ、それは現実感を伴って自分を包み込んでいた。

三十二年の、平凡な人生を和樹は思った。さして波瀾万丈《はらんばんじょう》もなく、平々凡々と生きてきた。大学を出て就職はしたが、それから十年、ずっと独り身だった。ゆいいつの趣味が登山だった。それもたかだか二年前に始めたばかりだ。

杉並の自宅にいる母のことを思った。父はずいぶんと前に他界し、兄は三年前、結婚して、職場のある仙台で暮らしているから、母の面倒を見られるのは自分だけだ。そのことを思うと母が不憫《ふびん》で仕方なかった。

山に出かけるときは、いつも心配そうに見送ってくれた母だった。

ふいにこみ上げてくるものがあって、和樹は身を震わせ、すすり泣いた。どうせ、誰も見てやしないんだと思って、声を放って泣いた。何度かしゃくり上げ、嗚咽《おえつ》をくり返した。


ふと、目を開いた。

氷のように冷たい岩の硬い感触が、頬に痛かった。

崖にもたれて立ったまま、いつの間にか眠っていたらしい。

どれぐらいの時間が経ったのかと腕時計を見て驚いた。あれから二時間が経過していた。

午後五時を回っていた。もうすぐ日没になる。

骨まで滲《し》みるような寒さに、身を震わせた。息が白く流れていく。気温がずいぶんと下がっているようだ。和樹は歯の根も合わないほど、ガチガチと震えた。

着ているのは登山ズボンとウールのシャツだけだ。せめてダウンベストの一着でもあればと思ったが、着替えはすべて二十メートル下の岩角に引っかかったザックの中。のみならず、非常用の食糧も飲料水すらも、あの中に入ったままだ。

喉の渇きも空腹もなかったが、とにかく寒かった。ここのような三千メートル級の山では、夏場でも凍死するという。それがリアルに感じられた。このままだと明日まで保《も》たないかもしれない。

眠るように死んでいくのだろうか。それとも眠ったまま、もう一度、ここから転落するのか。

いずれにしても、それなら楽に死ねるかもしれない。

そう思って目を閉じたとき、異音が耳に届いた。

自分の足許――ハアハアとまるで動物の息のように聞こえた。

ゆっくりと視線を落として、驚いた。

すぐ傍《そば》に犬がいた。

幻を見ているのかと目をしばたたいた。

山に棲《す》んでいる野生動物ではない。たしかにそれは犬だった。

中型で毛足が長い、ボーダーコリーとかいう犬種だ。家の近所で飼われていたので、和樹は知っていた。フリスビーが得意な、頭のいい犬だった。

白と黒の被毛。顔の鼻の周りだけに茶色の毛が混じっている。首輪は装着していないが、オレンジ色の胴輪をつけていた。そのため野犬ではなく、誰かに飼われている犬だとわかった。

大きく口を開いて舌を垂らし、鳶色《とびいろ》のきれいなふたつの瞳で和樹を見上げている。口の両端を吊《つ》り上げて、まるで笑みを浮かべているように見えた。

「なんで……ここに？」

そうつぶやいたとたん、だしぬけに犬が吼《ほ》えた。

大きな声で、三度。

思わず身をすくめてバランスを崩しそうになった。

パラッと音がして小石が落ちてきて、和樹はまた驚いた。

振り返ると同時に、赤と青の蛇腹《じゃばら》模様の太いザイルが、上から垂れ落ちてきた。同時に、喧《かまびす》しい金属音が頭上から聞こえた。

垂れ込めるガスと、影となった稜線の直下。赤とオレンジのマウンテンパーカにベージュの登山ズボン。大きな登山靴。白いヘルメットをかぶったひとりの人間が、見事な懸垂《けんすい》下降でするするとこちらにやってくる。リズミカルな金属音は、腰に装着したハーネスにぶら下げたカラビナ同士がぶつかる音だと気づいた。

トントンとリズミカルに岩壁を蹴りながら、ザイルを滑らせ、馴れた様子で降下してきたと思ったら、和樹のすぐ傍に着地し、素早くビレイのハーケンを岩のクラックに打ち込み、カラビナを装着してザイルをくぐらせた。振り向いた顔を見て、和樹はさらに驚いた。

若い女性だったのである。おそらく年齢は二十代後半か、三十そこそこだろう。

しかも小柄で、どっちかといえば華奢《きゃしゃ》な感じがした。

「えっと、あなたは小森和樹さん？」

彼の躰にザイルを回し、もやい結びにしながら、その女性が訊《き》いた。

「は、はい。小森です」

反射的に答えた。

顔をまじまじと見つめながら、彼女がまた訊いた。

「お怪我《けが》はなさってませんか。どこか、痛い場所とか？」

「右腕……脱臼《だっきゅう》したみたいです」

すかさず彼女は和樹の腕を調べた。

少し持ち上げられ、和樹は痛さに顔をしかめる。

「完全に抜けてないみたいだから、きっと亜脱臼《あだっきゅう》ですね。でも、これって、凄《すご》く痛かったでしょう。もしかしたら骨にヒビが入ってるかもしれませんけど、病院に行けば大丈夫ですよ」

彼女は和樹を見ながら、大きな目を細め、ニッコリと笑った。白い歯がきれいに並んだ口許に、ふたつの小さな笑窪《えくぼ》ができた。

「びょ、病院に行けるんですか？」

「もちろん」

そういって彼女がまた笑った。「よかったです。たいしたことなくて。滑落がここで停《と》まらず、下まで落ちていたら、きっと命に関わってました」

「あなたは――」

すると彼女はしゃんと背筋を伸ばしてから、小さく敬礼をし、こういった。

「私、山梨県警南アルプス署地域課山岳救助隊の星野《ほしの》夏実《なつみ》巡査です。それから――」

足許に停座するボーダーコリーに視線を落とした。「相棒の救助犬、メイです」

女性救助隊員に紹介され、メイと呼ばれた犬は、お座りの姿勢を維持して和樹を見上げながら、嬉《うれ》しそうに尻尾《しっぽ》を振っている。

「あなたを見つけたの、この子なんです。匂いをたどって滑落された場所を特定できました」

「いったい誰が通報したんですか」

「だって、北岳山荘に宿泊を予約されていたでしょう」

「え？」

今になって、ようやくそのことを思い出した。一泊二食付きで予約を入れていたのだった。

「今日、到着しなかったお客さんはひとりだけです。小屋のスタッフから、白根《しらね》御池《おいけ》の警備派出所に無線で連絡が入りました。入山届は確認できましたが、まだ小屋に到着していない。となると、遭難を疑うしかありませんよね。たまたま私たちが山頂近くをパトロールしてたから、すぐに対処できました。メイとふたりでサーチしながら、ここにたどり着いたんです」

「でも、どうして？　こんな険しい場所まで救助犬が自力で？」

「犬の肢《あし》って、車でいえば四輪駆動みたいなものなんです。それにメイは山岳救助犬としての訓練を受けてます」そういいながらかがみ込み、メイの右前肢をとって持ち上げてみせた。「ほら、これ。天然のアイゼンまでついてる」

あっけにとられた様子で見つめる和樹の前で、星野夏実と名乗った女性救助隊員は、腰のホルダーから抜いた小型無線機でどこかに連絡を取り始めた。

「現場から警備派出所。どなたか、とれますか？」

雑音に混じって、相手の応答が聞こえた。

――こちら御池の警備派出所、江草《えぐさ》です。どうぞ。

「星野です。午後五時二十三分。八本歯のコル近くのリッジ直下で、滑落していた〝要救〟を無事確保。小森和樹さんご本人と確認。現状は右腕亜脱臼と擦り傷などの外傷が少々。意識ははっきりされていて、とてもお元気です。どうぞ」

――応援は必要ですか？

「右腕は動かないのですが、足のほうはしっかりされておられるようなので、自力で御池まで戻れると思います。北岳山荘の松戸《まつど》くんにも、無事確保の件、お伝え願います」

――諒解《りようかい》しました。気をつけて戻ってきて下さい。

「星野、諒解。交信を終わります」

無線機をホルダーに戻した彼女——夏実に、そっと声をかけてみた。

「あの、自力で御池小屋まで戻るって、さっきおっしゃいましたけど、他に救助隊員の方はいらっしゃらないんですか」

「単独パトロールだったので、私とメイだけです」

「でも、どうやって？」

するとと夏実はまた小さな笑窪をこしらえて、こういった。「ガスがかかってヘリはフライトできないので、悪いけど、ご自分の足を使って山小屋まで行くしかありません」

「そうじゃなくて……ここから上の登山道まで、どうやって戻るんですか」

「えっとですね」

彼女は崖の上に視線を投げた。「尾根まではあなたを背負って登ります。そこから先、下の白根御池小屋までは、つらくても歩いてもらわないとならないけど」

「だって、ぼく、体重が六十五キロあるんです。あなたひとりじゃ……」

「大丈夫。鍛えてますから」

夏実はこともなげにそういって、背負っていた自分の赤いザックを下ろし、表裏を返すように、それを変形させた。グレゴリーとメーカー名が書かれていたが、山岳救助専用のレスキューザックらしい。和樹をその場に座らせ、ザックを躰にかぶせるように装着すると、いくつかのバックルを留め、各部のストラップをしっかり締め付けた。

「小森さん？」

「はい」

「それとも、和樹さんって呼んだ方がいいかしら」

「あ……どちらでも」

少しどぎまぎしながら、彼は答えた。

「じゃ、和樹さん。下の名前で呼んだ方が、とくに男の人は安心するって、ハコ長――えっと、さっき無線に出たうちの隊長が、いつもいってるもんですから」

「はあ」

「これからあなたを担ぎます。立ち上がるときにまた腕が痛むと思うけど、我慢して下さい」

彼に背を向けて座り込むと、普通のザックを背負うように太いストラップに両手を通した。そして膝を曲げつつ、立ち上がって、一気に担ぎ上げた。

和樹は腕の付け根の痛みに顔をしかめた。

しかしそれ以上に、狭い足場で空中に持ち上げられたおかげで、不安定感に身がすくむような思いだった。眼下を流れる白いガスから目を離した。夏実の肩に動くほうの左手を回して必死にしがみついた。

すると華奢に思えた身体に、思わぬ筋肉の存在があるのに気づいた。

鍛えていると、彼女はいった。

確保したハーケンを抜いてから、アセンダーという登攀《とうはん》器具をザイルに装着すると、夏実は勢いを付けて登り始めた。その動きの大胆さと敏捷《びんしょう》さ、登攀の素早さに、和樹は驚いた。姿勢が安定しているせいか、背負われた和樹の躰はほとんど揺れなかった。

それも驚きだった。

小柄な女性救助隊員の背中に身を預けながら、まるで魔法をかけられたような心地がして、茫然《ぼうぜん》とするばかりだ。そうしているうちに、白いヘルメットとマウンテンパーカの襟の間にわずかに見えるうなじの白さ、そこはかとなく漂う甘い匂いに気づいた。

和樹はあわてて目を逸らした。

不謹慎な想像をしてはいけないと、唇をぎゅっと噛《か》みしめた。

あっという間に崖を登り切って、尾根上に到達すると、レスキューザックで和樹を背負ったまま、夏実はそこに立った。さすがに肩を上下させて息をついている。

岩を爪がはむ音がして、和樹が見ると、すぐ近くの崖の上に、あのボーダーコリーのメイがひょっこりと姿を現した。長い舌を垂らし、ふたりを見つめている。犬は犬なりに、自分のルートを見つけていたのだろう。

彼女は和樹をその場に下ろすと、固定していたストラップを弛《ゆる》め、それぞれのバックルを外した。

レスキューザックを和樹の躰から外し、満面の汗を拭って彼女はこういった。

「えっと、悪いんですけど、ちょっとここで待っていてもらえます？　下に引っかかってたあなたのザックを回収してきますから」

「また、あそこに下りるんですか！」

夏実は笑ってうなずく。

「たとえ非常時でも、山道具を山に置き去りにしちゃいけないの。ここでは私たち、たんなるお客さんなんだから」

そういってから、また尾根から懸垂下降で下りていった。

無駄のない、機敏な動きに見とれていた和樹は、彼女の姿が見えなくなってから、ひとりつぶやいた。

「なるほど、お客さんか……」

ようやく命拾いしたという実感に包まれ、はあっと吐息を洩《も》らした。それは白い呼気となって、冷たい山の風に流れた。

やがて五分とかからないうちに、カラビナの音がさかんに聞こえ、ザイルを伝って登ってきた夏実が姿を現した。手にしていた和樹の青いミレーのザックをその場に置いてから、垂らしていたザイルをするすると回収した。手馴れた仕種でそれを束ねると、汗ばんだ額を片手で拭い、すっくと立ち上がる。

近くでじっと待っていたメイが、傍らにやってきて停座する。ピッタリと左側。きっとそうするように訓練を受けてきたのだろう。

若い女性山岳救助隊員と相棒の救助犬。

ふたりの姿に、思わず見とれた。

夏実は自分のザックを元のように戻すと、内部からヘッドランプをとりだした。これから山小屋まで下りるのに、夜の山路を歩くことになるからだと気づいた。伸縮調整ができるバンドを少し延ばし、白いヘルメットに巻き付けるように装着している。

見上げている救助犬、メイと呼ばれたボーダーコリー。その口許に目が行った。

「笑ってるんですね」

「え？」

夏実が振り返る。

「あなたの犬、まるで人が笑うみたいにニコニコしてる」

夏実がまた破顔した。

「ご無事だったからですよ」

「え、ぼくが？」

「たとえ発見しても、遭難者が亡くなられていたら、メイはとても哀しそうな顔をします。でも、あなたはちゃんと生きていてくれた。だから、この子も嬉しいんです」

そう答えると、夏実は右手を差し出してきた。その手を無事なほうの左手で摑むと、ぐいっと引っ張られ、和樹は立ち上がった。ズボンの尻の小石を払っていると、声がした。

「あれ、見えます？」

夏実が遠くを指さしていた。

視線をやると、紗幕のようなガスがまた流れ始めていた。

うっすらと見えてきた北岳の頂稜。そして背後の空。

沈みかけていた太陽の光が背後から当たって、真っ黒な山稜のシルエットの側面だけが、黄金色に輝いている。その美しさに、和樹は息を吞《の》んだ。

真っ赤な夕空を背景に、漆黒と黄金のコントラストに彩られた北岳の勇姿。

ついさっきまで畏怖《いふ》の対象だったはずのあの山が、こんなにも美しく、感動的に思えるとは――。

「山って凄いですね」

傍らで声がして振り向いた。

「こんな光景を目の当たりにするたびに、いつも山の偉大さを感じるんです」

まるで独り言のように夏実がそういった。

夕陽を受けて輝く横顔は、あの山に負けないほど美しかった。

「早く怪我を治して、また北岳に登りに来てください。山は逃げたりしませんから」

夢見るような表情で夏実がそういった。澄んだ瞳で北岳の光と影を見つめている。

「きっと来ます」

それは彼にとって嘘偽りのない言葉だった。

「和樹さん」

「え？」

夏実がまた振り向いていた。

少女のような笑み。大きな眸《ひとみ》と口許の笑窪。

「生きていてくれて、ありがとう」

彼女が優しくいった。

和樹は驚き、夏実を見つめた。その言葉を心で受け止めたとたんに、たまらず顔をくしゃくしゃにしてしまった。あふれた涙をあわてて掌で拭った。無事な方の腕で、何度も顔をこすった。

やがて、夕闇がゆっくりとふたりを包むように、静かに下りてきた。

2

白根御池小屋は、北岳登山の起点である広河原から、ふつうの登山者の足でおよそ三時間の登りでたどり着く最初の山小屋である。標高二二三〇メートル、樹林帯の中にぽっかりとそこだけ開けた平地に、瀟洒《しょうしゃ》な長屋風の二階建ての建物が周囲から目立っている。

もともとは少し離れた別の場所にあって、三角屋根のロッジ風の建物だった。それが一九九九年の四月、雪崩で半壊し、しばしプレハブの仮小屋で営業していたが、二〇〇六年になって今の場所に新しく建て直された。百五十名を収容できる、二階建ての大きな山小屋である。

間もなくして敷地の隣に、南アルプス警察署地域課の山岳救助隊が夏山常駐するための警備派出所が別棟として作られた。

救助隊の警備本部は麓の野呂川《のろがわ》広河原インフォメーションセンター（略してＩＣ）の中にあるが、御池の警備派出所はいわば前線基地というわけである。一刻も早く遭難者のいる場所に駆けつけるためには、なるべく現場の近くに隊員たちが待機していたほうがいい。

登山の最盛期である八月中、とりわけ土日祭日や盆シーズンは大勢の登山者が押し寄せるように登ってきて、北岳周辺の山小屋はどこも寿司詰《すしづ》め状態。事故もひっきりなしに発生し、救助隊のメンバーと三頭の救助犬は、連日のように出動を余儀なくされていた。道迷いや怪我、滑落事故。ときにはたんに疲労して動けなくなったというだけで救助要請がある。そのたびに現場に向かい、隊員も犬たちもすっかり疲弊《ひへい》しきっていた。

それが九月になると、嘘《うそ》のように山は静かになる。

ふたたび登山者が増える紅葉シーズンまでのおよそ一カ月、彼らにとっては、つかの間の平穏な日々である。もちろん山への訪問者は相変わらずいるため、気を抜けるわけではないが、出動回数はぐんと減る。

事故などの出動がないとき、隊員たちは定期パトロールに出るか、待機ということになる。

もっとも待機といえども、救助の技術を磨くために訓練をする。

模擬遭難者を背負っての垂壁のクライミングは、隊員たちに〝岩しごき〟と呼ばれるが、もっとも過酷なのは、バスケットストレッチャーを使ったり、要救助者を背負って雪渓を上り下りする〝雪トレ〟と呼ばれる雪上訓練だ。新人のうちにこれをやらされ、泣き出した男の隊員もいれば、こっそりと逃げ出した者だっているという。それほど過酷な訓練を続けるのは、やはりこの山で人の命を預かるという大切な任務を背負っているからだ。

Ｋ－９チームと呼ばれる山岳救助犬と指導手《ハンドラー》たちには、彼ら独自の訓練もある。犬との連携を強化するために、それは日々行われる。現場におけるスキルダウンは絶対に許されない。

警備派出所の後ろには、狭いながらも柵で囲まれたドッグランがある。そこで星野夏実と救助犬メイは、オビディエンスという服従訓練や、アジリティ——シーソー、ハードル、ポールのスラロームといった障害物訓練などのトレーニングを、一時間にわたってみっちりとやった。

ともに汗を流したのは、Ｋ－９チームのリーダーである進藤諒大《しんどうりようた》隊員である。

中肉中背。三十を少し過ぎた夏実よりも四つ年上だが、そう見えないほど若々しい。進藤の相棒はカムイという名の牡の川上犬。一見、柴犬に似た和犬だが、長野県の天然記念物に指定された犬種で、ニホンオオカミの血を引くといわれるように、目がつり上がり、被毛がやや長い。尻尾はくるりとした巻尾である。

「お疲れさま」

そういいながら、進藤はよく日焼けした顔に白い歯を見せて笑う。

「静奈《せいな》とバロンがいないと、何だか物足りなかったな」

いわれて夏実はうなずく。同じことを思っていた。

Ｋ－９チームにはもうひとり、若い女性のハンドラーがいる。神崎《かんざき》静奈と牡のジャーマン・シェパードのバロン。ふたりはいま、一週間の休暇を取り、下山していた。この警備派出所に戻ってくるのは明日の予定となっている。

カムイをつれて犬舎に入っていった進藤と別れ、夏実はタオルで顔や首の汗を拭きながら派出所の前へと歩いてきた。メイは長い舌を垂らしたまま、夏実の右足の傍に付き従っている。

小屋の前に小さな流し台がある。蛇口をひねって出てきた冷たい水を水皿に受け、存分にメイに舐《な》めさせてから、自分も天然水をペットボトルに入れると、それを喉を鳴らして飲んだ。

山のほうから、涼しい風が吹き寄せてきた。

その心地よさの中で夏実は目を閉じ、無意識に深呼吸をする。

空は抜けるように青かった。

八本歯のコル近くで救助した小森和樹という単独登山の若い男性を、広河原まで送り届けて以来、二日が経過していた。下山中もずっと元気だったが、亜脱臼で右手が動かないために車の運転ができず、駐車場に待機していた救急車で麓の病院に搬送されていった。

それをメイとふたりで見届けてから、夏実は御池に戻ってきた。

あれから事故の報告がなく、平穏な日々が続いた。

「こんにちは」

上から下りてきたばかりなのだろう。額に汗を浮かべた中年女性のふたり組が、クマ避《よ》けのカウベルを鳴らしながら、草すべりと呼ばれる登山道のほうから歩いてきた。カラフルな登山ウエア。ひとりはダブルストックを手にしている。

「こんにちは。お疲れ様でした」

夏実も笑みを浮かべて挨拶を返す。

「あら、かわいい」

ストックを持ったほうの中年女性が膝を曲げ、夏実の傍らに停座するメイを見て微笑む。

「救助犬のメイちゃんって、この子なんですね」

「あの。ご存じなんですか」

「前にテレビで拝見したのよ。たしか南アルプス山岳救助隊は、日本でいちばん最初に山岳救助犬を導入したそうですね。あなただって、まだお若い娘さんなのに、山の救助ってずいぶんきつい仕事でしょう」

「えっと、まだまだみんなの足を引っ張ってますけど、でも……何とか頑張ってます」

　夏実は自分にいいきかせるように答えた。

「そうそう、ちょっとお訊《たず》ねしたいことがあったんだけど」

いいながら、中年女性がザックを下ろし、サイドポケットから小さなデジタルカメラをとりだした。液晶画面を再生モードにして、何度かボタンを指先で押し、夏実に見せた。

「これって、あのキタダケソウかしら?」

　夏実は小さな画面に見入った。

　キタダケソウは北岳にしか生えないという固有種の花のことだ。その花に逢《あ》いたいために、ここを訪れるという登山者も少なくない。液晶画面の画像には、岩場に白い、きれいな花が咲いていた。ちゃんと固定して撮影したらしく、マクロ撮影のピントがしっかり合っている。

「あー。残念です。キタダケソウって、実は六月から七月にかけての花なんですよ」

　画面を見ながら、夏実が答えた。

「やっぱり違うのねえ」

　いかにも落胆した様子で女性がいう。

「でも、これって、ミネウスユキソウっていって、ヨーロッパのエーデルワイスに近い種類の高山植物なんです」

「ホント？　これがそうなの？」

名前を知っていたらしい。女性が驚いた声を上げた。

夏実が笑顔でうなずく。

「本来は八月いっぱいが開花シーズンなんだけど、こんな九月の半ばに出会えたって、とっても幸運なことだと思います」

そう説明すると、中年女性の頰に朱が差した。

「うわぁ、良かったわ。教えてくれてありがとう」

そういいながらデジカメをしまい、もうひとりの女性とともに頭を下げながら、御池小屋の正面玄関から中に入っていった。

白根御池小屋の前には、登山者たちが休憩を取ったり、食事をするための、木製のテーブルやベンチが並んでいる。その一角にぽつんとひとり、猫背気味に座っているのは、ハコ長こと江草恭男《やすお》隊長。

ボタンダウンのチェック柄のシャツに登山ズボン。よく日焼けした顔、顎や口許の髭《ひげ》は白いものが混じっているが、きれいに切りそろえている。素足にサンダル履《ば》き。片足を折って膝の上に横たえながら、小さな爪切りで足の爪をパチンパチンと切っている。

テーブルの上には吸いかけの煙草《タバコ》を横たえたアルミの灰皿とともに、長年にわたって愛用しているモトローラの無線機が立ててあり、ときおり雑音混じりに他局の交信が入ってくる。

夏実とメイに気づいた江草が顔を上げ、目尻に皺《しわ》を刻んで温和な笑顔になる。

「ハコ長。進藤と星野、午後の訓練を終了しました」

指先をそろえて敬礼をしながら、夏実が報告する。

江草も足を下ろして立ち、頭の横に指先をあてがって静かに返礼した。

「明後日《あさって》にはどうやら台風が直撃しそうですね」

江草隊長は眼《め》を細めて空を見上げた。

筋雲がきれいに並ぶ青空だった。荒天になる気配はまだうかがえない。

しかし天候のニュースに関してたいていの登山者は敏感なため、今日から明日にかけて、山が荒れる前に下山するだろう。今も何人かが靴音を立てながら、ザックを背負い、小屋の前を通過していった。いずれも急ぎ足に下山していく。

「ところで星野さん。実は、ちょっとお願いがあるんですが」

いつもの慇懃《いんぎん》な口調だった。「明日の朝、九時ちょうどに、本署までお客さんを迎えにいってもらいたいんです」

「いいですけど、お客さんって？」

「山梨県警生活安全部の地域特別指導官です」

「それって、もしかしてキャリアの方ですか」

江草隊長がうなずいた。

「もともと警察庁から出向されたようです」

「地域特別指導官……って、何だか怖そうな肩書きですね」

「県警本部から派遣されて県内各地域の所轄を回り、交番や、うちのような遠方の派出所を視察、あるいは監督指導するため、一定期間で方々を巡回しているんです。ま、時代劇でいうと、江戸幕府が諸国の大名や旗本の監視や情勢調査のために遣《つか》わす〝巡見使〟みたいなものですか」

そういって江草隊長が苦笑いする。内心、快く思っていないことはうかがえた。

「じきに台風が来るっていうのにわざわざですか」

「スケジュールがまえもって決まっていたので、変更が利かないようですね」

「でも……」

一瞬、夏実はいいよどんだ。視線を逸らしてから、いった。「私の車って、ちっちゃな軽ですよ。そんな立派な方をお招きするのにいいんですか？」

「それがねえ」

困ったような顔で頭を掻《か》きつつ、江草隊長がまた苦笑いする。「広河原に駐車しているうちの隊員の車って、どれも酷使されて車体がボコボコで、ろくに掃除もしないから、埃《ほこり》だらけで、見てくれも最悪でしょう？　そこに来ると、星野さんの車は先月、納車されたばかりの新車です」

「あ……」

口許に手を当てて、夏実が目をしばたたいた。

それまで愛乗していた日産マーチに、エンジン系統の致命的なトラブルが見つかって修理不能となり、新しく車を購入したばかりだった。普通車をやめ、軽自動車を選んだのは、税金や車検などの維持費対策のためだ。

「たしかに新しいっていえば新しいですけど」

「じゃ、頼みます」

江草隊長に念押しされ、仕方なく頭をペコリと下げた。

3

翌朝七時に、夏実は御池の警備派出所を出た。

愛用の四十リットルのザックを背負っている。中身はザイルやファーストエイドキットなどのレスキューツールだ。たとえ出動がなくとも、救助隊員は必ずそれらを携行する。

江草隊長を除く他の隊員たちは、新人二名を中心とした訓練のために、一足先に派出所を出発して、雪渓のある大樺沢《おおかんばざわ》に向かっていた。〝雪トレ〟と呼ばれる、かなりきついしごきになる。たまさか隊長からの依頼で下山を余儀なくされた夏実は、そこからひとり抜けができて内心、ホッとしている。

相棒のメイは、ドッグランの向こうにある犬舎に入れたままだ。きっと夏実の足音を聞きつけて、今頃、期待に満ちた顔でこっちを見ているだろう。そう思いながら派出所の建物の向こうにあるログハウス風の小さな犬舎の建物を見ていたが、あえて目を離す。

今回はメイとはいっしょに行けない。迎える客が犬好きであるとか、犬に理解を示す人だという保証がないからだ。日本人は不思議に犬嫌いと称する人が多く、たいていは子供の頃に咬《か》まれたというトラウマゆえなのだが、そうした人たちはあからさまに犬を忌避《きひ》する。

――連れていけなくてごめんね。

心の中で相棒に詫《わ》びてから、夏実は歩き出す。

白根御池小屋の前を通りかかると、ちょうど受付窓口が開いていて、赤いバンダナで頭を覆い、眼鏡をかけた女性が手を振っている。

「夏実ちゃん。広河原？」

小屋の管理人、高辻四郎《たかつじしろう》の妻、葉子《ようこ》だった。四十代半ばだが、十は若く見える。優しくて気さくな性格が、小屋の宿泊客ばかりかスタッフたちにも慕われている。もちろん夏実にとっても、姉か母のような存在だった。

「ええ。すぐに戻ってきますけど」

「お酒の歩荷《ボッカ》は？」

「あー、それが公務なんで、今回はむりっぽいです」

夏実の返事を聞いて、葉子が苦笑いした。

「携帯はお預かりしなくていいですよね」

「そうね。相変わらずイマイチな電波だけど、いちおう受信できてるみたい」

少し前まで、誰かが広河原に下りるときは、小屋のスタッフたちから携帯電話やスマートフォンをいっせいに渡されたものだ。

もともとこの北岳の山間部一帯は、標高三千メートルを超える稜線を除いて、ほとんどの場所が携帯電話の圏外だった。だから、この小屋には登山者たちも使えるように衛星回線を使った公衆電話が置いてある。通話料は当然、高額になる。

小屋から十五分ばかり下ったところに《ドコモ・ポイント》と呼ばれる場所があって、そこだけ偶然、携帯電波が受信できる。だから、小屋のスタッフたちがそれぞれの携帯やスマホを渡してきて、メールやＬＩＮＥを受信して戻ってくるという習慣があった。

それが一昨年になって、野呂川広河原インフォメーションセンターのすぐ近くにＮＴＴドコモのパラボラアンテナが立った。あくまでも緊急用なので電波は３Ｇと遅く、三十回線しか受け付けないが、おかげで微弱ながらも御池小屋で携帯の電波が拾えるようになっていた。

「じゃ、気をつけていってらっしゃい」

「行ってきます」

ガラス窓越しに見れば、ちょうど厨房《ちゅうぼう》の出口に、葉子の夫、高辻四郎がいつものラガーシャツを着て立っている。その姿に向かってペコリと頭を下げると、夏実はあらためて葉子に手を振り、下山路に向かって足早に歩き出した。

シラビソやコメツガの林に、鳥たちの澄み切った囀《さえず》りが聞こえている。

樹林帯を横切る、細く、平坦な道を歩いていると、前方から足音が聞こえた。

中年男性の登山者が二名、広河原方面からやってくる。いずれも背が高く、肩幅の広い体格だった。

どちらもチェック柄のシャツに登山ズボン。足許は真新しい登山靴。いずれもＬＥＫＩと書かれたストックを握っていた。

百リットルぐらいのやけに大きなザックを背負っている。

「おはようございます」

夏実が挨拶を送り、脇に身を寄せながら、道を空《あ》けた。

ふたりの男はやや俯《うつむ》きがちのままで接近してくると、夏実を見るでもなく、無言で目の前をすり抜けた。どちらも苦行僧のように厳《いか》めしい顔で、前を見て、口を引き結んでいた。後続のほうのひとりの、いかにも太そうな腕が、たまたま夏実の肘《ひじ》に当たったが詫《わ》びの言葉ひとつない。

痛さに顔をしかめ、自分の肘をかばいながら振り返る。

男たちは重たそうな革の登山靴を鳴らし、白根御池小屋のほうへと歩いていく。

小さく吐息を投げた。

いまどき、不作法な人間はどこにでもいるものだ。もちろん、山にだって。

そう思いつつ、樹林帯を抜ける道をたどり、歩き去っていくふたりの後ろ姿を見ているうちに、ふいに奇妙な不安がこみ上げてきた。

あわてて視線を外し、彼らに背を向けた。

自分がひどく緊張していることに気づいて、そっと片手を胸にやると、小さな鼓動が速くなっているのがはっきりと感じられた。

不安の正体に気づいた夏実は、肩越しにそっと振り向いた。

男たちは樹林の向こうに消えて行くところだった。

そこに影のように昏《くら》く、不吉な〝色〟が揺らいでいた。

しばし自分の胸に手を当てて、動揺を抑えた。

こんなときにメイがいてくれたらと思った。犬は人間以上に知覚の鋭い動物だ。そして夏実自身もまた、ふつうの人間よりも、ある種の知覚に優れている。だからこそ、ふたりは互いに結び合っている。それも運命的に。

そのことを教えてくれたのは、同僚の深町《ふかまち》隊員だった。

4

北岳の東面に深く切れ込む大樺沢の斜面には、九月になってもまだ雪渓が残っている。

しかし表面が溶けた雪は土埃にすすけたみたいに黒く汚れ、亀甲《きっこう》模様のように無数のデコボコの起伏になっていた。のみならず、あちこちに落石が点在している。多くは右手にそびえる大岩壁――バットレスから落ちて来たものだ。

ここは冬場は雪崩の多発地帯。夏場は落石の多い場所であった。

その雪渓の上に、ヘルメットをかぶった救助隊員たちの姿がある。

――何をしている。そんなへっぴり腰じゃ、いつまで経っても進まんぞ！

よく通る声で怒鳴っているのは深町敬仁《たかひろ》。長身痩軀《ちょうしんそうく》で眼鏡をかけた隊員である。周囲の岩場には高山植物のタカネナデシコがピンク色の華麗な花を咲かせているため、それを踏まないように注意を怠らない。

雪渓の途中に、ポリカーボネイト製の赤いバスケットストレッチャーがある。山岳救助などで遭難者を搬送するためのツールだ。そこからザイルがいくつか伸びて、ストレッチャーの左右にふたり。そして上流側にも救助隊員がふたり。いずれも白い山岳用ヘルメットに細身のスポーツサングラス。ザイルを腰のハーネスに固定したまま、満面に汗の玉を浮かべながら、歯を食いしばって足を運んでいる。

ストレッチャーには、救助隊でいちばん大柄な杉坂知幸《すぎさかともゆき》副隊長が要救助者に擬して横たわっている。八十キロある体重を、四名の救助隊員が急斜面の上に向かって引っ張り上げている。

雪渓の表面は、連日の日照で溶けて、滑りやすくなっている。そこに靴に装着したアイゼンの十二本の爪を蹴り込みながら、全員で「おーし、おーし」と声を合わせて気合いを入れ、ストレッチャーを必死に引っ張り上げる。

救助隊員たちが、〝雪トレ〟と呼ぶ過酷な訓練である。

ストレッチャーの左右につくのは、進藤諒大隊員と関真輝雄《せきまきお》隊員。ともに入隊して十年近くになるベテラン。上流側で引っ張るふたりは、いずれもこの春から山岳救助隊に入ったばかりの新人だった。

右側でザイルを牽《ひ》くのは横森一平《よこもりいっぺい》。学生時代はフットボールでならし、県警本部では機動隊員だったという。肩幅が広く、胸の厚みもあって、いかにもがっしりとしたスポーツマン体型。一方、左側を歩く曾我野誠《そがのまこと》はもともと山岳救助隊が置かれる南アルプス警察署地域課に勤務していた、対照的にひょろりと痩せた若者だ。ともに二十七歳。

明らかにバテているのは、体格のいい横森のほうだった。

さっきから泣きそうな顔で表情を歪《ゆが》めっ放し。おまけにふらつき、おぼつかない足取り。今にも、前のめりに倒れ込みそうだ。隣でストレッチャーを牽く曾我野は、さすがに苦しげな顔だが、足取りが安定している。

深町はふたりの対比を興味深く観察していた。

山での行動においては、たんに体力さえあればいいというわけではない。平地でのスポーツならばともかく、ここでは横森のようにマッチョな躰よりも、むしろ曾我野みたいなスリムな体型のほうが効率的ということだ。

フットボールで鍛えたという横森の筋肉は、多くが無駄になる。たしかに筋肉は骨格とともに肉体を動かすのに重要な器官だが、一方で重いという欠点がある。そして筋肉はカロリーをたくさん消費する。つまるところ、過度にマッチョな体格はここでは重荷になる。山での救助の現場においては、極力、無駄な体重を落として、最低限必要な筋力さえあればいいということなのだ。

片や曾我野は元々が登山経験の豊富な人間だった。大学時代は山岳部に所属し、ヨーロッパアルプスなどの海外遠征の経験もある。

――よぅし。やめ！

進藤隊員の声で、彼らはいっせいに足を停めた。

関が長いペグを雪面に打ち込み、スノーボートを係留する。

横森が真っ先にへたり込むようにして、雪の上に突っ伏した。うつぶせになって、ハアハアと喘《あえ》いでいる。曾我野もその場に胡座《あぐら》をかいて座り込んだ。猫背気味になって、肩で息をついている。

深町が歩いて行った。

関と進藤はともかく、新人ふたりは、しばし立ち上がれない様子だ。

バスケットストレッチャーの中から立ち上がった杉坂副隊長が、腰に手を当てて、彼らの様子を見ている。

「副隊長。あと何回、これをやったらいいんすか」

横森が突っ伏したまま、嗄《しやが》れ声でそういった。

「回数なんて関係ない。自分が納得するまでくり返す。それだけだ」

杉坂がそう答えた。

山岳救助隊のしごきは、機動隊の訓練よりもはるかに酷といわれる。それを文字通りに躰で味わっているのだろう。

「こんなの意味ないっすよ！」

「意味のない訓練などない。他人の生命を救い、何よりも自分が山で死なないためだ。訓練で泣いて、現場で笑う。それが俺たち救助隊のモットーなんだよ」

杉坂の答えに、横森は惚《ほう》けたような顔を上げた。

ふいに顔を歪めると、歯を食いしばって、近くの雪面を拳で乱暴に叩いた。今度は仰向けになり、大の字にひっくり返った。そのまま、蒼《あお》い空をにらみつけるように見上げている。

相棒の隣で曾我野がうなだれている。

横森は県警の機動隊から山岳救助隊への転属願いを自ら出したという。山での救助を自分でやりたいと思ったからだ。一方で曾我野は山での経験を買われ、杉坂副隊長にスカウトされて入隊した。双方のモチベーションの違いは、訓練では皮肉なかたちとなって出ている。

深町自身も、入隊した当初は、この〝雪トレ〟や〝岩しごき〟で、ずいぶんと泣かされた。彼と同期で入隊した若い隊員は、厳しさ、つらさに耐えきれずに、派出所をこっそり抜け出して下山し、警察を辞めた。

大の男が逃げ出すといわれる救助隊の訓練の厳しさは、杉坂副隊長がいったように、けっきょくは自分自身のためにある。泣いてもわめいても、隊員は耐えてやっていくしかない。そうしてトレーニングを続けているうちに、いつしか心身が山に馴染んでいくのである。

あの華奢で、いかにも頼りなかった星野夏実隊員も、〝雪トレ〟のしごきでへたばり、今の彼らのように途方に暮れた顔で、この雪渓の岩に座り込んでいた。それがあれから五年を経た今、夏実はりっぱな救助隊員として、相棒のメイとともに遭難現場の最前線で働けるようになった。自分自身がここまでになれるとは思ってもみなかったと本人はいうが、おそらくはもともと山に向いていたのだろう。

ふいに腰のホルダーからモトローラの無線機がノイズを発した。

――こちら星野です。救助隊のどなたか、とれますか？

聞き馴れた声が飛び込んできた。

まさに彼女のことを考えていた矢先だったので、深町は驚いた。

「大樺沢の深町です。どうぞ」と、応えた。

――あ。深町さん。

夏実が安堵《あんど》したような口調になった。

——訓練中にすみません。こちら、広河原に向けて下山中です。実は、今し方、ちょっと気になる登山者とすれ違ったものですから。

「どんな登山者だ」

あきらかに体力がなさそうだったり、病気がちに見えたりする者や、あまりにも軽装で登ってくる人間などを救助隊が見かけたときは、本人に注意勧告をし、さらに事後もチェックをしておく必要がある。遭難者予備軍を見過ごすことはできない。

ところが、夏実の報告は逆だった。

——四十ぐらいの男性が二名。どちらもチェック柄のシャツに登山靴、百リットルぐらいの大きなザックで、ふつうの登山者みたいな恰好《かっこう》ですけど、ふたりとも体格ががっしりしていて、歩き方もしっかりしてます。ただ……。

しばし言葉に間があって、こういった。

——なんていうか、隙がない感じなんです。凄く、プロっぽい目をしていて。登山にきたっていうよりも、何か別の目的があるみたいな。

ふつうならば、「だから何なのだ」といいかえすような連絡である。

しかし、夏実からのそうした報告には、ある種の含みがある。

彼女が入隊した五年前、あるＶＩＰがお忍びでこの北岳に登山にやってきた。そのとき、身辺警護のために私服の警察官が大勢、何日も前からこの山に入っていた。登山者らしく扮してはいたものの、体格や顔つき、目つきからして、普通の人間でないことは一目瞭然《りょうぜん》だった。やがてそれは山岳救助隊始まって以来の、大きな事件につながることになった。

最初に察知したのは夏実だった。

あのようなことが、ここでまた起こるとはとても思えないのだが。

「なぜ、それを？」

――いやな感じがするんです。

「星野。まさかお前、また見たのか。つまり……」

いいかけて深町は口をつぐんだ。携帯電話や警察無線と違って、一般のアナログ無線は誰が傍受していてもおかしくない。

プレストークボタンを離すと夏実の声が聞こえた。

――この時間だから、きっと白根御池小屋を通過して、肩の小屋か北岳山荘まで行く人たちだと思います。何ごともないことを願っていますけど、どうしても気になってしまって。

「江草隊長にはこちらからいっておく」

――すみません。じゃ、交信を終わります。

「星野」

――はい？

「お前。なるべく早くもどってこい」

――諒解しました。

交信が切れた。

雪渓のほうを見ると、杉坂副隊長以下、隊員たちが撤収の準備をしているところだった。

新人二名のバテぶりを見て、これ以上の訓練はできないと判断したのだろう。

深町は無線機をホルダーに戻し、ゆっくりと視線をめぐらした。

北岳バットレスの岩壁が、午前の太陽の光を受けていた。複雑な岩襞《いわひだ》がくっきりと浮き出すように間近に見えている。夏実の不安がこちらに移ったのだろうか。あの山に見えない不吉の影がかかっているように思えた。

彼女の予感はよく当たる。

それはたんなる憶測でも直感でもない。特殊なインスピレーションとでもいうべきだろうか。

星野夏実が救助犬メイとともに南アルプス山岳救助隊に入隊してまもなく、深町は彼女の中に隠されていた、ある能力に気づいた。能力という呼び方には語弊《ごへい》があるかもしれない。それがために本人は幼い頃から苦悩していたからだ。

一般的には共感覚と呼ばれる。

視覚、聴覚、嗅覚などの五感が重なって感じられる現象。たとえば文字や数字がひとつひとつ違う色に見えたり、音に匂いを感じたり、舌で感じる味覚に鋭角や丸などの形をイメージするなど。また、他人の触覚を自分が感じてしまうミラータッチ現象もまた、共感覚の一種といわれる。

夏実は、人や物といった視覚対象に、本来はない〝色〟を感じる。しかもそこから受け取る刺激によって、それぞれが違った〝色〟となる。喜びや嬉しさ、快楽、幸せなどを感じるなら青や緑系。逆に痛みや哀しみ、あるいは死に関するものは赤や黒に見えてしまう。のみならず、彼女はその〝幻色〟から精神的なフィードバックを受ける。

一般の共感覚者が自分の能力ゆえにハンディキャップを感じたり、心にダメージを被《こうむ》ることはほとんどない。むしろ共感覚者たちはその現象と自然に共生しているといっていい。

しかし夏実の場合は違う。

痛みや苦しみ、恐怖といった負の感情から立ち上がるオーラのような〝色〟は、とりわけ精神的な打撃が大きい。

厄介《やっかい》なことに、この〝幻色現象〟は夏実の意識とは無関係に立ち上がってくる。ときとして、〝色〟によって、そこに隠された事実を前もって察知することがある。つまり、ふつうの共感覚よりもさらに特殊な能力といえるだろう。

三・一一の大震災の直後、津波に襲われた東北の被災地に犬とともに出向いたとき、無残にも瓦礫《がれき》の積み重なる広漠たる海辺に立ち尽くし、そこであまりにも多くの死を目の当たりにした。そのため大きな精神的外傷を負《お》った。

しかも悩みを打ち明けるべき相手はほとんどいなかった。

深町は、彼女の秘密を知る数少ない人間のひとりだ。

それは彼の亡き母もまた、夏実と同じ力と苦悩を持っていたためだった。遺伝的な能力ではないためか、深町自身にその力はない。しかし夏実が被った心のダメージの辛さだけは、母のそれに重ねて理解できた。

山岳救助の現場においても、夏実は幾度となく凄絶《せいぜつ》な死を眼前にし、そこから立ち上がる〝色〟に苦しめられたに違いない。しかし、人を救うことの歓《よろこ》びが彼女を立ち直らせた。今の夏実は、五年前の新人の頃に比べて見違えるほどたくましくなり、遭難救助の最前線において常にトップに立てるだけの実力を身につけた。

この山が自分を変えてくれたと、夏実はかつていった。

だからこそ、北岳が大好きなのだと。

そんな夏実の屈託のない笑顔が深町には眩《まぶ》しかった。

彼自身もここで多くの死に直面し、あまつさえ自分の判断ミスで仲間を死なせたという心の疵《きず》を抱えてきた。夏実はあんな小さな躰なのに、それでいて心の重荷に耐えながら、相棒のメイとともに山を走っている。だから自分もここで生きていける。過去を払拭することはできないが、それを背負って歩み続けることならできる。

5

夏実は軽快に足を運んでいた。

トントンとリズムを刻むように、樹林帯の急斜面を足早に下りていく。

愛用の登山靴は、都内巣鴨《すがも》にあるゴローという店で足型をとって作ってもらったオーダーメイド。堅牢《けんろう》な革靴にもかかわらず、重量は七二〇グラムと化繊素材のトレッキングシューズなみ。まるで自分の肉体の一部のように脚にぴったりとフィットし、ビブラムソールを張った靴底のグリッピングも良好だが、何よりも彼女自身、足腰を鍛えているから、山での歩みが速いのである。

五年前の入隊時は、先輩たちについていけずに音を上げた。

今もふたりの新人が〝雪トレ〟に励んでいるはずだが、夏実もまた、そうした訓練や現場で徹底的にしごかれ、鍛えられ、涙を流し、苦悩し、そして気がつけば、すっかり自身が山に馴染んでいた。人間の適応力は凄いものだと思ったが、過去には脱落した新人隊員もいたという話だから、きっと自分はこの山の空気によほど合っていたのだろう。

ここでメイを相棒にして、救助と訓練の日々を送れることが、今は心からの歓びだった。救助隊や山小屋のスタッフたち、大勢の登山者たち。

この山で出会う人々が大好きだった。

だからこそ、あのとき遭ったふたりの登山者に奇妙な違和感を感じたのだ。

どんな人であれ、ここを訪れる人は北岳を愛している。仲間とはしゃぎながら登る人もいれば、むっつりと黙ってひとりで足を運ぶ人もいる。山に対するいろんな思いや心のかたちが、人それぞれにあるにしろ、山が嫌いでここに来る者はいない。

しかし、あのふたりには歓びがなかった。のみならず、いやな〝色〟が感じられた。


通常二時間のコースタイムだが、夏実はその半分以下で広河原に下りてきた。

山荘前にいた若いスタッフたちに挨拶をし、野呂川の美しい渓流にかかる細長い吊り橋を揺らしながら渡り、対岸の野呂川広河原インフォメーション《I》センター《C》へと向かう。

林道の脇の木立に隣接する駐車スペースに愛車が待っていた。

スズキの軽自動車、ハスラーである。オレンジのボディと白のルーフ。そんなちょっと派手目な色合いが、周囲の車の中でやけに目立っている。

車体にたくさん落ちていた落葉を払ってきれいにした。少し離れたところから愛車をくまなく見て、埃もほとんどなくピカピカなのを確認し、満足したように運転席に入った。後部シートはふたつとも伏せてフラットにし、そこにメイが入れるアルミ製のドッグケージを設置している。

ケージを外に引っ張り出してから、車内に残っていた犬の毛をガムテープでていねいにとってすっかりきれいにした。

ドアにロックをかけるとドッグケージを折りたたみ、広河原ＩＣに運んだ。

建物前の駐車場に、ルーフに赤ランプを載せた白黒パトカー仕様のＲＶ車、三菱チャレンジャーが停車していた。

「あ。来てるんだ」

そう独りごちた夏実は、坂道の途中の入口から直接、二階フロアへと入った。

展示室や小さな売店、ベンチやテーブルなどがある広いラウンジの端に、大きなカウンターがあり、上に渡された太い梁の左に〈インフォメーション〉、右に〈山岳救助隊警備本部〉と記されている。

その中に、見知った顔を見つけて歩み寄った。

「藤野《ふじの》さん！」

カウンターの中でパソコンに向かっていた中年男性が顔を上げる。

ブルーの警官の制服。坊主刈りの頭は胡麻塩《ごましお》で、おまけに遠近両用の眼鏡を鼻の途中までずらしてかけている。眼鏡越しに上目遣《うわめづか》いに夏実を見た彼は、白い歯を見せて破顔する。

「やあ、星野さん。下りてきたのか」

地元芦安《あしやす》駐在所に勤務する藤野克樹《かつき》巡査長である。

夏実たち救助隊員は、オフシーズンには南アルプス署地域課の警官として地上勤務になるから、各地域の駐在所の警官たちの顔ぶれには馴染みがある。逆に藤野はこうして自分から積極的に山を訪れ、各小屋やトレイルのパトロールをしたり、いつも誰もいないこの広河原ＩＣの警備本部に来ては、登山者の指導や無線、電話連絡の応答をしてくれたりする。

「おや。今日は相棒といっしょじゃないんだな」

「メイは御池で留守番してます。これから本署にお客さんを迎えにいくんです」

持っていたドッグケージをカウンターにもたせかけた。「すみませんが、これ、ちょっとだけ預かっていてもらえます？」

ケージを受け取りながら藤野がいった。

「聞いたよ。地域特別指導官ってんだろう。われわれ末端の警官が職務上の手抜きをしてないか、お偉いさんが見回りにくるっていうわけだ」

「たしかに指導官って……何だか、おっかなそうですよね」

夏実はわずかに肩をすくめてみせる。「――ところで藤野さんは、これから山に登られるんですか？」

「いや。今日は事務関係で来ただけなんだ。しばらくしたら芦安に戻るよ。久しく松戸くんの顔も見てないから、北岳山荘にも行ってやりたいんだけど、今夜から明日にかけて大きな台風が来るっていうしな」

カウンターの端に置かれた液晶モニターに映し出された天気予報を見ながら、藤野はいった。

台風十七号。アジア名はフィリピンのタガログ語で〝強い〟を意味する《マラカス》。中心気圧は八九五ヘクトパスカル。中心付近の最大風速七十八メートル。強風半径は八百キロ以上。それが勢力を保ったまま、日本列島のすぐ手前まで迫っていた。

「大雨で道が崩れでもしたら、少なくとも数日は足止めになっちまう」

「それもそうですよね」

夏実は肩をすぼめて笑う。

「星野さんも今日じゅうに御池に戻るんだよね」

「戻ります。藤野さん、まだいらっしゃるようでしたら、帰りがけにまた顔を出しますけど？」

「素通りしていいよ」彼は苦笑いした。「どうもキャリアの連中が苦手なんだ」

「それって、うちのハコ長も同じです」

藤野はまた白い歯を見せて笑った。「江草さんは、バリバリのたたき上げだからなあ」

「いつもなら、帰りに缶ビールのひと箱ぐらい持って上がれっていわれるんですけど、今日はさすがになしです」

「お偉いさんが来るんじゃ、そりゃむりだろう」

「ですよね」

夏実がまたクスッと笑ったときだった。

一階からの階段を靴音を立てて登ってきた三人の男性登山者がいた。それぞれチェックのシャツに帽子をかぶり、大きなザックを背負っている。いずれも三十後半から四十がらみ。その顔を見て、夏実は口をつぐんだ。

「どうした」

藤野にいわれて、夏実はそっと彼の耳許でささやく。

「さっきも上であんな感じの人たちに会ったんですが、何だか、ふつうの登山者とは違うみたいな人たちですね」

いかにも警官らしく、藤野は鋭い目でベンチの周囲に荷物を下ろす男たちを観察していた。

「そろいもそろって、えらく鍛えた躰だな」

「警察の関係者でしょうか。前にもＶＩＰのお忍び登山のときに、秘匿《ひとく》警護で警視庁の人たちが大勢でここに来たりしたんです」

「いくら何でもあそこまでガッシリした警官は、そうはいないよ。機動隊員ならともかく」

男たちは夏実と藤野に後ろ姿を見せながら、帽子を脱ぎ、ベンチに座った。いずれも胸の厚みがあって、首が太い。肩から背中にかけての筋肉が発達しているのが、シャツを着ていてもわかる。ボデイビルダーのような体型であるが、そろって頭を角刈りのように短く刈り上げている。

「もしかして……自衛隊とか」

夏実がつぶやいたとたん、片手でペットボトルを飲んでいたひとりが彼女に横目を向けた。鋭い視線でにらまれたような気がして、あわてて目を逸らした。

「心配しなくていいよ」

藤野は軽く夏実の腕を叩いていった。「ここじゃ事故はあっても事件は起こらない」

「ですよねえ」

そう答えてから、足許に置いていたザックをとった。

「じゃ、本署に行きます」

藤野にお辞儀をしてから歩き出した夏実は、一度だけ肩越しに振り返った。

あのときと同じような〝色〟が、男たちの姿に重なるように揺らいで見えていた。


スズキ・ハスラーで南アルプス林道を走り、いくつものトンネルを抜けた。

けっして広くない道路で、しかもくねくねとうねっているので、夏実は車でたどるたびに緊張する。山梨交通の大きなバスとカーブで鉢合わせになることもあるし、山路の運転に馴れた乗合タクシーが情け容赦なく後ろからあおってきたりする。もう五年もここを行ったり来たりしているのに、どうしても馴れない。

北岳への冬山登山コースの入口に近い、〈鷲《わし》ノ住《す》山登山口〉を過ぎてまもなく、工事車輛《しゃりょう》が三台ばかり停まっていた。起重機がついたいすゞの大型トラックと、青い三菱製ダンプカー。それに鉛色のボディをした四ドアタイプの日産ダットサントラックである。山を削った法面《のりめん》に張ったメッシュの補強工事だろうか。ヘルメットに作業服姿の男たちが三名、そこに立っている。

徐行しながら通り過ぎる夏実に、道を空けた男たちが視線を投げてくる。

「お邪魔してすみません」

車窓を下ろして頭を下げるが、誰ひとり、応える者がいない。

わざとらしくそっぽを向いたり、遠慮会釈《えしゃく》もなしににらむようにこっちを見ている。

その姿にまたいやな〝色〟を感じたような気がして、夏実はあわてて視線を逸らした。

今日の自分はどうかしている。

そっとウインドウを閉じ、アクセルを踏み込んだ。

世の中には無愛想な人間は案外といるものだ。いちいちそれに反応していてはきりがない。

夜叉神《やしゃじん》峠を抜け、御勅使《みだい》川に沿って芦安方面を目指して下り道をたどり始めたときも、やはり不快感あるいは不安感が頭から消えなかった。

いつしかまた登山道や広河原ICで出会った、あの登山者たちのことを思い出していた。彼らもやはり無愛想で、何だかロボットみたいに無表情だった。さっきの工事関係者と同じように鋭い目をしていて、それに――同じ〝色〟を放っていた。

そのことが意識の片隅に残っていた。もっとも彼らが何かをしでかしたわけでもない。大樺沢の深町隊員にだけは報告したが、それも必要なかったかもしれない。たんなる杞憂《きゆう》であれば、それでよし。

〈塩沢入口〉と書かれた信号が赤になって、車を停めたときに、ふとつぶやいた。

「やっぱり思い過ごしだよね、メイ」

後ろの座席に彼女のボーダーコリーが乗っていないことに気づいて、夏実は自嘲《じちょう》した。

市内の道路は混雑していなかったが、南アルプス警察署に到着したのは午前九時を五分過ぎた時刻だった。広い駐車場に車を停めると、あわてて飛び出し、茶色の四角い庁舎に入る。

「おい、星野。どうした、そんなに急いで？」

交通課のカウンターの中から顔見知りの中年男性の警官が声をかけてきたが、夏実は軽くペコリと頭を下げるだけで足早に通り過ぎる。そのまま〈地域課〉とプレートがかかったフロアに向かう。

いちばん奥の机、眼鏡をかけた沢井《さわい》友文《ともふみ》地域課長の傍らに立って、夏実はハアハアと息をつきながらいった。

「あの、遅刻してすみません」

沢井課長はポカンとした顔で夏実を見つめている。

「えっと、地域特別指導官をお迎えに参りました」

自分が迎えにきた人物の名を思い出して、口にした。

「――菊島《きくしま》優《まさる》警視はどちらにおられますか」

一瞬、沢井課長が奇異な表情を浮かべた。

「菊島警視ならそちらだ」

指先で眼鏡を押し上げてから、課長はかすかに横流しに顎を振る。

夏実が目をやると、壁際の長椅子に、濃紺のスーツに白のブラウス姿の、三十代半ばぐらいに見える女性が、脚を組んで座っていた。

セミロングの髪を後ろでまとめ、首が細く、全体にすらりとした体型である。鼻筋が高くて目が大きく、肩幅もあるので、まるでモデルのように見えた。

彼女は立ち上がり、軍人のように背筋を伸ばすと、きれいに指先をそろえて敬礼をした。

「県警本部から来ました菊島優《ゆう》です」

「え？」

夏実は棒立ちである。

名前からして、てっきり男性だとばかり思っていた。いや、たしかに読み方を変えれば女性の名なのに、警察庁から山梨県警に出向したキャリア警察官ということで勝手にそう思い込んでいた。

「あなたは救助隊のメンバーですか」

「はい」直立不動の姿勢をとってから、あらためて返礼する。

「南アルプス山岳救助隊の星野夏実巡査です。よろしくお願いいたします」

「こちらこそ」

「あの……」

歩きかけた菊島警視が立ち止まる。

「何か」

「えっと。そのお姿じゃ、とても山には入れませんが」

彼女は目を細め、丹唇《たんしん》をかすかに吊り上げた。

「登山用具と衣類は別室に置いてあります。救助隊の方に初めてお会いするのに、そんな恰好じゃ失礼だと思ったの」

「はあ」

そうつぶやき、夏実は自分の登山シャツを見下ろした。

夏実のハスラーは元来た道をたどって夜叉神峠に向かっていた。

九月とはいえ山の風は涼しいので、車窓をぴったりと閉ざした。

ヘアピンカーブの続く狭い山道である。ひどく緊張しつつ、彼女はハンドルを握っていた。ちらちらとルームミラーに目をやっては、後部座席に乗る菊島警視を見る。彼女は鼻筋の通った横顔を夏実のほうに向け、窓外の景色をずっと見ながら黙っていた。

服装はさっきと打って変わり、夏実が着ているようなチェック柄の登山シャツにベージュの登山ズボンである。足許はザ・ノース・フェイスのトレッキングシューズ。傍らの座席には三十リットルぐらいの青い小型ザックが置いてある。

濃紺のスーツ姿はハッとするぐらい美しく見えたが、登山服もなかなかに似合っていた。今、流行の山ガールとは違って、パッとした派手さはないが、シックにまとめて、大人の色気のようなものを放っている。

高級そうな香水の匂いも、かすかに車内に漂っていた。

「あの」

小さく咳払《せきばら》いをして夏実が訊いた。「菊島警視は登山はされてたのですか」

ミラーの中で横顔がかすかにうなずいた。

「大学時代は登山部だったの。でも、ずっと昔のことだから」

「きっと大丈夫。少し歩けば馴れて、躰が思い出します。今夜から明日にかけて大きな台風が来そうですけど、それが行ったらきっと気持ちよく晴れると思います。北岳の頂上に立ったら凄いですよ。周りは三百六十度の大絶景で、富士山から北アルプスまで見渡せますし、それに――」

「星野巡査」

「はい？」

「私は行楽目的の登山客じゃないの。あなたたちの日頃の仕事ぶりを視察、指導にきたんです。勘違いしないで下さい」

夏実はハンドルを持ったまま、唇を嚙みしめた。

「……すみません」

それきり、会話が止まった。

沈黙が重かった。

同じ女性だということで安心感があったのだろう。つい、いらぬことを訊いてしまった。夏実はそんな自分の不甲斐《ふがい》なさを嚙みしめつつ、右に左にクネクネと曲がる林道をたどってハスラーを走らせ続けた。

夜叉神峠のゲートで、顔なじみの初老の警備員に頭を下げてから、長いトンネルを抜けた。

さらにひとつ、短いトンネルを通ると、にわかに視界が開ける。観音経渓谷展望台。昭和天皇皇后両陛下が立ち寄った場所ということで、御野立所《おのだちしょ》といわれ、大きな石碑が立っている。その向こうに、忽然《こつぜん》と山が出現する。北岳から間ノ岳《あいのだけ》に至る稜線が青く見渡せる。まるで手に取れるほど間近に見える。

ミラー越しに、後ろの菊島警視にちらと目をやる。しかし、彼女は横の車窓に顔を傾けるように、別の方角を眺めている。眼前に見える山の美しさを教えたかったが、今となってはそれもできない話であった。

さらに少し走ったところで、往路でも見かけた工事車輛が路肩にあった。

高い崖にメッシュを張りめぐらせた下に停まっていたのは、たしか三台。今は一台だけだった。青い三菱のダンプカーである。ヘルメット姿の作業員たちはひとりもいなかった。全員でどこかに出かけているのかもしれないが、昼の休憩まではまだ時間があった。

知らず、車を徐行させていたらしい。

「どうしたんですか」

後ろからふいにいわれて、夏実は気づいた。

「あ。いいえ、何でもないんです」

反射的にそういって、ゆっくりと車を加速させた。ドアミラーの中で、青いダンプカーがだんだんと小さくなってゆく。

6

首相官邸と公邸との間を結ぶ渡り廊下に、共同、時事通信両社の記者たちが立っている。いわゆる総理番と呼ばれる取材記者である。

「共同・時事方式」といって、この二社の記者たちだけは首相を二十四時間、常時監視できるという特権が与えられている。ぴったりと首相の動向に張り付くだけではなく、たとえばふいの用事で首相が外出するときは、番車と呼ばれる専用ハイヤーで追いかけることもある。

たとえ記者クラブに所属していても、他紙の記者たちは直接、首相周辺での直接取材ができない決まり事となっている。その代わり、ここで見聞きした情報などは、のちに記者会見室などで他の新聞記者たちにも伝えられ、いわゆる〝メモ合わせ〟という儀式が行われるのである。

今朝から官邸周辺の雲行きが怪しいということで、彼らは色めき立っていた。何らかの緊急事態が勃発したという噂《うわさ》が、記者たちの間に流れていた。

公邸から姿を現し、あわただしい様子で足早に歩く田辺康造《こうぞう》首相と秘書官の姿を見つけた記者たちがあわてて駆け寄るが、いつも以上に冷たい態度であしらわれた。他の大臣や官僚たちならいざしらず、首相が相手だと、これ以上、強気に出ることはできない。

つっけんどんな態度はいつものことだが、それでも記者たちは田辺首相の表情の中に尋常ではない何かがあったことを悟った。

記者たちを振り切るように、田辺は正面玄関から官邸内に入った。

奥のほうで怒号が聞こえていた。

おそらく他の大臣や官僚の誰かが、記者クラブの連中に捉まったのだろうと、田辺は思った。

この一件は特秘事項であることを念押しに伝えてある。マスコミが真相を知るのはかなりあとになってからのことになるだろう。いや、もしかすると真相を知らぬままになる可能性だってある。

エレベーターで五階に上がると、急いで執務室に入る。

大きな日本国旗が傍にある執務机では、内線専用電話がひっきりなしに鳴り続けていて、秘書官たちがあわてて応対をしている。田辺はそれを無視するように秘書が机上に置いたいくつかのメモに素早く目を通し、必要なものだけを手にすると、そこを出て閣議室に向かった。

室内の大きな会議用テーブルには、すでに茂原光男《しげはらみつお》内閣官房長官がいた。織田《おだ》浩介《こうすけ》内閣官房副長官。そして角和夫《すみかずお》幹事長、茅野《ちの》忠治《ちゅうじ》総務会長、黒井《くろい》克也《かつや》政調会長といった党三役の顔ぶれもそろっていた。

向かいのテーブルには京橋望《きょうばしのぞむ》警察庁長官、岡田《おかだ》隆秀《たかひで》警備局長といった警察関係のトップ。内閣情報調査室の室長である小島《こじま》尭之《たかゆき》内閣情報官。内閣官房の事務を管理する、安全保障および危機管理担当の三河登《みかわのぼる》官房副長官補がいる。

間もなくして、あわただしい様子で有馬修《ありまおさむ》防衛事務次官が入って来た。スーツもネクタイもひどいことになっていることから、官邸の一階付近で記者たちにさんざんたかられ、もみくちゃにされたのだと推測された。それ以上に顔色が冴《さ》えないのは、特別な事情があるためだ。

会議テーブルの所定の位置に座ると、田辺首相はいつものように脚を組んでいった。

「五日前、さいたま市の自衛隊施設から、何かが盗まれた事件についてとのことだが？」

「正確にいいますと陸上自衛隊大宮駐屯地です。ここは第三二普通科連隊や、中央特殊武器防護隊などとともに、化学学校があることで知られています」

有馬防衛事務次官が答えた。額に噴き出した汗を、しきりにハンカチで拭いている。

化学学校。

その言葉で田辺の脳裡《のうり》をいやな予感が過《よ》ぎった。

「たしかマスコミの報道では〝資材が盗難に遭った〟ということだが？」

「当初はわれわれも詳細な事実を確認していなかったため、仕方なく置き換えた言葉でした」

有馬の視線がわずかに泳いでいた。

「単刀直入に訊きたいが、いったい何が盗まれたのかね」

すると、有馬防衛事務次官が、意を決したように答えた。

「VXガスです」

首相があからさまに困惑の表情を浮かべた。

「それはどういうものだ」

「かつてサリンとともに、あのオウム真理教が使用したことがありますが、現存するあらゆる毒ガス兵器の中でも最強といわれているものです。吸引すれば呼吸器障害と痙攣《けいれん》を引き起こし、皮膚からも吸収されるためにガスマスクも効果がありません」

有馬防衛事務次官はそういった。

田辺首相が口をつぐんだ。

しばし間があって、彼はいった。

「今まで、なぜ黙っていた」

「防衛省のほうで内々に処理しようとしたのですが、残念なことにそれが果たせませんでした」

そう、有馬がいった。

「事案を揉《も》み消すつもりだったのか」

「致し方ありませんでした」

「しかし……」

田辺はわずかに目を泳がせつつ、いった。

「なぜ、そんなガス兵器が大宮に？」

「陸上自衛隊の化学学校では、防護研究のためにサリンやソマン、マスタードガス、それにＶＸガスなど七種類の毒ガスを、少量ですが合成精製していました。ただし化学兵器禁止条約に基づき、少量生産にかぎられるということでしたが」

田辺はあっけにとられた顔で防衛省の官僚を見つめた。

「本当に少量だったのだな？」

「化学兵器禁止条約に基づく国内法、化学兵器禁止法で、陸自の大宮化学学校は、〝特定物質の毒性から人の身体を守る方法に関する研究のために同物質の製造をする施設〟、すなわち〈特定施設〉に指定されております。実際、ＶＸガスといっても、あくまでも研究資料としてのサンプル製造ですし」

いいわけをいった有馬防衛事務次官を、首相はにらむ。

「よほど杜撰《ずさん》な警備だったのだろう」

「むろん厳重な警備を敷いておりました。が、相手は組織的なプロのようで、監視の隙を突いて当直の自衛官たちを消音装置を使った麻酔弾で眠らせ、施設内に侵入しておりました」

「組織的……だとすると、過激派グループか、それとも海外のテロ組織ではないのか」

「目下、調査中であります」

有馬の返答に、田辺首相はまたいらついた。

「で、盗難に遭ったというそのガスは、いったいどれぐらいの分量なのか」

「えー、二ガロン、つまり約八リットルです」

「八リットルといえば、えらい量じゃないか。それでは少量生産とはいえないのではないのかね」

「水でいうと、一ガロンの重さがだいたい三・七八キログラムです。VXガスは水の密度よりもごくわずかに大きいため、それより少し重いことになります。ですから、いちおう年間十キログラム以内という製造規約は遵守されていたということです。化学学校の装備研究科も機関設立当初から、すでにOPCW（化学兵器禁止のための国際機関）から八回以上の査察を受けているので、これは間違いありません」

煙に巻かれたような気がして、田辺は腕組みをして俯いた。

「その分量だと、いったいどれぐらいの威力があるんだね」

そう訊ねたのは首相の近くに座る小男の茂原官房長官だ。

有馬防衛事務次官は茂原に目を向け、それから手にしていた資料に目を落とした。指先がかすかに震えている。

「ええと……ＣＩＡ、つまりアメリカ中央情報局の資料によりますと、十ミリグラムのＶＸガスを皮膚に滴下するだけで、平均的な成人男性を殺すとされています」

「たった十ミリグラムで……」

田辺首相は言葉を失った。

「同資料によれば、一ガロンのＶＸガスは三十六万二千人の致死量に相当するということです。二ガロンだと、単純計算で七十二万四千人――」

うわずった声で答える有馬の前で、突如、首相が立ち上がった。

「いくら条約の規定内とはいえ、そんな猛毒ガスを陸自は所有していたというのかね。しかも、あんたらの手抜き管理のせいで、それがあっけなく盗難に遭ってしまうとは」

横合いから顔を寄せて、茂原官房長官がいった。

「この資料によると、合成された実剤は防護研究に使用したのち、迅速に処分されるとあるが、結果としてそうされていなかったということですよね」

「つまり、長期間にわたってガスが保存されていたということだ。それでＯＰＣＷから査察を受けたとはザルもいいところじゃないかね。それとも国際機関の目を欺《あざむ》いていたとでもいうのか」

首相の言葉に、有馬防衛事務次官たちは青ざめた顔で目を逸らすばかりだ。

「そもそも、そのような危険物質をどういうふうに管理していたのかね」

「むろん、装備研究科においては最高レベルのガード態勢のもとに保管されておりました。そのため、サンプル剤を貯蔵する場所を外部の者が特定するすべはなく、どうやら内部に手引きする者がいたとしか思えません。あるいは、そもそも化学学校内の実情に知悉《ちしつ》していた人間かも」

事務次官の言葉に、執務室のあちこちで吐息が洩れた。

「自衛隊の中にスパイがいたということだ。これはたいへんな失態だよ、きみ」

官房長官の怒声に、有馬はさらに恐縮してうなだれるばかりだ。

「資料にはVXガスについてのことや、化学学校におけるVXガスの保管、実験などに関する簡単なレポート。それから九月二日の夜中に、化学学校からVXガスが盗難された事案についての、詳細な報告書もあります。ぜひ、目を通していただきたいと思います」

そういったのは、小島内閣情報官である。

そもそもこの一件が露見したのは、彼が長をつとめる内閣情報調査室の、内閣情報集約センターにもたらされた匿名の通報によるものだった。おそらく化学学校内部の誰かからのリークだと思われた。内調はそれを受けて、すみやかに資料を作成し、田辺首相に報告。それが今回の臨時閣議の招集となったのであった。

「で、ざっくばらんに訊くが、いったい犯人グループはどういう奴らだと思うのかね」

首相に問われても、有馬は口を閉ざしている。皆目、見当も付かぬようだ。

「現在、警察のほうでも大宮に捜査員を派遣しています」

警察庁の京橋長官がそう答えた。「最前おっしゃられたように、内部に手引きする存在があったとすれば、これは警察だけではままなりません。ぜひとも自衛隊さんにも協力していただかねばなりませんな」

「いちばん懸念されるのは、盗まれたVXガスがテロなどに使われることです。組織的な犯行だということで、その可能性が高いということは意識しておかねばなりません」

京橋の隣に座る岡田警備局長がそういった。

「毒ガスを使うとは最悪のテロになりそうだな」

田辺首相は頭をかかえた。「都内に散布でもされた日にゃ、あの〈地下鉄サリン事件〉どころの話じゃない」

「警備を強化して容疑者摘発に全力を注ぐとともに、ガスを使ったテロ実行の阻止につとめるしかありません。すでに都内全域に緊急警備態勢を敷いております」

と、岡田警備局長。

「たとえば他にテロリストがガスを使用する場所として、どんなところが想定されるかね」

すっと手を挙げた男がいた。室内にいた全員が彼を見た。

伊庭《いば》健一《けんいち》。内閣危機管理監である。

今回の緊急事態を受けて、関係省庁の局長クラスをここに招集したのは彼だった。

セルの眼鏡をかけた長身の男である。年齢は四十だが、すらりとした体型と整った黒髪のおかげか、まるで三十歳ぐらいに見える。目の前の机の上には膨大な資料や報告書が山積みとなっていた。それらにずっと目を通していたため、さっきまで意見を挟まず、沈黙していたのである。

歴代の内閣危機管理監は警察官僚出身がほとんどで、多くは元警視総監が任命されている。伊庭のように比較的、若い官僚がこの役職に就いたのは初めてのことだった。理由は国内外で国民が巻き込まれるテロ発生の可能性が高まったという事情を考慮し、即戦力になるキャリアとしての期待ゆえだ。

その伊庭が首相に向かっていった。

「毒ガス兵器で最大の効果をもたらすには、大勢の人間が集まる場所で、しかもなるべく広域に散布するという手段がいちばんです。すなわち、できるかぎりの高い場所でテロを実行することですね」

「高い場所？　ビルのてっぺんとかかね」

「飛行機やヘリ。それにドローンのような飛行できるものから散布する手段もあります。あるいは風船か気球のようなものを人口密集地に向けて飛ばすとか」

「飛行機やヘリなら都内上空の飛行を規制できるが、そんなものを防ぐことはできない」

と、官房長官がつぶやいた。

首相はふと苦笑いした。

「高い場所といったら、東京タワーとか、都庁のビルだとか。それこそスカイツリーなんかだったら、うってつけだろうがな」

「わざわざ人目を引くような真似《まね》はしないと思いますよ」と、伊庭。

「だったら、他に高いところってどこだね」

田辺が真顔になっていった。「高尾山のてっぺんか。まさか、富士山なんてあり得んだろう」

臨時閣議の会議テーブルのあちこちから、苦笑の声が洩れた。

伊庭の近くに座る織田官房副長官が立ち上がり、いった。

「総理。あと一時間と少しで官房長官の定例記者会見が始まります。それまでに内容を決定しておく必要がありますが、これはいわば国難ともいえる緊急非常事態です。以後の議事は地下の危機管理センターにておこなうべきだと思われますが」

首相はふいに真顔になり、うなずいた。

「むろんだ。すみやかに移動しよう」

7

白い雲の海が眼下に広がっていた。

遥かずっと先に視線を飛ばすと、蒼い富士山が三角の頭を突き出している。目の醒《さ》めるような青空が頭上に広がり、白く刷毛《はけ》で描いたような巻雲が、青天井のそこここにちりばめられている。そんな中を、飛行機雲の白い筋が斜交《はすか》いに横切り、ゆっくりと伸びていく。

松戸颯一郎《そういちろう》はそんな空をぼうっと見上げていた。

背後には北岳山荘の建物がある。

標高二九〇〇メートルの尾根に位置する、鉄骨二階建ての山小屋である。南アルプス市による指定管理がなされ、延べ床面積二七〇平米。最大百五十名が宿泊できる建物は、南側から見れば、まさにホテルのような豪壮な外観をしている。ここは、ある有名な建築家が設計デザインした山小屋として知られていた。

建物の前にたくさん積まれた石垣に松戸は背を凭《もた》せ、足を投げ出していた。ペットボトルのミネラルウォーターを飲み干すと、立て続けに二度、生あくびが出た。早朝からの重労働だったが、午前九時になって、ようやくとれた休憩時間だった。

巻雲は悪天の兆しといわれる。

熱帯性低気圧の中心から周囲に向かって流れる温暖気流の前線付近に発生するためだ。もっとも、台風十七号の接近は、すでに天気予報などで繰り返し伝えられているため、この小屋にいるスタッフも、ほとんどの登山者も、そのことを知っているはずだ。

記録的な大型の台風だという。が、松戸にはイメージがどうもわかなかった。

いくら大型で勢力が強くたって、こんな山小屋が吹き飛ぶほどの台風なんてあり得ない。

野呂川広河原インフォメーションセンターの常駐スタッフだった松戸は、二年前から、この北岳山荘で働くようになった。登山道の起点にある広河原ＩＣでの仕事も重要だったが、やはり、山にいるからには、標高の高い場所に位置する小屋で働きたかった。その願いがようやくかなった。労働力の大半はアルバイトの若者だが、松戸のような山のベテランが、やはりここでは必要とされていたし、日頃から重たい荷物を担ぎ上げるボッカで躰を鍛えていた彼は、たちまちスタッフたちの中心的存在となっていった。

今も、何人かが周囲で休憩している。

車座になってくつろいでいる者たち。無風で、気温が二十度もあるせいか、上半身をはだけて、顔だけにタオルをかけ、岩場に仰向けになって寝ている若者もいた。彼の向こうにある幕営地には、テントが三張りだけ見えている。

今は夏場の行楽シーズンが一段落して登山者の数は少ない。だからこそ、今のうちに、山小屋のメンテなどをしておかねばならない。ましてや台風の前である。

松戸たちが手がけているのは、小屋の外にある公衆トイレの作業だった。

公衆トイレといっても、それ自体、大きな建物である。中央の吹き抜けになった通路の左右に、合計十五の個室式のトイレが並んでいる。

ここは杉チップを使って微生物を活性化させ、汚物の分解処理をするバイオ式になっている。排泄《はいせつ》物《ぶつ》はステンレス製の槽内で水と炭酸ガスに分解されるため、汲《く》み取りが不要というメリットがある。

杉は多孔質で、殺菌作用がないために、菌床として適した素材であるが、それでも夏場のように登山者が多く利用すると、分解能力が追いつかず、攪拌《かくはん》装置が故障したりする。

十五の個室はひとつの槽につき、一日七十五名を限度として、個室内の人感センサーによってカウントがされている。最盛期には次々と登山者が訪れるため、たちまち許容量に達してしまう。

だからシーズンが過ぎると、彼らはバイオトイレのメンテを余儀なくされる。

槽ひとつにつき、杉チップ四十リットル。交換は思った以上に重労働である。

山小屋で働く男性スタッフ、バイトは、みながみなタフでマッチョではない。ゆえにリーダー格の松戸は、必然的に周囲から頼られてしまう。何しろ人のいい彼のことだから、断ることができず、他人の担当ぶんまでホイホイと引き受けてしまう。

そんなわけで、さすがの彼も音を上げていた。

午後になったらなったで、また別の仕事が待っている。

すぐ目の前には切り立った崖があった。錆《さ》び付いて使わなくなった太いスチールワイヤーが無秩序にとぐろを巻いて、山のように積んである。その向こうが垂壁になって切れ落ちていた。

崖から三百メートル下には石清水の水源があって、そこから山の水をポンプアップし、小屋まで給水していた。その配水用のホースが崖を垂れ下がっている。ところが経年劣化でホースのあちこちひび割れているため、それ自体を交換しなければならない。

ザイルを張って懸垂下降のように崖にとりつきながら、三百メートル以上のホースを巻きとって、新しいものに付け替えるのは、かなり難儀な作業となるだろう。が、この山小屋で働く以上、仕方のないことだった。山の暮らしとはそういうものだ。

ふと思いついたように、ズボンのポケットから財布を取り出し、開く。

折り返しの透明ポケットに差し込んでいた写真を抜いた。

白根御池小屋の前で、救助隊員の星野夏実とツーショットで撮影したものだ。

去年の夏、関隊員に頼んで撮影してもらった一枚だった。ちょっとはにかんだ様子で照れる松戸の髭面に顔を寄せるようにして、夏実が屈託のない笑顔でピースサインをしている。

まるで恋人同士のようなショットだった。

眼を細め、きれいな歯を見せて笑う夏実の、口許のふたつの笑窪に見とれていると、ふいに傍らから声がかかった。

「颯ちゃん。ちょっといいかなあ」

あわてて写真を財布にしまい、松戸は跳ね起きるように立ち上がる。

小柄だが、ガッシリした体軀の中年男性が山小屋の裏口に立っていた。

三枝辰雄《さいぐさたつお》。南アルプス市の観光商工課から北岳山荘の指定管理人として来ている。

彼に手招きされ、松戸は財布をズボンのポケットにしまうと、空のペットボトルを持ったまま、小走りに駆けていった。

「受付にお客さんなんだ。悪いけど、手が離せなくてな」

「いいですよ」

腕時計を見た。九時五十分。

「こんな時間からって、珍しいですね」

「きっと肩の小屋を出て、山頂経由で来たんだろう」

そういいのこして、三枝はオレンジのトタン屋根の資材小屋のほうへと歩いて行った。


正面入口に〈山梨県　北岳山荘〉と書かれた看板の下。二重扉を開けて入ると、受付カウンターのある土間に、男性ばかりが五人、立っている。それぞれ大きなザックを下ろし、登山靴を脱ぎ始めていた。

やけに窮屈に感じられると思ったら、五人とも、えらくガッシリとした体格で驚いた。

松戸も山で鍛えた躰のおかげで、よくボディビルディングでもやってるのかと訊かれるが、そんなレベルではない。胸板が厚く、Tシャツから出た腕が、常人の太股ほどもあった。おまけに全員が頭を短く刈り上げているため、まるで兵士のように見えた。いずれも何を話すでもなく、むっつりした顔をそろえている。

胡麻塩頭の中年男性が、受付カウンターの中に入った松戸に声をかけてきた。

「連泊になって申し訳ないのですが」

岩のようにガッシリとした顎の男だったが、ひとりだけ笑みを浮かべていた。

松戸はカウンター越しに人数を確認した。「五名様ですね」

「予約を入れずに申し訳ないのですが、あとでもう五人ほど来る予定です。団体ですし、できたら個室が望ましいのですが」

「今はオフシーズンだし、台風の接近でお客さんもいないはずですから、一般の相部屋でも個室状態になりますよ」

「だったら、それでかまいません」

松戸が差し出した宿帳に、男は記入を始めた。

坂田《さかた》秀彦《ひでひこ》。五十九歳。住所は東京の世田谷になっている。本人のみならず、全員の名前ばかりか住所や連絡先までスラスラと書いていく。それを松戸はじっと見つめていた。

明日以降の行動予定が空欄になっているのに気づき、訊いた。

「えっと明日のご予定は？」

坂田という男はペンを置いて、こういった。

「とくに決めてませんが、ここらを散策してみようと思いましてね。間《あい》ノ岳《だけ》までの稜線にはライチョウがいるという話ですし、高山植物もたくさん咲いているでしょうし」

「明日の午前は台風が直撃する可能性があります。できれば、しばらく停滞されたほうが……」

「むろんです。何しろ、全員、暇なものですから、下山は何日、先延ばしにしてもいいんです」

松戸は彼らの雰囲気に奇異な感じをくみとりつつも、黙っていた。人にはそれぞれの事情がある。よけいな詮索は無用だ。

「お部屋は、その階段を上って右にある〈農鳥岳《のうとりだけ》〉になります。すでにお布団を出してありますので、広げてご自由にお使い下さい。それから、靴やストックはそこの箱に入っているビニール袋に入れて、お部屋にお持ち込み下さい」

カウンターから身を乗り出すようにして松戸が二階を指さすと、坂田はなぜか厳《いか》めしい顔でうなずき、すかさず他の仲間に目配せをした。

男たちがザックを手にし、土間から板張りの床に上がる。次々と階段を上っていく。

しんがりの男が板の間で何かにつまずいたらしく、百リットルぐらいの大きな緑色のザックを、ふいに足許の床に落とした。

ザックの中身が金属音を立てた。それも、ひどく重々しい音だ。

松戸は奇異に思った。

ふつうの山道具が立てるような音ではなかったからだ。

背の高い男だった。やけに頰骨が張っている。その男と一瞬、目が合った。

男は視線を逸らすと、小さく舌打ちをしてから、逆さになったザックを拾い上げ、仲間のあとを追って階段を素早く上っていった。

松戸はカウンターから身を乗り出したまま、硬直していた。

8

野呂川広河原インフォメーションセンターのコテージ風建物の近くに、スズキ・ハスラーを停めた。パーキングブレーキを踏んでエンジンを切った。

夏実が車外に出ると同時に、後ろのドアを開いて菊島優警視が下り立った。片膝ずつ折って登山靴の靴紐《くつひも》を締め直すと、ザックを引っ張り出し、各ストラップを調整してから背中に担いだ。

青いザックはアークテリクスの新しいモデルのようだった。まだ、一度も使っていないようで、色落ちもまったくなく、きれいなままだ。何が入っているのか、やけに重たそうに見える。

「お荷物、こちらで少し預かりましょうか？」

「無用です」

無下に断られ、夏実は頭を下げた。

自分のデイパックを助手席から引っ張り出して背負った。ショルダーとヒップとチェスト、各ストラップを締め、最後に肩の上にあるトップストラップを引いて、デイパック自体を躰に引きつけるようにぴったりと密着させる。

ふたりで歩き出した。

広河原ＩＣの前、砂利が敷かれた駐車スペースには、三菱チャレンジャーを改造した藤野のパトカーがまだ停車していた。〝キャリアが苦手〟という彼の意思を尊重して、夏実は立ち寄らずに、野呂川にかかる吊り橋に向かった。

左手には、青空に突き上げる北岳の絶巓《ぜってん》が、くっきりと見えている。真夏は霞《かす》んで見えることも多いのだが、九月に入れば、空気が変わったように山肌が間近に感じられる。そのことを菊島警視に伝えたかったが、また「いらぬ説明は無用」などと返されるような気がして口に出さずにいた。

野呂川の清流にかかる吊り橋を揺らして渡る。先頭は夏実。肩越しにちらと振り向くと、菊島警視の不安そうな顔が眼に入った。緊張した様子で下を見ずに、足を交互に踏み出している。高い場所が苦手なのかもしれない。

夏実は何もいわずに向き直り、歩き出す。

対岸の広河原山荘の水場で飲料水を補給し、登山道に入った。

樹林帯を抜ける急登で夏実は足運びを遅くした。いつもの歩調の半分以下だ。

数メートル離れて菊島がついてくる。水色のバンダナでしきりと顔の汗を拭いながら、俯きがちに歩いている。森のどこかからキビタキの声が美しく響いていたが、きっと彼女には聞こえていないに違いない。頑張ってと声をかけることもできず、夏実は少し行っては立ち止まり、黙って菊島が追いついてくるのを待った。

大学時代は山岳部だったというが、ブランクが長いのだから仕方がない。

少し歩けば躰が思い出すなんて社交辞令をつい口にしてしまったが、実際のところ、一度、落ちてしまった筋肉はすぐに戻るものではない。何度か山に登っては、少しずつ馴らしていくしかないのである。

中高年の登山事故は、若い頃に山をやっていたからという自己過信が招くことも多い。

そんなことを考えながら歩くうちに、知らずペースが速くなっていたのだろう。また菊島警視をずいぶん離してしまったことに気づき、夏実は足を止めた。

登山ルートがふたつに分かれる二俣《ふたまた》分岐点で、一度、ザックを下ろしてもらった。菊島警視はしきりにペットボトルの水を飲んでいる。満面に汗を噴いている。薄化粧なのがさいわいだった。

「行きましょう」

菊島は自分から立ち上がり、ペットボトルをポケットに入れたザックを背負う。

ここからが本格的な急登となる。

夏実はさらに歩調を落とした。菊島が遅れてついてくる。

登山道の途中にゴミの類いはほとんど落ちていない。北岳に来る登山客たちのマナーがいいのだろう。また山小屋のスタッフたちも上り下りの最中にゴミを見つけるたびに、きちんと回収している。もちろん夏実たち救助隊員もだ。

途中で二パーティほど、若者たちの団体が上から下りてきた。その楽しそうな姿を、足を止めた菊島は振り返り、無言で見送っていた。

木製ベンチが置かれた二カ所の休憩所を経て、ようやく白根御池小屋に到着した。広河原から三時間が経過していた。

一般の登山客たちがいるベンチのひとつに荷物を下ろすと、菊島警視は振り向いた。

白根御池小屋の向こうに隣接するように、二階建ての小さな山荘が建っている。

コンクリの階段の上、アルミのスライドドアの横に、それぞれ〈南アルプス山岳救助隊警備派出所〉、〈北岳登山指導センター〉と揮毫《きごう》された二枚の看板がかかっている。その前に濃紺のキャップにチェック柄のシャツといった隊員服を着た男たちが整列していた。

最後の休憩所のベンチを過ぎた辺りから、夏実が無線で到着を連絡したからだった。

手前に江草恭男隊長が立っている。

指導官が女性であることを、あらかじめ知っていたのだろう。べつだん、驚いた様子もない。

後ろで横隊を作っているのは、杉坂知幸副隊長以下、深町敬仁、進藤諒大、関真輝雄隊員。この春から新人として入った、横森一平、曾我野誠の両隊員。

隊の中で欠けているのは、下山中の救助犬K－9チームのメンバーの神崎静奈だけだ。

「ご苦労様でした」

江草隊長が敬礼をすると、菊島警視も向かい合って立ち、背筋を伸ばして返礼した。

「お疲れのようですし、山小屋のほうで休憩されてはいかがですか」

菊島は江草から目を離すと、御池小屋のほうを見た。

「ご心配はご無用です。さっそく仕事に入りたいと思います」

声が少しかすれていたが、しっかりした口調だった。三時間の、しかも馴れぬ登山で心身ともに疲弊しきっているはずだが、そこはキャリアとしての意地があるのだろう。

「江草さん。お願いがあるのですが、狭くていいから部屋をひとつお借りできますか」

「警備派出所には、あいにくと空き部屋がないんです。ですが、山小屋のほうにご用意できると思います。もとより警視の宿泊や食事なども、そちらでということで予定しておりましたし」

「私は登山に来たのではないのです。だから、山小屋に寝泊まりする義務はありません」

江草隊長は険しい顔で菊島を見てからいった。「わかりました。何とかしましょう」

全員がまた敬礼をし、解散となった。

「星野巡査。悪いけど、あとでここの派出所と周辺を案内して下さる？」

そういわれて夏実は菊島の顔を見た。

少し途惑ってから、彼女はいった。「え……あ、わかりました」

立ち尽くしている夏実の前で、菊島は自分のザックを取り上げると、片側の肩にかけて歩き出す。勝手知ったるという様子でコンクリの階段を上り、派出所の中へと入ってゆく。その後ろ姿を追うように、江草隊長が続いた。


白根御池のけっしてきれいとはいえない水面を、アメンボが何匹か、スイスイと泳いでいる。

池の対岸にある繁みの中に、大きな岩があって、白い観音像が上に立てられていた。五十センチぐらいの大きさで、蓮《はす》の花を左手に握った姿。穏やかな顔で目を閉じている。基部の鉄製プレートには、昭和三十六年六月、北岳バットレスで亡くなった遭難者の鎮魂のために建立されたとある。

星野夏実は、愛犬のメイとともに観音像の隣に座っていた。

この場所が好きだった。

時間があれば、メイといっしょによくここに来て座り、いつまでも山を見上げていた。

左手には雄大な北岳、その東面のバットレスの岩壁。真正面は小太郎尾根に至る草すべりというジグザグ急登コースの登山路だ。右手には警備派出所と、向こうに建つ白根御池小屋が見えている。

昼時を過ぎていたが、小屋の前のテーブルで自炊している登山者たちの姿があった。数は三名。今朝方まで池の周辺に張られていたテントは、すべて撤去されていた。

台風が近づいているので登山者たちは次々と山を下りている。今日の午後には御池小屋からも客がいなくなるだろう。

警備派出所のほうから深町敬仁隊員がやってきた。

足早に走ってくると、御池の畔《ほとり》を回り込み、草叢《くさむら》を抜けて岩の下に立つ。そして、身軽な様子でひょいと岩の上に登ってきた。夏実の隣に座った。

「待ったかい」

「いいえ」夏実はニッコリと笑った。「でも、私、ここに座っているのが好きなんです」

「知ってるよ。いつもメイとふたりでいるよね」

夏実は笑い、池の対岸を指さす。

「深町さんだって、よくそこにイーゼルを立てて、北岳を描かれてますね」

「ああ」

新調したメタルフレームの眼鏡越しに、北岳東側にそびえる約六百メートルの垂壁をじっと見つめていた。「――ここからだと、いい具合にあのバットレスが見えるんだ。他の場所に飽きたら、つい画材を持ってきてしまう」

彼の趣味は絵を描くことだった。それも北岳の絵ばかりを、きっともう何十枚と描いている。

自分で満足するものが描けないのか。いつも完成した絵を破棄してしまう。傍らから見ていると、とても素敵な絵なのに、もったいないなあと夏実は思う。しかし、本人にとってはいくら描いても描ききれない何かがあるのだろう。

「あの男たちはやはり北岳山荘に向かったようだ」

ふいにいわれ、夏実は現実に引き戻された。

「さっき松戸くんと無線で交信したんだが、全部で十名。しかも台風を承知で長逗留《ながとうりゅう》するそうだ」

御池をかすめるように風が吹き、波紋が水面に広がっている。

その風が不安を呼んだように、夏実はわずかに肩をすくめた。傍らのメイが長い舌を垂らしたまま、振り返っている。鳶色の美しい瞳を見て、彼女はわざと微笑む。

「体型からして一般の登山者には見えないと、彼もいってた」

「やっぱり警察官でしょうか」

「わからない」眼鏡の奥で、深町はわずかに眼を泳がせた。「機動隊員なら、たしかに屈強な躰をしているが、松戸くんは〝まるで兵士みたい〟だといってた」

「それって、もしかして……」夏実が眉根を寄せた。「自衛隊の人だとか？」

「あり得るかもしれないな。一般の登山者の恰好をして、ここで何らかの訓練をするつもりなのかもしれない」

「それにしたって台風ですよ。それも、とりわけおっきなの」

「俺もそこが気になるんだ。山が荒れるとわかっていて、わざわざ登りにくる。その点も腑《ふ》に落ちない。もっとも自衛官なら、あえてそんな状況の中で訓練をする意味があるのかもしれないが」

「私、〝色〟を見ちゃったんです」

深町がうなずいた。「それも、あまりいい〝色〟じゃなかったようだな」

「でも、自分自身の感情とかコンディションで、見えたり見えなかったりするし、間違いだってあるから何ともいえません」

「そうだね。杞憂だといいが」

そういって、深町は腕時計を見た。

「おっと、そろそろ時間じゃないか。菊島指導官がお待ちかねだ」

夏実は思い出した。

「そうだ。また、遅刻しちゃう！」

あわてて立ち上がり、岩の上から草叢に飛び降りた。

振り返って深町に手を振ると、メイとふたりで走り出す。

9

三菱チャレンジャーのパトカーの車内で、藤野克樹は開け放した窓に肘を載せてアクセルを踏んでいた。芦安駐在所に戻るため、南アルプス林道を走り始めて十五分が経過している。

車窓から吹き込んでくる風は、九月とはいえ、さすがに山の空気の冷たさがあった。ウインドウを上げようとスイッチに手をかけたとき、前方から鈍い音が聞こえた。

同時に、車体が下から突き上げられるような感覚があって、思わずブレーキを踏みつける。

一瞬、タイヤが路面を滑り、斜めに傾ぎながらチャレンジャーが停まる。

最初は地震だと思った。しかし様子がおかしい。

爆発音のように聞こえたのである。

「何だ……」

独りごちた藤野はドアを開けて外に出た。

南アルプス林道は前方で大きくカーブして、崖の向こうに消えている。そのずっと先に白い土煙のようなものがもうもうと舞い上がっている。

それが何を意味するか悟った彼は、あわてて車内に戻ると車を出した。

右に左にカーブする山路を飛ばしているうち、前方に灰色のヴァンが停車しているのが見えた。乗合タクシーとして使っている十人乗りのハイエースだった。周囲に登山者姿の男たちが立っている。紺の帽子に緑色の法被《はっぴ》を着たタクシーの運転手もいた。

およそ五十メートル先。左手の崖が大規模に崩れていた。

大小の瓦礫と土砂が積もっていて、右側の遥か下、野呂川にも大量に落ちていた。林道自体もかなりの範囲で崩落しているらしく、その部分が大きく抉《えぐ》れている。まだ崖崩れが発生して間もないために、周囲には独特のきな臭さがあり、土煙が立ち込めている。

藤野は車を停め、下りた。唖然《あぜん》となりながら崩れた壁面を見上げた。

パラパラと音を立てて小石が絶え間なく落ちてくる。

壁面にはまだいくつもの深い亀裂があった。

「危ないから、車をもっと下げて！」

藤野は運転手に怒鳴るようにいった。

「また崩れてくるかもしれんぞ！」

惚けたように前方を見ていた運転手が、我に返って振り向いた。他の登山者たちとともにあわててハイエースの中に戻る。ヒステリックなエンジン音を立てながら、乗合タクシーが藤野の傍をかすめるようにバックしていった。

藤野は自分の車も安全と思われる距離まで後退させてから、また車外に出た。

崩れた瓦礫や土の間から、青い車体のようなものがわずかに覗《のぞ》いている。藤野は他の連中に近づかぬように指図してから足早に駆け寄った。

「おぅいっ！　誰かいるか！」

大声で叫ぶ。が、返事はない。

足音がして振り返ると、先ほどの乗合タクシーの運転手が離れた場所に立っていた。よく日焼けした中年男性で、帽子を取って汗だくの額をハンカチで拭っている。

「生き埋めになった人はいないと思うよ」

そう彼はいった。

「青いダンプには誰も乗っていなかったし、工事現場には人がいなかった」

「崩れるところを見ていたんだね」

「まさに間一髪だったけどね」

そう答えて、また額の汗を拭いた。

「これでまた当分のあいだ、林道封鎖だなあ。これから秋の行楽シーズンだっていうのに、おかげで商売上がったりだよ」

ぶつぶついいながら自分のハイエースに引き返していく。

それにしても——と、藤野は崩れた崖を見上げた。たしかここは壁面にコンクリの吹きつけがなされ、メッシュで全体を覆って補強していた。それが一気に崩れてしまったというのか。

しかも雨も降っていないときに、だ。

そう思ったとき、車を運転していて前方から爆発音のようなものを聞いたことを思い出した。

あれは崖が崩落するときの音だったのだろうか。それにしては、まるでダイナマイトの爆発音のように聞こえた。

土煙の残滓《ざんし》が立ち込める崩落現場を凝視しながら、藤野は考えた。

ふと、自分のそんな想像を打ち消した。莫迦《ばか》げている。わざと崖崩れを起こして、いったい誰が得をするのというのだろう？

だいいち人為的に発破を使ったのなら火薬が臭うはずだ。そう思ったものの、風向きのせいか、燃焼臭のようなものはとくに感じられなかった。その代わり、かすかにだが甘い匂いが鼻を突いた。どこかに花でも咲いているのだろうが、植物に疎い藤野はすぐに興味を失った。

チャレンジャーのパトカーに戻ると、車載無線のスイッチを入れてマイクを取った。液晶に署活系のチャンネルが表示されているのを確かめると、コードを車外に引っ張りだした。

「至急、至急！〈芦安1〉から本署」

しばし間があって、雑音とともに返信が来た。

――こちら本署です、どうぞ。

女性の声に覚えがあった。南アルプス署の通信司令センターに詰めている、たしか石塚《いしづか》という名の警官だ。本署で何度か話をしたことがあった。

「十三時〇二《マルニ》分。南アルプス林道、広河原から芦安方面にPC走行中、鷲ノ住山展望台近くにて大規模な崖崩れが発生。林道が完全に埋没し、通行不能となっている模様です」

――本署、諒解。現場における死傷等の報告はありますか。どうぞ。

「現在のところ、確認できず。事故発生時、近くに乗合タクシーが居合わせておりますが、全員の無事が確認できております。ただし夜叉神峠側の状況がわからないため、大至急、役所、消防署等へ連絡の上、現地調査をお願いします。こちら、これよりタクシーの乗客および運転手を、広河原まで移動させます」

――わかりました。藤野さん、くれぐれも気をつけて下さい。

「ありがとう、石塚さん。〈芦安1〉。以上」

マイクを車内の無線機のホルダーに戻し、パトカーの窓にもたれながら吐息を投げた。

乗合タクシーの前では、運転手と乗客の登山者たちがいい争っている。

夜叉神峠を抜けられなくなったため、いったん広河原に戻って、北沢《きたざわ》峠か、奈良田《ならだ》方面への迂回路《うかいろ》を行くしかないが、ゆえにタクシーの料金が高く付く。そのことでトラブルになっているようだ。

広河原へ至る林道は三つ。

そのうちのメインルートが、こうして崖崩れで通行止めとなった。

残り二カ所の林道はあるが、ことに東京方面での行き来となればどちらも遠回りになってしまう。

先ほどの運転手の話ではないが、紅葉時期の観光シーズンになっても林道閉鎖が続くとなると、観光収入が激減して南アルプス市も大打撃だろう。

「とにかく、戻るしかないよ」

藤野はそういいながら、運転手の緑の法被の肩を叩いた。「北沢峠と奈良田。どっちのルートをたどって山を下りるにしろ、いったんは広河原まで引き返す必要があるんだ」

「土建屋さんを呼んで土砂を除去するとか、できないんですか？」

赤いシャツを着た中年男性の登山者が、苛立たしげに訊いてきた。

「これだけの規模の崩落事故だ。林道を再開するのに、早くて一月か二月はかかりそうだね。だいいち今夜から台風だから、さらに道が崩れるかもしれない」

藤野にさとされ、登山者はしょげかえった様子で乗合タクシーの中に戻った。

「パトカーで先導するから、うしろをゆっくりついてきてくれるかね」

運転手にいってから、藤野はチャレンジャーに入った。

慎重に車をUターンさせると、ミラー越しに崩落した林道を見ながら、ゆっくりと徐行するように、来た道を戻り始めた。

広河原ＩＣの建物を回り込み、タクシーとバス乗り場にパトカーを停めた藤野は、市営バスがバス停から離れた場所に立ち往生しているのを見て、奇異に思った。

車外に出ると、バスの運転手と助手の中年女性が歩いてくる。周囲に立っていた乗合タクシーの運転手たちもいっしょだった。

それぞれが藤野を囲むようにして、深刻な表情を顔に張り付かせている。

「駐在さん、崖崩れだよ」

痘痕面《あばたづら》のバスの運転手がいった。「北沢峠に向かったら、途中で道路が完全に埋まってるもんだから、仕方なく引き返してきたんだ」

「北沢峠――」

藤野は驚いた。「夜叉神方面じゃなくて？」

運転手はうなずいた。

「場所はどこだね」

「野呂川出合のちょいと先だ。昨日から崖の補強工事が入ってたところだよ」

信じられなかった。

タクシーの運転手のひとりがこういった。

「俺らは無線で報告しておいたからいいだけんども、山梨交通のほうにもすぐに通達しんとなあ。あっちの山小屋のお客さんたちが、夜叉神経由で戻れんつうこんだ」

藤野は小さくかぶりを振る。「夜叉神も通れないよ」

「なんでだね」

「あっちの林道も崖崩れだ」

「駐在さん。なにょうゆうとるだ」

運転手たちが声を荒らげて詰め寄ってきたので、仕方なく説明した。

「鷲ノ住山展望台近くだ。さっき目の前で崩落したのを、この目で見たばかりだ」

彼らは絶句した。

藤野もまた混乱していた。

南アルプス林道の二カ所が、それも長野側と山梨側への要所が、ほぼ同時に崖崩れでふさがってしまった。それも雨も降っていないというのに、だ。そんな偶然があるのだろうか。

現場で聞いた爆発音を思い出した。やはりあれは土石が崩壊する音ではなく、ダイナマイトのような爆発物だったのではないだろうか。

あの甘いような匂いを思い出した。

かりに林道の崖崩れが人為的に行われたとすれば、いったい誰が何のためにそんなことをしたのか。

そんなことを考えているうちに、ふと思った。

「そうだ……奈良田は」

この広河原に至る南アルプス林道は、三つのルートがある。夜叉神峠と北沢峠。残るひとつは野呂川に沿って対岸を南に、静岡方面に下りていく奈良田ルートである。

藤野はとっさに乗合タクシーの運転手のひとりを捉まえ、いった。

「現在、奈良田に下っているタクシーはあるかね」

「そったらことわかんねえだよ」

「大至急、タクシー無線を使って確認してほしいんだ」

「まさか……奈良田ってあんた」

驚きの顔を見せる運転手に、藤野はいった。

「あっちも崩れたら、この広河原から外に出られる道は他になくなる」

「だっちもねえこんだ。自然の崖崩れだろ」

「たまたまの偶然で二カ所が崩れたのならいい。もし、そうじゃなければ――」

つぶやくようにいってから、藤野は三菱チャレンジャーのパトカーに駆け寄った。

焦った顔で窓越しに車載無線のマイクを取った。

10

白根御池小屋と警備派出所の間を抜けて、山の側に少し行ったところに、柵で囲ったドッグランがある。その向こうに立つ小さなログハウス風の小さな建物が救助犬たちの犬舎だ。中は狭いが、犬たちが寝泊まりするスペースの他、排便などをするための場所もある。

今、ここにいる救助犬は、夏実のボーダーコリー、メイ。K－9チームリーダーの進藤諒大の相棒である川上犬のカムイだ。どちらも今は、犬舎の奥にあるドッグケージの中に入っている。

警備派出所の内外を案内し、御池小屋の中と周辺を歩いてから、最後に菊島優警視をつれた夏実が犬舎に入って来たとき、犬たちは興奮をあらわにして尾を振り、狭いケージの中を行ったり来たりした。しかし、いっしょにいる新参の女性の姿に気づいた二頭は、うって変わってあきらかに困惑した表情になった。

犬たちは敏感である。自分のことを好きな人間と、そうでない人間。態度に示さずとも、敏感に察知するのである。とりわけ彼女のようにあからさまな嫌悪を前にすると、メイもカムイも動揺する。

メイのハンドラーである夏実も、犬たちの反応を通して、菊島が犬嫌いであることを悟った。そして、この場に彼女を連れてきたことを後悔した。

しばし菊島の横顔を見ていた夏実は、彼女に重なるように悪い〝色〟を感じていた。フィードバックが自分に忍び込もうとするのを静かに抑えつつ、こういった。

「そろそろ、よろしいでしょうか」

「え？」

菊島が我に返ったように振り向く。

「あの……以上で、ご案内は終了なんです」

「そう」

いつものように素っ気なくいってから、菊島は踵を返し、犬舎を出た。

深呼吸をするように肩を揺らして息をついた。

自分の感情の揺れを夏実に悟られまいとしてか、あらぬほうを見て、しばし黙っていたが、ふいに何かを見つけたのか、足早に歩き出した。それを夏実が追う。

「これは何？」

菊島が足を停めた。

「犬の訓練に使うものかしら」

彼女の前には地面に打ち付けられた、一本の木の柱があった。その上にはていねいに藁紐《わらひも》が何重にも巻き付けられている。まるで汚いものにでも触れるように、菊島は指先でそっとさわり、すぐに手を引っ込めた。

「あ、それは静奈さんの……神崎隊員の巻き藁です」

「巻き藁って」

「空手の練習のためのものです。拳や手首の鍛錬に使うんだそうです」

再三にわたって殴られたそれは、藁がほつれ、切れ端がたくさん落ちている。地面には靴底で抉れたへこみがはっきりと残っていた。

指導官はしばし黙っていた。この娘は、いったい何の冗談をいっているのかという顔つきで、夏実を見つめていた。

「空手って、救助隊のメンバーはみんなやっているの？」

「いえ、あの……ひとりだけですが」

口ごもって答えた夏実は、にらむような相手の視線を意識した。

「ここは遊び場じゃなく、あなたたちの職場なんです。わかってらっしゃるのかしら」

厳しい口調に夏実は途惑い、答えに窮した。

「即刻、撤去して下さい」

「でも――」

足音がして、振り返った。ちょうど警備派出所のほうから、江草隊長がやってくるところだった。

「何か、問題でも？」

飄々《ひょうひょう》とした江草の声に、菊島が険のある表情で振り返った。目の前に立つ江草の姿を、上から下までくまなく見た。胡麻塩頭に無精髭、チェックのシャツは袖を肘までまくり、足許は素足にサンダル履きである。

「ざっと見させていただきました」

菊島は胸の辺りで腕組みをしながらいった。「はっきりいって、ここはたるんでいると思います」

「ほう」

寸鉄人を刺すような彼女の言葉に、江草はまるで動じなかった。

「屋根の上で布団を干しながら昼寝をしている者。画材を外に持ち出して絵を描いている者。カードゲームにマンガ本。のみならず、夜は全員で酒盛りまでしているそうじゃないですか。ここは何のレジャー施設ですか」

「ふだんの自由行動は隊長として認める代わりに、ノルマとしての訓練は怠ってません。出動事案があれば、彼らはプロの活躍ぶりを見せてくれます」

「自由行動はけっこうですが、あまり度が過ぎると、だらしないといわれても仕方ありませんよ」

「だらしないとおっしゃる？」

「たとえば、あれです」

そういって菊島は静奈が使う巻き藁を指さした。「ああした個人の趣味に関するものを職場に持ち込むことを、あなたはここで認めてらっしゃる」

問われて江草は困った顔をした。片手で口髭をざらざらと撫《な》でてから、眼を細めた。

「神崎隊員にとって、空手は趣味ではなく、あくまでも実用的な武術です。心と体の鍛練になるし、実際に救助活動などで役立ってます」

菊島が躰ごと隊長に向き直った。

「警察官の職務執行に必要な術科は何ですか」

「柔道、剣道、逮捕術ですね。必要とあれば拳銃射撃も」

「そこに空手は入っておりません」

「正式課目でないからといって、禁じる理由にはならんと思います」

江草隊長はいつもの穏やかな顔をしていたが、目が笑っていないことに夏実は気づいた。ふだんは物静かでおっとりとしている人物なのに、いったん怒ると本当に怖い人だとみんながいう。さいわい夏実は声を聞いたことこそあれ、直にその場面にいたことがないのだが。

「警察官の職務は、一にも二にも規則を遵守することでは？」

「むろんそうです。が、ルールにがんじがらめに縛られていては、ここでは何もできません。多少の余裕というか、まあ遊びがあるぐらいがちょうどいい。そうして隊員たちも実力を発揮できるようになります」

「遊び、ですか」

「そういうと語弊があるかもしれません。しかし、締め付けるべきところは締め付ける。そして、それ以外は自由を認める。それがここでのやり方です」

「警察官の職場として、そんなことでよろしいのかしら」

「ここは職場であるとともに隊員たちの生活の場でもあります。何カ月も麓に下りることもなく、仕事の苦楽のみならず、いつも寝食をともにしているんです。彼らのささやかなプライバシーを奪うことはできません」

「この実態は上に報告します」

江草がうなずいた。「ご自由にどうぞ。ただし偏見や尾鰭《おひれ》は困りますよ」

「私はあくまでも公正な立場です。偏見も尾鰭もありません」

あからさまに憤りの表情になって、菊島が江草をにらみつけたときだった。

足音がして、関隊員が焦り顔で走ってきた。

「ハコ長。広河原から無線を受けました。林道が崩落したという報告です」

夏実は驚いた。

「夜叉神方面ですか」

「鷲ノ住山登山口の少し先だそうです。でも、それだけじゃなくて……」

なぜか関は困惑した顔になった。「実は北沢峠方面でも、野呂川出合付近でかなり大規模な崩落があったそうです」

「二カ所も？　まさか同時にですか」

「多少のタイムラグはあるかもしれませんが、たしかに二カ所、ほぼ同時に崩れたようです」

「奈良田方面は？」

「そちらは無事です。現在、登山者たちを乗せたバスやタクシーが、何台か下り始めたということですが」

江草隊長は目尻に皺を寄せて、しばし考えていた。

「どういうことですか？　崩落って――」

菊島の言葉を片手で制して、江草はいった。

「二度あることは三度あるっていいますよね」

「まさか、そちらも崩落するってことですか？」

「いや、そんなことは考えたくはないんですが」

そういいながら江草が関に向き直った。「偶然だったらいいんです。でも、外から広河原に至るルートは三つ。それがすべて塞《ふさ》がれたら、この山岳一帯は陸の孤島となってしまいます」

陸の孤島。

江草にいわれた言葉に、夏実は唖然となった。しかも大型台風が通過する間は、もちろんヘリも飛べないがゆえに、ここは完全に閉鎖地帯となってしまう。

そのとき、ふいに思い出した。

崩落があったという鷲ノ住山登山口の少し先。そこに工事車輛と作業員たちがいた。

彼らの隙のないような表情と、鋭い視線。

「まさか、犯罪の可能性があるとでも？」

菊島が眉根を寄せながら訊いた。「こんなに人里から離れた、それもオフシーズンの山で、いったい誰が何をしようというの？」

「わかりませんが、われわれは常に最悪を想定して、それに備えなければなりません」

「ハコ長」

夏実がそこに口を挟んだ。「実はずっと気になることがあったんです」

彼女は今朝から見かけた不審な登山者たちのことを報告した。そして、夜叉神峠に向かう南アルプス林道の途中にいた工事関係者たちのことも。

「その十名はたしかに北岳山荘にいるのですね」

「松戸くんからの報告ですから、間違いないと思います」

「林道崩落、屈強な男ばかりの登山者パーティ、それに……台風か。胸騒ぎがしますね」

江草は関にいった。

「念のためです。本署に連絡して、もう一度、確認をとって下さい」

「諒解」

駆け出そうとした関の肩を捉まえ、こういい足した。

「それから奈良田を管轄する鰍沢西《かじかざわにし》署にも、詳しく状況を伝えて下さい。万が一ということもありますので、現場に急行する際はくれぐれも気をつけるように、と」

うなずいた関が駆け出すと、ハコ長こと江草隊長は、警備派出所に向かって足早に歩き出した。

それをあわてて菊島が追いかける。

「江草さん。ちょっと、待って下さい。まだ、こちらの話が終わっていませんが？」

「事務に関することは後回しに願います。まず任務が先だ」

鋭くいい放った江草は、関隊員に続いて派出所のコンクリの階段を駆け登り、中に入った。

それをまた憤然と菊島が追う。

夏実は立ち尽くしていた。

気がつけば、ドッグランの傍にひとりだけ取り残されていた。

あの違和感のある登山者たちのことをまた思い出した。彼らに重なるように感じられたいやな〝色〟も、不快感をともなって心によみがえってきた。

11

「鷲尾さん。至急電です」

北岳山荘二階の部屋〈農鳥岳〉に、入口から角刈りの男が飛び込んできた。焦り顔で片手にインコム社の小型のトランシーバーを握っている。

午後になって到着したばかりの後発組、五名と、向かい合って座っているところだった。全員が大型ザックを板張りの上に下ろしたまま、荷もほどかず、まだ顔や首筋に汗を浮かべている。

「気をつけろ。ここではまだ、私は〝坂田〟という名だ」

鷲尾にいわれ、男は気まずい顔で頭を下げてから、いい足した。「――今し方、別働班から無線が入りました。奈良田の爆破の遅れの原因ですが、セムテックスの時限式起爆装置が接点不良のために作動せず、とのことです」

「ということは、依然、奈良田ルートは封鎖されないままか」

「予備部品との交換を急いでいるところですが、あと二時間はかかりそうとのことです」

「二時間の遅れであれば充分に取り戻せる」

「しかし広河原からの登山者たちの移動はすでに始まっているようです。すでに山梨交通のバスが一台、乗合タクシーが三台ばかり現場を通過した模様です。台風の接近を前に下山を急ぐはずですから、このままだと人質の大半に去られてしまうことになります」

畳敷きの上に胡座をかいていた鷲尾は、窓越しに外を見た。

雲塊の向こうに三角の頭を覗かせていた富士山が、今はガスに覆われて見えなかった。おそらく南アルプスの山域全体に、濃いガスがかかっているだろう。

「登山者たちを大勢、人質にする必要はない。わざわざオフシーズンを選んだのは、そのためだ。外部からこちらに入って来られない状況を作れば、それでいい」

鷲尾はまた窓の外に目をやる。

台風の接近は今夜から始まり、明日の午後まで悪天が続く。が、すでに天候は急変し、ガスでヘリの有視界飛行はできない。日没時間を過ぎて風雨と闇で空路が閉ざされてしまえば、空からの侵入は完全に不可能である。北岳への登山起点である広河原への陸路を完全に封鎖するのは、それまでにやれたらいい。

声明を出すのはその段階だ。

「奈良田への返電はどうしますか」

「登山者たちは通行させろと伝えるんだ。ただし、外から入山してくる車には注意すべし。とりわけ警察だけは絶対に通してはならない」

「警察が、もう動くでしょうか」

「林道がすでに二カ所、同時に崩落したんだ。怪しいと思わないほうがおかしい」

「もしも彼らが現場に来たら？」

鷲尾はじっと窓外の景色を見ながら口を引き結んでいた。

やがて、こういった。

「その時点で状況を開始する」

〝状況〟。

それを耳にして、周囲の男たちがいっせいに緊張した。

「諒解しました。では、持ち場に戻ります」

最前の男は静かに立ち上がり、ひとり部屋を出て行った。

すでに半数の部下たちは北岳山荘を出発し、それぞれ予定の場所に向かっていた。

北岳山頂を中心に、合計三カ所に〝発射装置〟を仕掛ける計画だった。

鷲尾たちは周囲を歩いて、小屋の様子や土地の形状を念入りに調べ終えていた。万が一、戦闘になった場合、地の利を得ていたほうが有利になるためだ。もっとも、そういう事態が起こる以前にすべてのケリを付けるつもりだった。

最悪の場合の想定はもちろん織り込み済みだ。

新しく合流した五名の部下たちは、この山小屋を制圧する任務につく。そのための武器もザックに入れて運び上げている。

「現在、肩の小屋と白根御池小屋はまったくのノーガードですが、双方に人員を配置しなくても大丈夫でしょうか」

鷲尾の隣に座る初老の男が訊いてきた。

「他の山小屋は放置していて大丈夫だ。あくまでもわれわれはここを根城にする」

「諒解しました」

うなずいた男の名は陣内正美《じんないまさみ》。

鷲尾より三つ年上で六十二歳。短く刈った髪はほぼ真っ白になっている。顔の皺も深いが、鼻の下の髭をていねいに切りそろえ、よく日焼けしていて、鋭く、落ち着いた目をしていた。鷲尾の現役時代から、ずっと女房役といわれていた。自衛隊の退役は鷲尾よりも早かったが、公私ともども深く付き合ってきた男だ。

向こうには、氷室《ひむろ》、小諸《こもろ》、梶川《かじかわ》。いずれも三十代。

さっき報告にやってきた男は加藤《かとう》といった。

今回、集まったメンバーには、予備役とともに現役の自衛官も何人か交じっている。氷室たちもそうで、いずれも大宮駐屯地勤務のとき、鷲尾の下についていた尉官である。

「別働班が奈良田ルートを塞いで広河原に移動すれば、すべての配置は完了する」

「こちらでの状況開始は？」

陣内にいわれ、鷲尾は腕時計を見てから答えた。

「午後六時ちょうどに、この山小屋の制圧を実行する。完了後、すみやかに小屋の無線機類を破壊。関係者の携帯電話等をすべて没収する」

鷲尾は静かにそういった。「ところで、この北岳山荘の従業員はすべて把握したか」

「管理人を含めて九名。そのうち女性が三名です」

そう答えたのは氷室猛《たけし》である。

細身で長身。顔の横に白く刃物の傷跡のようなものが目立っている。

鷲尾はうなずいた。

「もう一度、小屋の周囲を見てくる。お前たちはここで荷物番をしていてくれ」

そういうと立ち上がった。

「私も参ります」

陣内も静かに立った。

ふたりで部屋を出て、板張りの廊下を軋《きし》ませながら、そっと歩き出す。


妻とふたりで暮らしていた渋谷区広尾の家を出て、三日が経過していた。

その間、彼は十二名の部下たちとともに、この作戦の準備の総仕上げをするため、都下にある貸倉庫にこもった。作戦を展開する舞台となる山の下調べや、必要な登山用具の調達はもちろん、作戦遂行に必要なほかの道具もすべてそろえ、念入りにチェックをしてきた。

それなのに、出だしから躓《つまず》いたかたちとなってしまった。

予想外のトラブルは必ずといっていいほど発生するものだ。現役時代、実戦を想定した演習地での訓練では、ミスや偶発による想定外のトラブルが何度となく発生した。しかし、そのたびごとに最善の努力と対処をしてきたつもりだった。

しかしながら、あのカンボジアＰＫＯで海外派遣されたときの出来事は、絶対にあってはならぬものだった。それを思い出すたび、心が重くなる。

「どうされましたか」

ふいに陣内にいわれ、鷲尾は我に返った。

無意識に階段の手前で立ち止まっていた。

右手を目の前に持ち上げて、そっと手を開いてみた。いつしか掌《てのひら》がひどく汗ばんでいるのに気づいた。そこだけが火のように熱かった。記憶をたどるたびに、いつも同じ緊張に包まれる。胸の鼓動が激しくなることもある。

「昔のことを、思い出していた」

「いろいろとありすぎますな。つらすぎる過去が」

陣内が少し笑う。

「それはお互い様だ」

汗を掻いた掌を見つめていた鷲尾は、それをゆっくりと握った。静かに呼吸をくり返し、自分が落ち着くのを待ってから、薄暗い階段をそっと下り始めた。

陣内は続かなかった。

気配を感じて、階段の途中でまた立ち止まり、振り返る。

階段の上から陣内が彼を見つめていた。

「あなたは……なぜ、この山を選ばれたのですか」

いわれた鷲尾はかすかに目を細めた。

「前に来たことがあるからだ。それも、二度ばかり」

そう答えてから、静かに階段を下り始めた。

陣内が黙って続いた。

12

白根御池小屋に隣接する山岳救助隊警備派出所から、北岳山荘に無線が入った。南アルプス林道の夜叉神峠方面と、北沢峠方面の二カ所で、崖の崩落事故が起こったという報告である。

「二カ所が同時に、ですか？」

報《しら》せを送ってきた関隊員の声に、松戸颯一郎が最初に返した言葉だった。

実は十五分ほど前に、南アルプス署からの遭対無線による報告があったらしいが、あいにくと小屋のスタッフが誰も無線機の近くにいなかった。だから、松戸にとっては初耳である。

——どちらも車輛の通行ができない規模で、復旧の目処《めど》は立っていません。広河原の登山客たちは、順次、バスや乗合タクシーで奈良田方面に向かっています。

「まさかその調子で奈良田まで崩落するんじゃないでしょうね。三カ所すべてが通れなくなったら、広河原ばかりか、この山域全体が陸の孤島ですよ」

半ば冗談のようにいったはいいが、すぐに笑える事態ではないことに気づいた。

——念のため、鰍沢西署に奈良田に急行してもらっているところです。

「崩落が人為的であるという可能性はありますか」

——それも現時点では不明なので調査するしかありません。そちらの小屋に登山客は何名が滞在していますか。

「現在、十名です。午前中に五名、ついさっき、別の五人が小屋に到着して宿泊の手続きをすませています」

――もしかして、十名とも同じパーティですか。

「そうです」

松戸は山小屋入口の受付カウンターから首を出すようにして、周囲を確認し、また無線機のマイクをとった。

「二時間ほど前に四人ほど、大きなザックを背負って出かけました。間ノ岳まで往復してくるとかっていってました」

――彼らに関して、何か気づいたことはありますか。

松戸は記憶をたどり、彼らが小屋に到着したときのことを思い出した。

少し声のトーンを落として、こういった。

「最初の五人が来たときなんですが、ひとりが、荷物の中に妙に重たそうなものを入れているようでした。ザックを床に落としたとき、金属っぽいというか、鉄製のツールみたいなものが立てる音がしたんで、おやと思ったんです」

――それは気になりますね。他に何か？

「とにかく、みんなやけに大きな荷物なんですよ。小屋泊まりだったら、山道具なんてそんなに必要ないのに。気がついたといえば、そんなところですかね」

――ありがとう。以後、無線のチャンネルを開いておきますので、また何かあれば報告をよろしく。ただし、くれぐれも注意をして下さい。

「北岳山荘、諒解。交信、終わります」

そっとマイクを無線機のフックにかけて、松戸は小さく吐息を投げた。

向き直ったとたん、二階からの階段を下りたところで、チェックのシャツを着た大柄な男が足を止めている姿が目に飛び込んだ。リーダー格の坂田という人物だった。片手に登山靴を持っていた。その後ろにもうひとり、初老の男が立っていた。

松戸はギクリとなった。

視線が合ったのは、ほんの一瞬だった。坂田はふいに目尻に皺を刻んで、にこやかに笑みを浮かべた。大柄な体軀に似合わぬ機敏さで、すたすたと階段を下りてきた。初老の男も静かにあとに続いた。

「お出かけですか」と、松戸が訊ねた。

「夜から天気が崩れるそうですし、せっかくだから、私たちも少し小屋の周りを散策してきます」

土間に登山靴を置くと、そこに足を入れて紐を結び始めた。

坂田たちがのっそりと外に出ていくと、松戸はふっと肩の力を抜いた。

眉根をかすかに寄せて、思った。

いったい何なのだろうか。この異様な不安感は？

——颯ちゃん！

入口の扉を開いて、管理人の三枝が入って来た。

「そろそろ水源ホースの交換をやる時間だ。みんなと行ってきてくれていいかな」

腕時計を見ると午後二時になっていた。ぐずぐずしていたら、雨が降り始めるかもしれない。

「わかりました」

「受付は俺と麻実《あさみ》でやっとくから」

三枝はいいながら土間に靴を脱いで上がり、エプロンを腰に巻いた。

松戸は食堂や厨房にたむろしていた男性スタッフたちに「先に行ってるぞ」と声をかけた。

それから軍手やザイル、カラビナやハーネスなどを入れた重たいダンボール箱を納戸から引っ張り出して、土間に置いた。登山靴の紐を結び、外に出た。

山小屋の周囲に、坂田たちふたりの姿は見当たらなかった。

建物と公衆トイレの間を抜けて南側に出ると、そこは切れ落ちた崖になっている。水源はその崖のずっと下にあった。黒い配水用ホースは、錆《さ》び付いたワイヤーの山の横を通って崖下へと下りていた。

抱えていたダンボール箱をワイヤーの傍に置いて、そっと崖下を覗いてみた。

いきなり風が下から吹き上がってきた。

突風にあおられながら、松戸は名状しがたい不安に駆られた。風が不吉を運んでくるわけではないが、青空を閉ざしていく雲を見ているうちに、奇妙な胸騒ぎをおぼえた。

頭を振るように不安を払拭し、ダンボール箱からザイルを取り出し、ほどき始める。

その頃になって、他のスタッフたちがやってくる足音が聞こえた。

13

およそ一時間前に鰍沢西署を出発したパトカー三台が、県道三十七号線をたどっていた。

早川に沿って右に左にくねりながら続く山路を走り、やがて〈奈良田トンネル〉をくぐると、左手にダム湖である奈良田湖が見下ろせるようになる。そこから先、道は細く、一車線となっていた。

先頭車輛のハンドルを握るのは後藤《ごとう》巡査。地域課に配属され、交番勤務を経て、この春、本署に戻されたばかりの、まだ若い警察官である。隣に座るベテランの山岡《やまおか》警部補とは五カ月もペアを組まされ、警邏《けいら》と呼ばれるパトロールや巡回をしている。

それが今日になって地域課長から奇妙な命令が下った。

奈良田から広河原に至る南アルプス林道のどこかで、不審者が崖崩れ、あるいは土砂崩れを意図的に起こすかもしれないため、巡視に向かえということだった。それも通常の警邏活動ではなく、相手が武器の類いを持っている可能性があるため、防弾衣やポリカーボネート製の盾などを装備しての出動だという。

山岡がどういうことかと訊いたが、課長はただ「黙って現場に行け」と述べただけだった。

後続のパトカー二台にも、通常は管内のパトロールをする地域課の警察官たちが乗っている。本当に相手が刃物か銃などで武装しているとしたら、警邏隊もしくは機動隊の出番ではないかと思うのだが、どうもそこまで深刻な事案ではないらしい。

「どうせ悪戯《いたずら》電話か、何かの間違いですよ」

狭い山道に車を進めながら後藤巡査がいう。「こんな山奥でテロなんてあり得ませんし」

「夜叉神と北沢峠の崩落があったそうだ。まあ、登山客が無事安全に戻れるように、俺たちのパトロールが必要だということだろう」

助手席で腕組みをしながら山岡が答えた。

にらむように前方の景色を見ている。

道路脇の木立が左右から迫っていたが、その枝葉の間からは山に挟まれた空が見えた。朝のうちは眩しいほどに青く晴れ渡っていたのに、午後四時を過ぎた時刻になって、灰色や黒の混じった陰鬱な雲が広がり始めている。周囲の山を見れば、頂上から中腹にかけて白くガスがかかり始めている。

「いよいよ台風のご到着だな」

「嵐の前の静けさなんていいますが、何だかいやな感じの雲行きですね」

後藤が答えた直後だった。

ゆるやかなカーブを曲がった先に、赤い誘導棒を持った警備員の姿が見えた。停まれというふうに、しきりに誘導棒を頭上で左右に振っている。

後藤はゆっくりとブレーキを踏んでパトカーを減速させ、警備員の前で停めた。

車窓を下ろすと、歩み寄ってきた警備員が車内を覗き込んだ。長身瘦軀でよく日焼けし、三白眼の中年男だった。そのよどんだような目を見たとたん、後藤は寒気を感じた。

「ここから先は通行できません」

警備員が野太い声でいってきた。

前方に工事車輛らしき四トントラックが一台、停まっていて、ほぼ垂直の斜面に、ヘルメット姿の作業員が二名ほどとりついているのが見えた。それぞれ崖の上にある立木からロープを垂らし、躰を確保している。削岩機のような騒音がしきりと聞こえる。

「これは何の工事だ」

山岡が助手席から訊いた。

「台風前ですからね。崖が崩れないように補強をしているんです」

「発注は早川町の役場かね」

「そうです。振興課の工務担当だと聞いていますが」

山岡はいらだちを隠そうともせずに、いった。「とにかく緊急車輛として、ここは通行させてもらうよ。先を急がなければならないんだ」

「それはできません」

「なぜだ」山岡が声を荒らげた。「あんたら、警察を停める権限があるのか」

すると、なぜか警備員が一歩、後退した。

パトカーから少し離れると右腕を腰の後ろにやった。戻した手の先には、黒い自動拳銃が握られていた。おもむろにスライドを操作して初弾を薬室に装塡《そうてん》した。

その金属音を聞いて、後藤は硬直した。金縛りに遭ったように躰が動かず、九ミリ口径らしい小さな銃口に視線が釘付けになっていた。

不審者が武器を持っている可能性があると課長にいわれたが、まさかと思っていた。

「あいにくと権限……ではなく、〃任務〃です」

そういって警備員の男は目を細め、冷ややかに笑みを浮かべた。口角の片側だけを大きく吊り上げる不気味な笑いであった。

車のドアが開く音がした。

後藤が目をやると、後続の二台のパトカーの左右のドアがそれぞれ開き、警官たちが車外に出て立ったところだった。二台目の助手席にいた警官は、後藤と同期に卒配された嘉山《かやま》という若い巡査だった。青ざめた顔で、右手を腰の拳銃ケースに伸ばしていた。

「やめろ！」

思わず叫んでいた。

しかし、声は突発的な銃声にかき消された。

警備員に扮《ふん》していた男が右手を伸ばして撃ったのだ。

車窓から身を乗り出すようにして振り返ると、嘉山が腰の拳銃ケースに手を当てたまま、後ろにひっくり返っていた。胸の辺りに着弾したらしく、そこだけ制服が血に染まっていた。仰向けに路上に倒れ、ピクリとも動かない。背中の下から、血の海がアスファルトの上に赤く静かに広がっていく。

後藤は信じられなかった。いくらなんでも、現実にこんなことがあり得るはずがない。

根拠のない楽観は、しかし次の瞬間、派手な銃声にかき消されていた。

崖の中腹にとりついていた二名のヘルメットの男たちが、自動小銃のようなものを腰だめにかまえて発砲してきた。目の前のフロントガラスが白濁して、無数のガラス片を飛び散らせた。車内に飛び込んできた弾丸のいくつかが、助手席の山岡の顔や胸を貫いた。

山岡はパントマイムのように躰を激しく小刻みに前後させると、頭部を含む上半身を血まみれにして動かなくなった。

後藤が短く悲鳴を放った。

手が勝手にシフトレバーをRの位置に入れていた。靴底でアクセルを踏みつけると、パトカーが猛然とけたたましい排気音を洩らしながら後退を始めた。次の瞬間、二台目のパトカーのフロントにまともにぶつかった。破砕音とともに、そのパトカーは勢いで後ろに押され、さらに三台目に激突した。

大きな衝突音が耳朶《じだ》を打つ。

銃声は続いていた。

車外に出ていた警官たちが、次々と銃弾の嵐になぎ倒されていく。

後藤は絶望的な悲鳴を上げながら、ギアを入れ替え、パトカーを前進させた。ステアリングを素早く回しながらパトカーを切り返した。コンクリで舗装された法面に鼻面を激しくぶつけつつも、彼のパトカーは方向転換を終えた。

無我夢中だった。

ローからセカンドへ、さらにサードへ。シフトチェンジしながら、後藤はパトカーを飛ばした。

追い撃ちの銃声が背後から聞こえ、鋲《びょう》打ちのような激しい着弾音がして、車体が震えた。リアウインドウが粉々に砕けた。破片がいくつも頭に当たった。

しかし後藤は振り向きもせず、猫背気味に身をすくませたまま、両手でステアリングにしがみついていた。アクセルをめいっぱい踏みつけた。

カーブを曲がり、さらにその先のカーブをクリアした。

ようやく我に返った。助手席の山岡が後藤にしなだれかかっているのに気づいた。顔をザクロのように粉砕され、上半身が真っ赤に血塗られた上司の警官は、即死したらしく、ピクリとも動かなかった。

後藤は歯を食いしばりながらパトカーを走らせた。

ようやく無線連絡のことを思い出した。

何度もミラーを見て、後ろからの追っ手がいないことを確認する。ブレーキを踏んでパトカーを停めた。サイドブレーキを引き、車載無線のマイクを手にしようとして、ぎくりとなって硬直する。

無線機にかけられたマイクの上に、ピンク色をした何かがへばりついていた。血にまみれた生肉のようだった。見ているうちに、ようやく気づいた。

山岡の耳だった。

銃弾で削られたものがそこに落ちたのだろう。

とたんに胃袋が収縮してせりあがり、吐き気が猛烈にこみ上げてきた。

それを何とか抑えつつ、指先で耳の破片をつまんで足許に捨てた。血に濡れたマイクを摑んで、無線機のスイッチを入れた。

「こちら鰍沢西07。本部、応答願います――」

声が震えていた。

すぐに鰍沢西署が応答した。

相手は若い女性警官だった。しかし山間の道路のせいで電波の状況が悪いのだろう。むこうの声が雑音に混じってまったく聴き取れない。それでも後藤はマイクを握り、何度も本署の呼び出しを続けた。

ふいに嗚咽がこみ上げてきた。躰が震えた。

片手で涙をぬぐい、しゃくり上げながら、無線機に叫び続けていた。

背後から大きな爆発音が聞こえたのは、そのときだった。

14

午後五時に始まった北岳山荘の夕食だったが、十名の男たちは食堂の片隅に集まり、ほとんど会話もなく食べていた。何しろ、ほぼ全員がプロレスラーのように体格がいいものだから、食欲も旺盛である。味噌汁とご飯のお代わりはお櫃《ひつ》と鍋からたちまち尽きたが、全員が不満をいうでもなく箸を置いた。次々と立ち上がり、食器類をカウンターの返却口に戻し、二階の部屋へと戻っていった。

それから一時間近くが経過していた。

松戸颯一郎は厨房にひとり立っていた。全部で三カ所あるステンレスの流し台のひとつ、対面式カウンターの手前にあるシンクで食器を洗いながら、不安な視線を食堂の向こうに見える窓外に向けた。

空は暗晦《あんかい》な雲に閉ざされていたが、少し風が出たと思ったら、ぽつぽつとガラスに雨粒が当たり始めた。夕暮れ前から台風の前衛のような鉛色の雲が北岳上空に達していたが、いよいよ本格的に降り始めるようだ。

「颯ちゃん。俺も手伝いますよ」

足音がして、奥の受付コーナーのほうからひょろりと痩せた若者が入って来た。白のTシャツにチノパン。ポニーテイルの髪、薄い顎髭。トレードマークのように額に巻いている緑のバンダナ。栗原《くりはら》幹哉《みきや》というスタッフである。高校を卒業して五年、ふだんはフリーターでバイトをしながら、毎年のようにシーズン中は北岳山荘のスタッフとして働いている。

松戸よりも三歳ばかり年下だが、他のスタッフ同様、彼のことを「颯ちゃん」と呼ぶ。

「悪いな」

松戸は立ち位置を少し左にずらして、シンクの前を空けてやった。幹哉は隣に立つと、てきぱきと手馴れた様子で皿洗いを始める。

「俺、今度、山を下りたら結婚することにしました」

だしぬけにいわれ、松戸は持っていた皿を落とすところだった。

「まじかよ」

「まじっすよ。冗談で結婚なんてできますかって」

松戸はわざとらしく身がまえるふりをした。

「だってお前、彼女なんていたの？」

「実はね」

肩をすぼめて幹哉が笑う。

「去年の夏、ここに泊まった単独の女の子なんです。久美子《くみこ》ちゃんっていうんですけど、可愛《かわい》かったんで、あとでケータイで連絡したら、付き合うことになっちゃって、それからトントン拍子です」

「お前。顔に似合わず、手が早いんだなあ」

「颯ちゃんだって、夏実さんとはまだダメなんすか」

「ダメも何も……」

口ごもるうちに頬がカッと熱くなるのを感じた。

「夏実さん、たぶん颯ちゃんに気があると思うんですよね。いつも、颯ちゃんのことを見てるし」

「え。ホントに？」

松戸はまた、右手から樹脂製の皿を落としそうになって、あわてて左手で押さえた。

「気づいてないんすか」

幹哉はおもむろに振り返り、いった。

「……つか、なんで、そんなに真っ赤になってんすか」

「いや、俺……」

しどろもどろに答えようとしたとき、背後から声をかけられた。

「颯ちゃん。悪いけど、外に行って灯油タンクを調べてきてくれない？」

北岳山荘の管理人、三枝だった。紫色のエプロンをまとっていた。

「どうしたんですか」

「さっきから給湯器が不完全燃焼気味なんだ。前みたいに送油パイプが詰まってるかもしれない」

「わかりました。すぐ行きます」

洗い場を幹哉に任せると、松戸は厨房を出た。


一階奥の備品室に並ぶロッカーのひとつに、自分の雨具が入っている。この春に新調したばかりのモンベルのストームクルーザー。ネイビーブルーのレインウェアを素早く着込むと、土間で登山靴の紐を縛り、フードをかぶって入口の二重扉を抜けた。

とたんに大粒の雨が頭や肩をバタバタと叩く。

風はまだ大して吹いていないが、かなり本格的な降りになっていた。周囲はすでに暗い。ライトを持ってくるべきだったと思ったが、雨具のジッパーを下ろして、ポケットに入れていた携帯電話をとりだし、ライトモードにした。小さなＬＥＤの白い光だが、足許を照らすにはじゅうぶんだ。

フードを深くかぶり直し、ドローコードを強く引いた。急いで小屋の裏に回り込む。

発電機用の二五〇〇リットルの四角い軽油タンクの向こう、大きな石を積んだ高い擁壁《ようへき》の上に、天水を貯めたオレンジ色のポリタンクがいくつも並んでいる。そこと小屋の板金の壁の間に、鎖で何本か縛り付けられたプロパンガスボンベに並んで、白い大きな灯油タンクが設置されている。容量は二百リットル。油量メーターが満タンに近いことを確かめると、さっそくタンクから延びている金属パイプのチェックにかかった。

携帯電話のライトを当てながら、たんねんに探っていく。

いつしか、ひとりでニヤついていた。

幹哉の言葉を思い出したのである。夏実がもしかしたら自分に気があるのかもしれない。彼はそういっていた。いつも自分を見ているともいわれたが、ひょっとしたら本当にそうかもしれない。そんなことを考えているうち、自然と顔がゆるんでしまう。

パイプを手でたどっていると亀裂のような箇所を見つけた。タンクの根許に近い場所だ。詰まっているのではなく、オイル洩れだった。雨に濡れているから、土台になっているコンクリの染みがわからなかったのだ。

赤いハンドルをきつくひねって送油を止めてから、慎重にパイプを外した。レインウェアの上着をまくって、腰のベルトにつけていたレザーマンのツールナイフをとりだす。波刃を引き出して、パイプを切断、亀裂の部分を切り離してから、ふたたびタンクの下部にねじ込んだ。きっちりとはめ込み、金具のバンドできつく締め付ける。

これでもう洩れることはないはずだ。

「幹哉が結婚か……」

そうつぶやいた。盛大に祝ってやらなきゃいけないいな。

レザーマンのナイフをたたみ、ベルトのホルダーに戻したときだった。

壁越しに轟音《ごうおん》が聞こえた。

松戸は驚いた。削岩機のような音だったが、明らかに違う。

ふたたび轟音。

映画でお馴染みの銃声に似ていた。というか、そのまんまだと思った。

なぜ銃声が？　そう考えているうちに蒼然《そうぜん》となった。

あの登山客——屈強な男たちを思い出したのである。そして彼らの重たげな荷物。

無我夢中、雨の中を走った。

北岳山荘の出入口の前に来たとき、三度目が聞こえた。今度こそ、はっきりと銃声だとわかった。それも一挺ではない。複数が発する音だ。轟然と静寂を破り、空気を揺るがした。同時に悲鳴が聞こえた。発砲したのがあの宿泊客たちだとすれば、一方の被害者は管理人の三枝と幹哉たちスタッフである。

怒鳴り声が外まで洩れてきた。

——壁の前に並べ！　ぐずぐずするな！

野太い男の声であった。

中に飛び込もうとしていた松戸は、あわてて自分を制した。ここで入っていけば、奴らは自分にも銃を向ける。いかに躰を鍛えた山男といえども、武装した男たちにかなうはずがない。

だったら、どうすればいいのか。

雨に打たれながら考えた。

また、空気を切り裂くように銃声が聞こえた。さらに女性スタッフらの悲鳴。

今度はスチールドアにはめられた磨りガラス越しに、内部で瞬く青白い銃火が見えた。

雨の中で棒立ちになっていた。みんな、殺されてしまったのではないか。

そう思ったとき、だしぬけに足音がした。続いて、二重扉のうち、内側のドアが開かれる音。

松戸は電撃を受けたように硬直した。

誰かが出てくる！

15

氷室猛は勢いよく外扉を横に引いて開けた。

たちまち大粒の雨が顔を叩いた。かまわず短機関銃を片手でかまえたまま、もう一方の手で強力なシュアファイア社のフラッシュライトを点灯する。銃とライトを交差させながら、素早く左右に鋭い視線を投げる。誰もいないのを確認してから、山小屋に戻ろうとして足許を見た。

雨に濡れた地面に靴痕があった。

ライトを当てて確認した。間違いない。まだ新しいビブラムソールの痕跡である。外に出ていたスタッフがいたのかもしれない。

眉根を寄せた氷室は、とっさに走った。小屋の建物の横に回り込み、素早く銃とライトをかまえた。

さらに小屋の背後に向かう。

どこにも人けがないのを見ると、肩越しに振り向く。北岳山荘の建物に隣接し、別棟の建物がいくつかあった。いちばん手前にあるのは角ログを組まれて作られた小屋で、夏の間だけ使われる山の診療所である。入口の扉の横の看板に、〈明和大学医学部　北岳診療所〉と達筆で書かれている。

扉をにらみつけてから、施錠を確認した。

銃口をドアノブに向け、フルオートマティックで発砲した。耳をつんざく連続射撃音とともに、反動で躰が前後に震える。青白い銃火が薄闇を切り裂き、光芒《こうぼう》の中でドアノブが火花とともに粉砕された。さらに銃口をめぐらせて蝶番《ちょうつがい》も破壊する。

トリガーにかけていた指を外すと、雨音に混じって真鍮《しんちゅう》の空薬莢《からやっきょう》がいくつも地面に転がる音だけが残った。

氷室は煙に包まれた短機関銃、イングラムM11の銃口を下に向け、躰をねじるようにして横蹴りを放ち、ドアを倒した。

狭い診察室の中に飛び込む。中は無人だった。片手でまたフラッシュライトを点灯させると、逆手に握りつつサーチした。窓はどれもカーテンに覆われている。机の下やカーテンの裏、控え室などをチェックしてから外に出た。

つづいて〈北岳公衆トイレ〉と書かれた大きな建物。コンクリートの中央通路の左右にシルバーの金属製の個室ドアが十五ばかり並ぶ。それをひとつひとつ開いては、銃口を向ける。〈使用不可〉と板がぶら下がった個室まであらためたが、いずれにも人けがない。

トイレの建物から外に出ると、独立して建っている物置小屋のシャッターを開け、貯蔵庫などのドアを開いてチェックした。次に三つ並ぶ発電機の小屋。しかし、どの建物の中にも誰もいない。

「くそ。どういうことだ」

独りごちた。

銃火の余熱が残る短機関銃をスリングで肩掛けして、北岳山荘の入口前に戻ってみた。念入りに周囲を見回した。やはり人影はない。気配もなかった。

右手を見ると、石を高く積み上げた擁壁の上に、オレンジ色のタンクがたくさん並んでいた。おそらく水を貯めるためだろう。それをにらみつけていた氷室だったが、建物に引き返そうとしたとき、ふいに音を聞いた。

タンクが並ぶ辺り。ゴトッと岩が動くような音が、雨音にまぎれて聞こえた。

氷室は向き直った。フラッシュライトの二段式のボタンで光量を最大にして付近を照射する。車のヘッドライト並みの光が闇を切り裂く。その先に人影のようなものは見えない。だが、たしかに音が聞こえた。

M11短機関銃の伸縮式ストックを引き出し、肩付けしてかまえ、セレクターをフルオートマティックにして射撃した。耳をつんざく銃声とともに、銃口から青白い銃火が噴き出した。弾丸のほとんどは水を貯めたタンクに命中した。銃声に混じって着弾の音がはっきりと聞こえる。跳弾したものが、岩に当たると青白い火花を派手に散らした。

氷室は弾倉の残弾が空になるまで、引鉄《ひきがね》を引き続けた。

静寂が戻った。

ボルトが閉鎖した四角い排莢口の隙間、そして短い銃身の先から、もうもうと硝煙が洩れて闇に流れていた。

擁壁の上に並んでいるオレンジ色の水タンクに、無数の孔が穿《うが》たれ、そこから細く水が飛び出し、何本も筋を曳《ひ》いていた。

氷室は苦笑した。あんなところに誰かが隠れているはずがなかった。

動物でもいたのだろう。

弾倉を交換して、山荘に戻ることにした。

さっきまで入口の外にあったはずの足跡は、大粒の雨に叩かれたおかげで見えなくなっていた。

もう一度、振り向き、念入りに周囲に目を配ってから、踵を返し、建物の中に戻った。


土間に立つ氷室に、坂田こと鷲尾一哲が視線を投げてきた。登山ズボンのベルトにカイデックス製のホルスターを装着し、そこにグロック17という黒い拳銃を差し込んでいる。その隣には陣内がいた。彼は氷室と同じM11短機関銃を持っている。三十二発の九ミリクルツ弾が装塡された長いマガジンをグリップに挿《さ》し込んでいるが、ボルトをオープンしていないので射撃はできない状態だ。

ふたりの足許には、スタッフたちから没収したスマートフォンや携帯電話が転がっていた。

入口脇の受付スペースにある無線機は、銃弾で完全に破壊されている。

辺り一面、火薬の燃焼臭が立ちこめていた。土間にも床の上にも、大量の空薬莢が無秩序に転がっていた。壁や天井には、無数の銃痕が這うように並んで穿たれている。

人質となった小屋のスタッフらは、上がり口近くの壁際に全員が並ばされていた。それぞれが死人のように青ざめた顔だった。抱き合って震える若い女性たちもいる。いちばん手前にいるのが、北岳山荘の指定管理人である三枝という人物だった。小柄な体軀に紫色のエプロンを腰に巻いたままだ。

ひとりだけ険しい顔で、鷲尾たちに鋭い視線を投げていた。

「外に誰かいたのか」

陣内が訊ねてきた。

「人の気配がしたのですが、発見できませんでした。おそらく気のせいだと思います」

すると隣の鷲尾が鋭い目でいった。「管理人をのぞくと、ここの従業員はアルバイトを含めてぜんぶで九名いたはずだが、一名、足りない」

壁際の若者たち、ひとりひとりに視線を投げた。彼らは血の気を失った顔を見合わせている。

「思い出しました。われわれを受付した、あの髭の若者の姿が見当たりませんね」

鷲尾は壁際のスタッフたちの顔をひとりひとり見ながら、わざとらしく慇懃な口調でいった。最後に管理人の前に立ち止まった。「あなたなら理由がわかるはずですが」

三枝はかぶりを振るだけだ。

氷室がその顔に短機関銃の銃口を突きつけた。三枝が石のように硬直した。額の脇に浮かんでいた汗の玉が頰を伝って流れた。

「……休暇を取って、今朝、下山したんだよ。だから、今は八名だ」

「スタッフの名前は？」

「松戸颯一郎」

鷲尾は三枝の顔をじっと見ていたが、ふっと破顔した。氷室の短機関銃をゆっくりと片手で押しやり、銃口を顔から逸らせてから、彼は口許を歪めて笑った。

「信じることにしましょう。われわれの目的はここで人質を取ることではありませんから」

「こんな山小屋を占領して、いったい何をするつもりなんだ」

三枝が震え声でいった。

「これからわれわれは政府に対してある要求を突きつけるつもりです。この台風が過ぎ去って天候が回復するまで、おそらくあと二十時間程度です。それまではご迷惑でしょうが、ここに籠城《ろうじょう》させてもらうことにしました」

「われわれはあなたがたの人質ですか」

鷲尾はまた少し笑った。

「人質はもっと大勢です。もっとも、その事実を知っている者はごくわずかですが」

その言葉の意味がくみとれず、北岳山荘の管理人は狼狽《うろた》えた顔をしていた。

氷室は少し下がって、他のメンバーたちと横並びになった。銃は油断なく腰だめにかまえている。

「みなさんはしばらくの間、食堂にいていただきます。トイレや食事はご自由ですが、われわれの監視と同行が条件となります。無用な抵抗、逃走などに対しては、容赦なく制裁を加えます。以上ですが、何か質問は？」

誰も口を開かなかった。黙ったまま、青白い顔を並べているだけだ。

鷲尾は満足げにうなずいた。

「さっそくですが、これから食堂へと移動していただきます」

屈強な男たちに銃を向けられたまま、北岳山荘のスタッフたちは不安な顔を見せ、あるいは俯きがちに、囚人のようにゆっくりと歩き出した。

16

松戸颯一郎はたくさん並ぶオレンジ色のポリタンクの隙間に、うつぶせに身を横たえていた。

恐怖が心臓を鷲摑《わしづか》みにし、しばし思考停止におちいっていた。銃弾はあれきり襲ってこなかったが、まったく動けなかった。震えがひどく、止まらなかった。まるで躰全体が痙攣しているようだ。それだけでなく、カチカチと奥歯が音を立てる。聞かれてはまずいと、片手でむりやりに顎を押さえている。


その上、大粒の雨が降り注ぎ、タンクからの水も容赦なく落ちてくる。

もともとタンクの中には大量の雨水がため込んであった。銃弾で開いた無数の孔から、それが幾筋もの細い放物線を描きながら噴出していた。

真新しいゴアテックスの雨具のおかげで躰まで滲《し》みとおることはないが、剝《む》き出しの顔や髪の毛はびしょ濡れになっていた。ひどい寒さもある。山の九月の雨は、まさに氷雨のように冷たい。

何が起こったのか。

そう思って、記憶をめぐらせた。北岳山荘があの男たちに制圧された。連中は火器をもっていて、小屋の中でさかんに発砲した。スタッフに怪我人や死者が出たかどうかはわからない。ただ、中から悲鳴だけが聞こえた。それから、奴らのひとりが小屋の外に出てきて——。

その先の記憶が、フラッシュバックのようによみがえる。

ふたたびこみ上げてきたパニックを必死に抑えた。

冷静になれ。あわててはいけない。

深く息を吸い、そして吐いた。長い時間をかけて息を吐き出しつつ、下腹に力を込める。また吸い込んだ。山で鍛えた大きな胸が膨らむ。ゆっくりと吐く。それをくり返すうちに、少しだけ心が落ち着いてきた。

自分は生きている。

ふと、そう思った。あれだけの猛射を喰らって、奇跡的に一発も当たらなかった。

もしも相手が松戸の姿を目で捉えていたら、きっと命はなかっただろう。闇雲に発砲しただけだから掠《かす》りもしなかったのだ。

それにしても、かつて、これほど恐ろしい目に遭ったことがあっただろうか。

山の遭難現場で、何度となく悲惨な遺体を目にしたことがある。自分自身が死にかけた経験も、一度や二度ではない。しかしこれは違う。同じ恐怖でも、まったく種類が違う。何しろ短機関銃を向けられて発砲されたのである。のみならず、何発もの弾丸が至近を通過していった。空気を切り裂く不気味な擦過音が、何度、耳許を掠っただろうか。銃声が鼓膜をつんざき、ひどい耳鳴りがまだ残っていた。

映画の中ではお馴染みの場面かもしれないが、現実にそんなことがあるなんて思ってもみなかった。最初は何の冗談かと思ったほど、現実感のない出来事だった。戦場カメラマンのように、海外の紛争地帯に出向いていったのならわかる。ところがここは日本だ。しかも、自分が馴染んできた北岳という山なのである。

なぜという疑問が何度も浮かぶ。しかし、無意味だ。いくら自分ひとりで理由を考えても答えが出るはずもない。現実にそれがあったことだけはたしかだ。

震える手を握ったり、開いたりしてみる。無意識に、深呼吸をくり返していた。何度かそれを続けると、喉が渇いていることに気づいた。降り注ぐ雨を見上げ、タンクから降ってくる水を、口を開けて飲んだ。ゴクゴクと喉を鳴らして飲み続けた。

雨とタンクの水に濡れた顔を掌で拭い、また周囲に目を配った。

ようやく立てそうだと思った。

むりに地面に手を突いて、上体を起こした。

寒さにまた肩が震えた。口許から洩れた呼気が、闇に白く流れていく。

耳を澄ませたが、雨以外に異音はない。耳鳴りだけはまだしつこく残っていた。

とりあえず安全と判断していい。当面の危機は去った。

松戸は膝を突いたまま、自分の手を見つめた。指先の震えはまだ続いていたが、五本の指をゆっくりと握りしめた。山で鍛えた鋼のような拳を見つめた。

「どうすればいいか、考えろ。颯一郎」

肩を上下させて息をつきながら、松戸はつぶやいた。

水タンクの間から頭を出し、周囲を見渡す。北岳山荘の建物は、今は静まりかえっている。真っ黒な人工物にしか見えない。台所と厨房の窓から明かりが洩れているが、中の動きはまったく見えなかった。

足許を見下ろした。

携帯電話が落ちていた。すっかり濡れていたが、液晶を開くと待ち受け画面になった。アンテナマークは三本、立っている。すぐに警察に電話をしようと思ったが、やめた。

ここにぐずぐずしてはいられない。

山小屋のスタッフの中で松戸ひとりが欠員していることを、奴らが気づいていると思ったほうがいい。だとすると、また屋外に出てきて捜索を続けるだろう。ここにいれば、遅かれ早かれ見つかってしまう。だからといって、この雨と暗がりの中を下山することはできない。

身を隠す場所を捜すべきだ。しかし、どこへ行ったら安全だろうか。

いろいろと思考をめぐらしてみたが思いつかなかった。

「ちくしょう。安全な場所なんてないじゃないか」

そうつぶやいてから、松戸はふと思った。

いや。別に安全である必要はない。その代わり、隠れる場所だったら、ここにはいくらでもある。そのことを松戸は熟知している。この北岳山荘のスタッフなのだから。

思いついたとたん、少し勇気がわいてきた。

松戸颯一郎は自分を鼓舞するため、今度は両手の拳を握り、グッと力を込めた。また腹這いになり、水タンクの間を匍匐《ほふく》前進しながら、そろりそろりと移動し始めた。

17

山梨県南巨摩《みなみこま》郡早川町奈良田から広河原に至る南アルプス林道のひとつで、鰍沢西警察署地域課に所属するパトカー三台がパトロール中、何者かに銃撃を受けた。

その報告がもたらされた瞬間、首相官邸地下にある危機管理センター内に、大きくどよめきが起こっていた。

情報を摑んだのは霞が関の警察庁警備局である。

現地の警官からの警察無線による報告は、鰍沢西署から山梨県警本部に送られ、さらにそこから警察庁へと届いていた。警備局の担当者から警察庁副長官へ連絡が伝わると、迅速に首相官邸地下の危機管理センターに送られた。

パトカーの警官たちを銃撃したのは、林道工事の土木作業員と警備員に変装した三名の男たちだったという。

センターの壁面にある巨大なスクリーンには現場の詳細な地図が映されていた。

南アルプスという広大な山域の北部である。周囲には甲斐駒《かいこま》ヶ岳《たけ》、鳳凰三山《ほうおうさんざん》、仙丈《せんじょう》ヶ岳《たけ》、そして北岳といった、二千メートルから三千メートル級の高峰がそびえている。そのちょうど中心にあたる場所に登山起点となる広河原があった。

センターの自動ドアが開き、小田原和雄《おだわらかずお》防衛大臣が入って来た。別の会議のために入っていた市ヶ谷の防衛省から押っ取り刀で駆けつけてきたようで、満面に汗を浮かべ、ネクタイが弛《ゆる》んだままだ。続いて、北川正《きたがわただし》防衛副大臣、岡島大輔《おかじまだいすけ》防衛大臣政務官、合田実《あいだみのる》防衛大臣政策参与といった防衛省のトップが次々と入室してきた。

彼らは有馬防衛事務次官の近くに座り、神妙な顔で机上の資料を読み始めた。

「武器は拳銃と自動小銃らしきもので、警官の大半が死傷。三台のパトカーのうち、現場を脱出できたのは一台のみ。生還者は一名。彼の証言によれば二台のパトカーがまだ取り残され、残った警官たちの生死は不明……」

報告書類を持つ警察庁副長官の手が、小刻みに震えていた。

田辺首相はしばし口を閉ざしたまま、それをじっと見つめていた。

またもやセンターのドアが開き、今度は警察庁の担当者がまた書類を持って入って来た。

京橋警察庁長官が、それを直接、受け取り、ざっと目を通してからいった。

「奈良田の現場に新たに向かった鰍沢西署の職員から報告が入ったそうです。銃撃事件があった場所で爆発を確認。林道は大規模崩落で完全に埋もれているということです」

センターの中に詰めている閣僚、官僚たちは、しばし言葉を失っていた。

「これで南アルプス林道は、三カ所とも完全に通行不可能となりました」

内閣危機管理監の伊庭がいった。

「――五日前、陸上自衛隊大宮駐屯地の化学学校からVXガスを盗み出したグループと、南アルプスでの銃撃事件の容疑者は同一。そう考えて、今後の事態の処理にあたるべきだと思います」

「いくら何でも、その判断は早急すぎやしないかね」

狼狽えた田辺がいうと、伊庭は眼鏡を指先で持ち上げて答えた。「楽観は禁物です。常に最悪を想定しておくべきだと思います」

「それはつまり……この日本国内でテロが行われているということかね」

伊庭がうなずく。

「まさしくこれはテロです。それもきわめて深刻なNBC（核・生物・化学物質）テロですよ。大量破壊兵器といってもいいかもしれません」

「しかしだね。それと今回の南アルプスの事件と、どう結びつければいいんだ」

田辺首相がそう訊いた。

「現場に向かったパトカーが銃撃され、三カ所目の林道が爆破、崩落で通行が塞がれた。いや、道路だけじゃありません。夜明け前には一帯を台風十七号が直撃します。つまり、空路も断たれるということなのです。銃撃事件の犯人たちは、外から誰も入ることの出来ない、文字通りの陸の孤島にいる。そんな彼らがVXガスという恐ろしい大量破壊兵器を所有している可能性があります。それがどういう意味なのか、まだおわかりになりませんか」

「毒ガスを奪った相手が外国人の可能性はないのか」

そういったのは、茂原官房長官の向こうに座る角幹事長だった。

何をとんちんかんなことをいうのかという目で伊庭が彼をにらんだ。

「大宮駐屯地に侵入したグループは、日本人としか考えられません。かりにテロリストが外国人であると決めつけても、何の解決にもなりません」

ピシリといわれた角が顔を赤らめた。

警察庁の岡田警備局長が手を挙げた。

「現在、警察庁舎三階の会議室に防衛省幹部と陸幕幹部を招いて、警察と防衛省による合同会議が開かれています。大宮駐屯地の捜査はさほど進展していないのですが、やはり内部に手引きをした者がいるということが確定的で、その方面からの犯人の特定を急いでいるところです」

「できるかぎり早く特定してくれ」

田辺首相は腕組みをしたまま、壁のスクリーンに映し出された地図を凝視していた。

「とにかく、そいつらが何者かはわからんが、誰も近づけない状況を作って、山の中に立てこもっている。つまり、そういうことだ。しかしだね。南アルプスの、こんな山の中でテロ事件を起こしてどうする。登山客でも人質にするつもりか」

「何度も申し上げるようにVXガスのことを忘れてはなりません」

伊庭内閣危機管理監が厳めしい顔でいった。

すると他の閣僚たちが騒ぎ始めた。

「いくら猛毒のガスとはいえ、南アルプスの山の中で使っても、たいした効果はないじゃないか」

角幹事長がそういったのをきっかけに、閣僚たちがひそひそ話を始めた。

「登山シーズンたけなわの時季ならばともかく、今は登山客もあまりいないだろう」

「ましてや台風だよ」

「誰もいないところでガスを使えば、シカやイノシシがたくさん死んで農業被害が減ってくれるかもしれんな」

　そんな声の中で笑いが起こったところで、伊庭が立ち上がった。

「毒ガスを使ったテロを起こすためには、高い場所が有利だといったことを記憶されていますか？　あの一帯は標高三千メートル級の山が並ぶ日本の屋根のひとつです。ことに北岳は、富士山に次ぐ、日本で二番目に高い山ですよ」

　閣僚たちのひそひそ声がピタリと止んだ。

「そんな場所でどうやってガスを使う？」

　伊庭は立ち上がって、スクリーンの前に歩いて行った。

　レーザーポインターをとって、緑色の光点で示した。

「南アルプスから……甲府の市街地付近まで、だいたいの直線距離で三十キロから四十キロぐらいです。しかも風はふつう西から東に向かって吹く。たとえば風船のような飛翔物にタイマーや遠隔誘導の起爆装置を仕掛け、市街地上空で爆発させてVXガスを空中散布させれば、彼らの目的は達成できます」

　センター内でいっせいにどよめきが起こった。

「ただし風船や気球は、風向きなどの自然の条件に左右されますが」

「南アルプスから東京までの距離はどれぐらいだね」と、田辺首相が訊いた。

　伊庭はレーザーポインターの光を、さらに東京の中心部まで移動させて止めた。

　ちょうど永田町の真上辺りだ。

「だいたいで百三十五キロです。その距離までガス兵器を届かせるには、おそらくロケットか、ミサイルみたいなものが必要です」

センター内の閣僚、官僚たちが苦笑した。

「伊庭くん。いくら何でも、そんなものを三千メートルの山に持ち込むことは不可能だ」

田辺首相が眉をひそめながら、そういった。

「そうでしょうか。大宮駐屯地でのＶＸガス強奪の鮮やかな手口を見ればわかりますが、相手はただ者ではありません。無為無策に南アルプスの山の中に籠城するはずがない。何らかの勝算があってのことだと思います」

伊庭は田辺を振り返っていった。

「実はミサイルというのは案外と素人にも製作できるものなんです」

その言葉にセンター内に、かすかにどよめきが起こった。

「たとえば第二次世界大戦のとき、ドイツ軍が英仏海峡を越えて飛ばし、ロンドンを空爆したＶ１ロケットは、パルスジェットという単純なロケットモーターを推進システムにしていました。これはちょっとした知識と技術があれば誰にでも作れます。そのミニチュア版と思えば、意外でも何でもないと思います」

「山奥に立てこもったテロリストがミサイルを使って東京を空爆する。そんな世迷《よま》いごとに付き合ってられるほど、こっちは暇じゃないんだがね」

「世迷いごとをいうほど、私も暇ではありませんよ、総理」

伊庭は毅然《きぜん》といってスクリーンの地形図を見つめた。

「これはあくまでも可能性の話です」

「とにかく、だ！」

茂原官房長官が怒鳴るようにいった。「ここは早急に警察に動いてもらう。林道が崩落していても、足を使えば、そこを越えていけるんだろう?」

「それは現在、山梨県警が調査中です」

警察庁の岡田警備局長が汗を拭きながら答えた。

「もしも相手が警察を追い返すだけの武装をしているとしたら、いっそのこと自衛隊の出動を要請するべきかもしれませんぞ」と、官房長官がいった。

「小田原くん。どう思うかね」

首相の言葉を耳にした小田原防衛大臣の顔がたちまち曇った。

「すでに陸上自衛隊は待機態勢に入っています。が、さすがに即時出動とはいかないので……」

自衛隊の有事における出動には正式な閣議決定が必要であり、その結果を踏まえての内閣総理大臣の承認と、防衛大臣による声明がなければならない。

政治家であれば、誰でも知っていることだ。

しかし、もしそうなると、戦後初めての国内テロに対処するための正式出動ということになる。責任は当然のように小田原防衛大臣の肩にのしかかってくる。

「過去、二度の大きな震災の教訓から、災害の発生が事務次官通達で伝えられたときは、現場指揮官の判断で情報収集活動を行う権限を与えられています。しかしながら、今回の事態は災害派遣には該当しません。ただし内乱を想定しての治安出動であれば可能です」

「では、さっそく治安出動のための臨時閣議を呼集しよう」

すると有馬防衛事務次官が、また手を挙げていう。

「かりに自衛隊を出したとしても、それで万事解決とはならないと思います」

「詳しくいってくれ」と、首相。

「警察同様、たとえ訓練を受けた自衛隊とて、これから風雨が強まる中、重装備の連中を山越えさせて南アルプスを突破させるには、かなりのリスクがあると思います。だいいち、容疑者グループがいる場所そのものの特定もできていません」

有馬の言葉を聞いて、首相は落胆の吐息を洩らした。

「そもそも、だ。いったい何の目的があって毒ガスを使うというのだ」

「単純に大量殺人をもくろんでいるとしたら、これほど厄介なことはありませんな」

茂原官房長官が組んだ両手の上に顎を載せてつぶやいている。

やがて、伊庭内閣危機管理監がスクリーンの前から自席に戻ってきて、こういった。

「テロの目的は、大まかにいってふたつあります。ひとつは一般市民を殺傷し、民衆に恐怖を与えること。もうひとつは、市民に被害を与えることをほのめかし、政府を脅迫することです。前者であれば打つべき手はない。しかし、後者であれば、何らかの要求が届くはずです」

「だったら、われわれは手をこまねいて、要求とやらを待つしかないのか」

「いいえ、総理。まずは自衛隊の治安出動のための閣議をすみやかに開いていただきます。何かあったときのため、すぐに対処できるよう、できるかぎり現場に近い場所で自衛隊に部隊展開をさせて配置しておくべきだと思います」

「その件に関して、何か意見はあるかね、小田原くん」

首相に振られて防衛大臣が顔を上げた。

「たしかに……危機管理監のいうとおりだと思います」

口を閉じ、まるで自分の言葉を後悔するように、大臣は眉根を寄せた。

「ま、こういうときのために、日頃から汗水流して訓練してもらっているんだ。役に立ってもらわねば、それこそ税金の無駄だよ」

　すると伊庭内閣危機管理監が首相に提言した。

「この際ですから、テロに関するリスクマネージメントという観点から、指揮系統を一本化するように組織編成をし直すべきだと思います。こと、ＮＢＣに関していえば、我が国には警察や防衛省など異なる組織を統轄してコントロールする機能がないんです。それにアメリカなどに比べて、組織的な訓練という点でもまだまだ未熟です」

「莫迦な。自衛隊も警察も、対テロ訓練を何度もしているじゃないか」

「たしかに九十五年の地下鉄サリン事件以来、全国の警察機動隊に装備や資材を配備し、ＮＢＣ専門対応部隊を設置して現場対処訓練を続けてきました。が、あいにくと経験不足という練度の問題があるし、そもそも訓練自体が式典となって予定調和のイベントになってるんですよ。総理も何度か訓練にご参列になったと思いますが、来賓の前で失敗という恥をかくわけにはいかない。すべて成功事例にしなければならないしきたりなんです」

　そういって伊庭は少し苦笑した。

「――まあ、平和ボケといってしまえばそれまでですが、日本人の危機意識がかなり希薄になっていることはたしかです。だから、地下鉄サリン事件のようなことが起こっても、あれをテロではなく、たんなる事件として処理してしまった。そこに根本的な問題があります。政府全体がテロ対処の検討を始め、危機管理の関係省庁連絡会議が設置されたのは、事件から三年以上が経過してからのことです。つまり、すべてにおいて、われわれは後手後手に回ってしまっている。そのあげくが、この事件です」

「そこまでいわなくても……」

田辺が困惑した顔で口ごもった。

「何よりもいちばん危機意識がないのは、総理。あなたです」

伊庭はここぞとばかりに田辺を指さした。「――これだけ海外で日本人を巻き込むようなテロが横行し、しかも巧妙化しているときに、あなたはアメリカとの連携を欲し、国会で安保法案を強行採決させてしまった。それまで蚊帳《かや》の外だった日本という国は、今やテロ組織や支援国家のいい標的です。しかもそれだけではなく、あなたは全国にある原発の再稼働をもくろんでいる。これではみすみす敵に対して、どうぞ撃って下さいとばかりに、火薬庫の扉を開いて見せているようなものだ」

「伊庭くん！　きみはそんなことまで……」

首相の隣に座っていた茂原官房長官が声を震わせたときだった。

危機管理センターの自動扉が開き、内閣情報調査室の対策要員のひとりが走ってきた。

小島内閣情報官のところで何かを耳打ちする。

「総理。テログループからの犯行声明の動画が、インターネット経由で警察庁あてに送られてきたそうです。総理府の内閣情報集約センターが同じものを入手したので、こちらでご覧いただけます」

そう小島がいうと、首相や閣僚たちはいっせいに振り返った。

大スクリーンの中央にガッシリとした体躯の男性が映っていた。眉が太く、顎が力強い。意志の強そうな切れ長の目が光っていた。後ろに居並ぶ複数の武装した男たちは、アラブゲリラのように全員が覆面を装着している。

背景は建物の内部だった。おそらくどこかの山小屋の類いだろうと思われた。

やがてリーダーらしきその男が、ゆっくりと野太い声で話し始めた。

第二部

1

警視庁と書かれた車輌《しゃりょう》が五台、とっぷりと暮れた都内、明治通りを南に向かっていた。

平日だというのに道路はかなり渋滞している。さかんにサイレンを鳴らしての緊急車輌走行にもかかわらず、車列はいっこうに進まない。フロントガラスの前方には赤い尾灯が幾重にも並んで闇に滲《にじ》んでいた。

日産サニーを改造した捜査車輌の中、助手席に座るのは警視庁渋谷警察署刑事第一課の志村亘《しむらわたる》警部補。運転席にいるのは小山内光弥《おさないみつや》巡査部長である。

志村は警察庁から回ってきた資料を膝の上に置いていた。

本日、午後七時ちょうどに、山梨県警のパトカーを銃撃し、南アルプスの山域に立てこもった犯人グループの代表である男から犯行声明が出された。現場で撮影されたとみられる動画が、インターネットを経由した回線で警察庁に送られてきたらしい。

男の名は鷲尾一哲、五十九歳。

陸上自衛隊に所属していた人物で、現在は離隊。最終の階級は一等陸佐である。

志村たちは、それだけしか知らされていなかった。犯行声明は警察庁から政府の中枢部へと送られたはずだが、どういったグループがどんなかたちで山に立てこもり、何を要求しているかということは、末端の捜査員はいっさい聞かされていない。おそらく現段階では第一級の秘匿事項として警察上層部から政府レベルの間にとどめられ、外部に洩《も》れないように口封じがなされているのだろう。

刑事第一課の課長から捜査令状の入った茶封筒を渡され、命令されたのは、単純な任務だ。渋谷区広尾三丁目の鷲尾の自宅へ向かい、妻の鷲尾千代子の身柄を確保する。それも、大至急とのことだった。鷲尾という男と、そのグループが何をしようとしているのかと課長を問い詰めたが、ただ、「重大犯罪の容疑者である」と返されただけだった。

資料の写真を見ると、鷲尾はその名のとおり、猛禽《もうきん》のように鋭い目をした男性で、制服制帽がいかにもベテランの自衛官らしさをかもし出している。

略歴を見ると、二十二歳で多賀城にある陸上自衛隊第一教育連隊に入隊し、三カ月後に習志野第一空挺団に入隊。のちに富士学校にて「幹部レンジャー過程」を修了、レンジャーの資格を得ている。さらに十三年後、初の自衛隊海外派遣として知られるカンボジアＰＫＯにも、レンジャー隊員のひとりとして参加している。後年は大宮駐屯地に幹部として配属――。

「志村さん。雨です」

隣から小山内にいわれて気づいた。

大粒の雨が、捜査車輛のフロントガラスを叩《たた》き始めている。いつしかワイパーがしきりに音を立てながら往復していた。ヘッドライトに照射される路面の照り返しがガラスにぎらついている。車は明治通りから住宅地へと入っていた。狭い道をかなりの速度で走り続けている。

「とうとう降ってきましたね。これから明日にかけて、ひどくなるって話です。こんなときに、山に立てこもったりしますか、ふつう?」

「ま。こんなときだから……ってこともあるよな」

志村が答えたとき、先頭車輌のブレーキランプが赤く光った。

小山内は我に返ったように、車を減速させる。

低い塀に囲まれた二階建ての白い家が目の前にあった。小学校の校庭の横にある、ゆるやかな坂道の途中だった。五台のパトカーは、校庭の境界にある石垣とフェンスに沿って、一台ずつ停まった。

ドアを開き、警官たちが下車する。

志村はスーツの下に吊《つる》したショルダーホルスターの拳銃の重さを確かめた。

二階建ての家のどの部屋にも明かりが見えなかった。

小山内と顔を見合わせてから、歩き出す。門灯は消えていたが、〈鷲尾〉と書かれた表札を確認してから、鉄の門扉を開いた。狭い庭には低木が植えられていた。ナナカマドのようだ。

私服に制服。他の警官たちも、緊張した面持ちで志村に続く。

玄関ドアの横にあるインターフォンのチャイムを押すが、返答がなかった。三度、押して沈黙が続くので、志村はドアノブにそっと手をかける。ゆっくりとそれを回す。施錠はされていないようだ。

ドアを開けようとして、ふと手を止めた。

テロリストという言葉が脳裡《のうり》に引っかかっている。

海外のテロといえば、爆弾を使った無差別殺人を想起する。現に彼らも南アルプスの林道を三カ所も爆破して通行をできなくしたという。

志村はドアをじっと見つめた。

後ろに大勢の捜査員たちが立っている。ここで臆してはいられなかった。

思い切ってドアを開いた。数秒経《た》ったが、何ごともなかった。

中に顔を入れる。三和土《たたき》の向こうは真っ暗な闇である。

「鷲尾さん」

声をかけてみた。沈黙が重たかった。

スーツのポケットから捜査令状を出すまでもなかった。小山内や他の警官たちに目配せをしてから、そっと靴を脱いで上がった。ポケットから小型のライトをとりだして点灯する。それで各部屋を照らしながら、奥へと進んだ。

居間のドアが閉じられていた。ドアノブに手をやり、ゆっくりと開いた。

異臭が鼻を突いた。

その正体に気づいて志村は立ちすくんだ。

すぐ目の前に、真っ白な素足がふたつ、空中に浮かんでいた。指先が下を向いている。

ライトを少しずつ上に向けていくと、ゆったりとしたスカート、白いブラウスの背中に黒髪が流れている。両手がだらりと垂れ下がっていた。躰がゆっくりと半回転すると、うなずいたように俯《うつむ》く、鷲尾千代子の顔があった。

虚《うつ》ろに開かれた目が、自分の足許《あしもと》を凝視していた。

頸骨《けいこつ》が折れるか外れるかしているらしく、首が少し伸びて見えた。

思わず、後退《あとずさ》った。背中がはげしく壁にぶつかった衝撃で、ライトを取り落としそうになる。

細いロープが、天井から吊された照明器具に結んであった。千代子夫人の体重がかかって、ピンと一直線に伸びきっている。細い首に食い込んだ姿は、あまりにも痛ましかった。

空中にある両足の内側には失禁した痕があり、それがカーペットを濡《ぬ》らしている。さっきから、そのアンモニア臭がそこらに漂っているのだった。

千代子夫人の遺体はまたゆっくりと回転し、背中を見せた姿となった。

素足から少し離れたカーペットの上に、丸椅子がひとつ、転がっていた。

志村は無意識に長く息を洩らしていた。

「小山内。本署に連絡だ」

しゃがれた声で彼はいった。

応えがないので振り向く。小山内も、他の警官たちも、まるで何かに憑《つ》かれたかのように、蒼白《そうはく》な顔を並べていた。全員が棒立ちのまま、目の前にぶら下がる鷲尾千代子の縊《い》死《し》した姿に、視線を釘付《くぎづ》けにしているのだった。

2

午後八時近くになっても、警備派出所の救助隊メンバーたちは夕食をとっていなかった。

全員が四角い、大きなテーブルが中央にある待機室に詰めたまま、外で降り続く雨の音を聞いていた。

南アルプス警察署から、北岳山荘がテロリストとみなされるグループによって武装制圧されたらしいという報告が届いたのは、一時間ばかり前のことだった。本署がどうやって知ったかは不明だが、犯行声明の類いがあったという報告はまだない。

その前に、奈良田の林道の崩落が伝えられていた。

現場に駆けつけた鰍沢西署のパトカー三台が銃撃を受け、警官たちに死傷者が出たという報告にさすがに全員が驚いた。やはり危惧したとおり、犯人グループは山域に至る三つのルートを通行できなくして、閉鎖状況を作り出してしまった。しかも台風の接近のため、ヘリも飛べない。自然の猛威と人為的な破壊工作によって、この山域を封鎖し、外から誰も近づけないようにして、いったい何をしようとしているのだろうか。

窓際に置かれた無線機はずっと沈黙している。何度か北岳山荘を呼び出したが、やはり応答がなかった。

本署に何度も指示を仰ぐが、「現状、待機せよ」と返電が来るばかりだ。

三十分前に、夏実の携帯に神崎静奈隊員から電話がかかってきた。

南アルプス署からだった。本当は今日のうちに山に戻れたはずが、台風の影響で飛行機が大幅に遅れてしまった。そのことをしきりと詫《わ》びていた。

自分にやれることはないかというので、いつでも出動できる準備をして、署にいてほしいとだけ伝えた。林道封鎖と自然の猛威の中では、いかな彼女とて積極的な行動はむりだ。

警備派出所の待機室が、鉛のように重たい空気に包まれている。

ハコ長こと江草隊長は無線機の前に座って腕組みをしながら俯き、口を引き結んでいた。右側に進藤、関の両隊員、左側に深町隊員と杉坂副隊長が座る。新人の二名、横森と曾我野は、夏実とともに、いちばん入口に近い椅子に腰掛けていた。

ただひとり、菊島特別指導官だけが立っていて、ホワイトボード近くの壁に背をもたせかけ、自分の胸を抱くようにして天井をにらみつけていた。眉間に深く皺《しわ》を刻み込んでいる。

彼女も再三にわたって県警本部に連絡を入れたが、「本事案に介入するべからず」と返信があるばかりだったという。

テロに関する報道は、今のところ、一切されていない。国民のパニックを誘発させないために報道管制が敷かれているのだろうが、それにしても警察ですら末端まで情報が届かなすぎる。

広河原ICにとどまっている芦安駐在所の藤野巡査長とは、何度か無線連絡を取り、情報を交換し合った。林道封鎖で帰れなくなった登山客たちは、全員、ICに集まっている。おそらくそこで夜を明かすことになるだろう。宿泊ならば当然、部屋と寝具がある広河原山荘のほうが適しているが、もし台風の影響で野呂川にかかるふたつの吊り橋に何かあれば、それこそ大勢が孤立してしまうことになるからだ。ICだったら、ヘリポートまで徒歩で移動できる。

他の山小屋ともひんぱんに連絡を取り合った。

北岳山荘は沈黙しているが、それ以外の三つの山小屋——白根御池小屋、肩の小屋、両俣《りょうまた》小屋とは連絡が取れた。各山小屋とも、台風を前にすべての登山客が去り、残っているのは管理人とスタッフだけだった。

夏実は壁際に立てられたホワイトボードを見つめていた。

そこに杉坂副隊長が黒ペンで列記した金釘流の文字でこう記されてある。

広河原の現在状況

山荘スタッフ　合計五名
滞在中の登山者　二十二名
バス乗務員と乗合タクシーの運転手　六名
有人ゲート職員（林野庁）　一名

これに芦安駐在所の藤野を入れると、現在、広河原にいる人数は三十五名となる。彼らは全員、台風が通り過ぎて天候が回復するまでは、どこへゆくこともできない。

夏実がホワイトボードから目を離せないのには、わけがあった。

〝滞在中の登山者　二十二名〟という文字だけ、奇妙にくっきりと浮き出して見えていた。しかもそこに、赤と黒が入り交じった〝色〟が感じられる。まるで文字自体に意思があり、夏実に向かって何かを主張しているようだった。

なぜだろうかと考えているうちに、あるイメージが脳裡をかすめた。

菊島指導官を迎えに行くとき、夜叉神峠の手前で工事をしていた男たちの姿だった。今にして思えば、彼らこそがあそこを爆破したテロリストだったのだろう。それがゆえ、登山道ですれ違った男たち同様に、いやな予感に憑かれたのである。あの男たちは、林道を封鎖したのち、いったいどこに向かったのだろうか。

ふいに夏実は悟った。もっと早くに気づくべきことだった。

「もしかして……」ホワイトボードを指さして、夏実がいった。「広河原に孤立した人たちの中にテロリストが混じっているかも」

全員の視線がいっせいに向く。

「どういうことですか」

江草隊長が訊《き》いた。

「林道を爆破したグループです。工事の人たちになりすましていました。彼らも広河原に行ったんじゃないでしょうか」

「しかし藤野さんの報告だと、ＩＣと山荘にいる人たちの中に工事関係者はいなかったと」

「登山者に変装すればわからなくなります」

夏実の言葉に、江草の顔色が変わった。

杉坂副隊長がいった。「星野のいうとおりだと思います。奴らはきっと登山客にまぎれているに違いない」

「だったら、藤野さんに怪しそうな連中を見つけてもらうしか……」

夏実の声をさえぎるように、深町がいう。

「今、下手に突《つ》いて相手を刺激してもまずい。馬脚を露《あらわ》して、北岳山荘に続いて広河原でも武装制圧ということになりかねない」

「じゃあ、どうすれば？」

「無線を使うとＩＣのフロアに声が伝わる可能性がある。だから藤野さん個人の携帯あてにそのことを伝えるんだ。それとなしに探ってもらうしかない」

「ぼくが伝えておきます」

関隊員が立ち上がり、スマートフォンをとりだしながら立ち上がった。

「しかし奴らの仲間がまぎれ込んでいるとして、藤野さんひとりじゃ、いくら何でも荷が重すぎるんじゃないか。俺たちが助っ人にいくべきかもしれない」

進藤隊員がいうと、江草隊長がかぶりを振った。

「われわれが行ってどうなるものでもないでしょう。相手が銃器などの武器を持っているなら、かなうすべがありません。鰍沢西署の警官たちの二の舞になるわけにはいかない。とにかく今は静観しながら、本署の指示を仰ぐしかありませんね」

そのとき、ひとりだけ壁際に立っていた菊島指導官がいった。

「それでも警察官なの？」

全員の視線が彼女に集まる。

菊島は自分が見られていることに満足したように、一瞬、口許に小さな笑みを浮かべたのち、ふいに真顔になった。

「あなたたちは山の救助を通常の任務としていますが、あくまでも本職は警察官なのです。目の前で明白かつ重大な犯罪が行われているというときに、自身の安全のために職務を放棄するなんて言語道断です」

「しかし菊島さん。本署は現状においては静観という指示を送ってきてるんですよ」

あからさまに不機嫌な顔になって、杉坂副隊長がそういった。

「何もいきなり緊急逮捕に向かえといっているのではありません。こんなところでのんびりとかまえていたりせず、少しでも情報を収集するために積極的な行動に出るとか、犯行現場への接近を試みることぐらいはしてもいいのでは？」

「すみません」

新人の横森が手を挙げた。

「俺……自分も菊島警視の意見に同感です。北岳山荘と広河原にテロリストがいるのならば、その情報を集めて相手の正体を確かめ、あるいはいつでも逮捕行動ができるようにスタンバイしておくべきだと思います。たしかに本署からは静観といわれましたが、それぐらいの独自判断なら許されるのではないですか」

「曾我野くんも同じ意見ですか？」

隊長に振られて、もうひとりの新人隊員が緊張の色を浮かべた。

「いいえ……自分はハコ長の意見がもっともだと思っています」

隣に座っていた横森が、彼をにらみつけたが、何もいわなかった。

「独自行動は許されません」

江草はきっぱりとそういった。

「彼らが本当にテロリストだとして、何らかの目的を持ってこの山にいるとします。ただ、少数の山小屋のスタッフを人質にとって立てこもっても意味がない。とすると、別の何らかの目的がある。それが金銭的なものであるか、あるいは思想的なものであるかは現状では判然としませんが、いずれにしても、これから先は、警察上層部よりもさらに上の部署における、すなわち高度な政治的判断にゆだねるべきことです。いくら現場に近いとはいえ、われわれの下手な行動は、足を引っ張ることになりかねません」

「江草さん。失礼ですけど、ここでは階級的に私がいちばん上なんです。私の現場判断では不足でしょうか」

「承伏しかねますね、菊島さん。たしかにわれわれは警察官です。が、ここは山です。あらゆる職務よりも人命がまず優先されます。そして、山では山のリーダーが絶対の権限をもちます。例外はない」

江草の顔がいつもと違っていることに、夏実は気づいた。こんなに厳めしい顔のハコ長を見るのは久しぶりのことだった。

「日頃から山にこもって、好き勝手をなさっているから、あなたたちはそんな怠惰なチームになってしまったんです。思い切って規律を取り戻すべきではありませんか」

「規律はここにもあります。地上勤務よりもはるかに厳しい規律です。そのことを今、時間をかけてあなたに説明する余裕はありませんが」

菊島の顔がパッと赤くなった。

憤怒の形相だと夏実が気づいたとき、腰のホルダーに入れていたスマートフォンが震え出した。驚いて手をやり、とりだしてみた。発信人は松戸颯一郎となっていた。

夏実ははじけたように立ち上がった。

「お取り込み中のところ、すみません！　北岳山荘の松戸くんから電話です！」

興奮した声に、全員が驚きの表情を向けてきた。

3

外はザンザン降りの雨となっていた。しかも、かなりの強風である。

いよいよ台風がやってきたということだ。

北岳山荘の建物に隣接する公衆トイレの建物。コンクリートの基礎部分にいくつか並ぶ小空間のひとつに松戸は入り込んでいた。今日の午前中、ここのステンレス製の槽《そう》に入っている杉バイオチップの交換作業に汗を流していた。

外の扉を閉じて、ほとんど身動きが取れない狭い空間にもぐり込み、横倒しの姿勢になっている。ポケットから引っ張り出した携帯電話の雨滴をたんねんに拭いてから、折りたたみの液晶を開き、アンテナマークが立っているのを確かめた。

ふだん携帯の電波が届くここも、悪天候のときはコンディションが悪い場合もある。しかし、広河原に電話会社がパラボラアンテナを立てて以来、電波の途切れもめったになくなった。

呼び出しを開始して、間もなく相手が出た。

――松戸くん。あなた、大丈夫なの？

星野夏実の声を聞いたとたん、感情が一気にこみ上げてきて、思わず涙があふれそうになった。それをこらえて、いった。

「こっちは大丈夫です。例の十名の登山者によって北岳山荘が乗っ取られました。さっき、小屋の中から銃を発砲する音が何度も聞こえました。死者や怪我人《けがにん》は不明です」

――銃を発砲……それってマジ？　あなたはどうやって？

「たまたま給湯器の修理の最中で、自分だけ外にいたときでした。奴らのひとりが出てきて撃ちまくられたんですが、何とかやり過ごしました。今、公衆トイレの地下に隠れているところです」

――そこって安全なの。

「絶対とはいえないけど、いちおう」と、言葉を濁《にご》した。

――あ。ちょっとハコ長と代わるね。待って。

しばし間を置いてから、江草隊長の声が聞こえた。

――松戸くん。大変でしたね。まずは無事で何よりです。相手の正体はわかりませんか？

いつもは沈着冷静な江草隊長なのに、めずらしく声のトーンが違っていた。今が非常事態だということが、いやでも思いやられる。

「帳簿だとリーダーの名は坂田でしたけど、おそらく偽名でしょうね。全員の住所もバラバラだし、パーティの団体名もとくに記載されてありませんでした」

――自力でここまで下りてくることは可能ですか？

「レインウェアを着ているので雨風は何とかなるんですが、何しろ明かりがないものですから、さすがに闇の中での下山はむりです。携帯電話のライトだとおそらく三十分と保《も》たない。そちらからも救援に来たりしないで下さい。ヘッドランプの光が見つかれば間違いなく攻撃されます」

――わかりました。

「事件が始まったばかりだし、もう少し、ここで頑張って奴らの動向を偵察してみます」

――きみは下手に動かないほうがいい。相手は武装しているのですよ。

「小屋の仲間たちが人質になってる。誰かが死んだかもしれない。怪我をしているかも……だから、捨て置けないんです」

――決してむりしないで下さい。身の安全が第一ですから。

「何かわかれば、またそちらに報《しら》せます。それから……もう一度、星野さんに代わってもらえますか?」

しばし間を置いて、彼女が電話に出た。

――松戸くん。何?

「夏実さん、あの……」

それがいざとなると言葉が出ない。

唇を強く噛《か》みしめた。自分はいったい彼女に何をいわせたかったのだろうか。

「俺、絶対に生き延びてみせます。信じてて下さい」

――松戸くん。もちろん、あなたを信じて待ってる。

耳に当てた携帯電話を力いっぱい握ったまま、彼はうなずいた。

肩を震わせ、小さなボタンを押して通話を切った。

携帯をレインウェアの下に仕舞ってから、じっと目を閉じた。

銃声の残響のような耳鳴りが、まだ鼓膜の辺りにうるさく残っていた。最前の緊張感がよみがえり、突然に躰が震えた。さっきのように大きく息を吸い込み、ゆっくりと時間をかけて吐き出す。何度か続けているうちにパニック症状が収まってきた。

「考えろ」

自分にいいきかせた。「これから、どうすりゃいい。考えるんだ、松戸颯一郎」

いま、わかっていることは、武装した男たちの人数と顔ぶれ。記憶力のいい松戸は、ひとりひとりの顔と特徴を憶《おぼ》えていた。とりわけ、あのリーダー格の人物と、銃を撃ちまくってきた長身痩軀《ちょうしんそうく》で頬に白い傷がある男。

わからないことは北岳山荘の内部の状況。怪我人、もしかして死者。

それを何としても知らねばならない。そのためには、いやでも偵察にゆかねばならない。

彼らの近くに行くことを考えると、またパニックになりそうだったが、自分を抑えた。

——俺、今度、山を下りたら結婚することにしました。

そういって笑った栗原幹哉の姿を思い出した。

死ぬんじゃないぞ、幹哉。未来の嫁さんを悲しませるな。

松戸は意を決し、腹這《はらば》いになって、バイオトイレのステンレス槽とコンクリの壁との狭い隙間から這い出しにかかった。

4

手掘りのトンネルでは日本一の長さといわれる夜叉神トンネルを通り抜け、さらに短いトンネルをいくつかくぐって、大きなカーブを回ると、突然、前方に崩落箇所が見えた。

車のヘッドライトがそれをくっきりと照らしていた。

大小の岩礫《がんれき》が崖から崩落しているだけではなく、道路そのものが完全になくなっていた。まるで巨大なパワーショベルでえぐり取られたかのように、林道が遥《はる》か眼下の野呂川渓谷に落ちてしまっている。

山梨県警本部警備部機動隊所属の名執《なとり》警部補は、フロントガラス越しに見える壮絶な光景に言葉を失った。

部下の永井《ながい》巡査部長とともに、パトカーの左右のドアを開いて車外に下り立つ。後続の警察車輛——中型の人員輸送車を含む六台が、次々と雨の中で停車する。それぞれ、大勢の機動隊員らが、フル装備のまま、ポリカーボネート製の盾を持って、雨の中にぞろぞろと下りてくる。

誰もがそこに立ち止まり、唖然《あぜん》として声もない。

崖の崩落で岩礫によって道路が埋もれただけならば、足を使って事故現場の向こう側へ行けるかもしれないと安易に考えていたら、とんでもなかった。

「こりゃあ、徹底した破壊工作だな」

最初に声を洩らしたのが名執警部補だった。

大粒の散弾のように横殴りに叩きつけてくる土砂降りの雨の中に立ち尽くしたまま、車のライトに照らされる壮絶な光景に目を奪われていた。まるでハリウッド製の怪獣映画の一場面のようだった。

彼らが立っている場所に降り注ぐ雨が、抉《えぐ》れた崖を浸食して泥水となって流れ、谷底に向かって切れ落ちたところから、下に向かって滝のように落ちていた。大雨のおかげで崩落の状況がさらに悪化しているのである。

自分たちが立っている場所が、そっくりそのまま、いつ崩れてもおかしくない。

そんな恐怖感に駆られていた。

「こいつは……どうやったって、むりだ」

後ろのほうから、機動隊員の誰かがつぶやく声がした。

永井巡査部長は、大きくめくれて引きちぎられたガードレールの手前に立ち、振り向いた。

「名執さん。長いロープを使ってここから川に下りることはできませんか。川伝いに上流に行けば、きっと崩落現場を突破できますよ」

ゆっくりと彼のところに歩いて行き、名執はおそるおそる渓川《たにがわ》を見下ろした。

まったき闇に雨が降りしきるばかりで、下は何も見えない。しかし、その音ははっきりと聞こえた。

「川は増水中だ。これから、雨もさらに激しくなって、水量も増える。それだけじゃない。土石流か鉄砲水が上から押し寄せてきたらひとたまりもない」

いわれて永井はようやく気づいたらしい。

憑かれたような顔で渓川を見下ろしながら、つぶやいた。「それも、そうですね……」

「打つ手はないということだ」

素早く踵《きびす》を返し、名執がいった。「現状を本部に連絡しろ。撤退だ」

5

大粒の雨が、断続的にフロントガラスを叩いている。

ともすれば最強にしたワイパーが間に合わないほどの勢いとなり、いやでもブレーキを踏んで車を徐行させることになる。

それだけではない。これほどの雨量ともなれば、車のヘッドライトの光芒《こうぼう》を雨粒が反射させながら拡散してしまい、逆に視界全体が光によって閉ざされるという現象が起こる。濃霧のときと同じである。

神崎静奈は、愛車の日産エクストレイルのステアリングにしがみつくようにして、右へ左へとイレギュラーに蛇行する狭い林道を飛ばしていた。国道二十号線を北上して韮崎《にらさき》市に入り、標識に従って左折をし、走り出したところだった。

一分、いや一秒でも早く、現場に到着したかった。現場といっても、すぐそこにあるわけではない。目的地は広河原だ。そこにたどり着くには、自分の足でひと山を越さねばならない。

七日間の休暇で、単身、沖縄に飛んでいた。琉球《りゅうきゅう》に伝わっていた古流空手の、ある流派の達人のところに身を寄せていた。もう八十に近い老師であった。二年前、たまたま都内で行われた武術大会で演武を見て魅了され、自分から会いにいったことがきっかけで縁ができた。以来、秘伝を学ぶため、休暇を取るたびに沖縄に出かけるようになっていた。

南アルプス市に戻ってきたのが、ついさっきだった。

台風の影響で、国内線の飛行機の多くが欠便となった。けっきょく、那覇空港から大阪国際空港までの臨時便を使い、新大阪駅から新幹線に飛び乗った。東京駅に到着したのが午後四時半過ぎ。羽田空港に置いていた車を拾って山梨に向かい、留守の間にバロンを預けていた甲府市内の獣医師から引き取って、その足で南アルプス警察署に直行した。

地域課の沢井課長から北岳で何が起こっているかを電話で知らされていた。

当初は半信半疑だった。北岳への登山起点である広河原に至る三つのルートが爆破、封鎖され、北岳山荘を武装グループが乗っ取った。いったい何の映画のことかと思った。状況を詳しく伝えてもらうにつれて、しだいに焦りの心が生じてきた。

すべては事実であり、しかも犯罪は進行中である。

今頃、白根御池小屋に隣接する警備派出所では、山岳救助隊のメンバーたちがどんな思いでいるのだろうか。

山岳救助隊員はそもそもが警察官である。しかし、いくら警察官であっても、武装しているグループ相手に徒手空拳で向かっていくほど無謀なことはしない。だからといって、あきらめてそっぽを向くわけにもいかない。県警本部からの通達は、「指示を待て」の繰り返しだという。上層部もかなり混乱していることが想像できる。

たとえ警察が、いや訓練を積んだ自衛隊が出動したとしても、現場に接近するすべがない。陸路も空路も封鎖されている。犯行グループの狙いはそこなのだろう。

彼らが北岳に立てこもって何をしようとしているかはともかく、多くの人々が危険にさらされていることだけはたしかだった。

そして、静奈は彼らの制圧圏の外にいる。

自分だけが蚊帳《かや》の外に出されてしまったという焦燥感がある。

私的な理由で山を下りていたことを悔やんだが、そんな思いを払拭する手段はひとつしかなかった。すなわち行動することである。夏実も、他の同僚たちも、署で待機するようにいっていたが、じっとしていられる彼女ではない。

地域課のデスクで、静奈はしばし二万五千分の一の地図をにらみつけていた。

崩落した地点に行った県警機動隊によって、足を使って現場を越えることは不可能と報告された。

北岳へのもうひとつの登山ルートとして、冬山登山のコースとして知られる池山吊尾根《いけやまつりおね》も、登山起点は崩落現場の向こう。だとすると——まったく別ルートから山越えをするしかない。

奈良田の崩落現場は大門沢小屋を経て農鳥岳に直登するルートの起点よりも先だから、ここから山に入ることができる。しかし、農鳥岳、間ノ岳、そして北岳へと三千メートルの稜線《りょうせん》を渡っていく縦走路は長すぎる。いくら救助隊員の俊足でも、走破に半日以上はかかる。ましてや大型台風が直撃している最中であった。

そのルートをあきらめて、別の道を探った。

韮崎市側から入る手段があった。甲斐駒ヶ岳から鳳凰三山に至る早川尾根は、北岳に隣接するもうひとつの山脈である。鳳凰三山の中でもいちばん北側に位置する地蔵《じぞう》岳を経て、白鳳峠《はくほう》から広河原に下りるルートがある。

地図上に指先を当てながら、何度も頭の中でそのコースをたどってみた。

彼女が所属する南アルプス山岳救助隊は、主に北岳を中心に、南は農鳥岳から、北は仙丈ヶ岳までの広域をカバーしている。しかし、隣の山域である早川尾根は、彼らもほとんど足を運ばない。そちらでの救助事案は、もっぱら八ヶ岳警察署地域課の山岳救助隊に担当してもらっていたからだ。

鳳凰三山は、プライベートな山行を含めて、三度、登ったことがある。

あの山のことは明確に憶えていた。三日前の食事は思い出せなくても、一度たどった山の地形だけはなぜか忘れない。

——いくら何でも、無謀だ。暴風雨の中を夜っぴて単独で山越えをするのは自殺行為だぞ。それにお前がいくら〝武闘派〟でも、相手は銃を持ったテロリストなんだ。

出動の許可を求めたとき、沢井課長がそういった。

いつもはコンピューターみたいに冷徹で、よく磨かれたメタルフレームの眼鏡の奥の小さな目が何を考えているかわからない課長であった。それがめずらしく感情を露わにし、自分の机の前に立ち上がり、静奈を廊下に連れ出した。

凜《りん》として立つ彼女を見つめ、彼はいった。

——神崎。お前は、どうしても行くつもりなんだな。

うなずくと、あきらめたように吐息を投げた。

——出動の許可は出さない。だから、これは公務ではないぞ。あくまでも自己責任でやれ。

——わかってます。私も救助隊員の端くれですから、命の重さは知っています。他人の命も、自分の命も。

沢井課長が、ふいにかすかに口許を吊り上げた。

背を向けて廊下を戻っていった。

あとになって、それが沢井の笑みであることに気づいた。

曲がりくねった林道は、未舗装の悪路と舗装路がランダムに入り交じっている。ところどころ雨水で水路が深く掘れている箇所もあってスピードは出せない。

後部シートを倒した荷室には、大きなドッグケージが安置されていて、そこにジャーマン・シェパードのバロンが入っている。ルームミラーに目をやるたび、バロンの不安げな目と視線が合った。車酔いするような犬ではないし、多少の乱暴な運転だって馴《な》れているのだが、バロンはハンドラーである静奈の姿に、おそらくただならぬ何かを感じているのだろう。だから、何度も「ごめん」と心の中で謝るしかない。

カーナビのラジオは、複数名の武装集団によって北岳山荘が乗っ取られたというニュースを流していた。相手の正体は不明だが、アナウンサーは犯人グループのことをテロリストとはっきり明言していた。それに際し、政府が自衛隊の出動に関して緊急閣議決定をしたという。

自衛隊法七十八条一項に基づいて、内閣総理大臣は自衛隊の治安出動を承認した。防衛大臣の命令を受け、東部方面隊隷下の第一師団から第一普通科連隊が練馬駐屯地を出発、夜叉神峠に向かうとともに、御殿場市の板妻駐屯地からも第五十五普通科連隊が部隊を出動させ、現在、奈良田の崩落地点を目指しているという。

国内におけるテロに対しての自衛隊の出動は、これが初めてということになる。

それだけ大きな事件ということだ。世間に与える影響も多大だろう。

テロリストからの犯行声明はあったのか。それが問題だった。

何の要求もなく、ただ山に立てこもることには意味がない。おそらくすでに政府に対して条件が突きつけられているのではないか。そして、それがおいそれと国民に発表できない何かであるとしたら――。

田辺康造首相はマスコミにこう宣言した。

――どのような脅迫がなされようとも、日本政府としてはテロには断じて屈しない。

その言葉の裏に、おそらく何かが隠されている。

鳳凰三山への登山道はふたつある。ひとつは青木鉱泉経由で、ドンドコ沢伝いに登るコース。もうひとつは御座石鉱泉を経て、燕頭山《つばくろあたまやま》越しに向かうコース。いずれもコースタイムはそうかわらない。

林道が何度か橋で跨《また》いだ小武川《こむかわ》を見下ろせば、まださほどの水量はなかった。しかし、この台風にともなう巨大な雨雲。雨量が増すにつれて沢水が暴れる畏れがあるため、御座石鉱泉のルートをとることにした。こちらの登山道なら尾根筋をたどるために、増水などで行く手をさえぎられる心配がほとんどない。ただしそのぶん、風の直撃を受ける覚悟はしなければならない。

林道の終点にある御座石鉱泉の駐車場にエクストレイルを駐車させた。林に囲まれた砂利敷きのスペースに他の車はなかった。

近くに見える建物には窓明かりが見えていた。本当ならば施設の管理人にひと言、挨拶をしておくべきだが、緊急事態のため、山梨県警南アルプス署の山岳救助隊であることを記した公用車証を、外から見えるようにダッシュボードの上に載せておく。

運転席でレインウェアを着込み、足許はロングスパッツで固めた。車外に出るや、大粒の雨に叩かれながら、カバーを掛けたザックを背負った。肩紐《かたひも》やウエストベルトなど、各種のストラップを締めていく。最後にヘッドランプを頭に装着する。すべて署内のロッカーに入れていた予備の山道具だが行動に支障はないだろう。

周囲の森が風にあおられて、不吉にざわざわと音を立てていた。木々の輪郭が闇の中で大きく揺れているのがわかる。まるで山が人の侵入を拒んでいるようだった。

そこからあえて目を離した。エクストレイルのリアゲートを開き、ドッグケージに入っていたバロンの頭を撫《な》でる。大きなジャーマン・シェパードの顔。両耳がピンと立っているのは任務を察知しているしるしだ。

静奈は長年の相棒であるかれの顔をじっと見つめた。

純真無垢《むく》なふたつの瞳が見返してきた。

「バロン。しっかりと聞いて。これから行く山はとても過酷なの。もしかしたら、無事に下りられないかもしれない。それでもいい？」

大きな鳶色《とびいろ》の瞳。

バロンは口角から長い舌を垂らしたまま、何も応えなかった。けれども、自分にはわかる。

犬が人を信頼しているときの表情だからだ。

「信じてくれてありがとう」

ふっと静奈は涙が出そうになる。それを懸命に抑える。

「行くよ」

ハンドラーの声とともに、ドッグケージの中から大型犬が飛び出してきた。

たちまち篠《しの》突く雨に濡《ぬ》れて、大きく胴震いする。飛沫《しぶき》が派手に散る。

山岳救助犬である証《あかし》のハーネスは装着しなかった。リードもつながない。この嵐の山で、他人に会うはずがないからだ。幾多の野生動物たちも森の奥でひっそりとしているだろう。バロンをフリーのまま先導させ、この山を一気に駆け抜けるのだ。

ヘッドランプを点灯し、ＬＥＤの白い光輪を頼りに神崎静奈は足早に歩き出した。

登山道の標識を見て、その横を通り過ぎる。いきなりの急登にさしかかる。

足許は泥水が川のように流れていた。

リズミカルに足を踏み出し、横殴りの雨の中を登る。

前方をゆくバロンの息づかい。白い呼気が降りしきる雨に流れている。

6

午後十時になっていた。

閣議決定から約一時間が経過し、市ヶ谷の防衛省方面から続々と報告が飛び込んできた。

レポートはプリントアウトされた紙面となって、逐一、首相官邸の地下にある危機管理センターに持ち込まれ、閣僚や官僚に手渡される。

それにいちいち目を通していられないため、田辺首相は大きな背もたれの椅子に座ったまま、スクリーンに投影された陸上自衛隊の部隊展開をにらむように見つめていた。

少し前、記者会見を首相官邸で行ったばかりだった。

北岳の山小屋を武装集団が制圧し、管理人とスタッフたちを人質に取っていること。そこに至る林道は三カ所で崩落。それはおそらく事前に計画された破壊工作であろうこと。警察は現場に近づくことができず、天候悪化のために空路も閉ざされている。そのため、政府は自衛隊の治安出動を閣議決定した。

公式発表は以上の内容だった。

もちろん大宮駐屯地の化学学校から盗まれたVXガスのことや、武装集団がそれを所持している可能性があることには、いっさい触れなかった。それが明らかになれば、どれだけのパニックが広がるか予想もできない。

内心、ひどく緊張していた。

どうして自分の政権のときに、こんなゆゆしき事態になったのかと、何度も思った。

イライラがつのって左瞼《まぶた》の痙攣《けいれん》になってしまうのをしきりに意識しながら、すぐ近くにいる防衛大臣にいった。

「小田原くん。自衛隊の到着まであとどれぐらいだね」

「おそらく三時間以内に、練馬の第一普通科連隊や朝霞《あさか》の第一施設大隊が夜叉神峠の現場に着くはずです」

彼の場合、戦後初の自衛隊の治安出動が直接、自分の肩にのしかかっているため、責任は誰よりも重たい。その緊張感が表情に表れていた。いや、怯《おび》えているといったほうが正しいような情けない顔である。

「やはりヘリは使えないのか」

「こんな最悪の気象状況ですから、どうあっても空路の確保はむりです。しかし、自衛隊は確実に現場に近づいていますよ」

「道路が崩れていて、奴らのところには近づけないんだろう？」

「第一師団の各部隊が到着次第、第一施設大隊が現場の復旧にとりかかります」

近くに座っている合田防衛大臣政策参与が答えた。「――山梨県警からの報告によれば、林道はいずれも完全に崩落しているということでした。だから土砂、岩礫の除去だけではなく、抉れた林道に新たに橋を架ける作業が必要となります。陸自は八一式自走架柱橋という装備を持っていますが、果たしてそれが現場で使えるかどうかというところです」

「橋の架設が不可能となれば、他に現場を迂回《うかい》する手段はあるのかね」

「現場判断に任せるしかないでしょう」

合田にいい逃れられたような気がしたが、田辺首相は敢《あ》えて追及しなかった。

「首相。テロに関する自衛隊出動の閣議決定に関して、その内容が不明瞭と一部のマスコミが批判してますが」

伊庭内閣危機管理監にいわれ、田辺は不機嫌な顔を向けた。

また、きみかという感情を露わにする。

「VXガスのことを明らかにしたら、都内全体がとりかえしのつかないパニックになるんだ。だから、テロに対する出動と発表したのだ。嘘《うそ》をついたわけではないよ」

「山に立てこもった武装グループへの対処に、警察ではなく、いきなり自衛隊が治安出動とは、いくら何でも大げさすぎるのではないかという世論が目立ちます」

「きみだって治安出動に関しては異論がなかったはずだが」

「そういうことじゃないんです。警察力だけでは本事案に対処できないということを強調して、治安出動の理由の中に、ダミーでもいいから何らかの脅威を付け加えておくべきだったのではないかと思います。マスコミは明らかに疑いの目を向けているし、今はネットなどであっという間に噂《うわさ》が広く流布します」

苛《いら》立《だ》ちをおぼえた田辺は何かをいい返そうとしたが、言葉が浮かばなかった。

何しろ、今回のテロに関するマスコミでの公式発表は、内閣官房参与のひとりによって書かれたものであり、田辺はたんにマイクの前でそれを読み上げただけだったからだ。

「それはそうと、総理」

伊庭にいわれ、田辺は我に返った。

「——テロには屈しないというあなたの建前はともかくとして、現実にテロリストからの要求に、どう対処するおつもりですか。何よりも決断するべきことは、そこだと思いますが」

「いや……そこはあくまでも慎重にことを運ばんとだな」

ごまかすように答えた田辺は額に浮かんだ脂汗を拭って、机上に置かれた書類に目を落とした。

そこには、北岳山荘に立てこもったグループのリーダーから、インターネット経由で警察庁あてに発信された声明が文字起こしされていた。それを手にして、じっと見つめた。

日本国首相　田辺康造　殿

現役および退役自衛官の有志によって構成されたわれわれ決起部隊は、南アルプス主峰、北岳の山中において今回の作戦行動をとっている。

去る九月二日、陸上自衛隊大宮駐屯地内、化学学校より強奪したＶＸガス、およそ二ガロンがわれわれの手中にあり、首都圏でこのガスを広域に空中散布する手段を保有している。

ガスが入ったカプセルは、〝ＳＭＣＭ〟と呼ばれる超小型巡航ミサイルに装塡《そうてん》され、三カ所に設置したランチャーに載せられて発射準備が完了している。〝ＳＭＣＭ〟の射程距離はおよそ百五十キロメートル。首都圏一円はミサイルの到達距離の中にある。

発射を実行すれば、予想される死者、重傷者の数は十万単位となり、東京は文字通り壊滅し、経済的打撃もはかりしれない。

これを防ぐためには、われわれが用意した五つの要求を、日本国政府が受諾する必要がある。

一、平成五年五月、国際連合平和維持活動における第二次カンボジア派遣部隊の活動における情報収集班のパトロール中、同月二十二日、タケオ州トラムコック地区においてポル・ポト派ゲリラによる襲撃を受け、北部方面隊第三施設団所属の、中山大典《なかやまだいすけ》二等陸曹、大津道昭《おおつみちあき》三等陸曹、および和泉《いずみ》淳一《じゅんいち》二等陸士の三名が戦死した事実を公式に明らかにすること。

二、平成二十三年三月、東日本大震災による福島第一原子力発電所事故の際、所員二名の救助のために三号機建屋内部に入り、爆発に巻き込まれて死亡、遺体の回収もなされなかった第一〇四特殊武器防護隊所属の大谷正也《おおたにまさや》二等陸尉、河本純也《かわもとじゅんや》三等陸尉、ならびに鷲尾俊介《しゅんすけ》三等陸曹の殉職を公式に明らかにすること。

三、上記、殉職自衛官の名誉の特進ならびに遺族への特別報償を行うこと。

四、今回、決起した有志全員の国外脱出を認め、スイス銀行の指定口座に一億五千万ドルを振り込むこと。

五、これらの要求事項は、今から十二時間以内にすべて完了すること。さもなければ、VXガスによる首都圏攻撃を決行する。また自衛隊、警察を始め、マスコミなど、いかなる者も、北岳を中心とした十キロ圏内の山域への接近を禁止する。もしこの禁を破って侵入すれば制裁として首都攻撃をする。

政府からの回答期限は明日の午前七時までとし、最終的にすべての条件を実行する期限は午前九時。以後のやりとりはすべて指定周波数の無線によって行う。

最後にわれわれが所有するVXガスの〝サンプル〟が、都内江東区新木場三丁目のシーライン産業跡地の倉庫内に置いてある。三重のステンレスカプセルに封印しているが、検査のための開封にはとくに注意されたし。

以上。

元陸上自衛官一等陸佐　鷲尾一哲

紙片の隅が震えていた。

超小型巡航ミサイルを使うという毒ガス兵器の脅威もさることながら、鷲尾というこの元自衛官が突きつけてきた声明の内容に、どうしても納得がいかなかった。カンボジアＰＫＯと東日本大震災による原発事故。自衛隊のふたつの出動に関する重要案件を日本国首相である彼自身がまったく知らなかったためだ。

当然のように、批判の矢面に立たされたのは、小田原防衛大臣以下、北川防衛副大臣、岡島防衛大臣政務官、合田防衛大臣政策参与、および有馬防衛事務次官——防衛省の面々である。いかな特秘事項とはいえど、防衛省や自衛隊に関することは、すべて首相の耳に入っていてしかるべきだった。

しかし彼らはいずれも腕組みをしたまま、じっと俯《うつむ》いていた。

田辺は再三にわたって問いただしたが、「ただいま、事実の確認中です」という誠意のない言葉が戻ってくるばかりだった。

自衛隊の最初の本格的な海外派遣であるカンボジアＰＫＯで、自衛官が三名、銃撃を受けて死亡した。そして、あの福島原発事故の最中に、現場に派遣された三名の自衛官が帰らぬ人となった。

ＰＫＯの海外派遣はカンボジア以後、幾度もあったが、交戦で死亡した自衛官はいないということが常識だった。原発事故に派遣された自衛隊の部隊のことは知っているが、爆発のために自衛官たちが現場に取り残され、遺体の回収も出来ていないという話は聞いたこともない。

しかし事実であることは疑いようもなかった。だからこそ、彼らが決起したのである。

福島の事故で死亡した三名の自衛官のうち、最後に書かれている鷲尾俊介という名に、いやでも目が留まった。

防衛省に調査させると、思った通り、首謀者である鷲尾一哲の長男だった。

声明が発表されて以来、危機管理センター内の空気はあきらかに変わっていた。

独特の重さというか、気まずさが、辺りに流れていた。それはおそらく、このことを知っていた者と知らなかった者が、同じ空間に同居している、そんな不安定でちぐはぐとした空気感に他ならない。

何よりも最高権力者である首相自身が、これほどの重要事項を知らされずにいた。そのことが独特のしこりとなって周囲をとりまいていた。

田辺の困惑は、そこだけにとどまらなかった。

もしかすると、これほど重要なことを知らなかったのは自分だけではないか。そんな疑念に憑《つ》かれていた。周囲を見ると、茂原官房長官も、織田官房副長官も、田辺に視線を合わせないようにわざとらしくそっぽを向いている。だから、自分ひとりが仲間外れにされて揉《も》み消された事実を知らなかったのではないか。

ひとたび疑心暗鬼に駆られたら、とどまることを知らない。

最大の不安は、責任がすべて自分に押しつけられてしまうのではないかということだった。首相の首はすげ替えられる。田辺が責任をとって退陣すれば、すべてはリセットされることになる。事態はそれほど甘くないことはわかっているが、疑念がぬぐえない。

カンボジアPKOは何しろ十四年も前の話だし、原発事故もはや六年前、しかも別の政党が政権を握っていたときのことである。そんな過去の出来事のツケが、どうして今さら自分に回ってくるのか。その理不尽にどうしても納得がいかない。

だから田辺は途惑っていた。

内閣危機管理監の伊庭に突き上げられても、答えを返すすべがないのである。

彼らが毒ガスの〝サンプル〟を置いたという新木場三丁目の廃工場には、すでに警視庁公安部からNBCテロ対応専門部隊が化学防護車を連ね、湾岸警察署の案内のもとに現場に急行し、現物を回収している。現在、それは盗難のあったさいたま市の大宮駐屯地化学学校に送られ、分析が急がれているところだ。

「茂原くん」

田辺は官房長官に声をかけた。「これが事実だとすると、きみだったらどうする」

茂原は気まずく視線を泳がせていたが、眉根を寄せたまま薄笑いを口許に浮かべた。

「PKOと原発事故に関するふたつの案件を世間に公表すれば、我が国における防衛体系そのものが根底からひっくり返ることになります。防衛省、自衛隊の今後の存続に関わる重要な問題です。のみならず、これから先の原子力行政に関しての国民の支持、信頼は失われ、経済基盤も大きく揺らぐことになるでしょう。だから、断固として公表はひかえるべきと思います」

「奴らはVXガスを東京に散布するという。大勢の都民の命をないがしろにすることはできん」

すると角幹事長がいった。

「どっちをとるかという二者択一じゃないと思いますがね」

「それはどういうことか」

「三つ目の解決策があるってことです。奴らは回答期限を午前七時。五つの条件をすべて政府が受諾して実行する期限は九時までとしている。ようするに、その間に決着をつけりゃいいってことじゃないですか」

「角くん。簡単にいうけどな、自衛隊が現場に到着しても、奴らが立てこもる山へは接近できない。打つ手はないということだろう？」

「まずは台風の動向をうかがうことですよ。自然は人間が予測するとおりに動くわけじゃない。予期しないことが起きる可能性だってある。あるいは台風が予定通りの進路、速度を維持するとしてですね、そんな条件下で自衛隊がどれだけ動けるか。それを試すんですよ。そのための治安出動じゃないですか」

「楽観は禁物と私はいったはずです」

口を挟んできたのは伊庭内閣危機管理監だ。

「今までわれわれがやってきた対処体制の構築は、あまりにも不完全すぎます。いいですか、もう一度、相手をご覧なさい。鷲尾は元自衛官です。それもカンボジアPKOで実戦を経験し、あまつさえ指揮官としての手腕も知られている自衛隊のエリート幹部です。つまり、われわれが自衛隊に頼るかぎり、こちらの手はことごとく相手に読まれると見ていい」

「そもそも、この〝SMCM〟とかいう小型ミサイルは本当に存在するのか。それこそ虚仮威《こけおど》しじゃないのかね」

「調べたところ、実在のミサイルのようですが、いい資料が見つかりません」

「どういうことだ」

「今年の春の段階では、米軍はまだ開発中とのことでした。まず、こちらをご覧下さい」

伊庭が出してきた資料はA4サイズのカラーコピーが何枚かあり、最初の一枚には白人男性が両手で抱えるように持っている、オレンジ色をした小さなミサイルの写真があった。文面はすべて英語で田辺には読めなかった。

「これは去年、アメリカ海軍が開発した超小型誘導ミサイルで、イスラエル製の対戦車ミサイルと同じく〝SPIKE〟と名付けられていますが、ご覧の通り、全長がたったの六十四センチ。重量も二・三キロで、個人が携行するのはじゅうぶん可能です。しかも一発あたりの値段が日本円で約五百万円と破格に安い」

「超小型誘導ミサイル……」

田辺は伊庭が見せる資料の写真を凝視した。

「ただしこのミサイルは射程が短い。おそらく北岳から発射しても、到達距離はせいぜい数キロぐらいだと思います。ところが、この技術を応用した新型ミサイルが開発中との噂がありました」

「それが〝SMCM〟というのか」

伊庭がうなずいた。

「〝SM〟はおそらくスーパーマイクロの略。〝CM〟はクルーズミサイルです」

「クルーズ?」

「つまり巡航ミサイルということです」

伊庭から渡された写真には小さな翼がついたミサイルが写っていた。地上数十メートルの低空を、それもあらかじめプログラムされたとおり、地形をなぞるように滑空しながら飛んで、正確無比に標的に命中して破壊する精密誘導攻撃兵器である。

「これは〈トマホーク〉と呼ばれる代表的な巡航ミサイルで、マッハ〇・七五で飛行し、最大射程距離は千キロを越えます」

奪うように資料をとって見つめる田辺首相に、伊庭はいった。

「〝SMCM〟は、この〈トマホーク〉のような巡航ミサイルの超小型版といったところです。射出後、一定の高度に到達すると主翼を広げ、燃料をほとんど使わないグライディング状態になって飛行します。だから、鷲尾がいう射程距離百五十キロはじゅうぶんにあり得ることです」

田辺は額の汗をハンカチで拭い、両手で自分の顔をゴシゴシとこすった。

「ただし超小型誘導ミサイルの〝SPIKE〟と違って、さすがに五百万円とは行かないでしょう。巡航ミサイルであれば、かなりの高額になるはずです」

「どれぐらいだ」

「最新式のトマホーク巡航ミサイルで、一発あたり七千万円ぐらいだそうです。それを超小型にしたものだから、多少は値段は下がるでしょうが、そのぶん、精密さが必要とされるわけですから、相応の値段になると推測されます」

「そこまで潤沢な資金があるのだったら、そもそも一億五千万ドルなんて金をわれわれに要求するのは理不尽だ。それともテロにかかった経費の元を取ろうとでもいうのか」

角幹事長がそういった。

「それとこれとは別だと思いますよ」

伊庭が醒《さ》めた表情でいう。「鷲尾にとってみれば、一億五千万ドルなんてどうでもいいんでしょう。奴の狙いはあくまでも国家機密を暴露することですから」

田辺が目の下に隈《くま》のできた顔で振り返る。

「ところで一億五千万ドルって日本円でいくらだ?」

「百八十億円ぐらいですね」

傍から茂原官房長官が耳打ちした。

田辺はふうっと吐息を投げて俯き、髪の毛に指を突っ込んだ。

「だいいち、そんな金がどこから出るんだ」

「総理のポケットマネーからということでいかがですか」

伊庭が皮肉のようにそういったとき、センターの出入口から秘書官の男性があわただしくやってきて、田辺に耳打ちした。

「総理。一時間後に二度目の記者会見ですが、原稿はこちらに用意してあります。事前に目を通していただきたいのですが」

茶封筒に入ったA4サイズのプリントアウト用紙に、田辺はざっと目を通す。

「テロには断固として屈しないという言葉を、今回もちゃんと書いたかね」

「事前に溝口《みぞぐち》官房参与のほうにしっかり伝えておいたので間違いないと思います」

「わかった。それでいい」

田辺が原稿から目を離したとき、警察庁の岡田隆秀警備局長が歩いてきて、耳打ちした。

「総理。品川区にある〈ケイユー・コーポレーション〉という外資系企業について、ただいま内偵を進めているところです」

「今回の一件と関係あるのかね」

「取締役のひとりが鷲尾千代子でした」

「自殺した鷲尾の妻か？」

岡田がうなずいた。「先ほどの話じゃないですが、ミサイルはともかく、これほど大規模なテロを実行するにはかなりの資金が必要です。どこかから大きな金が出ているとみて捜査を進めてきた結果でした」

「進展はありそうなのか」

「警視庁捜査第二課と公安第一課が合同で捜査をしています。すでに裁判所から令状をとってあるので、ガサ入れは明日の朝一番になりますが」

「しかし、いくら外資系の企業とはいえ、武器の密輸まではできんだろう」

「取引先に疑わしきルートがあるか探っているんですが、何しろ、夜中ということでもありますし、なかなか進捗状況が思わしくないところです」

「テロの資金源が外国から来ているという可能性はないですか」

伊庭内閣危機管理監にいわれて岡田がギョッとした顔になった。ツーポイントの眼鏡の奥で、小さな目をしばたたいている。

「外国……」

田辺もいやな予感を覚え、伊庭の顔を見つめた。

「鷲尾の妻が取締役をしている外資系企業が、どこの国にコネを持っていたかということです」

「北朝鮮や中国……まさかイスラム？」

仕方なく岡田がうなずく。「だとすると、ゆゆしきことになりますよ」

「いや、米軍が開発中の超小型巡航ミサイルを入手できるとすれば、一企業のコネクションだけではすまない。おそらくどこかの軍需産業が絡んでいると思うんです。そうなったら、相手はひとつしかない。世界最大の軍事大国であるアメリカです」

「莫迦《ばか》な」

田辺が声高にいった。「アメリカとは安保法制を介して軍事同盟を結んだばかりじゃないか」

「総理。あれを軍事同盟だとあなたがいって、どうするんです！」

茂原官房長官が青ざめた顔でそういった。

「とにかく、アメリカにかぎって、そんなことをするはずがない。我が国にわざわざ大規模なテロを起こさせて、いったい何の得があるというのだ」

「蓋を開けてみなければなりませんね」

伊庭の意味深な答えを田辺は無視せざるを得なかった。

「慎重に探りを入れてくれ。ただし絶対に世間の目に明らかにならぬようにな」

気まずそうな顔でそういってから、首相はまた前を向いた。

書類を持ったスタッフが、またあわただしくセンター内に入ってきた。岡田警察庁警備局長から京橋警察庁長官の手に渡り、それが田辺首相のところに回ってきた。

「例の新木場の倉庫にあった〝サンプル〟の件です」

資料を渡しながら、京橋がいった。

「本物だったのかね」

彼は眉をひそめてうなずいた。

「化学学校の担当官が確認いたしました。まぎれもなく、盗まれたＶＸガスだったそうです」

贋物《ブラフ》であることに期待していたわけではないが、それでも田辺は落胆した。いよいよもって切羽詰まった焦りにとらわれ、パニックに陥りそうになる。

満面の汗をハンカチで拭い、壁の巨大なスクリーンに投影されている現地の地図を見た。

北岳という山の文字が、そこにある。

標高三一九三メートルの、日本で二番目に高いという山だ。

「せめて自衛隊の一小隊でもいいから、あそこにいてくれたらな……」

無意味だと思いつつ、田辺はそうつぶやいてみた。

「警察官、ならいますけどね。何人か」

その声に田辺や茂原、そして伊庭の視線が飛んだ。

少し離れた場所に座っている小島尭之内閣情報官である。ふいに大勢の視線が自分に向いたので、切れ長の目をしばたたいている。

「どういうことかね、小島くん」と、田辺がいった。

「あの山には、たしか山梨県警の山岳救助隊が詰める警備派出所があるはずです」

少し狼狽《うろた》え気味に小島が答える。「私もちょっと登山をやるんで知ってるんですが、あそこに常駐しているのは、日本で最初に山岳救助犬を導入したチームだそうです」

内閣情報調査室のトップが、そんな趣味を持っているとは意外だったが、田辺の心にその言葉が引っかかっていた。

「山岳……救助隊？」

途惑う首相に、京橋警察庁長官が耳打ちするようにいった。「現地から情報を無線で送ってくれているのは彼らです。しかし警官は警官でも所轄署の地域課員ですよ。山屋だから多少の体力はあるかもしれんが、銃で武装したテロリストを相手にするには、いくら何でも重荷が過ぎます。ましてや犬っころなど、何の役にも立ちません」

田辺はあからさまに落胆の吐息を投げた。

またスクリーンの地形図を見た。ふだんから足を運んだことすらない山という場所が、魔の巣くう異界のように思えた。

7

夏実は警備派出所の待機室のテーブルに向かって座ったまま、スマートフォンを両手で握っていた。節電モードのために液晶画面は消してある。その真っ黒な四角いツールを、意味もなく凝視し続けていた。

夜の十時半。

すでに山小屋の消灯時間を二時間半も過ぎている。他の隊員たちは、出動などに備えて派出所二階の各部屋に入って仮眠に入っていたが、夏実は無線番を申し出て、ひとりここに残っていた。どうせ部屋に行っても、とても眠れそうになかったからだ。

一時間前に野呂川広河原インフォメーションセンターの藤野と携帯電話で話したところ、そちらには何の動きもないとのことだった。登山者たちはＩＣの二階フロアなどに寝袋を使うなどして雑魚寝《ざこね》をしているという。

林道を爆破した犯人グループがまぎれ込んでいることは大いに考えられる。しかし、仮にそうだとしても、あれから何の動きもない以上、北岳山荘を乗っ取ったグループのように広河原の施設を制圧するつもりは、今のところなさそうだ。

夏実はスマホの側面にある小さなボタンを押し、液晶画面を指先でスワイプした。ダイヤルのアイコンをタップして、通話履歴を呼び出す。

そこに並ぶ松戸颯一郎の名を見つめる。

いつだってお日様みたいに陽気で、能天気で、屈託のない笑顔の青年だった。

あんな切羽詰まった声を、これまで聞いたことがなかった。

山小屋の外に出ていたとき、テロリストのひとりに見つかりそうになり、銃を撃ちまくられたという。映画の一場面ならともかく、電話越しにいわれても想像もつかない状況だ。

ふだんにない彼のうわずった声で、どれだけ恐ろしい出来事だったかは理解できる。

北岳山荘のスタッフらの生死が不明ということも、不安に輪をかけた。管理人の三枝を始め、夏実はあの山小屋のほとんどのスタッフと顔なじみだった。もし死傷者がいたとしたら——そのことを考えると、いても立ってもいられない。

警備派出所の外は、屋根や軒、壁を叩く風雨の音が、いっそう激しさを増していた。

台風十七号は、現在、三重県の志摩付近を時速十五キロのゆっくりとした速度で通過中で、明日の朝には中心部が南アルプス北部を通過すると予測されている。この台風は勢力圏の範囲が大きいことが特徴で、それがゆえに前衛の雲がこれだけの影響を及ぼしているようだ。だとすれば台風の本体がやってきたら、どんなすさまじいことになるのだろうか。

待機室の無線機の傍にあるホワイトボードには、最新の気象予報図が四隅をセロテープで貼り付けてあった。本州をすっぽり覆う規模の蜘蛛《くも》の巣のような台風の等高線を、夏実は口を引き結び、じっと見つめた。それは南の海から出現して太平洋を北上し、日本列島を襲撃する巨大な怪獣のように思えた。

その猛威を利用して、彼らはあそこに立てこもっている。

マスコミの報道によると、犯行声明のようなものはまだないという。ただ武装グループが北岳の山小屋を制圧占拠しているということだけ。そこに至って自衛隊の治安出動が緊急閣議で決定された。

そのことに関して、救助隊員の多くが違和感をおぼえていた。

今朝、最初にあの男たちとすれ違ったとき、夏実は彼らに〝色〟を見てしまった。

何となく感じた予感。まさか、こんなことになるとは。

しかし、あの時点ですべてがわかっていたとしても、ひとりで何が出来ただろうか。東日本大震災のときもそうだった。あの荒涼と広がる被災地の海に、幾多の死や苦悩の〝色〟を見ながらも、夏実は何もすることができず、ただ苦痛や悲哀を心に受け取るばかりだった。

かすかな足音が奥から聞こえた。

夏実が顔を上げて振り向くと、炊事室から江草隊長が出てきて待機室に入るところだった。

両手に湯気を立てるマグカップを持っている。

「星野さん。コーヒーいかがですか」

夏実の顔が少し明るくなる。「あ、いただきます」

江草は彼女の前にマグカップをひとつ置くと、向かいの椅子に座った。ふうっとひと吹きしてから、コーヒーを少しすすった。夏実もそれを見て、両手で包み込むように持ったマグカップのコーヒーをそっと飲んだ。顔を上げて、ニッコリと笑う。

「美味《おい》しいです」

「先週、焙煎《ばいせん》した深煎りの豆だそうです。一昨日《おととい》の御池小屋の荷揚げに混ぜてもらいましてね」

江草は笑い、かすかに片目を眇《すが》めてみせた。

「ところで菊島指導官は？」

「御池小屋の二階の個室で寝てもらっているところです」

「よく納得してもらえましたね」

「最初、どうしてもこの派出所に寝泊まりするっていうから困りました。新人隊員二名の部屋を空けてもらおうと思ってたんですが、何しろこの非常時ですし、迅速な出動態勢をとるためには救助隊員全員にここにいてもらわないとなりません」

「そうですよね。菊島さんはお客さんなんだし」

「ところで自衛隊が治安出動しているようですね」

夏実はふと新たな不安に駆られた。

「それって……この山が戦場みたいになるんでしょうか」

「いや。道路が封鎖され、空路も断たれている以上、いかな自衛隊といえども、この山域にすんなり到達するのはむりです。航空機も車輛も使えないので、自力で山越えをするしかありませんね。この風雨の中では、いくら自衛隊といっても山越えに最速でも半日はかかるでしょう」

「どうしてテロリストは何の要求もしてこないんですか」

「そのことをずっと考えていました」

そういって、江草は口の周りの髭《ひげ》を撫でた。

「武装集団が林道を封鎖し、目的もなしに、ただ山小屋を乗っ取るはずがありません。首相は記者会見でテロには屈しないと宣言したそうですが、あれはポーズですよ。政府が国民に明かせない、何かの理由がきっとあります」

「北岳山荘のスタッフが人質になっているからじゃないんですか」

「きっとそれだけじゃない。これはあくまで私の推測なんですが、十名か、それ以上の武装集団が、山小屋を制圧して立てこもっているという事態ならば、本来、まずは警察が対処するべきです。警察にはテロ対策訓練をしているSATという特殊部隊があります」

「あ、そうですよね」

「政府が警察ではなく自衛隊の出動を命じたということは、このテロが想像以上に重大なもので、社会に与える影響が大きいことを物語っていると思います。もうひとつ、今回の治安出動のあり方です」

江草は少し神妙な顔をして、短く切りそろえた口許の髭を撫でた。

「――自衛隊の治安出動は二種類あります。ひとつは自衛隊法七十八条にある『命令による治安出動』。もうひとつは同法八十一条にある『都道府県知事の要請による治安出動』です。地方で勃発した事案であるにもかかわらず、山梨県知事からの要請じゃなく、県をすっ飛ばして直接、内閣総理大臣の命令によって出動している」

「たしかに……でも、それって、どうしてなんですか。彼らがたんに山小屋を乗っ取っただけじゃなく、もっと恐ろしいことが行われようとしているっていうことですか」

夏実が訊くと、彼はうなずいた。

「テロリストは自分たちの切り札となる何かを持っている。だから、わざわざこんな山の中に立てこもったんです。こんな台風が来るってときに」

思わず江草隊長に向かって身を乗り出していた。

「それって何なんです」

そのとき、ふいに無線機から声が聞こえた。

――こちら救助隊、神崎静奈。白根御池警備派出所、どなたかとれますか。

一瞬、江草と目を合わせた夏実。

すぐに立ち上がると無線機の前に走った。架台からマイクを取った。

「警備派出所、星野です！　どうぞ」

――現在、御座石鉱泉から地蔵岳への登山ルートをたどっています。白鳳峠経由で広河原に下りる予定。どうぞ。

夏実は驚いた。

「こんな嵐の中をですか？」

――雨風に打たれながらの強行軍だけど、ヘッドランプのおかげで視界良好だから。

「登山路のコンディションはどうですか」

――泥まみれの雨水が滝のように流れていて、ところどころ道の崩壊が始まってる。風による倒木もいくつか確認したわ。

「それってかなりやばいですよ」

――バロンもついてて、うまく誘導してくれてるし。

「でも、決してむりはしないで下さい。無線のチャンネルはいつも開けていてくれますか」

――諒解《りようかい》。わかった。

「それと……静奈さん。実は、広河原にも彼らの仲間がひそんでいる可能性があるんです」

――初耳ね。どういうこと？

「広河原に至る林道の三カ所の爆破を実行した容疑者たちが、広河原山荘に宿泊している登山者にまぎれ込んでいるかもしれないんです」

――だったらその人たち、当然、武装しているよね。

「奈良田の現場に駆けつけた鰍沢西署のパトカーの警官たちに死傷者が出ていますから」

夏実はふと心配になっていった。「静奈さん。拳銃の携帯は？」

――上司に許可を取るのが面倒だから持ってきてない。それに……私には必要ないし。

「無茶ですよ。いくら静奈さんが強くたって、相手はマシンガンで武装してるんですから」

――だからって静観はできないでしょ。向こうよりも先に相手を見つけるから大丈夫。

「大丈夫って、そんな問題じゃ……」

夏実がいいかけたとき、無線の交信が向こうから切られていた。

茫然《ぼうぜん》としたまま、右手のマイクを見つめていたが、ようやくそれを架台に戻した。

振り返ると江草隊長と目が合った。

「あの、静奈さんが――」

すると思わぬハコ長の笑顔に、夏実が少し驚いた。

「神崎さんの現場での判断力を信頼しましょう。その前に、広河原に無事に到着できることを祈るばかりですが」

外の屋根壁を打つ風雨の音が、いちだんと激しさを増してきた。

夏実は不安な顔で、待機室の小さな窓を流れ落ちる雨粒の群れを見つめた。

8

ひどい降りだった。

バケツをひっくり返したようなというが、そんな表現がちっとも大げさに思えない。そこに来てさらに風が混じっている。それも横殴りに躰に叩きつけられるような風圧である。いきおい雨粒の打撃力もあって、雨具越しに躰に激痛が走るほどだ。

公衆トイレのバイオ浄化槽のある狭いスペースから這い出した松戸颯一郎は、真っ暗な中、給油タンクの近くにじっと身を潜め、しばし様子をうかがっていた。大粒の雨がバタバタと背中を叩く。その音を誰かに聞かれるのではないか。そう思うと気が気ではなかった。

数分前、ふいに小屋の正面入口のドアが開き、男たちが三、四人、闇の中に出てきた。

松戸はあわてて建物の陰に身を隠したが、彼らは松戸を捜しているふうではなく、それぞれがヘッドランプの光を灯《とも》しながら、北岳の山頂方面に向かって雨風にさらされた登山道を足早に登っていった。彼らの光が稜線の向こうに見えなくなると、松戸はホッとした。

周囲に人の気配はない。が、じつは銃を持った男がどこかに隠れているのではないだろうか。そんな疑心暗鬼にとらわれてしまう。不安に駆られると、遠くにあるドラム缶の影や大きな岩までもが人の姿に見えてしまう。

しかしいまは臆病であればあるほどいい。誰もそれを笑う者はいないし、自分の身を守れるのは自分だけなのだから。

松戸はもう一度、暗がりに周囲を見渡してから、身を低くしたまま、そろりと歩き出した。

緊張感のために膝が笑っていた。足の感覚が他人のもののようだ。

雨に濡れた自分の手を見ると、指先がぶるぶると震えているのがわかる。

公衆便所と小屋の間に見える裏口に近づいていく。よく間違って登山者がここから建物に入ろうとするので、引き戸には〈山荘入り口は右奥です〉と書いた紙がテープで貼られている。それが風にあおられて剝《は》がれかけ、バタバタと泳いでいる。

引き戸に手をかけて、そっと開いた。

隙間から中を覗《のぞ》き、誰もいないのを確かめ、するりと侵入する。

土間に大きな青い三相式発電機が置かれている狭い空間。濡れた足跡のみならず、レインウェアから落ちた雨が足許を濡らしてしまうことに気づいた。一計を案じて、今、入って来たばかりの引き戸を少し開けておくことにする。たちまち雨風が吹き込んできて、土間がびしょ濡れになった。

奥の部屋は四畳半ほどの畳敷きで自炊室になっている。素泊まりの登山者などがここで煮炊きが出来るように、真ん中に小さな木のテーブルがひとつだけある。そこに入り込むと、松戸はテーブルを足台にして、その上に乗った。狭い天井の一角に、釘を打っていないコンパネの小さな板があって、指先でゆっくりとずらす。三十センチ四方ぐらいの狭い孔《あな》がそこにできた。

松戸は周囲をもう一度見て、それから天井の孔の縁に手をかけた。

いったん懸垂運動のようにぶら下がった彼は、勢いよく弾みを付けながら腕の筋肉を使って躰を持ち上げる。孔の縁に肘をかけ、靴先を載せる。もう一度、弾みを付けながら狭い空間に自分の躰を引きずり上げた。

天井裏に上がり込むと、一度、孔から下を覗き、また異常がないことを確認する。それから、そっとコンパネの板を閉じた。

胎内《たいない》のように狭く、真っ暗な天井裏の空間の中で、松戸は鋼《はがね》を打つようにドキドキと鼓動する心臓にそっと手を当てた。耳を澄ますが、物音は聞こえない。小さく吐息を洩らす。

次第に闇に目が馴れてきた。

恐怖と緊張感が、いつしか薄らいでいた。闇のせいだろうか。いや、この狭さゆえかもしれない。もともと自分は洞窟だとか、ソロテントみたいに狭い空間が好きだった。山仲間からは胎内回帰願望などとよくいわれたが、案外とそれは当たっているかもしれなかった。

松戸は母の顔を憶えていない。母は彼が二歳の時に病死し、兄とふたり、父の手ひとつで育てられたからだ。それでも松戸は、アルバムに貼られた古い写真でしか知らぬ母の顔を恋しく思うことがある。

母の面影には、いつも夏実のイメージが重なっていた。

――松戸くん。待ってる。

最後にかわしたときの言葉が耳に残っている。

その声のあたたかさに救われたような気がした。

「行くぞ」

意を決して松戸は小さく声を発した。

携帯電話をライトモードにし、狭い空間を這って進み始めた。ＬＥＤの小さく、淡い光を頼りに匍《ほ》匐《ふく》前進をする。


この北岳山荘は、世界的に有名な建築家によるデザインというだけあって、山小屋と呼ぶにはあまりにも立派な外観をしている。が、建物の内部は大小の空間が無秩序に入り組んでいる。

客室のすべてを富士山が見える南側に集中させたため、必然的に厨房《ちゅうぼう》やスタッフルーム、配線や配管を通した空間、大小の倉庫などがその反対側に配置されたはいいが、各部屋、各空間の形状がシンメトリックに組み合わさっておらず、結果としてデッドスペースというか、複雑怪奇な隙間があちこちにできてしまった。

それをいいことにスタッフたちは、それらの狭い空間を自分の個室として使って寝泊まりをしたり、道具や備品の倉庫に使ったりしていた。ときにはそういうデッドスペースが各部屋を結ぶ動線として近道になっていたり、山小屋の、それもベテラン従業員しか知らない秘密の通路のようになっていたりする。こんな仕組みはむろん山小屋の外部の人間は知るよしもない。

松戸はこの北岳山荘のスタッフになって日は浅いが、人一倍に仕事を任されてしまったおかげで、短期間で建物の内部を隅々まで熟知することとなった。

いま、松戸が這い進んでいる狭い天井裏は、ふだんから人が入る場所ではない。電気配線のメンテナンスなどで、ワンシーズンに一度、入ればいいほうだ。天井裏といっても、ここは一階の天井と二階の床との隙間。本来ならば空気が抜けるだけの幅しかなく、人ひとりが這ってゆくにはあまりにも狭すぎる。のみならず、そこらじゅうが埃《ほこり》だらけだった。少し這い進むたびに微小な埃がむわっと舞い上がる。

片手で鼻と口を押さえ、必死に咳《せき》やくしゃみをこらえながらの匍匐前進。

ときおり、闇の中に赤く小さな目を光らせながらネズミが走る。都会のネズミほど大きくはない。大人の拇指《おやゆび》程度の大きさなのだが、人を畏れないのか、すぐ鼻先にまでやってくる。それをいちいち、手で払いのけなければならない。

ようやく目的の場所に到達して、松戸は板をそっとずらした。

毎晩、自分が眠っている自室の真上であった。自室といっても広さは畳一畳もなく、せいぜいソロテントぐらいの広さである。納戸のようになった狭い空間を利用して、彼は自室にしていたのだった。

隙間から見て異常がないことを確認すると、板をさらにずらしてから、音を立てないようにそっとそこに下りた。じっと屈《かが》んだまま、しばし耳を澄ました。

外に物音はない。

緊張感と恐怖心は相変わらずだが、手先の震えはもうなかった。

いつも眠っている寝袋が、マットの上に、くしゃくしゃになって敷きっぱなしになっている。その横には汚れた衣類や新しいウェアを入れたプラスティック製の収納ボックス。四十リットルのザックも立てかけてある。

携帯電話の淡い光の中でザックの中身をとりだした。現状、何が必要かを考えながら、スタッフサックに入れていた山道具の中から使えそうなものを選ぶ。ペツル社のヘッドランプを見つけて、すぐに頭に装着した。携帯の小さなライトを消し、もっと強力なヘッドランプの明かりの中で必要になりそうなアイテムを捜していく。

山で生死を分けるのは、経験と判断力だが、何よりも、そのときどんな道具を携えているかということ。それを松戸は経験的に知っていた。

下着の着替え、予備の電池、ゴアテックス製の防水手袋、薄手のフリース。メモ帳とミニサイズの三色ボールペン。他に適当に使えそうなものは、すべてザックに放り込む。

ザイルを捜したが、共同装備室に置いているらしく、八ミリ径の補助用クライミングロープを二十メートル束ねたものしか見つからなかった。しかたなく、それをザックに括《くく》りつけた。

携帯電話は電池の消耗が激しいため、小型無線機が欲しかったが、あいにくとそれも下の装備室に置いていた。

ザックの肩紐を片腕にかけてから、もう一度、耳を澄ます。

聞こえるのは雨音と風音ばかり。

それにしても、なぜ、こんなに静かなのだろう。

松戸はまた天井裏への孔の縁に両手をかける。

胸と腕の筋肉を膨らませながら、懸垂の要領でぐっと躰を持ち上げた。狭い隙間に腹這いになり、そっと天井板を閉じる。ヘッドランプの光を頼りに狭い空間を匍匐前進していく。

かすかな異音が聞こえたような気がして、動きを止めた。じっと耳を澄ます。

躰の横をふいに小さなネズミが駆け抜けていく。それでもホッとしていられない。もしネズミではなく、人間のたてる音だったらと思うと、身がすくむ。あの男たちなら物音を聞いただけで、躊躇《ちゅうちょ》なく銃撃してくるのではないか。身動きもとれぬまま、自分はここで蜂の巣になってしまう。そんなことを思うと、また奥歯がカチカチと鳴りそうになる。

ヘッドランプを消し、うつぶせの姿勢で、心が落ち着くのを待つ。

しばし経ってから、やおら顔を上げ、またLEDの光を灯《とも》して少しずつ前に向かって這ってゆく。

装備を入手できたから、雨風の中、下の御池小屋まで下山は可能だろう。

しかし松戸はその選択肢をあえて無視した。

いくら危険だろうが、自分ひとりだけが、ここから逃げ出すわけにはいかない。

9

トイレに行きたいと申し出た若い女性スタッフふたりとともに、加藤が食堂に戻ってきた。

萎《しお》れた様子で俯きがちの女性スタッフたちが、食堂のもといた椅子に猫背気味に座った。他のスタッフたちも、身じろぎすらすることなく、うなだれるようにテーブルに向かって座っている。

その場に立っているのは鷲尾の他、二名。氷室と大島《おおしま》という若い男だ。

北岳山荘を制圧した男たちは全員、それまでの登山服から迷彩の戦闘服に着替えていた。足許は編み上げの軍用ブーツである。カーキ色のベルトやハーネスには拳銃を入れたホルスターを装着し、イングラム短機関銃をスリングで肩掛けし、中にはナイフを差し込んでいる者もいる。抵抗する者はいないが、万が一の場合に備え、いつでも腰の拳銃を撃てるように、それぞれの拳銃の薬室には初弾が装填《そうてん》されている。

ここにいる氷室ら三名は、今回の決起のため、新しく参加してきた現役の自衛隊員だった。全員が東部方面隊に所属していてレンジャー資格も持っている有能な男たちだが、鷲尾や陣内のような大義のために決起した人間たちではない。

決起メンバーの頭数《あたまかず》をそろえるために、兵の質は選べない。それは致し方のないことだった。

鷲尾は食堂の窓際に立ち、外を見ていた。

ペアガラスのサッシ窓に大粒の雨がぶつかっている。空気の塊のような風がぶつかるたびに、ドンと音を立てて震えている。台風の中心は明日の正午ごろに北岳上空を通過する。しかし、すでにこの山域は風速二十メートル。一時間に五十ミリ以上の降雨量となっていた。前衛の雲の影響からしてこれなのだから、今回の台風十七号の勢力の大きさは想像を絶する。

このことは今後の彼らの行動に際して支障を来す畏れもあった。

最大瞬間風速六十メートルともなれば、歩行は困難。それどころか、外にいればどんなに耐風姿勢をとっていても吹き飛ばされる。

VXガスのカプセルを装着した超小型巡航ミサイル〝SMCM〟の発射ランチャーは、岩盤に数本の太いボルトで打ち付けているため、強風で傾《かし》ぐこともないはずだが、落石などがぶつかってしまえば、元も子もない。巡航ミサイルはいったん高空に射出されたら、内蔵されたコンピューターがあらかじめプログラミングされていた軌道を割り出しながらグライダーのように低空飛行をし始める。しかし、射出角度が低くなって、発射時に何かにぶつかればそれまでだ。

爆発とともにガスが放出され、この山域は一瞬にして死の世界と化す。

ミサイル本体には時限式の自爆機能が組み込まれていて、プログラムどおりに飛行すれば、そちらが優先され、首都圏上空で自爆し、ステンレスカプセル内のVXガスを三百メートルの高さから散布する。しかし、それがなされない場合は自動モードでカウントダウンが始まり、ゼロになった段階で爆発するようになっている。

現在、また五名の仲間が北岳山荘から出発して、一号機から三号機、つまり三カ所に設置されたそれぞれの発射装置の最終点検に向かっている。

日本国政府と内閣総理大臣あてに声明を出してから三時間以上が経過したが、最初の返電以来、まだ何の返答も来ない。今頃、彼らは対応策あるいは解決策を見出《みいだ》すために汲々《きゅうきゅう》としているだろう。

こちらが提示した最終期限が過ぎたら、まず一号ミサイルを発射する予定だった。沈黙あるいは拒否という結果になれば、躊躇なく制裁を決行する。

マスコミは北岳にテロリストが立てこもっているため、自衛隊に治安出動を要請したという報道を始めていたが、さすがにこちらがどういう切り札を持っているかまでは伝えていない。国民のパニックをあおらないためでもあるが、その前にさいたま市大宮駐屯地の化学学校に、それだけの致死量を誇る毒ガス兵器が保管されていて、なおかつ安易に強奪されてしまったという事実を明らかにしたくないためだ。

政府はまず国民の目を欺《あざむ》き、情報を秘匿することを考える。

昔からいつもそうだった。

陣内が食堂に入ってきた。

外で無線交信をしていたらしく、ジップロックに入れた無線機を手にしていて、髪の毛と衣服がひどく濡れていた。

「広河原の渋沢《しぶさわ》と交信してきました。あちらは現状、とくに異常なし。それから松戸というスタッフはやはり下りていないようですね。彼は下山すると必ず広河原山荘に顔を出すそうですが、山荘の従業員に確認したところ、それらしき人物は来ていないといわれたとのことです」

「ご苦労でした」

鷲尾がいい、向き直った。

俯いて座る管理人の三枝にいった。

「あらためて訊《たず》ねますが、松戸という男はどこにいますか」

彼は少し顔を上げ、ちらと鷲尾を見て、また視線を落とした。黙ってかぶりを振る。

「なるほど、ご存じないというわけですか。まあ、いい。見つけ次第、射殺しろと命令しております。この小屋のスタッフの最初の犠牲者というわけです」

「ふざけんな。颯ちゃんが何をしたっていうんだよ」

ふいに中腰になって、声を荒らげた若者がいた。

ポニーテイルに髪を縛った頭に緑のバンダナを巻き、白いTシャツを着ている。無精髭を生やし、肉がそげ落ちたように痩せた顔で、鷲尾をにらみつけている。

「幹哉。よさないか」

傍で三枝がいったが、彼の怒りはおさまらなかった。

「勝手に山にやってきて銃を撃ちまくって。何をやりたいかはわかんないけど、あんたたち、異常者の集団だよ。狂ってるよ。頭おかしくなきゃ、こんなことやんないだろう、ふつう?」

氷室が素早く歩み寄って、短機関銃を彼の顔に叩きつけようと振りかざした。

「やめろ！」

鷲尾の鋭い声で、氷室の動きが止まった。

幹哉と呼ばれた痩せた若者は、青くなった唇をふるわせながら、彼をにらんでいる。その前にゆっくりと歩いて行った。

「きみが憤る気持ちはわかるよ。たしかに理不尽だし、自分と関係のないトラブルにどうして巻き込まれたかという疑問もあるだろう。何よりも武力で秩序を乱し、強引に君たちを支配するやり方が人間として許されないということも理解する。しかし、こんな事態を招いてしまったのは、実はきみたち国民の無関心であり、無自覚である。もうすぐそのことを、いやでも思い知ることになる」

「あんた、何をいってんだ。ちっともわかんないよ」

吐き捨てるようにいう幹哉を見つめ、鷲尾は悲しげに笑みを浮かべた。

「いったん動き出したら、もう停めることはできないのだ。結果がどうあれ、われわれは今の状況を続けていくしかない」

彼はまた目を細めて笑った。

腰のホルスターに差していた黒いグロック17を抜いた。いったん弾倉を銃把から抜いて、そこにフルロードされた九ミリ・パラベラム弾を全員に見せつけてから、ゆっくりとまた差し込んだ。弾倉が装塡される音に、小屋のスタッフ全員が緊張した。

鷲尾は静かにいった。

「もう一度、訊く。松戸颯一郎はどこだ」

10

蛍光塗料が塗られた黄色のビニールテープを歯で嚙《か》みちぎり、ダケカンバの枝に巻き付けてとめた。目立つように一部を垂らしておく。これで五カ所目になる。

たびたび足を止めるのは精神的に苦痛だ。一刻も早く山越えをしたい。しかし、静奈はそれを続けていた。おそらく自衛隊はこのルートをたどって部隊を山越えさせる。足許の登山道が大雨で沢のようになり、ところどころ泥流が塞いでいるため、トレイルが不明瞭だった。この状況であれば、山を知らない自衛隊員は道迷いになってしまう。それを防止するためだった。

ふたたび急登を急いだ。

大風が躰にぶつかってくる。

頭部をすっぽり覆い、ドローコードを引き絞ったレインウェアのフードが、たびたびの強風であおられて剝がれそうだ。片手で必死にそれを押さえた。全身を激しく雨が叩いていた。雨音が石礫《いしつぶて》が当たる音のように轟然《ごうぜん》と耳朶《じだ》を打っていた。

そのせいで、最初、だしぬけに前方から聞こえてきた奇妙な物音の正体がわからなかった。

ハッと立ち止まった神崎静奈が顔を上げたとたん、目の前の大木が大きく傾《かし》ぎながら、彼女に向かって倒れてきた。

とっさに半身になった。

巨木が弧を描き、顔先をかすめた。次の瞬間、すさまじい地響きとともに、それは大地に叩きつけられた。泥混じりの水煙が立ち上がり、衝撃でへし折れた枝がいくつも宙を舞った。

やや後ろに身を引いた後屈姿勢のまま、静奈は硬直していた。

大人が両手を回しても届かないほど太いコメツガだった。それが斜めに横倒しになって登山道を跨《また》いでいた。見事に根許からボッキリと折れている。葉叢《はむら》がついていないから、きっと立ち枯れていたのだろう。この強風で一気になぎ倒されたのだ。

泥臭い中に、オゾンのような臭気が混じっていて、ツーンと鼻孔を突いた。

ふうっと息を洩らした。

振り返ると、斜め後方にいるバロンが彼女を見上げている。雨風に打たれた全身の被毛が濡れ、ひどく毛羽立っていたが、大きな鳶色の瞳を見て、ふっと笑みを洩らした。

「危なかったね。バロン」

するとシェパードが大きな口を吊り上げた。

《ちょろいもんだぜ。相棒》

そういわんばかりの余裕の笑みを浮かべ、大きな尻尾を一度、振った。

倒れたばかりのコメツガの巨木に手をかけてひょいと乗り越える。バロンがすぐに続いた。

台風の最中に山を越えるなど、初めての経験だった。それにしても、これほど雨風の強い台風はこしばらくはなかったはずだ。もしかすると記録的なものになるかもしれない。

御座石鉱泉から出発して、まだ一時間と少し。しかし、強風と横殴りの雨。登山道を洪水のように激しく流れる泥水。それらのせいで、歩行速度がいつもの半分以下となっていた。レインウェアにスパッツを装着しているが、登山靴の中はすでに浸水して靴下が音を立てている。まるで洪水の中をずっと歩いているみたいなものだ。

出発した御座石鉱泉から頂上の地蔵岳までの標高差は一五〇〇メートル。健脚の登山者でも六時間はかかる。それを山に馴れた救助隊員なら、普通のコンディションであれば半分の三時間程度で登れるはずだった。

しかしこの激しい雨風と障害物だらけの悪路に、いつ襲いかかってくるやもしれぬ自然の脅威である。いきなりの倒木には驚いたが、さらに何が起こるか予想もつかない。

急登ルートを駆けるようにたどっている間、終始、躰を叩く雨と風は、たとえレインウェアを着ていても体温を奪う。皮膚感覚としての寒さは感じなくても、体力は著しく消耗する。限界に挑戦するように全身を動かして悪路を登るため、衣類はおびただしく汗に濡れる。ゴアテックス製のウェアの透湿効果をもってしても、汗の発散に追いつかない。その汗がよけいに躰を冷やしていく。

雨具は上下とも伸縮性のある化繊素材だが、それでも濡れたウェアは手足にまといつく。

だからといって脱ぎ去るわけにはいかない。

こんなに薄っぺらな一枚布だが、確実に命を守っている。

一方、相棒のバロンは天然の被毛だけだ。ときおり立ち止まり、激しく胴震いして全身の濡れを霧のように四方に散らすだけだ。疲れた様子は微塵も見せない。犬は人間よりもはるかにタフである。

静奈は疲れていたが、そんなバロンの姿に目をやっては自分を鼓舞した。

前方を見上げた。

真っ暗な森。横殴りに叩く雨。

どんなことがあっても、この山を越えねばならない。

ふうっと長く息を吐いて下腹を引っ込めると、臍下《せいか》丹田《たんでん》に熱がこもり、同時に気力がみなぎってきた。冷たく濡れた手で拳を固め、指の関節が白くなるほどにぐいっと強く握り込む。前方を睨み、歯を食いしばった。自分を緊張させる。それも極端なまでに。

しかし過激な感情は隙を生む。

空手の組手のときがそうだった。何度か試合に破れたことがあるが、常におのれの未熟が原因だった。憤りや慢心は自分を滅ぼす。常に静謐《せいひつ》な水のようであれ。老師はそうのたまわった。

また風雨を突いて駆け出した。バロンが追走する。

相変わらずの急登。ジグザグルート。そこを急ぎ足に登り続ける。立木に摑《つか》まり、岩角に指をかけ、躰を上へ上へと押し上げるように足を運ぶ。


やがて旭岳《あさひだけ》の小さなピークを越した。そこから燕頭山に向かってさらに急登の斜度が増してくる。登山道のあちこちに立っていた、古く苔《こけ》むした標柱や石碑。石の祠《ほこら》。それらの中には強風にあおられて横倒しになっているものもある。風で折れた無数の枝がそこらじゅうに落ちて入り組み、登山道をさらに悪路にしていた。

雨粒は大きく、隙間がないほどに降り注いでくる。

登山路はそれ全体、濁流が大量に走る水路となり、思わぬ場所——木の根の間や岩の上から、おびただしい量の泥水が滝のようになって落ちてきていた。それをバロンとかわしながら、静奈は登り続ける。

頼りになるのは、ヘッドランプの淡く、小さな明かりだけだ。それは五メートル先にも届かない。降りしきる雨にＬＥＤの白い光が複雑に乱反射してしまう。だから、足許ばかりを照らすしかない。

ようやく燕頭山を越した。クマ笹が覆い繁る道がいったん平坦になったかと思うと、今度は下りになった。

山腹を横切るトラバース道である。

木立の急斜面は、広範囲にわたって、泥水がザアザアと音を立てて流れ落ちていた。それでなくとも狭い登山道は、あちこちがそれで抉れて切れ落ちてしまっている。静奈は慎重にバランスをとりながら歩き、道がなくなった場所は思い切って跳躍した。

トラバースを過ぎたとたん、すさまじい風が圧力をともない、叩きつけてきた。

とっさに身をかがめて耐風姿勢をとった。

直後、派手な音を立てて、すぐ近くにあるダケカンバの木が半ばからへし折れ、もぎ取られるように風下に吹き飛ばされていった。雨粒も痛いほどに頭や肩を打ちのめす。

視界が開けた尾根の上だった。

牛首のザレ場と呼ばれる危険箇所である。

闇と雨とガスのため、周囲の景色はまったく見えない。

今にも足許が落ちそうな砂の崩落地。刃渡りのように左右が切れ落ちた痩せ尾根に、一本の鎖が差し渡してある。それが風にあおられて、まるで生き物のように躍っていた。しゃんしゃんと楽器を打ち鳴らすような音を立てている。

風は真横から打ち付けてくる。少し歩こうと姿勢を高くしたとたん、それを見計らったように、すさまじい風圧が真横から襲来して、尾根からさらわれそうになった。あわてて大きな岩にしがみつく。

バロンもほとんど伏臥の姿勢で耳をピッタリと平らに伏せている。

ひとしおりの風が真横に吹き抜けたあと、それが嘘《うそ》のようにピッタリと止んだ。

しゃんしゃんと喧《かまびす》しい鎖の音も途絶えた。

今だ！

素早く立ち上がる。バロンを振り返り、また前を向いて走った。

険しく切れ落ちた砂地の痩せ尾根を一気に駆け抜ける。そのまま樹林帯の中に入る。とたんに、ふたたび横殴りの強風が襲ってきた。あわてて立木に両手でしがみつく。間一髪だった。

振り返ると、砂地に差し渡された鎖が、また激しく躍り始めている。あれに叩かれたら、一撃で転落していただろう。

バロンもすぐ横に伏せていた。大きな体軀を斜めにしながら、風に捉えられないように必死に耐えている。

風がまた塊となってぶつかってきた。

しがみついていたダケカンバはまだ細く、おかげでそれが強風に大きくしなった。一瞬、ひやりとしたが、さいわい折れることはなかった。しかし頭にかぶっていたレインウェアのフードが、強風に一気にはぎ取られ、頭や顔に雨粒が叩きつけてきた。たちまちポニーテイルがほどけた。髪を縛っていた紐が切れたらしい。濡れた黒髪が風にあおられ、千々に乱れた。

静奈は顔を覆った髪を指先でかき分け、身を低くしたまま走り出した。

尾根道を真横に雨風が抜けるので、立木まで一気に駆け、すかさず摑まる。風が弱くなると、また走るという行為の繰り返し。バロンは比較的安全な樹林帯まで、一気に走らせた。四足歩行の犬のほうが、二本足の人間よりもこういうときは有利だ。

あと三十分も行けば、鳳凰小屋にたどり着くはずだった。

腕時計を見ると、午後十一時五十分。小屋番やスタッフたちは寝静まっているだろうが、少し休ませてもらわないと体力が保たない。

あとひと息だ。

バロンに先導されるように走った。

北側を巻くトラバース道になると、いよいよ鳳凰小屋が近づいてきた。

ヘッドランプの淡い光の向こうに、シラビソの木立の急斜面に渡された木橋が見える。雨が小やみになり、風もだいぶおさまっていたが、いつまた荒れるかもしれない。何よりも早く小屋に着きたかった。

静奈が、続いてバロンが足を踏み出した。

ちょうど木橋の半ばまで到達したとき、ふいに左手の斜面の上から轟音が聞こえた。

はっと振り仰いだ。

真っ黒な壁が上から落ちてくるように見えた。

思わず立ちすくんだ。見上げる目の前、視界いっぱいに迫ってきた。泥水と大小の岩であった。それが雪崩のようになって、大量に木立の間から落ちてきたのだった。

静奈とバロンは素早く木橋の上を走った。足許が滑るが仕方なかった。

木橋に乗っていたら、いっしょに崩落してしまう。

泥流が到達する寸前、下を抜けて、その直撃をかわした。すさまじい音を立てて、なおも真っ黒な洪水が上から鉄砲水となって落ちてくる。

あちこちで生木を引き裂く音がして、シラビソの立木がいくつも倒れ、転がってきた。

ふたりが橋を渡りきる寸前に、引き裂かれた大木のひとつが木橋を直撃した。突如、下から突き上げられるような強烈な衝撃に襲われ、バランスを崩した。足許の木橋が中央辺りからV字にまっぷたつに裂けていた。

とっさにバロンの胴を右手で摑み、引き寄せた。

ふたつに折れた木橋が土台から抜け、だしぬけに落下が始まった。

静奈はバロンを抱きしめたまま、自分が乗っていた木橋の下敷きにならないように、それを蹴った。斜めに空中に跳んだ彼女は、ダケカンバの木に背中をぶつけた。ザックがあったから良かったが、衝撃は大きかった。真っ暗な木立の視界が独楽《こま》のように回転した。

そこに追い打ちのように別の方向から土石流が襲ってきた。

静奈とバロンはそれにまきこまれ、木や枝の破片、大小の岩や石の混じった濁流とともに直下に向かって落ちていく。

11

防衛省の中央指揮所（ＣＣＰ）は、市ヶ谷にある防衛省庁舎Ａ棟の地下に作られている。耐爆設計がなされ、堅牢な要塞ともいえるここは、文字通り国防を担う自衛隊最高の戦闘指揮所として知られている。

中央オペレーションセンターと呼ばれる防衛会議室。

女性自衛官のＣＣＰスタッフに案内され、小田原防衛大臣があわただしく入室してきた。

続いて、北川防衛副大臣、岡島防衛大臣政務官、合田防衛大臣政策参与。それぞれが所定の席へと誘導される。そこにはすでにもう一名の政務官が着席している。

それぞれのテーブルの座席の前には液晶モニターが立ち上がっていて、今回の作戦の舞台である北岳周辺の山岳地図が表示され、オペレーションと称し、各部隊の配置展開が色分けしてちりばめられていた。

大臣席におさまった小田原は、極度の緊張感に包まれていた。

自分にとって、これは初めての実戦指揮となる。しかも戦後、我が国の自衛隊にとって、テロ対策を目的とした最初の治安出動であった。今まで演習として何度かこのＣＣＰに入り、この席に座ったことがある。そんなときは気楽なものだった。演習自体が式典であり、すべてが予定調和のもとに進められたからだ。

実際の戦闘にシナリオは存在しない。それまでくり返してきたシミュレーションのような、仮想敵を相手にした模擬訓練ではなく、これはリアルな戦闘だ。武装し、敵意を持ったテロリスト集団が相手なのだ。しかもあのとき、伊庭内閣危機管理監がいったように、彼らのリーダーは元自衛官、それも佐官クラスのエリート幹部であり、自衛隊の戦い方を誰よりも熟知している。

「小田原さん、少し落ち着いて下さい」

傍らから北川副大臣に声をかけられ、彼は自分がひどく貧乏揺すりをしていることに気づいた。

「岡島くん。煙草《タバコ》は持っているかね」

「大臣。ここは禁煙ですよ」

防衛大臣政務官にピシリといわれた。「ＣＣＰだけじゃなく、防衛省庁舎内はすべてです」

あっけにとられたような顔で岡島を見つめていた彼は、仕方なく、目の前の机に置かれたミネラルウォーター入りのペットボトルをとった。キャップを回して、直に口をつけてゴクゴクと飲んだ。

ペットボトルを机に戻し、またモニターを見つめた。

防衛大臣は自衛隊の最高指揮官である。現場で実際に部隊を動かすのは部隊長であり、その上の師団長でもあるが、すべての責任は大臣である自分にかかってくる。さらに上には内閣総理大臣がいるが、あくまでも建前である。

「大臣。南アルプスの前線指揮所において、師団作戦会議が始まりました。そちらのモニターでご覧になれます」

遠くの机から声がかかった。

CCPで実際のオペレーションを担当する統合幕僚会議事務局第三室長だった。

小田原が見ると、地図を映しだしていたモニターの中に別のウインドウが立ち上がり、幕僚や幹部自衛官たちによる作戦会議の模様が音声付きで表示されていた。


陸上自衛隊東部方面隊第一師団の前線指揮所は、南アルプス市芦安にある公民館の大部屋を借りて立てられていた。

作戦室には師団長、副師団長を始め、大勢の幕僚たちが迷彩服にヘルメット姿で詰め、情報や兵站《へいたん》担当の各部長も顔を並べている。全員の前にある作戦台には大きな戦況図が貼られていて、夜叉神に出動した第一普通科連隊と第一偵察隊、第一施設大隊、第一後方支援連隊、第一通信大隊、第一特殊武器防護隊の配置状況がひとめでわかるようになっている。別の戦況図には、奈良田に出動した御殿場板妻駐屯地の第五十五普通科連隊、北富士駐屯地の第一特科隊の配置も記されている。

傍らにはずらりと並んだ防衛マイクロ回線の電話機にとりついた幕僚たちが、各方面総監、陸上幕僚監部、市ヶ谷のCCP、そして山梨県警や山梨県庁、各役所の担当部署などと連絡を取り合い、現地の情報を引き出したり、あるいはこちらの情報を送るやりとりがなされ、その会話がうるさいばかりに室内に響いている。

中央に座る長沢恭三《ながさわきようぞう》陸将は、東部方面隊第一師団を統括する師団長である。

情報を担当する師団司令部第二部長がまず、北岳に潜伏するテロリストの敵状の報告をし、くわえて現地の状況を伝えた。次に運用を担当する第三部長が、夜叉神と奈良田に展開した部隊配置の状況を伝える。

つづいて第二部長がまた立ち、北岳を中心とする南アルプス山岳一帯の地域見積——気候や地形を大まかに報告し、それぞれの山の形状や水系、地質、植生、さらに道路の状況を報告する。さらに情報見積として、敵となるテロリストたちの可能行動をホワイトボードに箇条書きで列挙しながら予測する。

最後に第三部長が状況判断をしつつ、部隊の行動指針を詳しく説明した。

自衛隊の今回の作戦は、大まかにふたつに分かれる。

ひとつは施設大隊による陸路の復旧作業である。北岳の登山起点である広河原に向かう林道は、三カ所で爆破され、完全に崩落している。山梨県警からの報告によれば、道路そのものが抉れて谷に落ちているため、土石を撤去するだけでは通行が不可能だという。

そのためには架橋という作業を行わねばならない。

〇七式機動支援橋と呼ばれる架橋器材を搭載した七四式特大型トラックが夜叉神と奈良田の現場に来ていて、それぞれ作戦開始の発令を待っているところだった。これは油圧作動によってトラックの後方にビーム（梁）が伸ばされ、対岸に届いたところで橋節を繰り出すもので、最大で六十メートルの架橋が可能だった。

強い風雨と闇の中、強力な投光器の照明の中での作業となるが、ここは施設科部隊の腕の見せ所となるはずだ。

陸路が復旧したら、ただちに各部隊の車輛が出発。一路、広河原に向かう。

広河原山荘および野呂川広河原インフォメーションセンターに閉じ込められている登山客、スタッフなどを救出する。テロリストがまぎれているという情報も入ってきているため、その段階からの戦闘も予想される。もしそうなれば、一般市民を極力巻き込まないように交戦しなければならないが、すべては現地での指揮官の判断にゆだねるしかない。

12

午前零時五十分。

第一施設大隊の第一施設中隊、第二施設中隊が夜叉神峠のゲートを越えた。

長い夜叉神トンネルを次々と車輌が走り抜けてゆく。

七三式トラックは、小型、中型、特大型の三種類。そしてトラッククレーン、資材運搬車、整地作業に使われるグレーダ、ホイールローダ、七五式を始めとする各種のドーザも車列を組んで走っていた。〈制服を着た土建屋〉といわれるだけあって、施設科部隊の各種装備はいかにもそれらしい。

車輌のタイヤや履帯《りたい》が派手な泥飛沫《どろしぶき》を散らし、荒々しい排気音が雨風の音の中に轟々と響く。路面が地震のように小刻みに揺れている。

後ろに続くのが第一特殊武器防護隊である。第一普通科連隊らとともに練馬駐屯地からやってきた彼らは、放射性物質や生物、化学兵器といった特殊な武器での攻撃に対応して訓練し、防護を担当する部隊である。今回はテロリストが毒ガス兵器を使用する畏《おそ》れがあるということで、急遽《きゅうきょ》、現場に駆けつけていた。

先頭を走る七三式小型トラックの助手席には、部隊を指揮する隊長、戸川正一《とがわしょういち》二等陸佐が座り、ワイパーが拭うフロントガラス越しに前方を見据えていた。ハンドルを握るのは、まだ三十になったばかりの小高直樹《こだかなおき》二等陸曹である。

小高二曹は明らかに緊張していた。ヘルメットの下からこめかみ辺りに流れる汗を、しきりに手の甲でぬぐっている。

戸川二佐は途惑っていた。これまで数え切れぬほど、実戦を想定しての訓練を重ねてきた。しかし、まさかこういう事態で出動命令が来るとは思わなかった。いや、自衛隊である以上、ひとたび有事があれば出動する。その覚悟はできていた。そして初めての実戦出動事案であるにもかかわらず、戸川の脳裡には確たる実感がなかった。

テロリストの首謀者は、鷲尾一哲元陸上自衛隊一等陸佐だという報告だった。

戸川は練馬の駐屯地にある第一師団の隷下にある第一特殊武器防護隊の隊長。一方、鷲尾は防衛大臣直下の中央即応集団に所属し、さいたま市大宮駐屯地にある中央特殊武器防護隊の元隊長。同じNBC兵器専門の部隊として、双方の交流は深く、また合同訓練などを通じて、戸川は鷲尾のことをよく知っていた。

一途な男だった。酒も煙草もやらず、愚直すぎるほどに頑固で厳しい人間だったが、部下たちからは慕われていた。部隊の指揮官として、これ以上ないほどにふさわしい人物だった。

何かの間違いではないかとも思ったが、大宮駐屯地にある化学学校に貯蔵されていたVXガスが強奪されたという報告を聞いて、考えが変わった。そんな暴挙というか、大それたことをやれるのは、やはり現場の事情に通じている鷲尾一佐しかいない。そこが彼の〝職場〟であったがゆえに、さすがに校内の状況には詳しかっただろう。ガスの保管場所や、警備の状況などを知り尽くしていたはずだ。

しかし疑問がぬぐえない。幹部自衛官としては最高のエリートだったあの人物が、なぜこの国の政府に対して叛旗《はんき》を突きつけるのか。

午前一時を少し回った時間になって、部隊は南アルプス林道の崩落現場に到着した。

第一施設大隊が激しい雨風の中、作業を開始した。

特殊武器防護隊は、敵がＶＸガスを使用するなどの手段に出たときに備えての出動であり、基本的には前線で働く施設科の自衛隊員たちを見守ることになる。

複数の投光器の強烈な光芒《こうぼう》が、闇の中に崩落の様子を浮かび上がらせている。まるで巨大な怪獣が崖に爪をかけて抉り取ったような状況だった。

ザンザン降りの雨が濡れた地面を叩いて、飛沫を散らしている中、ヘルメットに迷彩服姿の自衛隊員たちが走り回り、てきぱきとそれぞれの任務を担当している。グレーダやドーザが崖の壁面から崩れ落ちた土砂を移動させ始める。

大規模に抉れた林道は、直下の野呂川へと落ちていた。おそらく崖の法面だけではなく、林道自体にも強力な爆薬が仕掛けられ、爆破、崩落させられたのだろう。周到な破壊工作だった。

自衛隊員たちの働きぶりを見ているうちに、戸川は鷲尾のもうひとつの過去を思い出した。

原発事故よりずっと前、たしか九十三年。第二次自衛隊カンボジア派遣に彼は東部方面隊から志願で参加していた。施設大隊の隊員としてだから、鷲尾たちが担当したのは現地での土木工事の類いだろう。

そこで何かあったという噂が、部隊の周辺でまことしやかにささやかれていた。

のちに〝自殺〟としてニュースになった三名の自衛隊員たちが、実は現地のゲリラたちによる襲撃で命を落としていたというものだ。しかし、噂はけっして表沙汰にはならなかった。それどころか、触れることすらできぬ過去として、自衛隊内に暗然と存在する禁忌のひとつだった。

「隊長。様子が変です」

運転席に座る小高二等陸曹の声。

戸川も同時に気づいていた。

施設大隊の隊員たちが土木作業をしている現場。複数の投光器から放たれた光線。それらが集中する場所に、ヘルメットに迷彩服の男たちが雨に打たれながら立っていた。様子がおかしいのは、全員が一カ所を見つめていたからだ。

戸川はドアを開けて車外に出た。

たちまち横なぎに襲ってくる風と雨に全身が濡れる。

「何があった」

周辺にいた隊員のうち、二名が走ってきて敬礼をする。

「作業地点の路肩の一部が新たに崩落して、施設科の隊員がひとり、落ちたそうです」

「落ちた……」

戸川は棒立ちになる自衛隊員たちの後ろ姿を見つめた。

「救出は？」

「路面の土砂ごと、下の野呂川まで落ちていったようです。高低差が三百メートルもある上に、崖全体を土石と泥水が滝のように落ちていて、救出のためにとりつくのはとうていむりだと思われます。ヘリでも飛べたら……」

それがかなわぬ願いであることは、戸川のみならず知っているはずだった。

「現状を前線指揮所に報告し――」

隣に立つ小高二曹にいいかけたときだった。

だしぬけに地響きが聞こえ、大地が揺れた。驚いて向き直った戸川の目に、平坦な地面が林道からはぎ取られるように落ちていく光景が飛び込んできた。路面には七五式ドーザが一台、七三式中型トラックが一台。数名の施設科の自衛隊員の姿がある。

それだけではなかった。

すぐ至近に待機していた七三式特大型トラック――巨大な架橋器材を搭載していた大きな車輛が、ゆっくりと後ろから傾き、崩れ落ちる地面とともに傾ぎ始めたのだ。

戸川が棒立ちになった。

目の前で、トラックの巨体が海に沈む巨大客船のように谷底へと滑り落ちてゆく。

あっという間に、すべてが戸川二佐の視界から消えた。

数秒後。それらが下の渓《たに》に叩きつけられる轟音が、雨風の唸《うな》りに混じって聞こえた。

――総員、退避ッ！

第一施設中隊の隊長が叫ぶ声がした。

そこらに停まっていた車輛が、いっせいに猛然と排気音を立てながらバックし始めた。同時に、隊員たちも踵《きびす》を返して、戸川のいる林道まで走り始めた。

「ここらの路面はすべて地盤がゆるんでいる。われわれもこうしてはいられんぞ」

小高が小型トラックの運転席に回り込む。

同時に戸川も、助手席のドアを開いた。周囲を自衛隊員たちが駆け抜けてゆく。どの顔も死にものぐるいといった形相だった。トラックに乗り込み、ドアを閉めようとしたとき、戸川は見た。

大地がふたたび抉れて崩落した先。

野呂川の深い渓谷の下から、猛然と黒煙が噴き上がっていた。

顔を叩く台風の雨風の激しさも忘れ、彼は茫然とそれを見つめるばかりだった。

13

首相官邸地下にある危機管理センターは、午前零時を過ぎても、喧騒や怒号に包まれていた。

田辺首相や茂原官房長官は、ふたりして角突き合わせるように、防衛省から届いた今回の治安出動に関する作戦計画書に見入っている。

これは陸上幕僚監部運営課が作成、防衛大臣宛に書かれたもので、それが最終的に内局を通じて内閣総理大臣の許に届けられる。書類には作戦暗号名、出動部隊名、隊員や車輛等の数などが詳細に書かれている。

今回の作戦暗号名は《光》とあった。

おそらく台風が去って、陸自が出動できることを願ってのものだろう。

首相らの座席の周辺には空席も目立った。

小田原防衛大臣以下、防衛省の面々は作戦指揮のため、市ヶ谷の防衛省に移動していた。

いま、防衛省関係で危機管理センターに残っているのは、有馬防衛事務次官だけである。

各省庁の局長や内閣事務官、情報官の中には、仮眠のために別室に移った者もいる。織田官房副長官は三十分前に退席していた。小島内閣情報官、京橋警察庁長官、岡田警備局長らの姿もあるが、とりわけ席を離れられない閣僚や官僚の中には机に向かって座っていつつも、うとうとと寝入っている者も多い。

相変わらず外部からの連絡はひっきりなしに入り、電話やネット通信のマイクに応答する者の声があちこちで聞こえていた。

入ってくる情報はテロに関するものばかりではない。

記録的な大型台風がもたらす各地の被害が、次々と飛び込んでくる。

「最新の気象情報です」

若い職員の男性が書類を配付して回っていた。

伊庭が受け取る。台風十七号は、午前零時ちょうどに愛知県豊橋市に再上陸、依然、まっすぐ北東にコースをとりながら、確実に南アルプス方面に接近していた。中心付近の最大風速は五十メートル。沿岸部は高波で漁船が何隻か転覆し、市街地ではあちこちの道路や線路が冠水。強風で立木や電柱が倒れ、架線の切断による停電が多発。またブロック塀の倒壊や、看板の落下などで怪我人も出ているらしい。床上浸水、川の氾濫《はんらん》、土砂崩れ、土石流。すでに死者は判明しているだけでも四名となり、負傷者は数知れない。場所によっては複数の竜巻も発生しているという報告だった。

自衛隊は災害出動として各地に派遣され、救出活動にあたっている。

しかしながら、この危機管理センターはテロ事件への対処で精いっぱいだった。自然災害のことは行政の末端である地方に任せておくしかない。

伊庭健一内閣危機管理監も少し前、パソコンのモニターの前に頰杖を突いたまま、しばしうたた寝をしていた。

壁際のスクリーンには、北岳を中心とした山岳地図が投影されている。

眼鏡をかけると、それをじっと見つめた。

最前と違うのは、現地へ派遣された自衛隊の配置状況が、地図にくわえられていることだ。

夜叉神と奈良田には、それぞれ陸上自衛隊東部方面隊の第一普通科連隊および第五十五普通科連隊が到着し、双方の前線指揮所の立ち上げも完了した。夜叉神では第一施設大隊が現場の復旧に入り、先に到着していた奈良田では復旧に時間がかかるのを見越して、第五十五連隊は山越えにかかったという報告が届いていた。

東部方面隊練馬駐屯地の第一師団の幹部たちは南アルプス市芦安の前線指揮所に移り、司令部作戦室に師団長が入り、部長クラスの各幕僚も詰めかけている。市ヶ谷の防衛省庁舎内にある中央指揮所（ＣＣＰ）にも、大勢の幕僚監部が入っていて、小田原防衛大臣や各関係部署とのやりとりをしているだろう。

市ヶ谷のＣＣＰ、練馬の第一師団司令部、東部方面総監部、陸上幕僚監部、防衛省の各部署、そして現地展開した部隊の前線指揮所とは、防衛マイクロ回線を使ったホットラインがつながれ、いましも無数の情報が交錯している。

有馬防衛事務次官は伊庭の近くで腕組みをしたまま俯き、うとうとと寝入っていた。防衛大出のエリート官僚だという話だが、まだ四十前。どこか青っぽさもある。その点は伊庭も同じで、出身大学は一橋《ひとつばし》と違えど年齢的にはほぼ同じだった。

他人を蹴落としながら立身出世の道を順調に歩んできた果てが、この事件である。

もちろん内閣危機管理監も、防衛省の官僚も、ともに有事に備えての職務であるがゆえ、こういう状況下においてこそ真価を問われるものだ。それでも心のどこかでは、何ごともなく定年まで過ごしていけると思っていた。

もっともそれは田辺首相や閣僚たちとて同じだろう。

伊庭は小さく溜息《ためいき》を投げ、机上に重ねた書類を見下ろした。

テロリストの首謀者、鷲尾一哲が送ってきた声明。カンボジアＰＫＯの戦死者も、原発事故での死者も、政府が公表できるはずがなかった。死亡した自衛隊員らの特進や遺族への特別報償も同じ理由で実現はできない。

田辺首相は、はなっからこの要求を無視するつもりでいる。

北岳にこもっている鷲尾への返電は、「政府としてはできうるかぎりの対応を努力する」というものだったが、田辺首相は具体的な対応策をまったくとっていない。一方で現地配備した自衛隊がいつ動けるのかと、市ヶ谷のCCPに詰めている防衛大臣をせっつくばかりだ。

思えば日本人カメラマンが中東でテロリスト集団に拉致されたときも、いかにも日本政府は最善の努力をしているとマスコミを通じて国民に見せかけておきながら、首相自身は何らの対応策もとっていなかった。けっきょく、彼にしてみれば他人事《ひとごと》にすぎなかったのである。

田辺首相にとって大事なのは自分の地位の確保であり、そのためにアメリカの機嫌を伺うことばかりをくり返す。テロには屈しないという力強い言葉も、しょせんはあちらの大統領の言葉のコピーにすぎず、説得力に欠ける。

そんな人物が、たとえ一千三百万の都民の命を守るためとはいえ、思い切って自国の歴史の裏面に隠された恥部を明らかにできるはずがなかった。

テロリストたちが使用するという超小型巡航ミサイルに関する情報も、あれからほとんど得られていない。米軍のトップクラスの極秘事項だったためか、各部署が貝のように口を閉ざしているのだという。

台風がもたらす強風の下で、はたしてそれが発射できるのか。鷲尾たちにとっては、外敵を寄せないための大型台風が、自分たちの行動を阻む大きな脅威になるかもしれない。

しかし根拠のない楽観は禁物だ。

鷲尾たちは決定的な切り札を持っている。もしもそれを使われたら甚大な被害が出る。

「市ヶ谷から報告が入りました」

連絡担当の事務官のひとりが立ち上がり、大声でいった。

センター内にいる全員の視線が集まる。

「夜叉神で林道復旧にあたっていた第一施設大隊の車輛二台および大型車輛一台が、道路の崩落によって約三百メートル下の渓に転落。自衛隊員複数が死亡あるいは重軽傷とのことです」

それを聞いて、田辺首相が思わず中腰になっていた。顔が青ざめている。

「また爆破されたのか?」

「いいえ。今度は二次災害です。大雨で地盤がゆるんだためと思われます」

「何ということだ」

青ざめた首相に向かって伊庭はこういった。

「連中は入念に下調べをして、林道でもいちばん脆弱《ぜいじゃく》なところを爆破したのでしょう。そんな状態では工事車輛が近づくだけでも危険です。谷底に落ちた隊員たちの捜索も、きっととうぶん不可能でしょう」

「それで道路の復旧は……」

「作業は再開しますが時間がかかります」

有馬防衛事務次官がかすかに首を振り、そういった。彼は市ヶ谷の防衛省から直に入手したらしい別の書類を手にしていた。「現場にいる施設科の隊員たちの士気も低下しているようですし」

首相は茫然としていたが、ゆっくりと向き直り、椅子に腰を下ろした。

「他に打つ手はないのかね」

「練馬の第一普通科連隊と御殿場の第五十五普通科連隊が、夜叉神と奈良田から山越えにかかっていますが、暴風と大雨による登山道の崩壊などで、いずれの部隊もなかなか前進できないようです」

「この日のために鍛えた自衛隊じゃないか。山とはいえ、少々の悪路ぐらい突破できんのかね」

有馬は弱り切ったように眉根を寄せ、いった。

「その悪路そのものが、各所で崩壊しているようです。地続きならルート変更はできますが、たとえば鉄砲水、土石流で沢が増水していたら、どうしようもありません」

横目で彼を見ていた田辺首相がゆっくりとうなだれた。

伊庭は立ち上がり、彼のところに歩いて行った。顔を上げた田辺に声をかけた。

「総理。幸運が訪れるのをいつまで待っていても無意味です。最悪の状況を考えた上で対処して下さい」

「どうすればいいのか、私にはわからんよ」

「カンボジア派遣でのことと、原発事故でのことを公表するおつもりはありますか」

あっけにとられたような顔で伊庭を見ていた田辺首相が、また眉根を寄せた。

「莫迦をいいたまえ。そんなことができるものか。私にはむりだ。今後の日本の防衛、自衛隊の存続に関わるようなことを、一国の首相としてやれるはずがない」

「テロリストの毒ガス攻撃によって首都圏に多数の死者を出した責任者と、あとになっていわれてもですか?」

田辺は血走った目で彼を見ていたが、何もいわずに俯いた。

「三つ目の条件ですが、一億五千万ドルのご用意は?」

「そんな金がすぐに出てくるはずがない」

「かつてエジプトに行かれたとき、首相はテロ対策として二億ドルを拠出するといわれたのをお忘れですか。中央アジアの小さな国に二兆円の経済協力を申し出たり、周辺の国に対しても億単位の政府開発援助を約束されたことも？　だったら国内のテロ対策として一億五千万ドルぐらいはポンと出せるのではないですか」

「あくまでもそれらは人道支援であってだな、今回のように犯罪者どもに払う金はない。だいいち、私はテロには屈しないと宣言したばかりだ」

「何よりもまず相手を油断させるための手段としていかがですか。一億五千万ドルなんて、あなたにしてみれば安いものでしょう。連中を捕まえさえすれば、きっと全額が戻ってきますよ」

「しかしだな。どうやってあいつらを捕まえる？」

「テロリストたちの計画が成功するにせよ、失敗するにせよ、彼らは山を下りねばなりません。台風がいつまでも南アルプスに居座るわけでもない」

田辺首相は驚いた顔を向けていたが、ふいに目をしばたたいた。

「そうだ。連中はどうやって山から脱出するつもりなんだ」

「何らかの奇策を用意している可能性があります。赤穂浪士みたいに目的を遂げたあとで、全員がそこで討ち死にするっていうのなら、話は別ですが、おそらくそれはない」

伊庭は首相の前に立ったまま、肩越しにスクリーンを振り返った。

北岳の山岳地図をにらみつける。

「いちばん怖いのは、ＶＸガスをその奇策として使用されることです。大規模なパニックをわざと誘発させ、混乱に乗じて脱出するという作戦です」

「まさか……」首相は言葉を失った。

「どのような使われ方をするにしろ、あれが彼らにとっての切り札であることは間違いありません。もっとも総理には関係のないことですがね」

言葉の中に皮肉を感じ取って、田辺がにらんできた。「何がいいたい」

「さっきおひとりでセンターの外に出られたのは、ご家族や縁者に首都圏から避難するように電話されたためでしょう？」

「わ、私だけじゃない。茂原くんも、それに角くんも、家族に連絡をとっていたんだ」

首相の顔が、たちまち朱に染まっていた。

しかし伊庭はすぐに視線を離し、机上に目を向けた。

資料に印刷されたテロリストの首謀者、鷲尾一哲の顔写真である。ガッシリとした顎に、切れ長の鋭い目をした、いかにも鍛えられた自衛官の容貌であった。その隙のないような目を見ているうちに、鷲尾に関する過去に心が飛ぶ。

詳細は防衛省から資料として渡されていた。書類のトップには、〈極秘〉と刻まれた印鑑が押してあった。

それを読んだとき、伊庭は慄然《りつぜん》となった。

けっして表沙汰にはできない、ふたつの出来事である。


九十三年の五月。当時、鷲尾は三十五歳。階級は二等陸尉だった。

主に派遣されたのは、北部方面隊、南恵庭《みなみえにわ》駐屯地の隊員たちだった。鷲尾は東部方面隊からそれに参加した数少ない隊員のうちのひとりで、自ら派遣に志願したのだという。

カンボジアに渡った自衛隊員たちは、ほとんどが第一施設群に所属していて、主たる任務は土木工事や建設。すなわち夜叉神峠で林道の復旧作業をしていた施設科の自衛隊員たちのように、道路の敷設や橋梁の再建といった作業を主に担当していた。

ところがそれとは別に停戦監視活動の一環として、〈情報収集班〉が編成され、カンボジア全土で行われる総選挙の投票所をパトロールし、治安状況を偵察する任務が与えられた。事件はその途中で起こった。

彼らの車列に突如、ジャングルから銃撃がくわえられた。

銃弾だけではなく、ＲＰＧ－７と呼ばれる対戦車ロケット弾まで撃ち込まれたという。

日本の自衛隊が通るルートをあらかじめ知っていて、待ち伏せしていたポル・ポト派のゲリラ兵士たちだった。鷲尾は本部に無線連絡をし、武器の使用を許可して反撃させてほしいといったが、返電は「交戦は許されない」という冷たいものだった。

部隊は最後まで応射できず、来た道を引き返しただけだった。

結果、三名の隊員が死亡。四名が重軽傷という結果となってしまった。鷲尾はこの偵察任務の報告書とともに、〝戦死〟した三名の隊員たちの特進と、遺族への特別報償を訴えたが、すみやかに却下された。

政府と当時の防衛庁にとって、ことを明らかにするわけにはいかなかった。充分な審議もされぬまま、むりを通した形で始めた自衛隊の海外派遣である。その第一歩だったカンボジアでの活動において、ひとりとして戦死者が出るわけにはいかなかったのである。

鷲尾一哲の最初の挫折であった。

そして今から六年前。二〇一一年三月十一日。福島第一原発の爆発事故。

首相が発令した原子力災害派遣命令を受け、当時、鷲尾一佐は、自ら率いる中央特殊武器防護隊の三つの部隊の中から、もっとも精鋭といわれていた第一〇四特殊武器防護隊を福島に向かって出動させた。

地震の翌日、三月十二日には先遣隊二名に続いて、部隊主力九十名と七台の車輌がオフサイトセンターに到着。翌日から除染支援などの作業を開始し、翌十四日になって、鷲尾は第一〇四部隊を別の任務に就かせた。電源喪失によって、中央制御室からのSR弁（主蒸気逃がし弁）の操作が不能となった三号機原子炉の暴走を防ぐため、十二ボルトバッテリーを東電小名浜備蓄基地から搬送、発電所内に運び込むというものだ。

その段階で、すでに三号機のメルトダウンは始まっていた。

彼らは決死の覚悟で電源を発電所内に運び込んだにもかかわらず、成果は現場では役に立たなかった。いくらSR弁を作動させても、原子炉の暴走は止められないことを現場の関係者たちはわかっていた。格納容器内の圧力は設計値を大きく越えていた。爆発を防ぐゆいいつの手段は、建屋内にある手動ベント弁を人力で作動させることしかない。

三名の所員たちが真っ暗な建屋内を進み、状況が最悪の状態となった三号機の中心部へと向かった。そこで大きな余震が起こり、建屋の一部が崩壊して、所員たちが閉じ込められる最悪の事態となってしまった。

彼らを救出できるのは、現場に居合わせた自衛隊員たちしかいなかった。

鷲尾は第一〇四部隊から三名を選出、防護服を着せて建屋の中に向かわせた。リーダーは鷲尾俊介三等陸曹、すなわち鷲尾一哲のひとり息子だった。彼は前線指揮所にいた鷲尾一佐とひっきりなしに無線交信をしていたが、それが突如、途絶えた。

午前十一時、三号機が爆発したのである。

所員たちと自衛隊員らの生死は不明とされた。

後日、鷲尾は彼らの救出のため、決死隊をつのって三号機建屋に向かわせようとしたが、そのオペレーションは上層部から却下された。現場の放射能の濃度が高すぎて近づけないためといわれた。

ところが救出却下の理由はそれだけではなかったらしい。

ある噂が、部隊内でまことしやかにささやかれていた。

福島第一原子力発電所三号機の爆発は、水素爆発だけでなく、即発臨界——すなわち小規模の核爆発もあったのだと。

最初に起こった水素爆発の衝撃波で使用済み燃料プールに貯蔵されていた核燃料が変形し、集約。核反応を誘発した。その爆発力で建屋の屋根が吹き飛び、プール内の燃料棒、燃料集合体が揮発しながら飛散、黒いキノコ雲となって空に舞い上がっていった。それは専門家のみならず、現場にいた職員の証言でも明らかにされていた。

ウランのみならず、比重が重く遠くへ飛散しないはずのプルトニウム、アメリシウムまでもが、音速を超えるスピードで高空に上昇し、気流に乗って太平洋を越え、世界規模での汚染が始まったことを日本政府が認めることになれば、国内ばかりか世界の原子力産業の未来に大きく影響することになる。

だからあの〝場所〟には今でも誰も足を踏み込めない。

事故は収束したと政府がいったが、実際は何が起こっているかすらもつかめていないということだ。いま、あそこは人類が技術でなしうるあらゆる限界を超越して、神に運命をゆだねられた禁断のエリアなのである。

もしも事実が公式に発表されたらどうなるか。

原子力行政を進めている海外の大国の政府、アレバやジェネラル・エレクトリックなどといった海外の原子力関係の企業から外的圧力をかけられた日本政府は、それに屈した。

真相は隠蔽《いんぺい》されなければならなかった。

そうして福島第一原子力発電所、三号機建屋への道は閉ざされた。おそらく、永遠に。

第三部

1

松戸颯一郎は狭い空間に腹這《はらば》ったまま、天井板のわずかな隙間から下を覗《のぞ》いていた。

登山客たちが食事を取るテーブルが並んだ食堂の真上である。壁にかかった液晶テレビの近く、窓際のテーブルのひとつに北岳山荘のスタッフたちが座らされていた。

管理人の三枝辰雄。松戸の親友である栗原幹哉が、隣で俯《うつむ》いている。古参の従業員である木元剛志《きもとつよし》と太田良《おおたりょう》。毎年ここで働く常連アルバイトの仲谷翔太《なかたにしょうた》もいる。若い女性たちは宮坂康子《みやさかやすこ》、本田香奈《ほんだかな》。この夏からバイトに入ったばかりの奥野《おくの》麻実。

ホッとした。全員が無事だ。怪我人《けがにん》もいないようだ。

彼らを取り囲むように、銃で武装した男たちが立っていた。

天井裏にひそんでいる松戸に気づく様子はないが、男たちは険しい顔のまま、油断なく人質を見張っている。彼らの中に小屋の外で松戸に向けて引鉄《ひきがね》を引いた男がいた。ボディビルダーみたいにごつい躰《からだ》の男が多い中、そいつだけは痩せて長身だった。爬虫類《はちゅうるい》みたいな感じの切れ長の目をしている。おまけに頬に白い傷が走っている。まるで刃物で切られたような痕だった。

松戸は緊張した。

だしぬけに銃撃を喰《く》らった記憶が鮮やかによみがえり、またもや自分の鼓動音が近くまで届かないかと胸を押さえつけたくなる。それをじっとこらえた。テロリストたちはいずれも迷彩服に着替えていて、足許は軍用の編み上げ靴を履いていた。自衛隊のそれだと気づいた。

——氷室さん。

新たに食堂に入ってきた坊主頭の男が、その痩せた男に声をかけた。

——この山小屋、構造が変ですよ。

——どういうことだ。

——通路や部屋の大きさから推測して、無駄な空間がずいぶんあるみたいなんです。さっき、そこの厨房《ちゆうぼう》で小諸が壁のベニヤ板を引っぺがしたら、人ひとりが入れそうな隙間があって、プロパンガスの配管が外まで続いてました。

——隙間だと。

——それだけじゃなくて、トイレとか物置だとか、壁と壁の間に狭い空間がいっぱいあるし、小さな部屋がいくつもあるんです。どうも、そこがスタッフの寝泊まりする場所になっているようなんですが、ここってカラクリ屋敷みたいに変なことになってます。

——松戸って野郎はそれを知っているわけだ。

——そりゃ、ここのスタッフですからね。

氷室と呼ばれた男は、仲間から目を離し、ゆっくりと視線を上に向けてきた。

その視線が一点に止まった。

松戸のいる場所を見ていた。

思わず、ぎくりとした。天井板からそっと顔を離した。

下を見ていた板の隙間は小さくて狭い。しかもこちらは暗闇である。向こうから松戸の姿が見えるはずがない。なのに、氷室という男はまるで透視能力者のように、こっちを見ている――そんな気がした。

あわてて後退《あとずさ》ろうとしたとき、腹這いになっている板が、かすかにギシリと音を立てた。

一瞬、凍りついた。

おそるおそる隙間から下を覗く。瞬間、視線が合ったような気がした。

逃げ出したくなる衝動を必死に抑えていると、氷室が放っている刃のような視線は、その場所をゆっくりと通り過ぎた。

――この山小屋にはネズミがいるようだな。

氷室の声がした。

ホッとしたのもつかの間だった。

だしぬけに氷室はスリングで肩掛けしていた短機関銃をかまえ、金属製のフォールディングストックをめいっぱい引き出して肩付けした。銃口を上に向けてセレクターを動かした。

すさまじい銃声が山小屋をふるわせた。

天井を突き抜けた一発の弾丸が、至近を通過して上に抜けていった。空気を抉《えぐ》る鋭い音。

松戸は自分の口に拳を突っ込み、悲鳴を殺した。

別のところから派手な悲鳴が聞こえた。食堂のテーブルに座らされているスタッフたちだった。

ふたたび派手な銃声がして、今度は顔のすぐ傍《そば》を弾丸が通過した。埃《ほこり》が舞い上がり、きな臭い臭いが鼻の奥につーんと感じられた。

肩をすぼめて松戸は硬直していた。

今度こそ撃たれる――そう思った。覚悟して目を閉じた。

さらに三発。四発。五発。少し離れた場所を貫通していた。

それきり静寂が戻った。

スタッフたちの泣き声や悲鳴が、まだ聞こえている。

耳鳴りが激しく鼓膜をふるわせていた。

弾丸が抜けた数カ所の小さな孔《あな》から、下の部屋の光が差し込み、埃の満ちた空間に幾筋もの細い光条が平行に走っていた。

それがぼんやりと薄らいで見えた。

意識が真っ白になって、そのまま遠のきそうだった。気を失ってはならないと、口に当てていた自分の拳を思い切り咬《か》んだ。強く咬みすぎて、激痛にうめきそうになる。

ふいに顔の下に滴が落ちた。

赤い滴がふたつ。みっつ。

自分の血だった。弾丸が擦過したときに、頬を抉った傷が流したものだと気づいた。

松戸は目を見開き、ポタポタとかすかな音を立てる血の滴を見つめていた。

――氷室さん。無茶をやらんで下さいよ。当てずっぽうで撃ったりするから、人質がまた騒ぎ出したじゃないですか。それに弾丸が二階と屋根をぶち抜いて雨漏りしてるみたいですよ。

別の男の声がした。

――雨漏りぐらいなんだ。山小屋が倒壊したわけじゃねえ。

スタッフたちの泣き声に混じって、氷室が低い声で笑うのが聞こえた。

——どうした。何があった。

別の男の声がした。

松戸が這っているところから隙間越しにちょうど見えた。あのリーダー格の坂田と名乗った男だった。外にいたのか、雨に濡《ぬ》れた姿で立っている。氷室という男の前に立って語気荒くいった。

——威嚇射撃はもう必要ないはずだ。無駄弾を撃つなと、あれほど命令しただろう。

——天井裏に誰かいたような気がしたもんですから。

いわれた男がこちらを振り仰いだ。

——たしかなのか。

——ネズミだと思いますがね。しかし例の松戸って野郎ですが、きっと外にはいませんよ。

——なぜ、そう思う。

——ひどい雨風の中にいつまでもさらされてるはずがないし、この建物には、どうやら隙間や隠し部屋みたいなところがいっぱいあるようです。

——だったら手分けをして捜せばいい。

——そんな手間をかけるよりも、どいつもこいつも撃ち殺しゃいいんです。こっちは一千三百万の都民を人質にとってるんだ。こんな山小屋で少人数を拘束《こうそく》したって仕方ないでしょう。

——よけいなことをいうな。それより氷室。お前は外だ。作業班から無線があって、三号ランチャーに不具合が出たという報告だ。やはり強風で傾いたようだ。畠田《はただ》、大島といっしょに工具を持って修理にいってくれ。

——鷲尾さん。なんで俺なんですか。

——それがお前の任務だからだ。

男の怒声が聞こえた。

松戸は氷室とともに、その名を記憶した。坂田と名乗った男は鷲尾が本名らしい。あるいはコードネームみたいなものかもしれないが。

不承不承という感じで氷室が出て行くと、鷲尾は泣き続けるスタッフたちをじっと見た。

それからおもむろに視線を上げ、松戸が隠れている屋根に目を向けてきた。

息が止まりそうだった。

鷲尾――そう呼ばれた男は名の通り、鋭い双眸《そうぼう》で彼のいる辺りを見ていたが、やがて視線を逸《そ》らした。すぐ近くにいる若い男にいった。

――加藤。見張りを続けてくれ。

――諒解《りょうかい》しました。

白髪頭の年配の男が入って来て、鷲尾の隣に立った。

――先刻、夜叉神で崩落事故があり、第一師団の第一施設大隊から犠牲者が出たようです。

――第一施設大隊か。山本二佐が大隊長だったな。

――若い頃は飲み友達でした。

――心痛だな、陣内。

眉間に深く皺《しわ》を刻んで、白髪頭の男がいった。

――やむを得ないと思っております。

鷲尾に向かって一礼をし、陣内と呼ばれた年配の男が踵《きびす》を返し、食堂を出て行った。

それからどれぐらい時間が経過しただろうか。

松戸はずっと息をひそめていた。

いつしか頬からの出血はおさまったらしく、血の滴はそれきり落ちなかった。

片手で傷を拭うと、電撃のような痛みが走り、歯を食いしばった。同時に、ぬるっとした感触があって、掌《てのひら》を見ると大量の血が付着していた。それをゆっくりと握りしめる。

また助かった。どうやらツキに見放されてはいないらしい。

たまたまひとり難を逃れたのも幸運だったと思ったが、もしかしたら、山の神様がこんな自分を選んだのかもしれない。

少しずつ心が静まってくるとともに、新たな怒りが心にわいた。奴らをこれ以上、この北岳山荘で好き勝手させてたまるものか。ここは俺たちが守ってきた職場であり、愛してやまぬ山なのだ。

絶対に取り戻してやる。

山小屋のみんなを無事に解放するのだ。

希望のない孤独な戦いだが、やれるのは自分しかいない。

彼らの会話に出てきた名前を思い出し、ひとつひとつ頭の中でくりかえした。子供の頃から物事を憶《おぼ》えるのは得意だった。それぞれの名と顔が頭の中で一致している。

第一師団の第一施設大隊の崩落事故――その会話で、松戸には察しがついた。

彼らはやはり自衛隊出身か、あるいは現役の自衛隊員なのだ。姿形やきびきびした動作などで何となく想像していたが、それは確信となった。

ひとつ気になる言葉があった。

――一千三百万の都民を人質にとってる。

氷室はそういった。

あれはどういうことなのだろうか。

考えたが、答えは出ない。しかしこの情報は外に伝える必要がある。それもなるべく早く。松戸は腹這いになったまま匍匐《ほふく》前進を始めた。音を立てぬように静かに、少しずつ前へと躰を進めてゆく。

2

「静奈さん。とれますか？」

白根御池小屋警備派出所の待機室。窓際の机に設置された無線機のマイクに向かって、夏実が話しかけていた。しかし、返ってくるのは雑音ばかりだった。

さっきから五分以上も同じ呼びかけをくり返している。

マイクを握ったまま、夏実は不安に駆られていた。

いつもなら、静奈に関してこんなネガティブな予感にとらわれることはない。誰よりもタフで、なおかついろいろな能力に秀でている。が、今は台風の最中だ。それも何十年ぶりという超大型台風が直撃しようというときに、静奈は相棒のバロンとふたりで無謀な山越えを試みていた。

だから心配になる。あってはならないことが彼女の身に起こったのではないか。

無線のマイクを置き、小さく吐息を投げた。

振り返ると、机に向かって座る江草隊長と目が合った。

「無線のチャンネルは開いておくっていったはずなんです。きっと何かあったんだと思います」

いい終えると、夏実は口許を掌で押さえた。嗚咽《おえつ》が洩《も》れそうになった。

そんな彼女を江草が気の毒そうな目で見ていた。

「今はただ、待つしかない。神崎さんを信じましょう」

ハコ長の言葉に、少ししゃくり上げてうなずく。

そうだ。あの静奈のことだ。無事に山越えを終えるに違いない。しかし広河原に着いたら着いたで、また別の危険が待っている。そのことを思うと、胸がふさがりそうになる。

足音がして、奥の通路から長身の深町敬仁隊員が待機室に入ってきた。

「星野さん。少し寝たほうがいい。無線番は俺がやるから」

夏実は唇を引き結んだ。

「でも、きっと眠れないと思います」

「横になるだけでも疲れが取れるはずだ。出動に備えて少しでも体力を温存しておかないと、いざというときにバテがくるぞ」

眼鏡越しに真摯な目で見つめてくる深町に、夏実は心を動かされた。

「わかりました」

小さく頭を下げて待機室を出ようとしたときだった。

ドタドタと騒々しい足音を立てて、隊員服のふたりが待機室に飛び込んできた。新人の横森一平と曾我野誠だった。

「隊長。俺たちを北岳山荘に行かせて下さい」

横森がツバキを飛ばしそうな声でいった。「ふたりでずっと話し合ってたんですが、やはりこうして待っているだけ時間の無駄って気がするんです。奴らに発見されないように、頂上から小屋までのルートはヘッドランプなしで行きます」

「もし、たどり着けたとしても、どうすることもできませんよ」

腕組みをしたまま江草隊長がいう。「いいほうに転んで人質がふたり増えるだけ。下手をすれば命を落とすことになります。無鉄砲な行動は周囲に迷惑をかける。そのことをよく考えて下さい」

「しかしですね。俺たちはあくまでも警察官なんですよ。大勢の生死に関わる重大な犯罪を前に、手をこまねいて何もしないって、そりゃあないでしょう」

江草隊長の横の机に手を突き、横森が咬み付いた。それでも江草は動じない。

「警察官の職務はわかりますが、部下をあえて危険にさらすことは許可できません」

「世間の笑いものになりますよ」

江草がゆっくりと顔を上げ、横森を見た。鋭い目だった。

「笑われたっていいじゃないですか。それとも、きみたちは世間体を気にして、ここで仕事をしているのですか」

意表を突く言葉を返され、横森が硬直した。こめかみに青筋が浮いている。

江草は目尻に皺を刻んで彼と、隣にいる曾我野を見ていた。

「長らくこの山で救助をしていると、生き死にの意味をいやでも経験的に学ぶことになります。人の命というものは、何よりも尊い。たとえそれが誰の命であっても、です。私は部下を失いたくはありません。もう二度とね――」

隊長の言葉を聞いて、夏実がハッとした。

すぐ傍に立っている深町の姿に目が行った。無表情だが、両手に拳を握っているのがわかった。それも指の節が白くなるほどに。そんな感情の揺れが彼の過去に関するものであることを、夏実は知っている。

東日本大震災があったあのとき、深町はこの山で、自分の過失のために仲間を失った。以来、一生、逃れることのできない心の重さを背負いながら、ずっとここで生きている。

そのとき、ふいに派出所のドアが開き、雨風が吹き込んできた。

濃紺のレインウェアを着て、所内に飛び込んできたのは菊島優警視だった。

頭を覆っていたフードを背後に取り去ると、彼女は上着のジッパーを引き下ろして、中から大ぶりの携帯電話を取りだした。

「江草さん。内閣危機管理監の伊庭さんです。あなたと話がしたいと」

右手で差し出してきたそれを江草隊長が受け取る。液晶画面の下に小さく〈イリジウム〉と英語で記されているのが夏実にちらと見えた。衛星携帯電話のメーカー名だった。

それを耳に当て、江草はゆっくりと椅子から立ち上がった。

3

「内閣危機管理監の伊庭健一と申します」

首相官邸地下の危機管理センターのデスクに向かって座ったまま、伊庭は名乗った。

——山梨県警南アルプス署地域課山岳救助隊の江草です。

相手は年配らしく、落ち着いた男の声だった。

少し前、山梨県警担当者との電話での会話の中で、北岳白根御池小屋にある警備派出所にキャリアの女性警察官が地域特別指導官として出向していることをたまたま聞いた。伊庭は警察庁の岡田警備局長に身許を調べさせた。菊島優警視といって、もともと警察庁から山梨県警に出向中の、将来が有望視されたエリート警察官だという。

衛星携帯電話を携行しているということで、伊庭は連絡をとってみた。時間が時間だけに就寝中だったらしいが、彼女はすぐに電話に出た。

数分の会話の中で、菊島警視は、すでにこの件で数回にわたって警察庁と連絡を取り合っていたことが判明した。そのことが伊庭の耳に入らなかったのは、菊島警視がこのテロ事件に関して、ほとんど現地の情報を把握していなかったことが理由だった。彼女が警備派出所に到着した直後に事件が勃発したため、状況がほとんどつかめぬまま、ただ上層部からの待機命令に従っていたという。本人は動きたくてうずうずしているようだが、独断行動は警察庁から固く禁じられ、仕方なくくすぶっていたらしい。

現場の菊島警視から何も聞き出せないことがわかったが、ならばいっそのこと、山岳救助隊の隊長と話をしてみようと思った。岡田警察庁警備局長は、しょせん彼らは地方の所轄署地域課の警官で、今回の事件に関してはとても役に立たないといっていたが、果たしてそうだろうか。山を熟知しているということは、何らかの切り札になるかもしれない。

「北岳山荘の乗っ取りについての情報を下さったのは、江草隊長、あなたですね」

——そうです。

「地図で拝見すると、そちらの警備派出所と北岳山荘とは、ずいぶんと距離があるようですが？」

——北岳山荘の男性スタッフが一名、たまたま人質になるのをまぬがれて、現地から携帯電話で報告を送ってくれているんです。

伊庭は言葉を失った。それはまったく初耳だった。

「まさか……テロリストに見つからずに、ひとりでどこかに隠れているんですか」

——何しろ、この雨風で脱出するすべもありません。

携帯電話を耳に当てたまま、近くにいる警察庁の岡田警備局長をにらんだ。

どうしてこういう重要なことが自分の耳に入らないのか。一瞬、目が合ったが、岡田は知らん顔で京橋長官と会話を続けている。

「それで、北岳山荘の状況に何か変化はありましたか」

——あれから報告が入らないので何ともいえません。われわれも上から出足を止められている上、この風雨ではどうにもなりません。

「相手は武装した戦闘集団です。太刀《たち》打ちはできないと思います」

——伊庭さん。あなたがたが入手している犯人グループについての詳しい情報を教えてもらえませんか。

一瞬、伊庭は躊躇《ちゅうちょ》したが、決心していった。

「主犯格の男は鷲尾一哲。元陸上自衛隊の幹部で、除隊前の階級は一等陸佐です。同行しているメンバーも、おそらく全員が彼に同調した元自衛官あるいは現役の隊員だと思われます」

電話の向こうから、ふうっという吐息の音が聞こえた。

——目的は何ですか。

「一億五千万ドルの身代金と、それから我が国の、ある防秘の公開です」

——ボウヒ?

「防衛上の秘匿事項ということです」

——人質が山小屋の管理人とスタッフたちにしては、やけに大仰ですね。その防秘とやらに関して、何かまだ隠されておられることがあるんじゃないですか、伊庭さん。

「防秘はあくまでも防秘です。すべてをさらけ出すわけにはいきません」

——自衛隊の治安出動もありましたね。それも県知事からの要請ではなく、直接、内閣総理大臣によって命令が出されてます。

鋭い男だった。

真相を摑《つか》んでいないとはいえ、政府が何かを隠していることは感じているのだろう。

「相手は武装した元自衛隊員です。警察力ではとても対処できません。それに人質の人数の大小に関係なく、被害を最小限にとどめるために自衛隊の戦力が必要でした。ことに崩落した林道の復旧には、海外のＰＫＯなどで活躍した施設科部隊の出動が欠かせません。もっともそれもどうやら失敗に終わりそうな案配ですが」

——伊庭さん。現場にいる者として、すべての情報をそちらにお伝えしたい。だからあなたがたもこの事件の真相をすべて明らかにしてもらえませんか。かりに秘匿すべき事実があれば、われわれも公僕ですから、それに従うつもりです。今、必要なのはお互いの信頼関係ですよ。

伊庭はしばし黙考した。

会ったことのない人物なのに、伊庭には相手の熱意がわかった。静かな口調の裏に、抑圧された感情が闇に揺らぐ小さな炎のように見え隠れしていた。しかしながら、ＶＸガスという特秘をどうして自分の口から伝えることができようか。

危機管理センターに詰めている閣僚や官僚、スタッフたちの姿を見渡してから、いった。

「江草さん。あなたの気持ちはとても理解できます。ただし、私ひとりの判断ではそれはできません。とにかく時間をいただけますか。そのときが来れば、こちらから連絡いたします」

——わかりました。ところで自衛隊の現状はいかがですか。

「夜叉神で林道がまた崩落して、復旧作業中の多数の自衛隊員と車輌が谷底に転落しました。状況がつかめないのですが、多数の死傷者が出た模様です」

しばし沈黙があった。

――何てことだ。言葉もありません。

「むろん林道の復旧作業は続けますが、それがもし可能だとしても、思った以上に時間がかかるということです。そのため、いま、陸自の第一普通科連隊と第五十五普通科連隊が山越えにかかっています。順調なら、第一連隊は未明には現地に到達すると思います」

――みなさんのご無事を祈っています。

「江草さん。あなたも」

通話を切った。

伊庭はしばし机に向かって俯いていた。

ゆっくりと拳を握り、乱暴に机を叩《たた》いた。周囲にいた数名が驚いて振り返る。

彼は立ち上がり、危機管理センターの自動ドアを開けて、外の通路に出た。大勢のスタッフがひっきりなしに行き来するのを見ながら、しばし壁にもたれていた。

国の運命を左右する機密を守ることに、なぜ、心が痛むのだろう。

自分の中にまだ迷いがあるからだ。しかし、それを吹っ切らねばならない。

内閣危機管理監――国家のリスクマネージメントの最高責任者という立場にいるかぎり、ちっぽけな感情は思い切って捨て去るべきだ。

ズボンのポケットに両手を突っ込み、じっと目を閉じた。

ゆっくりと瞼《まぶた》を上げた。

かすかに息を洩らしてから、伊庭はセンターに戻っていく。

4

犬が吼《ほ》えていた。

けたたましい声で、篠田《しのだ》功太郎《こうたろう》は深い眠りの中から引きずり出された。

夢うつつのまま目を開く。真っ暗な闇。屋根や軒を打ち付ける風雨の音が続いていた。大風がぶつかるたびに山小屋全体が揺れるように思われた。

ゆうべは小屋の若いスタッフふたりと遅くまで酒を飲み、しとどに酔っ払った。どうせこの天気では登山者も来ないし、盛大にやろうと、いつものように炭火の掘り炬燵《ごたつ》を囲んで飲み交わした。スタッフたちはやがてそれぞれの部屋に引っ込んだが、篠田はそのまま炬燵に下半身を突っ込んだまま寝入っていた。

また、犬が吼えた。野太い声だった。何度も執拗《しつよう》に吼えている。

篠田は闇の中で吐息を投げた。腕時計のライトスイッチを押すと、午前一時を少し回ったところだった。仕方なく炬燵の布団と毛布をはぎ取って起き上がった。

よろよろと足を引っ張り出す。手探りで近くに置いてあるハンディライトを捜した。

犬連れ登山はたまにいるが、犬だけが単独で、地蔵岳直下にあるこの鳳凰小屋まで登ってきたことが、これまでに何度もある。麓で飼っていた犬や、旅行者の飼い犬が迷ったケースが多かった。害獣駆除中の猟犬がシカを深追いして、ここまでやってきたこともあった。

だが、よりにもよって、こんな嵐のときに。

篠田は寝ぼけ眼《まなこ》でそう思った。

ようやくハンディライトを探り出し、それをつかむ。スイッチを入れたとき、また風雨の音に混じって犬の声が聞こえた。思ったよりも近く。小屋のすぐ傍のようだった。

ライトの光で周囲を照らす。掘り炬燵を囲む壁には、山の写真や地図、時代遅れのピンナップガールの水着のポスターなどが貼ってある。

立ち上がって狭い炬燵部屋を出たとたん、ギシギシと階段に音がして、白い光が下りてきた。篠田がライトを向けると、フリースを着た丸顔の若者。三年前からスタッフをしている中西始《なかにしはじめ》だった。後ろに若い沖本和義《おきもとかずよし》と三島直美《みしまなおみ》の姿もある。いずれも寝ぼけ眼だ。

「何すかね、あの犬。ただ事じゃないみたいっすよ」

中西の声に篠田は黙ってうなずいた。

若い女性である直美ひとりを小屋に残して、男三人でレインウェアを着込み、正面の出入口から外に出た。

とたんにすさまじい風圧が彼らを襲い、石礫《いしつぶて》のように雨が躰を叩いてきた。

あまりの勢いに篠田はよろけそうになった。

建物の外へ出ようとしたが、猛烈な風で押し戻されそうになる。姿勢を低くしながら、軒下にようやく出た。中西が持っていたLEDライトを照射すると、すぐ傍にそいつがいた。

最初はオオカミがいるのかと思った。

体軀《たいく》が大きく、耳がピンと尖《とが》っている。ライトに照らされた大きな両眼が、異様につり上がってみえた。

篠田は思わず後退った。が、犬はその場にいて、躰を揺らしながら吼え続けた。大きな口を開けるたび、白い呼気が雨風の中に流れた。

「たまげたな。こいつはシェパードだ」

篠田が大声でいった。警察犬などでよく知られる大型の洋犬である。

雨で全身が濡れて、体毛が毛羽立っていた。泥のような汚れもあちこちに付着している。

ビビって身を引いている中西と沖本に篠田がいった。

「大丈夫だ。威嚇してる様子じゃない」

幼い頃から犬に馴染《なじ》んでいた篠田がいった。威嚇や攻撃の吼え方ではなかった。鼻に皺を寄せたり、牙を剝《む》き出したりもしていない。あきらかにシェパードは何かを訴えているようだった。それも必死に、である。

見ているうちに、篠田はただならぬものを感じた。

ふいにシェパードは踵《きびす》を返し、三人から少し離れた。彼らを見て、野太く吼えた。

篠田たちが立ち尽くしていると、しびれを切らしたように、また近くに戻ってきて吼え、すぐに身をひるがえして遠くへと走る。

風雨と闇の中に溶け込むように、姿が見えなくなる。

咆吼《ほうこう》だけが嵐の中に聞こえる。

「あいつ、ついてこいって俺たちにいってるんだ」

篠田がそうつぶやいた。そしてハッと気づいたように、傍にいる中西たちにいった。

「おまえら。レスキューザックをとってこい。ザイルもいっしょにだ！」

シェパードが前を走っていた。

犬が苦手なはずの下り坂をものともせず、滝のように泥水が流れる急斜面をジグザグに駆け下りていく。横殴りの雨は相変わらずだが、少しだけ風が弱くなっていた。そうでなければ、この深い闇の登山道で犬を追うことなど、とてもできなかったはずだ。

雨風に叩かれながら走るうちに、しとどに飲んだはずの酒が、すっかり躰から飛んでいた。レインウェアの下はすでに汗だくである。

いくら山馴れした篠田たちとはいえ、台風の猛威の中をゆくのは至難の業だった。

足場は泥水が踝《くるぶし》の辺りまであって、それが急流となり、ヘッドランプの光の中では、どこがトレイルなのか、まったく判然としなかった。しかしシェパードはときどき立ち止まっては振り向き、彼らを誘導していた。

急坂を下りきって、険しい斜面の途中を横切る大きなトラバース地点に到達した。

吹き寄せる風と大粒の雨の中、篠田たちは茫然《ぼうぜん》と立ちすくんだ。そこにかかっているべき木橋がなかった。

光を当ててみると、斜面の真ん中辺りに土石流のように水が流れ落ちた痕があり、木立がたくさん倒れていた。それが中腹にかかっている木橋を破壊し、落としてしまったのだろう。丸太や板を使ってかなり頑丈に作られていた木橋だし、篠田たちも折を見てはメンテナンスに来ていた。ちょっとやそっとのことで崩落するようなものではなかったはずだ。

自然の猛威をまざまざと見せつけられたような気がした。

それにしても——犬はどこだ。

篠田がそう思ったとき、下の方から咆吼が聞こえた。

ヘッドランプやライトの光を向けると、シラビソの木立が並ぶ急斜面の途中に、あのシェパードの姿があった。周辺には、大小の岩や、へし折れて砕けた樹木の残骸が泥に混じって散乱している。

ダケカンバらしい大きな樹木が横たわったところに、人が倒れていた。

シェパードはその人間の傍で、上にいる篠田たちに向かってさかんに吼えているのだ。

三人はしばし茫然と、それを見下ろしていた。

やがて顔を上げた篠田が、傍にいる中西と沖本に指図した。

「左側の尾根伝いにあそこまで下りられるはずだ。行くぞ」

駆け出した篠田に、ふたりは無言で従った。

とはいえ、大風と土砂降りの雨。ぬかるんだ地面。そして暗闇である。道なき道を伝って下りる三人は、なかなか現場にたどり着けなかった。足許は雨水が土を削って木の根が露出し、足をとられそうになる。ところどころ思いも寄らぬほうから大量の濁流が流れていて、前進を阻むこともある。

それでも篠田は思った。あの犬が下りていけるのだから、人間だって可能なはずだ。

危険箇所は慎重にザイルを張りながら下降した。難所をいくつもクリアしつつ、三人は急斜面を下り続けた。ようやくシェパードのいる場所へと到達した。

木立の斜面の途中、泥流に半ば没したダケカンバの木に捉《つか》まったかたちで、その人間はうつぶせになっていた。ネイビーブルーのレインウェアを身につけ、四十リットルぐらいのザックを背負ったままだ。篠田が背後から引き起こす。

ヘッドランプの光を向けると、泥だらけの顔に、長い髪の毛がべたっと張り付いている。

女だった。それもまだ若い。

そっと泥の中から起こすと、手が氷のように冷たい。

すぐに頸動脈《けいどうみやく》をさぐり、胸に耳を当ててみた。

「大丈夫だ。鼓動はしっかりしてる」

女の身体を両手で抱きかかえ、振り返った。「中西。レスキューザックだ！」

5

雨は相変わらず滝のように落ちていたが、風が少しおさまっていた。

もちろん一時的なものだろう。いつ何時、また横殴りの猛風が襲ってくるかもしれない。

松戸は北岳山荘を出ると、そこから五十メートルほど離れた小さな丘にある資材小屋の中に飛び込んだ。

粗末な木造りのドアをそっと閉める。耳朶《じだ》を打っていた風雨の轟音《ごうおん》が多少は小さくなったが、消えることはない。この資材小屋は板壁を手抜きに打ち付けているため、隙間だらけなのだ。その隙間から、雨が小さな飛沫《しぶき》のようになって入ってくる。

コンクリートが敷かれた床に座り込み、レインウェアのフードを頭から脱いで背中に倒した。

顔も髪もびしょ濡れである。

寒さが身を包んでいる。

狭い資材小屋の中は真っ暗だが、ヘッドランプは点《つ》けない。板壁の隙間から光が洩れるのを見られる畏れがある。しかしながら、松戸は小屋の中を知り尽くしていた。

真ん中にはスチール製の錆《さ》び付いた簡易焼却炉が置いてある。

奥の棚は三段あって、いちばん上には板壁などに塗るオイルステインや、屋根材の鈑金《ばんきん》専用塗料が入った一斗缶。登山道の目印や看板などに使う油性のカラーペイントが置いてある。二段目は工具棚で、電動ドリルやノコギリ、インパクトドライバーなど。いちばん下は使用期限の切れた消火器などのガラクタに混じって、チェンソーがふたつ。エンジン式刈払機も横たえてある。把手《とって》のついた燃料用スチールタンクには、双方に使うツーサイクルエンジンオイルを混合したレギュラーガソリンが、たっぷり二十リットルほど入っているはずだ。それが三缶ほどある。

揮発性の臭いが入り交じって、つーんと鼻をついていた。

棚の横の板壁に背中をあずけて足を投げ出し、ポケットの中から携帯電話をとりだした。液晶を開くと、充電池がかなり消耗している。残り三分の一程度しかなかった。

液晶からの光を掌で覆って隠すようにして、星野夏実の番号をリダイヤルで呼び出した。

——松戸くん。大丈夫？

すぐに相手が出た。

「あ。ぜんぜん大丈夫です」

ほんの数分前に二度目の危機に遭遇し、文字通り死にかけたことは伝えないつもりだった。

弾丸が頬を擦過した傷が、ひりひりと痛んだ。何とか出血は止まったようだが、頬の肉が深く抉れるほどの傷口だった。

「それより、奴らの名前がだいぶわかりました」

松戸はひそひそとささやくような声で報告した。屋根裏でこっそりと聞いた情報を伝える。

「リーダーの男は坂田じゃなくて鷲尾といいます。年配で参謀格の男が陣内といってました。部下の名は氷室……」

その名を口にしたとたん、松戸は本能的に震えた。が、勇を鼓して続けた。

「加藤、畠田、大島……」

電話の向こうで、夏実がそれをいちいち復誦《ふくしょう》しながら書き留めている。

最後までいいおえてホッとしたところで、夏実からいわれた。

――でも、松戸くん。これって、どうやって知ったの？

「たまたま彼らの会話が聞こえてきたもんで」

――もしかして、あなた、北岳山荘の中に入ったんじゃないでしょうね。

「いや、そんなこと……とんでもない」

あわてて嘘《うそ》をいった。

――下山がむりなんだったら、どこか安全な場所でじっと隠れているべきよ。天候が回復すれば、すぐに救助にいくから。

「わかってます」

ヘッドランプなどの装備を入手していることは、口に出さなかった。すぐに下りてこいといわれるに決まっているからだ。

もちろんここを脱出して、御池まで駆け下りていきたい気持ちはある。

しかし人質となって銃を突きつけられ、食堂のテーブルでそろってうなだれている三枝やスタッフたちの姿が脳裡《のうり》に焼き付いている。彼らに背を向けることはできなかった。

そのとき、松戸は思い出した。肝心なことだった。

「そうだ、夏実さん。奴らはこういってました。〝一千三百万の都民を人質にとってる〟って。それがどういうことか、よくはわからないんですが」

――都民を人質……たしかなのね。

「はっきり聞きました。それから〝三号ランチャー〟っていう言葉も。ランチャーって、たしか〈発射台〉っていう意味ですよね」

しばしあって夏実がいった。

――わかったわ。すべて報告しておきます。

「また、いったん切ります」

――松戸くん？

「はい」

――あなた、ホントにむりしてない？　声が凄《すご》く疲れてるよ。

「大丈夫です。じゃあ」

通話を切って、松戸は携帯を閉じた。板壁に背中を押しつけるようにして、両足を左右に投げ出し、上を向き、目を閉じた。じわっと目頭が熱くなる。あふれそうになった涙をこらえ、眉根を寄せながら下唇を強く噛《か》みしめた。

ふいに嗚咽《おえつ》がこみ上げてきて、躰が震えた。

板壁に背を預けながら、ずるりとずり下がり、冷たいコンクリの床に横になって、胎児のように丸くなり、掌で口許を覆って声を殺しながらむせび泣いた。

こんな情けない姿は、夏実には絶対に見せられないなと思いながら。


そのとき、小屋の外に足音が聞こえた。雨風の音に混じってはっきりと。

松戸は硬直した。冷たい床に横になったまま、身じろぎひとつせずにいた。

――ミサイルは三基もあるんだ。わざわざ修理にいかなくても……。

男の声だ。嵐の音がひどくて聞き取りづらいが、あの氷室の話し声に似ていた。

――まったくです。奪ったＶＸガスはたんまりあるんだから、そいつを東京に飛ばすミサイルだってふたつもあれば充分でしょう。

声が足音とともに遠ざかっていった。

松戸は闇の中で目をしばたたいた。

（ＶＸガス……）

昔、ハリウッド製のアクション映画で観《み》たことがあった。きわめて致死力の高い神経性の毒ガスだった。軍事兵器として使われるとかいっていた。

都民が人質というのは、そのことだったのか――。

ハッと目を見開いた。起き上がろうとして、傍らの棚に頭をぶつけてしまった。

棚が揺れて、そこにあった何かが床に落ちた。

暗闇で見えなかったが、おそらく使用済みの消火器だ。ゴトンと重たい音がして、カラカラとどこかに転げていった。

松戸は緊張した。

奴らはもう遠ざかっている。それにこの嵐の音だ。聞かれたりはしていないだろう。

そう思いながら、じっとしていた。

しかし楽観はすぐに絶望へと変わった。

――松戸颯一郎。そこにいるんだな。

だしぬけに外から声が聞こえた。雨風の音の中で、それは明瞭に聞こえた。

松戸は硬直した。

次の瞬間、外から強烈なライトが浴びせられたらしく、板壁の隙間から光が差し込んできた。松戸がひるんだ刹那、銃声が小さな資材小屋を揺るがした。

木っ端を飛ばし、板壁を突き抜けた無数の銃弾が松戸のすぐ傍にあるスチール製の簡易焼却炉に命中し、青白い火花を咲かせた。同時に跳弾が異様に甲高い音を発しながら、耳許をかすめていった。さらに戸棚にある塗料のスチール缶にも命中し、衝撃でそれらが次々と落ちて来て、下にいる松戸の躰に当たった。

フルオートマティックの銃声が途絶えて、雨風の音だけになった。

松戸は濡れたコンクリの上に、必死に腹這いになっていた。

――袋のネズミとはこのことだ。

また、声がした。あの氷室のものだった。

――三十秒以内にそこから出てこい。さもないと命はないぞ。ちっぽけな小屋だ。文字通り蜂の巣にしてやる。そしたらお前の躰もズタズタだ。ミンチみたいに粉砕される。

松戸は目をしばたたいて、思いをめぐらせた。

奴らが外から放ってくる強烈な照明が板壁のそれぞれの隙間から差し込み、いくつもの光の平行線が描かれていた。

目の前にあるスチールの簡易焼却炉が黒いシルエットになって見える。この中に入れば、銃弾の直撃はまぬがれるのではないか。そう思ったが、刹那的思考もいいところだった。おそらくこんな薄っぺらいものでは、銃弾は易々と貫通してしまうだろうし、中に入って無事だったとしても、遅かれ早かれ奴らに引きずり出されるだけだ。

――十五秒経過だ。どうした、松戸。ビビって動けないのか。

外から聞こえる氷室の声に憤怒を感じた。

なめられてたまるかと思った。

——三十秒が過ぎた。覚悟しろ。

銃声が轟《とどろ》いた。

薄っぺらい板壁に無数の孔が穿《うが》たれ、銃弾が横殴りに襲ってきた。

いくつかが、棚に残っていた塗料やペイント液の缶をぶち抜き、中身を派手に散らした。さらにガソリン缶にも命中したらしい。たまたま発火はしなかったが、薄いオレンジ色の液体が細く噴出し、雨のように落ち始めていた。強烈な刺激臭が狭い小屋の中に充満し始めた。気化したガソリンが辺りに立ちこめている。

もう一撃やられたらアウトだ。小屋そのものが爆発する。

松戸は決心した。一かバチかだった。ここから駆け出すしかない。

ザックをとった。目の前に落ちている塗料のスチール缶に目が行った。

〈アサヒペン　油性多用途カラー〉

円筒形の側面に、そう書いてあった。

松戸はそれをザックの中に入れた。同じ色のスチール缶を、さらに三つ。次々とザックの中に放り込む。おかげで四十リットルの中型ザックがパンパンに膨らんだ。しかも重たい。いや、重さなんてどうでもよかった。

VXガス——そのことを何としても外に伝えなければ！

ザックの肩紐《かたひも》を片手につかんで立ち上がり、ダッシュした。

同時に激しい銃声。

壁をぶち抜いた無数の銃弾が、ふたたび簡易焼却炉に命中して火花を散らした。

爆発が起こった。

狭い資材小屋の中に火球が生じた。

刹那、松戸はラグビーのタックルのように、右の肩から激しく扉にぶつかった。背後からの猛烈な爆風に吹き飛ばされながら、蝶番《ちようつがい》がちぎれた扉とともに雨風の中に転がり出した。炎が背後から襲ってきて、木片や金属片が不気味に唸《うな》りながら飛んでくる。

かまわず立ち上がり、さらに走った。

外の男は三人いた。そのうちふたりが大きな棒のようなＬＥＤライトを持っていた。もうひとりが無骨な短機関銃を片手に持っている。氷室だった。

いずれも資材小屋が突然、爆発したために面食らっていた。

松戸の姿を見つけた氷室が怒声を放った。

「クソったれが！」

腰だめに短機関銃をかまえ、ぶっ放した。派手な銃声。連続射撃音。

彼らの前を真横に走り抜ける松戸の足許に着弾し、泥飛沫が飛び散った。跳弾が躰をかすめる。無我夢中で松戸は走り続ける。

唐突に銃声が途絶えた。

弾丸を撃ち尽くしたらしく、氷室が短機関銃の銃把から細長い弾倉を抜き、新しい弾倉をたたき込んだのが、視界の端にちらりと見えた。チャンスを逃さず、松戸はなおも走る。全力で疾走しながらも何とかザックを背負った。肩紐のドローコードを絞る。ザックが躰に密着する。

北岳山荘と公衆トイレの間の狭い空間を走り抜けた。

前方から激しく雨粒と風が襲ってくる。その風圧に逆らうように、松戸は必死に駆けた。

――死にやがれ！

背後から声がして、銃声が轟いた。

松戸の周囲を銃弾がかすめた。恐怖にすくみそうになるのを我慢して、走り続ける。

目の前に真っ暗な空間。切れ落ちた垂壁がすぐそこにある。

肉眼では見えない。深い闇と、風雨のためだった。しかし、松戸はそれを知っていた。知っていながら崖っぷちに向かって全力疾走をした。

また銃声。

銃声が空気を切り裂く甲高い音。擦過音。

今度こそ正確に狙われているに違いない。そう思った松戸は躊躇《ちゅうちょ》しなかった。

叩きつけるような雨と風の向こうに深い闇に包まれた奈落の底がある。

岩角を蹴り、大きく跳んだ。

その瞬間、背後から襲ってきた銃弾がいくつか、松戸の背中に命中した。着弾のすさまじい衝撃に身をよじりながら、彼は落下した。

6

イングラムM11という短機関銃は、小さくて携行性が良く、一秒間に二十発もの速射性能を誇る。が、オープンボルトという独特の作動方式とともに、銃身が極端に短いため、命中率が恐ろしく低い。最大有効射程距離は七十メートル程度。さらに射撃時の反動もひどくてコントロールが難しい。

本来ならば、サウンド・サプレッサーという大型の円筒形消音装置を銃身に装着し、使用するために開発された銃だということだったが、さすがに鷲尾の妻が取締役のひとりだったという外資系企業のコネクションでは、そうした〈非合法品〉までは入手ができなかったらしい。

自衛隊で訓練してきた八九式小銃などは、もっと大きくて銃身も長いためによく命中したが、このイングラムはまるで暴れ馬のようだった。

新しい弾倉を差し込んでボルトを引き、氷室は走った。

後ろから畠田と大島がついてくる。ふたりとも強力なフラッシュライトを持っているが、強烈な風雨のために、光が拡散して遠くまで届かない。


松戸に気づいたのは、たまたまだった。

鷲尾にいわれて三号ランチャーの点検に向かう途中、忘れ物を思い出して引き返してきた。そのとき、通りかかった小さな資材小屋の中から、かすかに物音が聞こえた。何か重たいものが落ちるような音だった。

雨風で紛らわしかったが、そっと足音を殺して近づくと、やはり中から気配が伝わってきた。誰かがゴソゴソと何かをやっている。ネズミでもなんでもない。たしかに人間の動きだった。

氷室は憤怒に突き上げられた。

奴に違いない。

鷲尾に報告するよりも、まず射殺するべきだと思った。

小屋に銃弾をたたき込み、出てきたところでトドメを刺してやろう。畠田たちに小屋を照らしてもらい、氷室はイングラムをフルオートにして、撃ちまくった。

おそらく中にプロパンガスのタンク、あるいは大量のガソリン缶があったに違いない。

粗末な資材小屋が、まるで小さな爆弾が炸裂《さくれつ》したような勢いで吹き飛んだ。闇に噴き上がる紅蓮《ぐれん》の炎とともに、木片や金属片などが舞い飛んできた。氷室たちがひるんだ隙を突いて、松戸が逃げた。

うっかり意表を突かれてしまったが、さすがに今度という今度は奴の最後だった。

三本目の予備弾倉をイングラムにたたき込むと、氷室は逃げる松戸を追った。走りながら、フルオートで撃ちまくった。

なかなか命中しないために、歯軋《はぎし》りをした。

北岳山荘の建物と、隣接する公衆トイレの間を抜けると、向こうに崖《がけ》があった。

松戸はそこに向かって走っていく。

風雨と闇の向こうに、その姿が見えた。後ろから畠田たちが光を照射してくれているおかげだ。氷室は立ち止まり、イングラムの金属製ストックを引き延ばして台尻を肩付けした。これで狙いが正確になる。間違いなく命中するはずだ。

慎重に両手でかまえて、引鉄《ひきがね》を絞った。

眼前にマズルフラッシュの青白い花が咲き、闇を切り裂いた。強烈な反動が肩を突き上げ、真横に金色の空薬莢《からやっきょう》が二列になって無数に吐き出される。

一瞬、銃火で目がくらんだが、閃光の向こうに松戸の姿が小さく見えた。射線を合わせて、そこにフルオートで無数の銃弾を送り込んだ。

命中した――。

背中のザックから無数の破片が舞い、血飛沫のような赤い噴霧が散るのが見えた。

手応えがあった。

引鉄から指を外した。激しい耳鳴りの中で、氷室は見た。

松戸の姿はなかった。

夢中で崖っぷちまで走っていった。

後ろから追いついてきた畠田と大島に、ライトで崖の下を照らしてもらった。千ルーメンもある強烈なフラッシュライトの光が、垂壁を舐《な》めるようにサーチしていく。氷室はハアハアと息をしながら、膝に両手をつき、身を乗り出して、切れ落ちた崖を凝視した。

ふいに片眉を吊《つ》り上げた。

雨に激しく叩かれながらも、それははっきりと見えた。

ゴツゴツとした岩壁の途中に、真っ赤な液体が飛び散り、流れていた。それは遥《はる》か下のハイマツ帯まで続いていた。松戸の姿はなかったが、死んだことはわかっていた。弾丸はザックを背負った背中に命中したし、そこから血飛沫が派手に上がったのも目撃していた。

あれだけの出血量で人間が生きていられるはずがなかった。

後ろから足音が近づいてきた。

鷲尾と陣内たちだった。

「どうした、氷室。何があったんだ」

「松戸の野郎です。資材小屋にこそこそ隠れていたので、片付けたところですよ」

雨に濡れながら氷室の傍に立った鷲尾は、崖下を見下ろしていた。

フラッシュライトの光の中、切り立った垂壁の岩場を下のハイマツ帯に向かって流れる、真っ赤な血糊《ちのり》がはっきりと見える。

白い呼気を流しながら見ていた鷲尾が、氷室に向き直った。

険しい表情で何かいいたげな顔だったが、言葉を抑えたようだ。

「三号ランチャーの修理を急げといったはずだ」

低い声を残すと、鷲尾は陣内たちとともに、山小屋に向かって引き返し始めた。

氷室はもう一度だけ崖下を覗いてから、満足して笑った。

「行くぞ」

畠田と大島にいい、彼らを連れて歩き始めた。

7

静奈は子供の頃の夢を見ていた。

西日の当たる校舎の裏庭で、自分が数人の生徒たちに囲まれ、突き飛ばされたり、転《こ》かされたりしていた。周囲から浴びせられるのは冷ややかな視線。下品な奇声や嘲笑《ちょうしょう》。

足を蹴飛ばされ、地面に転がされても抵抗できなかった。

うつぶせになって歯を食いしばり、大勢の靴先が躰のあちこちに食い込むのを感じていた。

髪の毛も制服も土埃にまみれながら、ただ痛さと屈辱に耐えることしかできなかった。

ふだん夢の中で過去の時間に戻るとき、意識はいつも現在の自分のままだ。大人の自分がタイムスリップするように当時の状況に戻る。だから山で身体を鍛え上げ、あまつさえ空手という武術を通じ、徹底しておのれを律している今の静奈自身が、あの頃のように誰かから苛《いじ》められたり、暴力をふるわれることはまずあり得ない。それなのに、どうしてこんな夢を見るのだろうか。

苦難ゆえだ。

ふいにそのことを思い出した。

自分はいま、大いなる試練の中にいる。何としても乗り越えねばならない艱難《かんなん》の渦中であった。

それは——。

眼前に若い女の顔があった。

一瞬、夏実かと思った。

彼女は目が大きく、鼻筋が通っている。笑うと鼻に小さく皺が寄り、口許にふたつ笑窪《えくぼ》ができる。しかしそこにいる娘は一重瞼で額が広く、小さいが真っ黒な瞳だった。かすかに眉根を寄せて、不安そうな表情で見つめている。

「え……誰？」

思わずつぶやいた。

すぐ近くにいたバロンが仰向けの静奈にのしかかるようにして、大きな舌で顔を舐めてきた。生温かくざらざらした感触に思わず顔を背けながら、ふと気づいた。

ここはどこだろう？

布団を剝いで上体を起こした。とたんに、背中と腰に痛みが走って顔をしかめる。はらりと髪が垂れてきて、ポニーテイルに結んでいたのが途中でほどけたことを思い出した。

それまで着ていた登山シャツではなく、青いジャージを身にまとっている。男物のせいか、自分には少し大きかった。

「安静にしてなきゃダメですよ」

さっきの娘がいった。右手を伸ばしてきて、また布団に寝かせようとする。

しかし静奈はそれに従わず、周囲を見た。薄暗い家屋の中——板張りの間と土間に仕切られていて、天井が低かった。土間にはひょうたん型の薪《まき》ストーブが置かれてあって、上に薬罐《やかん》が置かれ、煙突がまっすぐ屋根裏に伸びていた。その熱気が静奈のところまで伝わってきた。

外の雨風の音がすさまじい。この家屋全体が揺れるほどだ。

またバロンと目が合った。大きな鳶色《とびいろ》の瞳が心配そうに濡れている。雨に当たっていたせいか、全身の被毛がひどく毛羽立ってみえた。

そう、あの木橋がへし折れて、ふたりで落ちたのだった。泥流に呑《の》み込まれ、立木にぶつかりながら、きりもみで急斜面を転げ落ちていった。そこから先は記憶がない。

扉が開いて、竹細工のテミいっぱいに薪を積んで運んできた初老の男が、土間に立ち止まった。

「気がついたか」

男は振り返り、土間の奥に向かって怒鳴るようにいった。

「中西。湯呑みをひとつ、持ってきてくれ！」

「あの、あなたは？」

男は薪ストーブの横にテミを置き、薪をストーブにくべながらいった。

「俺は鳳凰小屋の管理人の篠田ってモンだ。あんた、隣の北岳の救助隊なんだってな」

静奈が黙っていると、篠田と名乗った男は彼女に背を向けたまま、いった。「そこにいるのは、うちの小屋でバイトをしてる直美って女子大生だ。雨具の中までびしょ濡れで、おまけに泥だらけだったんで、悪いが彼女に着替えさせてもらった。そしたら身分証が出てきたんだよ。勝手に見させてもらった」

静奈はハッと自分の胸に手をやった。

下着まで新しいものに替えてもらっているのに気づいた。

直美と呼ばれた娘が笑った。「あちこちに打撲はあるみたいですけど、切り傷と擦り傷以外に目立った怪我がなくて良かったです。あんなところから土石流に呑まれて落ちて、まるで奇跡だったって篠田さんが笑ってましたよ」

「わざわざ私を助けてくれたんですか」

「犬がさ――」

篠田がしゃがんだまま肩越しに振り向いて、土間に停座するバロンを指さした。「うちの小屋までやってきて、俺たちを呼ぶんだよ。ただ事じゃないと思ってついていったら、案の定だった」

「バロンが……」

「そのシェパードは救助犬だろう？　それにしても賢い犬だなあ。飼い主思いだし」

赤いトレーナー姿の若い男が円筒形の湯呑みを持ってきた。さっき篠田に呼ばれた中西らしい。それを受け取った篠田は、薪ストーブの上で湯気を洩らしていた薬罐をとって白湯《さゆ》を注いだ。片手を伸ばして静奈に渡してくる。

『鳳凰小屋』と書かれた湯呑みを両手で包み込むようにして、静奈は湯気を吹きながら、ゆっくりと白湯を飲んだ。身体が中から温まってくる。

ふいに気づいて訊《き》いた。「どれぐらい経《た》ちましたか」

左腕の時計を見て、篠田がいった。

「俺たちがあんたを見つけてから、一時間とちょっとぐらいかなあ」

静奈は眉間に皺を刻んだ。口を引き結ぶ。

「私、行かなきゃ」

立ち上がろうとしたとたん、目がくらんだ。

ふらつく躰を倒さないように、片膝を布団の上に突いた。視野いっぱいに無数の微小な蝶《ちょう》が舞っているような幻覚を見ているうち、ふっと意識が遠のきそうになる。俯きながら耐えていると、ようやく視界が明瞭になってきた。

悔しさに歯を食いしばる。

「何やってんだ。むりに決まってるだろ。こんなひどい嵐の中をここまで登ってきたりして、それでなくてもあんた、躰がボロボロなんだから」

「どうしても広河原まで行かないとならないんです」

「あそこで急病人でも出たのか。そういや、南アルプス林道がどこかの不届き者によって爆破されたって妙な話をラジオのニュースで聞いたが」

仕方なく事情を詳しく話した。

それを神妙な顔で聞いていた篠田が、静奈から目を離した。しばし暗い壁を見つめながら、何かを考えていたが、向き直っていった。

「あんたひとりで行ったって、どうにもならんことだろう」

「私はこれでも警察官です。職務として行くべき義務があります」

「職務ったってなあ。何か秘策でもあるのかい」

すると静奈は口許を吊り上げ、ニッコリと笑った。

「ええ、一応」

篠田がニヤリと口許を吊り上げた。

「そういうことなら加勢するぜ。これでも若い頃、柔道で鍛えた躰なんだ」

腕まくりをしながらいう彼を、傍にいた中西があわてて止めた。

「親方。もういいかげんに歳なんだからむりしないでくださいよ」

ガッカリしたような顔で篠田は板張りの間に腰を落とした。静奈を見て、いった。

「あんた、食欲はあるのかい」

「はい」

「だったら何か食っていくか」

静奈がまた笑った。

「実は、お腹《なか》がペコペコだったんです」


薪ストーブの上でコトコト煮込みながら篠田が作ってくれたキムチ雑炊《ぞうすい》は、ことのほか美味《うま》く、三杯もお代わりをした。着ていた衣類はすべて濡れていたので、鳳凰小屋のスタッフたちのものを借りた。登山ズボン、シャツ、靴下。防寒用のフリース。レインウェア。靴下に登山靴。多くは、静奈に体型が似ているアルバイトの直美の私物だった。

テルモスには熱いコーヒーをめいっぱい入れてもらい、最後に借りたのは風雨にさらされ、ザンバラになった髪の毛を縛るための小さなバンドだった。乾ききってないロングヘアを櫛《くし》で梳《す》きながら、手早く頭の後ろでまとめてポニーテイルにした。

洗面所の鏡の前、小さな傷だらけの顔を見て、うなずく。

「よっし」

振り返ると、後ろで停座しているバロンと目が合った。

目を細めて笑い、かがみ込むと、あらためて自分の相棒である犬の太い首を抱きしめた。バロンの頬に自分の顔を押しつけて目を閉じた。

しばしそのまま、じっとしていた。

「ありがとう、バロン。あなたのおかげで命拾いしたね」

バロンは応えず、ただ長い舌を垂らして満足げに躰を揺らすばかりだった。

右目の斜め上、焦げ茶の被毛の中にスパッと斜めに切れた三日月傷が白く目立っている。木橋が落ちていっしょに流されたときのものだろう。それを見つけたとたん、胸にこみ上げてくるものがあったが、それを静かに抑え込んだ。

「もう一度、あの嵐の中を走るけど、いい？」

バロンは尖った両耳を立て、目を輝かせて静奈を見つめていた。豊かな尻尾を振っている。

「ありがとう、相棒。じゃ、行こうか！」

静奈の声に反応するように、バロンが短く吼えた。

8

ガタガタと不規則に揺れる車輛《しゃりょう》の座席の上で、流れゆくジャングルの木立を見つめていた。

三菱自動車Ｊ－24を軍用に改造した、通称七三式小型トラックとよばれるジープ。白塗りにされた運転席から後ろは〈ＵＮ〉と目立つように大きく揮毫《きごう》された幌《ほろ》で覆われている。カンボジア、タケオ州の四十度近くになる気温のせいで、車内はサウナ風呂のように暑かった。

頭には八八式鉄帽と呼ばれる迷彩模様のヘルメット。防弾衣は二枚重ねである。

腰にはＳＩＧの九ミリ口径拳銃をホルスターに差し込み、鉄アレイのように重たい六四式小銃を傍らに置いての出動であった。

運転席と助手席のシートベルトはあるが、どちらも外している。そんなものをかけたら、いざというときにとっさに逃げ出せないからである。いざというとき――そのことを考えると、助手席に座っていた鷲尾二等陸尉も名状しがたい緊張に身が震える。そんなことはあり得ない。そんな想定で彼らはＰＫＯ派遣としてこのカンボジアという国に来ていたはずだった。

彼ら第二次派遣部隊がこの国に到着したのは九十三年五月のことだった。

ＵＮＴＡＣ（国際連合カンボジア暫定統治機構）は三十二カ国から来ているおよそ一万六千人の部隊をカンボジア国内の十一のセクターに分けて、それぞれに配備し、内戦を続けてきたゲリラたちの武装解除、治安維持などに担当を分けていた。このたびのＰＫＯで送られた自衛隊は基本的に施設大隊であり、道路や橋梁の建設や補修などといった土木作業が主な任務である。

ＰＫＯ派遣大隊のほとんどは、北部方面隊の南恵庭駐屯地第三施設団第一施設群からの選抜だったが、鷲尾はとくに東部方面隊からの志願での参加だった。当時、三十五歳。すでに妻の千代子との間には長男が生まれ、もうすぐ十歳になろうとしていた。当然のように家族からの反対があった。しかしひとりの自衛隊員である以上に、初のＰＫＯ海外派遣の現場をぜひとも自分の目で見てみたいと思っての志願だった。

もっとも海外派遣とはいっても、現地における直接の戦闘行為には参加せず、土木工事を中心とし、通信や医療などといった地味な任務ばかりだというふうに聞いていた。それがゆえの安心感もどこかにあったのだろう。

ところが第二次派遣の直後に、日本人の国連ボランティアや文民警察官などがポル・ポト派の襲撃に遭って殺されるという事件があり、にわかに緊迫感が増していた。そこに至って、現地の自衛隊にも施設大隊としての作業以外の危険な任務が課せられる事態となった。

カンボジアで久しぶりに行われる総選挙だった。

ポル・ポト派がその粉砕を叫び、ふたたび内乱が勃発し、拡大しようという、まさにそんな時期に、鷲尾たち第二次派遣部隊はここに来てしまったのである。そうなると六百名の派遣自衛隊員のすべてが、悠長に土木作業にいそしむわけにもいかなくなった。

カンボジアの各地に置かれた投票所をパトロールして、各国から参加している選挙監視員たちの安全を確保し、水や食糧の配給をするという役割だ。当然、パトロールの目的地は紛争地域のまっただ中となる。ポル・ポト派のゲリラたちがいつ、なんどき、ジャングルの中から襲撃してくるかもしれない。そんな緊迫した状況の中で、自衛隊員たちは車列を連ね、各村落を回って〝平和の維持〟につとめなければならない。

それでなくとも宿営地での自衛隊員たちの生活ぶりは最悪だった。

大型の天幕に小隊ごと二十五名の隊員たちが押し込められ、簡易ベッドで眠る日々。昼は猛暑の中での重労働。夜は夜でヤブ蚊や毒虫の猛攻、病気。遊興施設もなく、なんの楽しみもない熱帯のジャングルでの日々に、隊員たちのストレスははち切れんばかりになっていた。そこに至って、突如として転がり込んできたのが、この危険な任務であった。

彼らは〈情報収集班〉と呼ばれた。もっともらしい名だが、実質、任務は紛争地帯に敢《あ》えて入ってのパトロールである。むろん武装は許されるものの、応戦はしてはならないという上からのお達しがある。すなわちゲリラ兵からの攻撃があっても、こちらから撃ち返してはならないというのだ。そんな劣悪な条件で、いつ撃たれて命を落とすかもしれない場所に行かされる隊員のストレスは想像以上のものがあった。

鷲尾二尉を小隊長とするパトロール隊は、夜明け前にカンボジア西部の町カンポット郊外にある宿営地を出発した。タケオからカンポットを経て、海岸の町シアヌークビルを結ぶ街道は、今でこそ観光バスがひっきりなしにすれ違う道路となったが、当時は鬱蒼《うっそう》とした山岳地帯を抜け、ジャングルに挟まれた不気味な紛争地帯のまっただ中だった。

外国人の誘拐事件が日常的に発生し、警察官や村人たちが毎日のようにゲリラ兵によって殺されていた。そんな状況の中、自衛隊の車列は山路を走り、各村落にある選挙の投票所を巡回し、水や食糧を配給しつつ、選挙エリアの治安の状況を確認していく。

村人たちはいかにも貧困で弊衣蓬髪《へいいほうはつ》。子供たちは垢《あか》じみた顔に真っ白な歯を見せて、人なつこい笑みを送ってくる。しかしながら、すれ違うバイクの男が背中にAK47アサルトライフルを斜交《はすか》いにかけていたりする。つまり誰が友好的で、誰が敵のゲリラ兵だか、皆目わからないのだった。だから自衛隊員たちはパトロールの間じゅう、極度の緊張を余儀なくされる。宿営地に無事に戻っても、夜中、眠れずに遺書を書く隊員もいれば、よからぬ夢を見てうなされている者もいた。

そうした〈情報収集班〉によるパトロールが始まって一カ月後のことだった。

パトロール小隊は二名ずつ、三台の七三式小型トラックに分乗して出発する。

先頭車輛を運転するのは、陸上自衛隊北部方面隊、第三施設団に所属していた中山大典二等陸曹。助手席に座る小隊長の鷲尾から見ても、まだ初々しさがとれない若手の隊員である。半年前に結婚したばかりだというのに、このPKOへの参加であった。新婚の妻や彼の家族がこうむる心の負担は相当なものだったただろう。

鷲尾はカンボジアに来て以来、中山二曹に慕われていた。たんに面倒見のいい兄貴分ということもあったが、二十二歳で多賀城の第一教育連隊を経て、スペシャリスト集団として知られる習志野第一空挺団に入隊している。その栄えある経歴に中山はあこがれていたようだ。

パトロールの際、運転の任務は中山自らが志願した。鷲尾の隣で車輌を運転できるのは光栄だとしきりにいっていた。

タケオ州を出て以来、誰もが緊張に包まれていた。

土埃が巻き上がる街道はひたすらまっすぐで、左右を椰子《やし》の並木が流れていく。ところどころに民家があり、畑があり、人々の姿もある。のどかな田園地帯であった。しかしそんな風景のどこにポル・ポト派の兵士たちがひそんでいるかしれない。

気を抜くことなく、四方に目を配る。楽観は禁物。物陰に敵が隠れている。目の前にいる村人が実は武器を持っている。そんな疑いを常に持ちながら車列を進めてゆくのである。

うだるような気温。ひっきりなしに傍らに置いたペットボトルの水を飲む。

「小隊長。ヘルメット、ちょっと脱いでもいいですか」

運転をしている中山二曹にいわれるが、鷲尾は首を振る。「それは許可できない」

「AK47の弾丸って、こんなもの、紙みたいに貫くそうじゃないですか。意味ないですよ。それに汗がだらだらと流れて目に入ってしまうんです」

「あと三十分も行けば目的地のアナン村だ。それまで我慢しろ」

中山が仕方なくうなずく。何度も手の甲で額を拭っている。

「二輌目がヤバイんですってね」

「何がだ」

「ほら。よくマムシなんかでいうじゃないですか。一列に歩いているときは先頭の人間がヘビを脅かし、ふたり目が咬まれるって。俺たちもきっとそうですよ」

鷲尾はちらとミラーに映る後続車を見た。後ろのジープはずいぶん小さく見える。攻撃を受けたときに殲滅《せんめつ》させられないため、車間距離をそれぞれ百メートル近くとっているためだ。

「だからわれわれが安全だとはかぎらん。むしろ、二輛目、三輛目のあいつらにリスクを負わせるのも気が引ける。せめて最後まで狙われないでもらいたいものだな」

ふいに中山がジープを減速させた。

鷲尾が見ると、前方で道路がふたつに分かれていた。その分岐点の手前である。

中山はブレーキを何度か踏んで後続車に注意勧告し、ジープを停めた。

後ろの二台がそれぞれ少し間を置いて停車する。

右手はジャングルで、道路の左側は水田が広がる田園地帯だった。のどかな光景だが、立木や掘立小屋の後ろにゲリラ兵が隠れているのではないかと疑心暗鬼になる。

「まいったな。こんなところで分岐点があるとは予定外だ」

鷲尾はあらためて四つ折りにした地図を広げてみる。自分たちの現在位置は、出発地点からの距離を車載のメーターで確かめている。だから、地図上には赤のボールペンでバツ印がいくつか描かれる。この場所での道路の分岐は地図には載っていなかった。

「どうします。右側の道路のほうが道幅は広いようですが」と、中山がいう。

鷲尾はすぐに返答をせず、慎重に考える。

間違った道を選ぶと、下手をすれば、ポル・ポト派の支配地域のまっただ中に突っ込んでしまう可能性すらある。そこまで最悪な事態にならずとも、道に迷ってよけいな時間がかかってしまうと、日暮れまでに十九カ所の投票所の巡回ができずに終わってしまうかもしれない。日没後にこうした場所を通過するのは命取りだといわれていた。

周囲には民家が点在していた。その周辺に子供たちが数名、立ってこちらを見ている。地面から立ち昇る陽炎《かげろう》の中で、彼らの姿が揺らいでいる。

「おかしいな」

鷲尾は気づいた。いつもなら、こうした田舎の子供たちは好奇心に駆られて自衛隊のジープに駆け寄ってくる。何かをねだるわけではないが、物珍しさに寄ってくるのだ。それなのに、ここにいる子供たちは遠巻きにして、彼らを見ているだけだった。

「小銃の初弾を装塡《そうてん》しろ」

鷲尾がいった。緊張に心臓が高鳴っていた。

「え……」狼狽《うろた》えた声で中山が返したときだった。

一瞬、風が吹いたのかと思った。

ハッと横を見たとたん、中山二曹の首と肩の辺りに血飛沫が飛んだ。同時に右手の藪《やぶ》から派手な銃声が轟いた。横殴りに襲ってきた銃弾が、ジープのミラーを破壊し、ドアにも何発かめり込んだ。鷲尾の顔のすぐ傍を、異様な擦過音を立てながら何発もの銃弾が通過した。

中山は運転席のシートにもたれていた。

口の端から血を流している。

「退避ッ！」

鷲尾は後続車に向かって叫んだ。

先ほどまで、子供たちが立っていた家の前に、数名の武装したゲリラ兵たちがいた。それまで建物の陰にひそんでいたに違いない。ポル・ポトの兵士たちは、それぞれが赤と白のスカーフを首に巻いていた。ほとんどがＡＫ47自動小銃を手にしている。

それだけではなかった。RPG―7と呼ばれるロケット砲を肩に担いでいる者もいた。鷲尾はそれを見て総毛立った。あんなものを撃ち込まれたら、小隊は全滅してしまう。

ゲリラ兵たちは小銃をかまえながら近づいてくる。

鷲尾は無線のマイクをとった。現状を説明し、武器使用の許可を求めたが、即座に却下された。

『交戦は許されない。すみやかに撤退せよ』

それが本部からの返電だった。

甲高いエンジン音を立て、二輌目のジープが大きくカーブしながら走ってきた。その車輛に乗っていたのは、大津道昭三等陸曹、和泉淳一二等陸士の二名だ。大津三曹が蒼白《そうはく》な顔で叫んだ。

――小隊長。反撃しましょう！

「本部から許可が下りない」

後続車に向かっていったとき、ゲリラ兵たちが発砲してきた。

銃弾が立て続けにジープに命中する。彼らはあわてて車体の中に身をかがめた。車窓のガラスが砕けて、破片が雨のように降り注いでくる。

鷲尾は中山二曹を抱きしめていた。顔が蒼白だった。

「自分は……死ぬのでありますか」

「莫迦《ばか》をいえ」

そういったとたん、彼は涙目になって鷲尾を見上げた。

「無念であります」

「中山ッ」

名を呼んだが、反応がなかった。虚《うつ》ろな目が光を失っていた。

そのとき、大津たちの声が聞こえてきた。

――小隊長、なぜ自分たちは撃てないのですか？

――発砲許可を願います！　反撃させて下さい。

鷲尾は中山の遺体を抱きしめたまま、歯軋《はぎし》りをした。

ＰＫＯ協力法で、上官は部下に発砲を許可できないことになっている。

ゆいいつ発砲できる解釈は、正当防衛および緊急避難であった。〝自己または自己とともに現場に所在する他の隊員の生命または身体を防衛するため〟にかぎって、隊員個人の責任で武器を使用することができるというものだ。

しかし、それとて現場判断で自由に反撃が許されるものではない。

そうこうしているうちにも、ゲリラ兵のＡＫ47の発砲音が轟き、着弾に車体が揺れる。

このままでは味方は全滅するだけだった。

あとのことを、今、考えるのは無意味だ。帰国後に罪をかぶるのは自分だけでいい。

鷲尾は決心した。どんなことがあっても、部下たちの命は守らねばならない。これ以上、無益な死は御免だ。

発砲はまず指揮官からである。

中山の遺体をそっと座席に戻した。両手で握っていた六四式小銃のセレクターを、安全を意味する「ア」から単発を意味する「タ」の位置へと回した。ゆっくりと破れた車窓から頭を出した。

迫り来るゲリラ兵たちを狙おうとした、そのときだった。

視界の端を白い筋が横切った。

ロケット弾だと気づいた刹那、白煙は二輛目の七三式小型トラックにまともに突き刺さり、轟然と火球を生じさせた。幌に〈UN〉と大きく書かれた白いジープが、文字通り、木っ端微塵となって四散した。爆発の轟音。押し寄せる熱風。

鷲尾は凍りついていた。

無数の破片をまき散らしつつ向かってくる爆風を浴びながら、彼は凝然として、燃え上がるジープを見つめた。大津三曹と和泉陸士。原形をとどめぬほど車体を歪《ゆが》ませ、黒焦げになって燃え上がるジープの中に、ふたりの部下たちの遺体があるはずだった。

鷲尾は力なく六四式小銃をかまえたまま、紅蓮の炎を見つめていた。

陣内に肩を揺さぶられて、鷲尾は目を覚ました。

北岳山荘の二階の部屋のひとつ〈農鳥岳〉の窓際で、壁にもたれて胡座《あぐら》をかいたまま、彼はつかの間、寝入っていたようだ。

ガラス窓を大粒の雨が叩き、幾筋もの流れが外側を這っている。

突如、むせるように咳が出た。バンダナで口許を覆った。胃の腑からこみ上げてくるものを、何とかまた嚥下《えんげ》した。血の味が喉に残っていた。そんな様子を気の毒げな顔で陣内が見ている。

「顔色が悪いし、ひどくお疲れのようですが、大丈夫ですか」

短く切りそろえた針のような白髭を口の周りにたくわえた彼も、目の下に隈《くま》ができていた。疲労と睡眠不足ゆえだろう。

「失礼した。眠るつもりはなかった」

そういいながら鷲尾はゆっくりと立ち上がった。

「だいぶうなされておいででしたが」

「昔の夢を見ていた」

「息子さんのことで？」

「いや」彼は眉根を寄せて俯《うつむ》き、いった。「もっと前の記憶だ」

「ああ」

鷲尾に関する過去のほとんどを知っている陣内は、それを理解したようだった。

「お前を巻き込んだりして悪かったな」

「古女房みたいな私に向かって、今さら何をおっしゃいます」

鷲尾は返す言葉もなく笑った。

「私もふたりの息子を亡くし、妻にも二年前に病気で先立たれました。もうこれ以上、思い残すことはありません。一佐とともにこうしていられるだけでも、私は嬉《うれ》しいんです。現役時代、あなたの下で部隊の指揮を任されていたことが自分の誇りですから」

「そういってもらえるだけでも嬉しい」

ふいに陣内が神妙な顔になる。「実は吉報と、悪い報告があります」

「吉報とは？」

「スイス銀行の指定口座に、日本国政府から一億五千万ドルが振り込まれました」

鷲尾はうなずいた。「これで決起した有志たちも報われるな。悪い報告は何だ」

「台風の進路が西に逸《そ》れ始めました。予定よりもだいぶ早く天候が回復すると思います」

片手に持ったスマートフォンに表示したブラウザには、最新の気象図が表示されていた。鷲尾は片眉をひそめ、彼の顔を見た。

ゆゆしき事態だった。台風の到来を見越して立てたはずの計画が、これで一変する。

「午前七時を政府の回答期限としたが、早めねばならんな」

「賢明だと思います」

そういってから、陣内はふっと視線を逸らした。寂しげな目をして、鷲尾を振り向く。

「しかし一佐。あなたはそもそもこの決起を楽観視してはおられない。それを最初から見越しておられたのに、いったいなぜです」

鷲尾は黙っていた。視線はどこにも合っていなかった。

「私怨だよ」

鷲尾はいった。「お前たちを巻き込んだのだ」

陣内はじっと彼を見つめていたが、ふと硬い表情が砕けたように寂しげに笑った。

「だからこそ、あなたにお供させていただいたんです」

鷲尾は雨が打ち付ける部屋の窓を見た。

「この山は、息子との思い出の場所だった。あいつがまだ大学生だったときに、ふたりでここに登った。そこで打ち明けられたのだ。父親にならって自衛官になると」

「そうでしたか」

「自分を試したいのだと、あいつはいった」

「きっと俊介さんはあなたの後ろ姿を見ていたのですよ」

「そうかもしれない」

鷲尾はふとあらぬほうを見て、目をしばたたいた。

「――しかし、あいつまでもが命を落とす理由はない。父親である私のほうが先に逝くべきだった」

「政府はあっけなく見捨てたのです。彼らにしてみれば、われわれはそれだけのものでしかない」

「けっきょく自衛隊員はたんなる捨て駒なのだ」

鷲尾は険しい顔をしていった。

「だからこそ、自分たちは報復を決意したのです。政府と、それを容認する国民たちに対して」

「復讐《ふくしゅう》するは我にあり」

そうつぶやく鷲尾の顔を陣内が見つめた。

「聖書の一節ですね。あれは、復讐というものは人が行うことではなく、神のみぞできることなのだという意味だと聞いております」

陣内が哀しげにいった。

「けれども一佐。あなたは神にはなれない」

鷲尾は、しばし黙していたが、ふっと目を閉じ、口許を吊り上げて笑みを浮かべた。

「ゆえに私は悪魔になる」

9

南アルプス市の芦安公民館に設置された陸上自衛隊東部方面隊第一師団の前線指揮所は、相変わらずの喧騒に満ちている。

夜叉神の林道崩壊で、施設大隊の隊員たちが架橋車輌などとともに転落した報告がもたらされて以来、所内は沈鬱な空気に包まれていた。しかしそんな中、市ヶ谷の防衛省ＣＰとの連絡のやりとりはひっきりなしにくり返され、山梨県警や県庁に派遣されたＬＯ（リエゾン・オフィサー＝連絡幹部）

からの情報もたびたび入ってくる。長いテーブルにいくつも並べられた電話回線は常にフル稼働状態である。

師団長である長沢陸将は椅子に座って片手に指揮棒を持ち、両足を大きく広げたまま厳めしい顔で戦況図をにらみつけている。

運用を担当する師団司令部第三部長の二等陸佐が入室してきて、陸将の前で敬礼をした。

「奈良田から入山した第五十五普通科連隊から入電。すでに大門沢小屋に到着、さらに農鳥岳をめざしているとのことですが、登山道が風雨で荒廃している上、大水と泥流、さらに落石に前進を阻まれて、思うように進めないとのことです。隊員に負傷者が二名ほど出て、大門沢小屋に収容されているようです」

「ご苦労だった。鳳凰を登っている第一普通科連隊のほうはどうだ」

「青木鉱泉からのルートは、大雨による増水で完全にルートを断たれているそうです。そのため、御座石鉱泉から尾根伝いに登っているところで、あと三十分ほどで燕頭山に到達しそうだという報告でした。今のところ負傷者等の連絡は入っておりません」

「どちらも難儀しているな」

「師団長。実は第一普通科連隊の大野木《おおのぎ》隊長からの連絡の中に気になる情報があって、どうやら彼らのたどるルートに先行者がいる模様とのことです」

「先行者？」

長沢師団長が、奇異な顔で第三部長を見た。

「どういうことだ」

「泥水や土石流などで登山道がつぶれてわからなくなっているそうなのですが、それでも部隊がルートを何とかたどっていけるのは、道々の木の枝などに真新しい黄色の蛍光塗料のテープが目印として巻かれているおかげだそうです」

「まさか……われわれよりも先に、一般人の誰かが、この嵐の中を山越えしようとしているわけですか？」

長沢の傍にいる副師団長の津久井《つくい》陸将補がいった。

「現在、山梨県警に情報提供を求めているところです」

「目印のテープというが、まさかテロリストの罠《わな》じゃないだろうな」

副師団長の反対側に座る幕僚長河野《かわの》一等陸佐がつぶやく。

「疑えばきりがない。とにかくそのおかげで第一普通科連隊は順調に山越えを続けているのだ」

長沢師団長が野太い声でいい、戦況図にある山岳地図を見つめた。

「奈良田の林道復旧作業の進捗状況はどうだ」

「重機でかなりの土砂を除去したようですが、やはり林道自体が抉れるように崩落しているため、道を作り直すのに難儀しています。大きな岩石もいくつか土砂に埋もれていて、爆破作業が必要だということが判明しました」

「ふたたび二次災害を引き起こす可能性はないのか」

「絶対にないとはいいきれません。慎重にことを運ぶしかないと思います」

師団長がうなずいたとき、情報担当の第二部長が急ぎ足にやってきた。

「気象状況の報告であります」

目の前で敬礼する顔には、それまでの暗さがなかった。

「気象庁からの発表で、午前二時現在、台風は岐阜県恵那市の南西、およそ二十キロのところにあります」

　長沢師団長が戦況図を見て目を細めた。

「西へだいぶ逸れているな」

「太平洋上の高気圧が急速に勢力を増しているためと思われます。これで懸念されていた北岳上空の直撃はまぬがれることが確実となりました。天候の回復も予想より早まると思われます」

「朗報だ」

　師団長が右手の指揮棒を左掌に打ち付けた。

「天がわれわれの味方をしてくれたのかもしれんな」

「じきに空路が確保できますね」

　副師団長の顔を見てうなずいた彼は、立ち上がった。

「木更津駐屯地の第四対戦車ヘリコプター隊、第一および第二飛行隊から小隊を選抜し、立川駐屯地へ移動。すぐに前線展開地に向かえるよう、フライト・スタンバイを要請する」

　その声で、前線指揮所内の空気が一気に変わったようだ。

10

　鳳凰小屋の管理人である篠田と、三名の若いスタッフに見送られて、静奈とバロンは土砂降りの雨と、叩きつけるような風の中に飛び出した。

　薪ストーブの暖かさと、ふたりをもてなしてくれた山小屋の人々の優しい眼差《まなざ》しに後ろ髪を引かれながら嵐の中を走り出す。

たちまち吹き付ける風と大粒の雨でびしょ濡れになる。

しかし士気は高揚していた。

鳳凰小屋から地蔵岳の頂上に向かう急登を、一気に駆け登っていく。

林を抜けると、ザレた砂地になる。大量の雨がそこを叩き、斜面全体が砂と水の滝のようになっていた。静奈は、雪山のキックステップの要領で靴先を濡れた砂地に思い切って蹴り込んでは足場を確保し、一歩ずつ登っていく。

周囲は濃密なガスである。そのガスが大きく渦巻くように周囲を回っている。視界がほとんど利かない中、手探りのように這い進んでゆくしかない。

頂上が近づいてきたが、風が真正面から吹き下ろすようになった。空気が壁になってぶつかってくる。レインウェアに当たる雨粒が石礫のように痛い。それでも静奈は歯を食いしばって登り続ける。

シェパードのバロンも姿勢を低くしながら風雨に耐え、ともに歩み続ける。

つらかったが、意識を無にすることで、つらさには耐えられる。山岳救助隊員として鍛えられてきたし、何よりも武術をやっているおかげかもしれない。

怖くないといえば嘘になる。この壮絶な嵐の中だ。いつ、何が起こってもおかしくはない。さっきのように不慮の事故に巻き込まれることもまたあり得る。しかし恐怖はむりに克服するものではない。それに馴れることだ。自分がそこに溶け込むように、いつしか身も心も馴染んでゆく。

ずぶ濡れで進むバロンを見た。

犬は人とともに生きていくことを選んだ動物だ。そんなかれらの中には、一方で野性の血が残っている。バロンもメイもカムイも、ハンドラーといっしょに遭難者の救助を行ううちにすっかり山の犬になっていた。このような荒天も、目もくらむような急峻《きゅうしゅん》な崖も畏れず、勇んで現場へ向かう。おのれの実力をここでこそ発揮できることをよく知っているのだ。

そこに恐怖はない。しかし慢心には至らない。むしろ謙虚さがある。

大自然という神の領域に対する敬意である。

いつしか、少し前に見た夢のことを思い出していた。

静奈が東京から山梨に引っ越してきたのは高校二年の春だ。両親が離婚し、ひとりっ子だった彼女は母親の故郷の甲府に暮らすようになり、市内の私立高校に転校した。

まもなく周囲から苛《いじ》めを受けるようになった。

よそ者だからというのが最初の理由だった。静奈は見た目が都会っぽくてどこか垢抜《あかぬ》けていたため、それが気取りととられたようだ。もともと人付き合いがあまり得意ではなく、まわりとコミュニケーションがうまくとれなかったこともある。

最初は陰口をたたかれたり、ものを隠されたりという陰湿な嫌がらせだったのが、しだいに露骨なものになっていった。とくに男子生徒は、足を引っかけてきたり、卑猥《ひわい》な雑誌を机の中に入れていたりする。それがさらにエスカレートして、校舎の裏で殴られ蹴られもした。

母親にはいえなかった。

新しく就いた仕事が好調とはいえず、日々、悩んでいたのを知っていた。だから、よけいな心配をかけたくなかった。

ある日、街中で見かけた空手道場の募集ポスターに目が留まった。

母親は驚いたが、入門を快諾してくれた。

以来、毎週三回通い、白帯から稽古を積んでいった。

もともと身体が柔らかく武道に向いていたようだ。形に組手にと、めざましく上達した。学校ではこのことをいっさい口にしなかったが、いつしか彼女の中に独特の気迫が漂うようになったのだろう。まるで潮が引いていくように、苛めは次第になくなっていった。

静奈は自分に暴力をふるった者たちに対して、一度も抵抗しなかった。空手で心身を鍛えるようになっても、それは同じだった。自分が強くなったことをけっして表に出さず、おのれを律しつつ、静かに個性と矜持《きょうじ》を貫いて生きてきた。

警察官になっても、それは同じだった。

空手をやってよくわかった。

本当の敵は自分の中にいる。沖縄で学んだ老師はそういった。

しかしながら戦うべきときはある。

今がまさしくそのときだ。

静奈は立ち止まった。

バロンも彼女の左側にそっと停座した。

風が止《や》んでいた。

雨がいつの間にか霧のように細かくなっていた。目の前を真っ白なガスが流れている。

ふたりは地蔵岳の山頂に立っていた。

足許は砂地である。地を這いながら流れて行く白いガスの中に、黒い墓標のようなものがあちこちに点々と見えている。

目を凝らせば、それらがすべて石の地蔵であることがわかった。

いずれも小さな子供のような姿で、両手を合わせ、じっと目を閉じている。そんな中、ふいに強い

〝視線〟を感じた。周囲のあちこちに点在する石造りの地蔵たちが、立ち尽くす彼女を見つめている。

ゆっくりと辺りを見回しながら硬直していた。

いったい何が起こったのかと思った。

無数に林立する地蔵尊は水子《みずこ》や、亡き幼児の供養のために、多くの人々がここまで担ぎ上げたものといわれる。また子授けにも御利益があるといわれている。ゆえに、この場所は賽《さい》の河原と呼ばれていた。だからこの山の名は地蔵岳。その言葉の重みがのしかかってくるようだ。

異様に静かだった。

それまで雨音と風の轟音が耳を聾《ろう》するばかりだったのに、今はまったくの静寂に辺りが包まれている。まるで別世界に来てしまったかのような不思議な感覚であった。

まさか――ここは死の世界ではないのか。

そんな疑念が脳裡にあった。実は自分はあのとき、すでに死んでいて、だからバロンとふたりでこの賽の河原に立っているのではないだろうか。

ひゅうっと音がして、目の前を風が吹き抜けた。

彼女の想像を打ち消すように、雨がまたパラパラと音を立てて降り始めた。

膝を折ってかがみ込み、傍らのバロンの背中にそっと手をかけた。

シェパードも黙ったまま、荒涼として異様に静まりかえった地蔵岳山頂の光景に双眸《そうぼう》を向けている。

ふいに紗幕《しゃまく》が開くように、視界を覆っていたガスがいっせいに右に流れた。

静奈は驚いた。

闇の世界を貫くように、さらに濃い漆黒のオブジェがそこにある。

夜空を背景にそそり立つ岩の尖塔《せんとう》が目の前にあった。

オベリスクである。

地蔵仏とも呼ばれるそれは、まるで両手を合わせたような形に見え、あるいは蓮《はす》のつぼみのようにも見える、高さ十八メートルもの巨岩のタワーが、山頂に忽然《こつぜん》と突き上がっている。まさしくこの地蔵岳のシンボルともいえる自然のモニュメントであった。修験者たちがこの岩峰を大日如来に見立てたことから、かつては〝大日岩〟と呼ばれていたという。

北岳からもこの岩はよく見える。ふだん眺めるときはたんなる岩の造形なのに、この嵐の夜、眼前にそそり立つそれは何と威圧的なのだろうか。

静奈は初めて畏怖を感じた。

山という自然に対して、もっと謙虚であるべきだと思い知った。

風がまた吹き始めた。

轟々と昏《くら》い空が哭《な》き、真っ黒なオベリスクのシルエットが闇を貫いていた。

11

「台風の進路が西に逸れ始めた……」

気象庁から届いた最新天気図のコピーを見て、伊庭内閣危機管理監が独りごちた。

首相官邸地下の危機管理センター内の人の動きがあわただしくなっていた。あちこちで喧騒が聞こえている。壁のスクリーンを見ると、台風の進路予想を修正したグラフィックが別枠で投影されている。

太平洋上の高気圧が予想外に発達し始めていて、それに押される形で台風の進路が西にずれていた。

周囲の雨雲もにわかに変化を遂げていた。日本列島をそのまま包み込むように停滞していた雲塊が少しずつ分断され始めている。

「現在の北岳周辺の気象はどうなっている？」

「より詳細な情報がほしいと気象庁に打診してくれ」

伊庭の目の前には、防衛省からもたらされた資料が置かれている。南アルプス山岳救助隊が山梨県警、警察庁経由で伝えてきた現地の情報を元に、北岳山荘を制圧しているテロリストグループの容疑者として特定されたメンバーの顔写真付きの名簿だった。

鷲尾一哲容疑者の参謀格として、陣内正美という人物がいる。一九九〇年頃から、ずっと鷲尾の直近の部下として彼を支えてきた人物だった。今は現役を引退している。他に、予備役の自衛官や現役の自衛隊員らの名が列記されていた。

現在、警視庁の捜査一課と公安が合同で捜査に乗り出している。

もっともそれがほとんど徒労に終わるのは見えていた。証拠は何ひとつ見つからないだろう。彼らはすべてを捨ててあの山に向かったのだから。

――陸自第四対戦車ヘリコプター隊が、木更津の基地から発進のスタンバイを終えたようです。これより立川駐屯地まで小隊が移動します。

閣僚や官僚、センターのスタッフたちの興奮した声が重なっていた。

しかし伊庭は周囲の人間たちのように舞い上がる気持ちになれなかった。

妙な話だが、天候が回復したらしたで、新たな義務と責任がのしかかってくる。つまり、北岳に立てこもっている彼らをどう制圧するかという問題である。もちろん治安出動が決定し、実際に自衛隊が出動したからには、作戦の成否は防衛省の手腕にかかってくる。が、それとは別に、内閣情報調査室をまとめる内閣情報官とともに、カウンターインテリジェンスの監督者としての一端を任されている危機管理監にも重たい責務がかかっている。

何よりも懸念されるのが、テロリストたちが切り札として所持しているVXガスである。壊滅的なまでの殺傷力を持つ毒ガス、いわば大量破壊兵器であるそれを、鷲尾たちが超小型巡航ミサイルを使って首都圏に散布するという。その危険性を無視することはできない。だから、自衛隊の戦力をもって北岳山荘に立てこもっている鷲尾たちに戦いを挑んでも、それですべてが解決するわけではない。むしろそれが最悪の結果をもたらす事態も考えられる。

「総理。市ヶ谷から連絡が入りました」

有馬防衛事務次官が書類を持って田辺のところにやってきた。

「山越えをしている部隊に関する報告です」

「話してくれ」

「奈良田から入った第五十五普通科連隊は、無事に農鳥岳山頂の手前まで来ているとのことです」

田辺はスクリーンに表示された地図を見ながらうなずいた。

「北岳まで目睫《もくしょう》の間に来ているな」

「ただし、隊員の疲労が激しく、三千メートルの稜線での風雨は想像を絶するものがあるようです。敵と交戦になった場合、どこまで実力を発揮できるか……」

「もうひとつの部隊は？」

「地蔵岳を登る第一普通科連隊は、途中の登山道が土石流によって完全に崩落し、通行不能になっているため、山越えを断念した模様です」

「何とかどこかを回り込むとかして、行軍を続けることはできんのかね」

有馬の顔を見ながら、田辺は思い出した。「先行者がいるという話だったが?」

「正体もわからず、またその者の安否も不明です」

田辺はおもむろに目を離し、がっくりと肩を落とした。眉根を寄せて、またスクリーンを見た。

「そうなると第五十五普通科連隊にいやでも期待をかけるしかないな。たとえどれだけ疲れていても、彼らには何とかがんばってもらうしかない。それがための自衛隊なのだ」

かすれた声でそうつぶやいたとき、内閣情報官の小島尭之が急ぎ足にやってきた。

「総理。うちの国際部門の主幹から情報が入りました」

目の前に置かれた英文の書類にオレンジ色のミサイルの写真が載っている。左右に可動式の大きな主翼があるため、ミサイルというよりも小型飛行機のように見える。

「これが〝SMCM〟という奴か」

小島がうなずいた。

「米国防総省でも、かなり高レベルのトップシークレットです。情報を引き出すのに苦労しました。製作はサンフランシスコに本社を持つ兵器メーカーのアーマンド・ウェポン社で、すでに実用化が決定し、少数ですが生産ラインにも乗っているそうです。一発あたりの値段は日本円で千二百万円程度だそうです」

「驚いたな。トマホークの五分の一以下ということか」

「軍事兵器すらも薄利多売になったということでしょうね」

「それが我が国にあるというのはどういうことだ」

「やはり兵器メーカーが意図的に横流ししたとしか考えられません。ケイユー・コーポレーションは窓口ともいうべきオフィスを米国内にいくつか持っていて、どうやらそれが向こうの軍需産業とコネクションを持っているようです」

「しかし、どうしてそんなことが可能なのだね」

するると有馬防衛事務次官がいった。

「鷲尾の経歴を洗い直したんですが、大宮駐屯地の特殊武器防護隊に配属される五年前から三年間、防衛駐在官に同行して渡米しています。どうやら去年、我が国の自衛隊に導入された例のオスプレイに関する調査のためらしいのですが、奇妙なことに、そこから先の肝心な情報が出てきません。おそらく何らかの手段で鷲尾が意図的に抹消したのではないかと思われます。市ヶ谷の情報本部が血眼になって鷲尾の当時の行動を追いかけているのですが、陸幕内部のコンピューターの端末に至るまで、彼に関するデーターがすべて抹消されているのです」

「その空白の間に鷲尾は何をしていた」

すると横から口を挟んできたのは伊庭内閣危機管理監だった。

「おそらくテロの準備と資金繰りでしょうね。アメリカの軍需産業との間に渡りをつけ、兵器の入手をするとともに、どこからかスポンサーを見つけてきた」

「スポンサー？」

「日本の首都を攻撃し、経済に壊滅的な打撃を与えるためなら、いくらでも金を出す。そんな国やテロ組織がないわけでもない。いずれにせよ、そもそも鷲尾をたきつけたのはアメリカの軍需産業だと思います」

「アメリカの軍需産業が日本でミサイルを使ったテロを行わせる。いったい何の意味があるんだ」

「最新兵器の売り込みに利用しようってんじゃないですか」

「莫迦な。VXガスなんかを使って首都圏を壊滅状態にしてか？」

「そこは彼らのあずかり知らぬところです。向こうもまさか、自分たちの新型巡航ミサイルがガス兵器を運ぶ道具に使われるとは思わない」

「その会社の社長は逮捕したのか」

「ケイユー・コーポレーションは二カ月前に倒産しておりました。事前に社員はすべて解雇されており、おそらく計画的な倒産だと思われます。社長をしていた田崎安隆《たざきやすたか》という人物は、三年前に海上自衛隊のイージス艦のレーダーに関する防衛秘密漏洩《ろうえい》の疑いがあるということで公安から内偵調査を受けていたようですが、現在、行方不明です」

そういったのは警察庁の岡田警備局長だった。

田辺首相は、また自分の前に置かれた書類――超小型巡航ミサイルの写真を凝視した。

「何てときに総理になっちまったんだ」

思わず本音を洩らしたのを、伊庭に聞かれ、彼はわざとらしく顔を背けた。

12

陸上自衛隊東部方面航空隊の立川飛行場の片隅にある赤白の縞《しま》模様の吹き流しは、相変わらず真横に流れて躍っていた。しかし、風は一時間前よりもかなりおさまってきている。

夜明けが近い午前四時二十分。

木更津駐屯地から第四対戦車ヘリコプター隊第一および第二小隊に所属する対戦車ヘリＡＨ－１Ｓが四機と観測ヘリＯＨ－１が一機。三十分前にこの立川駐屯地に飛来し、前線に向かってのフライト命令を待って待機中だった。

それぞれの操縦士、副操縦士らはフライトスーツのスタイルで、滑走路の際にある建物の中でウェザーおよびオペレーションのブリーフィングを終えたところだ。

ブリーフィング・ルームの片隅で、矢口達也《やぐちたつや》三等陸佐は窓を叩く雨を見つめていた。第一小隊の指揮官機であるOH－1のパイロットであり、小隊長でもある。

航空学校の陸曹航空操縦学生の頃は、純粋にAH－1SやAH－64Dといった対戦車あるいは戦闘ヘリのパイロットにあこがれていた。卒業後、ウィングマークを取得して配属部隊が決定してからの幹部候補生学校時代、上官から「指揮官としての能力がある」と評価されたことがきっかけとなり、指揮機である観測ヘリのパイロットになって三年目だった。

集団的自衛権が確立して以来、自衛隊員はいつ戦場にかりだされてもおかしくない。そんな状況の中で、矢口三佐も実戦への参加の覚悟はできていた。だが、それが海外ではなく国内、しかも元自衛隊員たちによるテロ事件ということで大いに困惑していた。陸自の幹部がなぜそんな謀反を？　という疑念がどうしてもぬぐえない。

その〝事実〟を今、このブリーフィングで伝えられたばかりだった。

彼らはさいたま市の大宮駐屯地にある化学学校から盗み出したVXガスを所持している。それを超小型の巡航ミサイルにセットし、北岳の稜線から首都圏に向けて発射するという。

〝特秘〟といわれていたらしい情報をここで初めて明らかにされ、矢口たちはさすがに驚愕した。なんと大それた犯行を計画したものか。

狭い室内には、まだ大勢のヘリパイやスタッフらが詰めていた。矢口の隣には観測士である谷崎《たにざき》一等陸尉。いずれも雨風の中、管制塔に隣接するこの建物に駆け込んできたため、迷彩柄のフライトスーツもヘッドセット付きのヘルメットもびしょ濡れのままだ。

「いよいよだな」

矢口にいわれ、谷崎たちが緊張の顔色を浮かべてうなずいた。

「台風のコースが逸れて天候が回復しても、山岳は気流が不安定だ。気を抜くなよ」

部下たちの沈鬱な表情は変わらなかった。

初めての実戦出動だ。むりもないと彼は思った。

そこに第四対戦車ヘリコプター隊の隊長、小野寺《おのでら》一等陸佐が入室してきた。口髭をきれいに切りそろえた五十代後半の佐官で、背筋を大げさなまでにまっすぐ伸ばして歩く姿を見たとたん、居合わせた全員がいっせいに立ち上がり、敬礼をする。小野寺はゆっくりと返礼してから、部下たちに座るように指示した。

「先刻、市ヶ谷ＣＣＰの小田原防衛大臣からの出動命令書を受け取った。東部方面航空隊隷下、第四対戦車ヘリコプター隊、第一小隊および第二小隊から選抜された当チームは、出動命令があれば当立川駐屯地からフライトし、前線展開地である南アルプス北岳に向かう。各飛行班の隊員たちはそれまでにプレフライト・チェックを完了し、いつでも飛び立てる準備をしておくこと」

いったん言葉を切り、小野寺は各隊員の顔をひとりひとり見てから、こういった。

「これはあくまでも実戦である。相手が元同胞だという無用な私情は禁物だ。引鉄を引くことを決してためらってはならない。敵を殲滅《せんめつ》することがわれわれヘリ部隊の任務である。以上」

矢口たち隊員全員がいっせいに敬礼し、退室する小野寺隊長の後ろ姿を見送る。

そのまま、身じろぎもせずに全員が立ち尽くしていた。

建物の窓や壁を叩く嵐の音ばかりが聞こえていた。

その空気の重さに耐えられないような気がして、矢口は立ち上がり、窓際に歩み寄った。大粒の雨が当たり、幾筋もの流れを曳《ひ》いて落ちるサッシ窓の向こうに、照明に照らされた立川飛行場の滑走路が見える。

矢口たちのヘリが、黒いシルエットとなって駐機場に並んでいる。攻撃ヘリが四機、観測ヘリが一機。

その滑走路の向こうに蒲鉾《かまぼこ》形の大きな倉庫があった。

作業班の照明が〈S〉と大きく書かれた倉庫の大きな扉付近に当てられている中、大勢の人影や作業車が行き来しているのが見える。

「たった十名が相手だというじゃないですか」

傍らで声がして、振り向くと観測士の谷崎一尉が立っていた。矢口はまた窓外を見た。

「その十名を相手にこの火力ですか。殲滅戦というか、これじゃ、まるで一方的な殺戮《さつりく》ですよ。政府はいったい何を考えてるんですか」

「奴らはVXガスという切り札を持っている。そのことを忘れるな」

「しかし小隊長。変ないいかたかもしれませんが、われわれは本来してはならないことをさせられようとしているのでは？」

「私情は無用。俺たちは任務を遂行する。それだけのことだ」

谷崎はしばし口をつぐんでいたが、何もいわず、小さくうなずいただけだった。

また風が雨を運んできて、アルミサッシの窓を激しく叩いた。

滑走路の向こうにある巨大な〈S〉倉庫が、闇の中、黒々とした要塞のように立ち上がっていた。

13

藤野克樹巡査長は目を覚ました。

鉛のように重たい瞼をゆっくりと押し上げる。

眠るつもりはなかった。それなのに、心身の疲れもあって、いつの間にか寝込んでしまっていたらしい。

薄暗い空間。照明を落とした野呂川広河原インフォメーションセンター二階フロアのカウンターの中だ。そこにある椅子のひとつに座って背もたれに身を預けたまま、不自然な姿勢で眠っていたため、ひどく背中と腰が痛む。顔をしかめてむりに身を起こすと背筋がメリッと音を立てた。

立ち上がって周囲の様子を見る。

広河原ＩＣの二階フロアは、常時置かれているテーブルや椅子、ベンチが周囲の壁際に寄せられ、そこにいろとりどりの寝袋が無秩序に並んでいた。野呂川の対岸にある広河原山荘から運んできた布団で眠っている者もいる。それぞれの寝息や鼾《いびき》などが、薄暗いフロアのあちこちから聞こえていた。

登山者、広河原山荘のスタッフ、バスや乗合タクシーの運転手、林道のゲート係である林野庁の職員たち。藤野を除けば総勢で三十四名だった。

腕時計を見ると、午前四時二十分。

あと一時間と少しで夜が明ける。

藤野は深く息をつき、テーブルの上に置きっぱなしだったペットボトルのミネラルウォーターを飲み干した。口許を拭い、またフロアを見た。

ここに避難した登山客たちの中に、テロリストが複数、まぎれ込んでいる。

その話を白根御池の警備派出所から聞いたときは、さすがに緊張した。たしかに三カ所の林道爆破を実行した犯人グループが、この広河原にとどまっている可能性は否定できない。テロリストの一味が林道を封鎖しただけで去っていくはずがないし、何よりもこの広河原には人質となる登山者やスタッフたちが大勢いる。

それにしても北岳山荘と同じく、ここが武装制圧されなかったのはいったいなぜなのだろう。孤立した人間たちがどこにも逃げられない。そんな状況でいえば、北岳山荘とまったく同じ条件だ。それなのに彼らはずっとなりをひそめている。

いま、目の前で眠る三十四名の中に、きっと彼らは混じっている。だから重苦しいような緊張感がずっと残っている。

登山者たちはすでにラジオなどで事件のことを知っている。だから、誰もが不安に包まれていた。テロリストに制圧されたのが北岳山荘で、この広河原の施設には関係ないと知りつつも、同じ山域でそんなことがあったのだからむりもない。だが、そのテロリストの一味がここにもいるかもしれないという疑いを持った者はいないだろう。もしも明らかになれば、この場がパニックに包まれることは間違いない。

そっとカウンターの中から出て、二階フロアの出入口近くに行ってみた。

壁際に設置された緑のNTTドコモの衛星公衆電話を見て、ふと気づいた。左上の液晶画面にある通話可能のサインが消えていた。

そっと歩み寄って確かめる。硬貨を入れて受話器を耳に当てるが信号音がなかった。奇異に思って調べてみる。電話機自体に異常は見られない。ケーブルも壁際の端子につながっている。

故障しているのだろうか。

いや、そうとは思えない。

林道の崩落と同じく、ここは人為的な要因を疑うべきだ。とたんに緊張が高まった。

藤野はそっと受話器を戻し、肩越しに振り返る。

フロアのあちこちで寝静まっている人間たちの姿を凝視する。

林道を爆破した犯人は三名だという報告だった。爆破の時間がずれているし、それぞれの場所で同じ工事車輛が目撃されているところから、いずれの現場も同一グループが関わったとみていい。だから容疑者は三名とかりに特定して、ゆうべから二十二名の登山者たちの様子をうかがっていた。

たんに体格がいいとか、目つきが怪しいとか、そういう人間ならいくらでもいる。疑えばきりがないし、誰もかれもがそれらしく見えてしまう。となると消去法のほうが確実である。女性は七名。小学生の男の子がひとり。この八名はまず除外し、明らかに犯罪に無縁そうにみえる人間も外しながら、何となくといった程度の見当を付けて、藤野は最終的に六名まで絞っていた。

その六名はいずれも寝袋で就寝中だった。

何もないのなら、それでいい。むりに眠れる獅子《しし》を起こす必要はない。ここにいる大勢の中で、警察官は自分だけだ。もしも何かが起これば、たったひとりで行動しなければならない。

藤野はそっと階段を下りて、一階フロアを抜けて正面入口の扉を開いた。

たちまち風雨が叩いてくるので、あわててフードをかぶる。大粒の雨が頭や肩に痛い。風にあおられた防水ジャケットがバタバタと音を立てて躍り、躰からむしりとられそうになる。

〈乗合タクシーのりば〉と書かれた白い大きな立て看板が風にさらわれ、遥《はる》か先の木立の中に横倒しになっていた。

躰を斜めにして風雨に立ち向かい、エントランスの石畳を踏みながら、バス停がある車回しにそって左に歩くと、すぐそこに金属製の電柱とケーブルが接続されたパラボラアンテナが立っているはずだった。

ライトを点灯して調べると、すぐにわかった。パラボラがとりつけられた鉄柱自体が横倒しになっていた。

強風のためかと思ったが、よく見るとアンテナの根許から切断されているのがわかった。よほど鋭利なツールでも使ったのか、鮮やかな切り口がLEDの光の中に目立っていた。

ふと気づいて、ポケットの中からスマートフォンをとりだす。指でスワイプしてロックを解除し、待機画面にもどすが、アンテナマークがなくなって〈圏外〉と表示されていることに気づいた。

「まさか……」

足早に広河原ICの建物を回り込み、坂道を上がって裏口へと急いだ。

駐車場の向こう、風に揺れる立木に埋もれるように焦げ茶の鉄柱が立っていて、その突端近くにも大きなパラボラアンテナがとりつけられている。NTTドコモの非常回線用のアンテナである。

見たところ、アンテナ自体に異常はなさそうだ。

そう思いながら近づいて、藤野は驚いた。鉄柱にいくつかとりつけられている配電盤を収納したボックスに接続している何本かの太いケーブルのうち、三本が切れて垂れ下がっていた。

それだけではなかった。

背後に立っている無線通信用のFMアンテナまで被害を受けていた。完全に横倒しになっているが、やはり根許からカナノコのようなもので切られた形跡があった。

LEDの光を当てながら、唖然《あぜん》となってそれを見つめた。

これでもう、間違いなかった。れっきとした破壊工作である。目的はここからよそへ通信や連絡をさせないためだろう。すべては藤野がうかつに寝入っている間になされたのに違いない。

奴らの仲間が登山者にまぎれて、この広河原ＩＣの建物にいることが、これで確実となった。

本署と白根御池の警備派出所に急いで知らせねばならないが、携帯も無線も使用不可。となると車載無線だ。

彼は肩越しに駐車場に停めてある自分のパトカーを振り返り、驚いた。三菱チャレンジャー４ＷＤの助手席側の車窓が壊されていた。

歩み寄ってライトで照らすと、車載無線が徹底的に破壊され、ちぎれたワイヤーが座席の足許に向かって垂れ下がっている。破れた窓から雨が吹き込み、車内はすでにびしょ濡れである。

ふうっと溜息《ためいき》を洩らした。白い呼気が風に流れた。


裏口から直接、二階フロアに入り、すっかりびしょ濡れになった上着を脱いだときだった。

薄闇の中に動く人影を視界の片隅に捉え、藤野はハッとした。

見れば赤い登山ウェアの後ろ姿が、一階への階段を下りていくところだった。一瞬、気のせいかとも思ったが、靴音がかすかに聞き取れたため、あらためて緊張する。

藤野はあとを追った。

足音を殺しながら階段を下っていく。

下りきる前に足を停めた。下の階からかすかに物音が聞こえたからだ。

踊り場でかがみ込み、さらに少し下りてから、手摺《てす》りの上にそっと顔を出してみる。一階のロビーに四つ並んだベンチのうち、壁際のペレットストーブ近くのひとつに腰を下ろした登山者の男性の姿が見えた。

赤い服はフリースだった。ベージュの登山ズボンにトレッキングシューズ。

痩せぎすの躰で年齢は三十代後半ぐらいだろうか。

藤野はその横顔を記憶していた。テロリストの一味かもしれないとリストアップしていた六名のうちのひとりだったからだ。体軀《たいく》は痩せ型だが、目つきが陰険で無愛想な人物だったため、こっそりとマークしていた。

そんな人物がこんな時間にひとりで何をしているのだろう。

階段の途中からそっと見ているうちに、男はふいに中腰になると、せわしない様子で辺りを見回した。階段の途中にいる藤野と目が合った。

その顔が驚愕《きょうがく》の表情となった。目が大きく開かれている。

だしぬけに男が駆け出した。正面玄関のガラス扉に向かっている。

藤野は階段を一気に駆け下り、板張りの上を走った。扉の把手《とって》にとりついた男の肩に手をかけたとたん、彼は振り向きざま、死にものぐるいで殴りかかってきた。とっさに相手の手をとって身を返すと、右足を出し、男の躰を腰に載せるようにして、前に投げ飛ばした。

板張りの床にたたきつけられた男が、身をよじってうめいた。

とたんにカタカタと音がして何か黒いものが床の上を滑っていった。

藤野は男を押さえつけたまま、見た。スマートフォンだった。液晶画面にいくつかのアイコンが並んでいる。あらためて仰向けに倒れた男を見下ろすと、満面に汗を浮かべ、怯《おび》えたような顔で藤野を見つめていた。

「芦安駐在所の藤野です。あなたは？」

「あ、怪しい者じゃありません。私、新聞記者なんです」

藤野は男の躰を突き放すようにして立ち上がった。

新聞記者といったその男は少し這いずりながら後退《あとずさ》り、壁際にたどり着いて、ようやく立った。青ざめた顔に血走った目で藤野を見ながら、右手で胸ポケットからとりだしたのは名刺入れだった。震える指先で一枚を差し出してくるので受け取った。

名前は滝波守《たきなみまもる》。肩書きは記者。東京にある〈帝経新聞〉本社の住所が記してあった。

「新聞記者が、なぜいきなり殴りかかってきたんです」

「怖かったんです。てっきり、テロリストのひとりだと思いまして」

滝波は安堵《あんど》の表情になっていた。額の汗をしきりに拭っている。

「彼らが立てこもっているのは北岳山荘で、ここじゃありませんよ」

「そうでしたね」

引きつった顔で笑みを浮かべたが、目だけは笑っていなかった。

「ここへは何かの取材で？」

「いいえ、山が趣味なものですから。休暇で北岳に登りにきていて、たまたま今回の事件に巻き込まれたんです」

油断なく彼の顔を見ながら、藤野は落ちていたスマートフォンを拾い、記者に返した。受け取ったそれをそそくさとポケットにしまいながら滝波がいった。「ここって携帯電話の電波が圏外なんですね。たしか昨日はアンテナが立ったはずですが」

その質問を藤野は無視した。

「どこに電話しようとしていたんですか」

「本社です」

「こんな時間になぜ」

「気づいたんですよ。北岳山荘にテロリストがいるのなら、ここにだっているんじゃないかって。だって、南アルプス林道の三カ所を爆破した奴らって、他のどこにいるんですか。いちばん可能性が高いのはこの施設ですよね」

声が大きくなっていたので、藤野は滝波の口を手で押さえた。

「静かにして下さい。みなさん、まだ上で寝てらっしゃいます」

それにしてもさすがに記者だと思った。的確な推理である。

「かりにあなたがいうとおりでも、今のところこのインフォメーションセンターでは騒ぎは起こっていません。変に騒がれても困るのでやめていただきたい」

「でも、どうして携帯が通じないんです？」

「台風ですよ。風にあおられてパラボラアンテナが曲がってしまったんです。さっき外で見てきましたから間違いありません」

「衛星電話も使えないようですが」

「理由は同じです。この強風ですからね」

そういうと藤野は滝波に背を向けた。「夜明けまでまだ少し時間があります。お休み下さい」

二階への階段を上りかけて振り返ると、新聞記者の男はまだ同じ場所にぽつねんと立ち尽くしていた。

14

あまりにひどい寒さに震えながら、松戸颯一郎は目を覚ました。

深い闇。叩きつけてくる雨。躰の周囲を覆っているのはハイマツであった。脂臭《やにくさ》さが鼻孔を突いている。

胎児のように丸くなったまま、濡れたハイマツの繁みの中にはまり込むように気絶していた。雨はレインウェアの中まで浸水して躰が冷え切っている。震える指先で氷のように冷たくなった顔をしきりにこすった。

身を起こそうとすると、背中に激痛が走る。

肩胛骨《けんこうこつ》付近の筋肉に何かが食い込んでいるのがわかった。

後ろから撃たれたのだ――その記憶が鮮烈によみがえった。

自分がまだザックを背負ったままであることに気づいた。歯を食いしばりつつ、何とかザックのウエストベルトを外し、左右のショルダーベルトから両手を抜いた。

それだけの動作で力尽きたようになり、仰向けになって、ハアハアと喘《あえ》いだ。空はまだ真っ黒で、そこからしきりに雨が落ちている。

やおら身を起こした。

ザックが、まるで爆発したように裂けていて、真っ赤な液体が流れ出していた。

倉庫から逃げ出す前に、落ちていたペンキの缶を詰め込めるだけ詰め込んでいた。

登山ルートの道々に、矢印や○や×マークを描くために用意していた油性赤ペンキのスチール缶。

それがザックの中にたくさん入っていたために、後ろから撃たれたときに弾丸の大部分を食い止めてくれたのだ。スチール缶と、中に詰まっていた粘度のある液体が、弾丸のエネルギーを吸収したのに違いない。

しかしながら、ペンキの缶を貫通した弾丸もあったはずだ。いくつかが躰に食い込んでいる。背中の痛みはそれが原因だと気づいた。さいわい傷は浅く、弾丸は背中の筋肉のどこかで止まり、肺や内臓に到達はしていない。

文字通りの満身創痍《まんしんそうい》。生きているのが不思議だった。

松戸はそっとハイマツの中から顔を出した。

空が少し白んでいる。夜明けが近い。

おかげで周囲の様子が見えるようになっていた。

崖の上には北岳山荘の建物が黒々とそびえるように建っていた。いくつかの窓から明かりが洩れている。

あの垂壁を落ちて無事だったのは、錆び付いたワイヤーケーブルのおかげだった。

地を蹴る寸前に、松戸はケーブルに摑まり、それといっしょに落下したのだ。途中で彼の躰はいったん止まり、宙づりになった。体重を支えきれずにあらためて落下し、緩い傾斜地を転落しながら、このハイマツ帯の中に転げ込んだのだった。

ケーブルの束はあとで奴らに蹴落とされたらしく、崖下にあった。その付近に、大量の赤ペンキが飛び散っていて、さながら人間の血のように見えた。うまく騙《だま》されてくれたようだと、あらためて松戸は安堵した。

大粒の雨は相変わらずだが、風はおさまっていた。

ズタズタになったザックをまさぐった。下着の着替えやフリース、メモ類などは、すべて破裂した缶のペンキでダメになっていた。まさに血塗られたように赤く濡れていた。携帯電話にもペンキが付着していたが、こちらは機能に問題ないはずだ。

伝えねばならないことがあった。

氷室たちの会話の中で聞こえた〝ＶＸガス〟という言葉だ。それが本当なら、首都圏は壊滅的な打撃を被ることになる。

震える指先で液晶画面を開いた。

午前四時五十八分という時刻表示の横、ほとんど残量のないバッテリー表示の横にあるアンテナマークが三本、立っていた。

夏実の番号をリダイヤルモードで呼び出し、発信ボタンを押した。

しばしののち、こんなメッセージが聞こえて来た。

——おかけになった番号は現在電源が入っていないか、電波が届かない場所にあります。

そんな莫迦なと小声でつぶやく。白い呼気が風に流れていく。

リダイヤルで何度も試したが同じだった。

広河原にＮＴＴドコモが緊急回線用のパラボラアンテナを立てて以来、北岳の稜線の下も携帯電話の使用が可能になっているはずだ。どうして電波が届かないのか。

しばし考えてから、松戸は決意した。

電話帳から南アルプス警察署地域課の代表電話を選んで表示させ、発信ボタンを押そうとしたときだった。

液晶にこんな文字が現れた。

〈電池残量がなくなりました〉

松戸は硬直したまま、そのメッセージを見つめていた。

液晶を閉じて懐に入れた。携帯電話が体温で温まるのを待ってから、またとりだして開いてみた。

しかし同じエラーメッセージが表示されるばかりだった。

「何だよ、この最悪なタイミングは……」

濡れたハイマツの中にごろりと仰向けになって、彼は独りごちた。

顔に容赦なく冷たい雨が降り注いでくる。

二度、三度と深呼吸をした。息を吸い、吐きながら、考えた。

このことを伝えなければならない。

「考えろ」

ひとり、つぶやく。「考えろよ、松戸颯一郎。何か、きっといい手があるはずだ」

携帯電話がダメなら無線機しかない。しかし、テロリストは小屋の無線機を破壊しているはずだ。

メインの無線機である受付窓口に置かれた機械だけではなく、ロッカーに常備されているハンディタイプもすべて供出を余儀なくされて壊されてしまったことだろう。

「何か忘れてることがある。それを思い出すんだ」

つぶやきながら考えた。

ふいにイメージが脳裡に浮かんだ。

北岳山荘の中。正面出入口のロビーを上がって左、トイレに向かう通路の反対側に小さな資材置き場になっている小部屋がある。奥の壁際の棚に小さなトランシーバーがあった。１４４ＭＨｚと４３０ＭＨｚのデュアルバンドを送受信できるタイプのハンディリグだ。

管理人の三枝の私物だったが、ふだん使い馴れている無線機よりも出力が小さいために使われずに、そこに放置されている。おそらく三枝自身も、それを忘れているのではないか。

裏口から入れば、その小部屋にはすぐに行ける。

しかし――。

松戸はハイマツの中から顔を上げて、また黒々と立ち上がる北岳山荘の建物を見た。

自分が今まで暮らし、働いてきたそこが、今はまるで魔の牙城のように思えた。

あそこにまた戻るのか。

テロリストたちに追われて撃ちまくられた記憶がよみがえり、慄然《りつぜん》となった。躰がまた震える。寒さだけじゃない。銃弾が耳許をかすめる擦過音が記憶によみがえる。

今度こそ、殺される。

ここまでやってきたんだ。もう、逃げたっていいじゃないか。

心の中のもうひとりの自分がそういう。

そりゃそうだと思う。誰だって、こんなに危険な目に遭って、逃げようと思わないはずがない。映画の中のヒーローと違って、自分はいつ殺されるかもしれない。こうしている今だって、どこかから銃口が狙っているかも。そんな想像をするだけで、全身が震える。

しかし別の自分がいう。

ここまでやってきたんじゃないか。やれたんじゃないか。だから、きっとうまく行くさ。

今の松戸には、そんなふたりの自分の、どちらが悪魔で、どちらが神あるいは天使の言葉であるかも判然としない。

心が揺らいでいる。

山小屋が武装制圧されたときも、たまたま自分だけが外にいた。三度も銃を撃ちまくられ、弾丸が躰をかすめ、のみならず傷つきながらも、こうして何とか生き延びている。それはたんに幸運だっただけではないような気がする。

あのとき、本当ならば死んでいた。

しかし、まだくたばっていない――そう思ったら、少しだけ恐怖が和らいだ。

俺がここにいる理由って何だろうか。

それは――。

ぎゅっと目を閉じて、歯を食いしばった。

答えは自ずと出てきた。

そうだ。今の自分が幸せだからだ。この山で働く人たち。この山を訪れる人たちが好きだからなのだ。だから逃げ出さない。ここは我が家のような山小屋だ。友もいるし、仲間もいる。そんなところで身勝手に武装し、暴力で仲間の自由を奪った奴らに対する怒りもあった。

行かなくてはならない。

そう。自分しかいない。他に誰もいないのだ。

ＶＸガス――奴らが持っている切り札のことを、何としても誰かに伝えなければ。

松戸は唇を噛《か》みしめ、また全身を震わせた。

寒さではなく、武者震いかもしれなかった。

その震えがようやくおさまってから、意を決したように、闇に包まれたハイマツ帯の中を這うように移動し始めた。

ふと右手を見れば、彼方にそびえる北岳の威容があった。

真っ白なガスが流れて行く先に、真っ黒な岩の尖塔《せんとう》のように、南アルプスの主峰が突き上がっていた。頂稜直下の荒々しい岩場に、ガスが真綿のようにまとわりついている。

松戸は凝視した。

なぜか北岳から目が離せなかった。

風もないのになぜだろう、山が哭《な》く音が聞こえた。

山腹を巻くガスが、生き物のように這ってゆく。白い真綿のように岩壁を棚引きながら、西から東へとゆっくりと流れていく。その光景を見ながら、松戸は冷たい夜明けの風の中にそっと息を吐き出した。

北岳が無言で何かを語りかけているようだった。

山よ。

お前は俺に何をさせようとしているのか。

15

無線機から流れる声で、星野夏実はハッと目を覚ました。

若い女の声。ノイズが混じっている。

テーブルに突っ伏していたことに気づいて身を起こすと、背中に誰かがかけていた毛布がはらりと後ろの床に落ちた。いつの間にか眠っていたのだと気づいた。

テーブルの真向かいに座っていた深町敬仁隊員が、頰杖を突いたまま寝入っていた。その隣に江草隊長が腕組みをしたまま、うなだれて寝込んでいる。

ふたりも無線機の声に気づいて目を覚ましたようだ。

――こちら神崎。白根御池の警備派出所、どうぞ。誰か、とれますか？

はっきりとその声が聞こえた。

夏実は反射的に立ち上がった。座っていた椅子が、ガタンと後ろに倒れたがかまわなかった。

一瞬、深町、江草と目が合った。ハコ長こと江草がうなずく。

すぐに窓際の無線機にとりつき、マイクを取った。

「こちら警備派出所、星野です。静奈さん？」

プレストークボタンを離す。雑音。空電を拾っているらしく、耳障りなノイズが混じる。

――今、白鳳峠から広河原……下山しているところです。

また雑音。声が途切れた。

夏実は両手でマイクを握って叫んだ。

「静奈さん！　無事なんですね！」

少し間があって、また雑音混じりに声が聞こえた。

――私……無事です。バロンも。あと……広河原……予定です。

「もう一度、お願いします」

雑音。

――あと一時間……原に着きます。

夏実は待機室の窓を見た。雨粒がまだ二重ガラスに当たっていたが、外は明け始めているらしく、空が少し白んできていた。風はおさまっているようだ。

「トレイルのコンディションはどうですか？」

——どこもかしこも鉄砲水みたいに泥水や砕石が流れてます。でも、慎重に……から、大丈夫。台風のコースも逸れ……ですね。

「台風は西に大きく逸れ始めています。天候の回復がだいぶ早くなると思います」

——実はさ……から、広河原の様子が変……の。無線で何度か呼び出し……応答……まるでないんです。

夏実は傍にいる深町の顔を見た。

「まさか、あっちでもテロリストが？」

最後に藤野と交信したのは数時間前のことだった。

江草が立ち上がり、夏実の手からマイクを取った。

「神崎隊員。こちら派出所の江草です。暴風で広河原ＩＣのアンテナが倒れた可能性もありますが、万が一ということもある。あちらに〝現着〟してからは、くれぐれも慎重に対処をお願いします」

——こちらなら大丈夫……ところで北……山荘……松戸くんのほうは……なってますか？

「あれから連絡が入ってきません。現状を考えてこちらからの連絡はとれないので、ひたすら待つしかないという状況です。どうぞ」

——諒解。何か……たら、連絡をよろし……。以上、交信終わります。

無線機が沈黙したので、江草はマイクを戻した。

振り返る江草とまた目が合った。

傍らに立つ深町が、小さな声でこういった。「広河原でもテロリストが馬脚を露《あらわ》して牙を剝《む》いたとしたら、これは最悪の事態ですね」

「藤野さんに連絡を入れてみますか」

「携帯で呼びだしてみてくれるか」

深町の声に夏実はうなずき、自分のスマホをとりだして、藤野巡査長の携帯の番号を表示させ、通話ボタンを押した。

聞こえてくるのは無機質な女性の声のエラーメッセージだった。

――おかけになった番号は現在電源が入っていないか、電波が届かない場所にあります。

通話モードを切って、不安な顔を深町に向けた。

「やっぱり広河原ICがおかしいです。無線だけじゃなくて、携帯の電波も届かないみたい。これって、あの……どういうことですか」

いくら超大型の台風とはいえ、新しく立てられた緊急回線用のパラボラアンテナまで風で倒壊するとは思えなかった。

「あちらでも何かがあった。そう見るしかないですね」

つぶやくようにいう江草の横顔に、暗い影が差していた。

「ハコ長。どうします」

江草は深町をちらと見てから、しばし考えていた。

ややあってから彼はいった。

「神崎さんからの次の連絡を待ちます」

当然だと思った。今はいくら動きたくても、動けないのだ。

だけど、われわれはきっと立ち上がる。ずっとこの北岳という山を見守り、多くの人々の死を看取り、命を救ってきたのだから。

夏実はまた窓を見た。

雨粒が幾筋もガラスの外側を這い伝って落ちている。

その向こうの空が、さらに白さを増しつつあった。

16

午前五時二十分。

日の出の時間であるにもかかわらず、相変わらず鉛色の雲が空全体を覆っている。

しかしながら白々と明け始めた東の山の端が、さらに明るさを増してきた。

凪《な》いでいて雨だけが執拗《しつよう》に落ちている。

野呂川広河原インフォメーションセンターのカウンターの中で、藤野は身じろぎもせずに明け方を迎えた。

二階フロアで寝袋や寝具にくるまった登山者やバス、タクシーの運転手たちの寝息が薄闇の中に聞こえていた。そろそろ起き出した者もいて、ヘッドランプの小さな明かりがフロアの三カ所に白く点《とも》っていた。登山者はふだんの生活では夜更かしをしても、山では山の時間に自然と目が醒《さ》める者が多い。ぼそぼそと小声で会話する声も聞こえ始めていた。

あそこに林道を爆破して崩落させたテロリストの仲間がいるのかと思うと、緊張が新たに胸の中に生じてくる。

滝波という新聞記者は購買コーナー近くのフロアにマットを敷いて寝袋に入っていたが、やはり眠れないのか、二、三分おきにゴソゴソと動いては寝返りを打っていた。

NTTドコモの緊急回線用パラボラアンテナや、無線のアンテナなどに細工し、あるいは倒して使えなくしてしまった犯人は、素知らぬ顔で二階フロアの登山者たちの中にまぎれ込んでいる。そのことが意識から離れない。

九月初旬とはいえ、広河原ＩＣ二階フロアの明け方の室温はずいぶんと下がり、壁際の温度計を見ると摂氏十度を切っていた。床は板張りのフローリングだがかなり冷たいだろう。敷き布団やマットを敷いている者はともかく、硬いフロアにじかに寝袋を敷いて眠っている者にはつらかったはずだ。

ヘッドランプのＬＥＤの光がひとつ、カウンターに近づいてくるので、藤野は少し緊張した。

見れば、眼鏡をかけた三十半ばぐらいの男性だった。水色のダウンベストを羽織っている。顔に見覚えがあると思ったら、昨夜、少し会話を交わした単独登山の男性だった。たしか水原《みずはら》という名で東京の世田谷在住の会社員だった。

「駐在さん。スマホが圏外になってるんですが、そこの衛星公衆電話をお借りしてもいいですか」

「実はあっちもダメなんです。きっと風でアンテナがやられたんでしょうね」

そういってごまかしたが、水原は不審そうな顔を見せた。

「衛星公衆電話のパラボラはともかく、今回、新しく設置した緊急回線用のパラボラは、ちょっとやそっとの風でどうなるものでもないはずです。もしも故障だったら、すぐにでも直さなければいけませんね」

驚いた藤野はカウンター越しに水原に小声でいった。

「直すって、あなたがですか」

「実はぼく、ＮＴＴの下請けでアンテナや設備の施工をやっている〈東海システム工業〉の技術スタッフなんです。広河原のアンテナは別会社が立てたものですが、同じシステムをあちこちで立てて調整しているので、だいたいのことはわかりますよ」

藤野は一瞬、破顔した。が、すぐに神妙な顔になって、こういった。

「水原さん。ちょっとお願いがあるんですが、いいですか?」

「え。何でしょう?」

「雨具を着て、いっしょに外に行ってもらいたいんです。実は新しいパラボラアンテナが人為的に壊された疑いがあるんです。できたらそれを調べていただけますか」

小声でいわれた水原が少し目をしばたたいた。「もしかして……例のテロですか」

「可能性はあります。ただし周囲にはご内密に」

水原はうなずき、自分が寝ていた場所へとそっと引き返した。

レインウェアとヘッドランプを持って戻ってきたので、藤野もゴアテックスの雨具を着込み、ふたりで広河原ICの二階出入口、観音開きのガラス扉を開くと外へと出た。


建物の周囲はかなり明るくなっていて、ヘッドランプはもはや必要なかった。

風はあいかわらず止んでいた。

が、大粒の雨が躰を叩く。それも冷たい氷雨である。

ふたりは肩をすくめながら、足早に歩いた。橋を渡ってすぐのところにある無線のアンテナが倒れたままだ。

藤野は「疑いがある」と控えめにいったが、人為的になされたものであることは素人目に見たってわかる。何者かが外部との通信を絶つために、こんな破壊工作をやったのだ。

水原は屈《かが》んでそれを調べ、かぶりを振った。

「これを立て直すのはさすがにむりです」

もうひとつ、木立の中に埋もれるように立っている焦げ茶色のパラボラアンテナの真下に向かい、ふたりはそこで立ち止まる。配電盤付近のケーブル類がいくつか切られて垂れ下がっている。

雨に打たれながら、水原は鉄柱の周囲を回って、被害の様子を確認した。

「どうです。こっちは修理は出来そうですか」

藤野に訊かれ、水原は雨に濡れた顔をじっと鉄柱に向けていたが、ふいにいった。

「バールか何かで配電盤の扉を開かないと何ともいえないんですが、たんにケーブルが切断されただけなら修理は可能です。ただし時間はかかると思います」

「ぜひ、お願いしたい」

「わかりました。さっそく作業にかかりますから、これからいう工具を用意してもらえますか」

藤野がうなずいたときだった。

どこか近くで地鳴りのような轟音が聞こえた。

ふたりが振り返ったとたん、生木が引き裂かれるような音が重なり、空気が震えた。

北岳方面、大樺沢の両岸の河畔林が、まるで巨大な生き物がそこを這っているかのように、さわさわと揺れていた。

「何ですか、あれ」

水原が指さした。

「鉄砲水だ――！」

藤野が叫びながら走った。水原がついてきた。

アスファルトの路肩に立ち、ガードレール越しにふたりは見た。

大樺沢と野呂川本流の出合付近。突如、泥色の巨大な水の山が北岳のほうから押し寄せてきた。無数の飛沫を上げながら暴れ狂った濁流は、対岸――つまり藤野たちがいる護岸の道路まで派手な飛沫を散らしてきた。

大樺沢をたどって落ちて来た鉄砲水が、台風でもともと増水していた野呂川にぶつかったのである。大樺沢の最下流にかかった小さな吊り橋が、一瞬にして土石流に巻かれ、断ち切れて、ヘビのようにうねりながら濁流に呑み込まれていった。

一瞬、濁流が津波のように藤野たちを襲ってくるかと緊張したが、さいわいそこまでは至らなかった。

もうひとつの吊り橋。この広河原ICと、対岸の広河原山荘を結ぶ橋に目をやった。

そちらはとっくに切れ落ちていた。

おそらく台風の大風に吹かれて、スチールワイヤーが切れたのだろう。ちょうど半分のところでふたつになって、両岸から下流に引っ張られた吊り橋の破片が濁流の中で泳ぐように揺れているのが見えた。

水位は対岸の河川敷にある幕営指定地にまで迫っていた。

対岸の林から、若い男たちが三人、レインウェアを着て走り出してきたのが見えた。色とりどりの雨具が芥子粒《けしつぶ》のように小さく、河畔林の手前に確認できた。

いずれも広河原山荘で働くスタッフだった。

「危ないから小屋に入っていろ！」

藤野は口の左右に両手を当てて、大声で叫んだ。

しかし声は届かない。

さいわい三人のスタッフは対岸の護岸コンクリートの上に立って、こちらを見ているだけだ。

彼らに向かって、藤野は両手でバツ印を作ってみせた。そのサインが届いたらしく、赤いレインウェアのスタッフが、頭上に手を挙げて丸印で応えた。

「広河原山荘にいるかぎり、彼らは大丈夫だろう」

藤野がつぶやく。

ふたりの目の前を野呂川は褐色の濁流となって、轟々と音を立てながら流れている。引きちぎられた立木などが、水面を回転し、波に呑まれたり、姿を現したりしながら、いくつも押し流されていく。無数の巨大な岩が水底を流れて転がっているらしく、川の中からゴンゴンという鈍い音が不規則に聞こえる。その不気味な不協和音がいつまでも続いている。

「もしやぼくらも逃げ場がないんじゃないですか」

不安げな水原に問われて、藤野は下流を指さした。

三百メートルばかり先に大きなアーチ橋がある。

「そこに見える野呂川橋を渡ったところにヘリポートがあります。鉄骨とコンクリートで作られた橋梁ですから、いくら水位が上昇しても、吊り橋のように流されることはまずありません。天候が回復してヘリがフライトできるようになれば、広河原ICに避難している登山者たちは少人数ずつですが、ヘリで下界に下りることになると思います」

ふっと息を洩らし、藤野は広河原ICの建物を振り返った。「もっとも、彼らにまぎれ込んでいる犯罪者たちが、この先、何もしなければの話ですが……」

17

垂壁をフリークライミングで攀《よ》じた。

雨で濡れた岩場は滑る。靴先で何度も足場を確かめても、そこに体重を載せたとたんにツルリと滑って、何度、落ちそうになっただろうか。しかし三点確保を維持していたため、かろうじて躰を支えることができた。

十メートル、二十メートルと、少しずつ登攀《とうはん》していく。

岩の突起やクラック、あるいは岩場から生えたハイマツをまとめて掴んでホールドすることもある。叩きつけるように無限に落ちてくる雨。頭から足先まで、全身が冷たく濡れている。背中に食い込んだ銃創が疼《うず》く。肩胛骨辺りの筋肉に、小さな弾丸がいくつか食い込んでいるのだろう。しかもたぶん、まだ出血は止まっていない。

途中、かなり大きな岩に右手でホールドしたとたん、それがまるで抽斗《ひきだし》のように手前に抜けてきた。ヒヤリとしたが、何とかそれを止めた。自分のみならず、こんな岩が落下すれば、いやでも大きな音が響く。

抜けかかった岩を押し込むように、そろりと戻す。

右手にある別の突起を見つけて、思い切ってそれにとりついた。一瞬、靴底が滑って松戸は宙づりになる。が、すぐに左足をわずかな岩壁の段差にかけて、体勢を保った。

そうして登っているうちにも恐怖心がぬぐえない。

真上を見る。

崖っぷちから、あの男たちが下を覗き込むのではないかという恐怖。

今度、撃ちまくられたらおしまいだ。全身を蜂の巣みたいに撃ち抜かれて落下する。

ふうっとわざとらしく深呼吸をくり返す。恐怖のイメージをむりに何とか振り払った。

ちょうど背後——東の空が白々と明け始めていた。

時々刻々と周囲が明るくなってくる。おかげでヘッドランプなしに岩の取っつきが見える。しかしながら、そのためにかえって不安に駆られる。今までは闇にまぎれていたが、そうもいかなくなってきた。周囲が明るくなれば、それだけ隠れる場所もなくなる。

だからよけいに焦る。

右手を思い切り上に伸ばす。手探りで取っつきを捜し出す。指が三つ、それにかかった。体重を支えてくれることを信じて、それに身を預けた。

疲労が躰を締め付けていた。肉体ばかりか心まで疲れ切っていた。

たびたび思考停止になりかかる。それを必死にこらえた。

かすれる視界。頭を打ち振って、むりに明瞭にする。

三十センチばかり頭上にある岩のクラックを見つけて、そろりと手を伸ばし、傷だらけの指先を差し込んだ。さらに上にある岩の突起。ぐっと力を込めて筋肉をたわませる。足でホールドを蹴り、思い切って飛びつく。

捉えた。腕だけではなく、躰全体に力を込め、身を持ち上げる。

最後のホールドをクリアして、崖の突端を摑んだ。思い切って片足を岩角にかけて、下半身から這い上がるようにして崖の上に到達した。

ゴロリと仰向けになって、大粒の雨を顔に浴びながら、しばし荒く息をついていた。

下からここまで登ってくるのに三十分近くかかった。一生分の体力を使ったような気がする。躰が疲弊しきっていたし、何よりも気力が萎えかけていた。それをむりに勇を鼓して、垂壁を登攀してきた。

だが、本当の試練はこれからだった。

崖の上に仰向けになったまま、松戸は北岳山荘の建物を見た。

奴らはあの中にいる。仲間たちもそこで人質となっている。松戸は、またあの建物の中に入らねばならない。風は途切れ、雨だけとなった。朝になって視界も確保できる。だから、自分ひとりが逃げだそうと思えばたやすい。

しかし、そのことはもはや念頭になかった。

使命感のようなものに憑《とりつ》かれていた。


斜めに落ちて来た雨粒が、北岳山荘の自炊室がある裏口の戸を叩いている。

松戸は周囲に人けがないのを確認してから、引き戸の前に立った。把手に手をかけて、そっと開く。

濡れた土間に発電機が置いてある。前に侵入したのと同じルートだ。

山小屋の中は静かだった。足音も話し声もない。

松戸は戸を閉めると、壁際に身を寄せた。濡れそぼったまま、身体の芯から震えている。しかし外気温の寒さよりも、ここはるかにましだ。しばしそのまま立っていた。

松戸は、自分が恐怖心を感じていないことに気づいた。

あれだけ銃で撃ちまくられ、何度も死にかけた。それなのに、テロリストたちが立てこもっているこの山小屋に入ることに躊躇がなかった。

恐怖というのは、人間の感情の中でも、もっとも馴れやすいものだという話を聞いたことがある。

たとえば高所恐怖症の人間を無理やりに吊り橋の真ん中に連れて行くとする。最初は必死に抵抗し、やがて魂が縮み上がるようになって硬直する。しかし、それから十五分もすれば、当人はふつうに橋の下を見られるようになり、自分の足で歩くというのだ。

俺自身もそんなふうに恐怖という感情を克服したのだろうか。

いや、そうじゃない。何度も死ぬほどの目に遭って実際に死にかけているうちに、自然と捨て鉢な感情が生まれたのだろう。

しだいに躰の内側から熱くなってきた。高揚感すらあった。

夏実にはよく単純な性格と笑われるが、松戸自身も愚直なまでにシンプルでストレートであることを自覚しているし、それが自分の長所だとも思う。何よりも、ここまで生き延びてきたんだから、行き着くところまで行くしかない。

土間から板張りの床に靴のままで上がる。濡れた靴痕が残ってしまうが仕方ない。

一歩進んでは、立ち止まって五感を研ぎ澄ませる。

目的の小部屋はすぐそこだ。

薄暗い空間。明かりを点《つ》けたくなるが、それはできない。手探りで前に進む。板張りの床が軋まないように、摺り足で歩く。コンパネで作った簡易扉が目の前にあった。

そっと手前にずらす。ミシッと音がして松戸は硬直した。

誰かが来る気配はない。

また足を進める。何かに躓《つまず》いたりしないように、ゆっくりと歩く。

小部屋の中に入った。奥の棚を手探りで捜す。プラスティック製のツールボックスがいくつか重なって置かれている。たしか無線機が入っていたのは、上からふたつ目の箱だ。

それを足許に下ろし、明かりも点けぬままで真っ暗な中、蓋を開く。ドライバーやペンチなどの工具の硬い感触。これじゃないと気づいた。三番目に重ねた箱だ。

そのツールボックスを足許に下ろして、蓋を開いた。

手探りで捜した。

アイコム社の小型リグ——掌に入りそうな小さなトランシーバーだ。

その感触を得たとき、松戸は感極まって嗚咽しそうになった。それを必死に抑える。大事に握りしめたまま、小部屋を出ようとしたときだった。

ふいに板が軋んで重い足音がした。

松戸はギクリとなって凍りついた。コンパネの簡易扉の隙間。その外を人影が過ぎった。すぐ目の前だ。思わず後退ろうとしたが、金縛りに遭ったように躰が動かない。

人影は小部屋の前を通過しただけだ。

それを悟った松戸は安堵した。そろりと闇の中を進み、小部屋から顔を出す。

足音は裏口に向かっていた。

松戸はそれを追うように歩いた。相手は狭い通路を抜け、自炊室の前を過ぎて、発電機を置いた土間から裏口の引き戸を開いて外に出たようだ。彼はゆっくりと同じルートをたどる。

外に出るための鉄扉が開けられたままになっていた。

降りしきる雨が入り込み、土間をおびただしく濡らしていた。

外をうかがう。

北岳山荘と公衆トイレの建物の間に迷彩の戦闘服姿の男がいた。

長いホイップアンテナを立てた無線機を持っている。

——こちらイーグル1。ホーク1どうぞ。NL665 60における横田ディパーチャーは通常エアバンドでコンタクトののち予定コースをとる。オペレーションに変更なし。送れ。

――ホーク1、諒解。

交信を終えたとたん、男が大げさなほどに咳《しわぶ》いた。

降りしきる雨の中、大きな背中を丸めるようにして、深くかがみ込んでいる。肩を激しく上下させながら、その男がうめいた。

靴の間に赤いものがしたたり落ちた。

松戸は驚く。吐いたものの中に鮮血が混じっていた。

男がゆっくりと青ざめた顔を上げ、片手でそっと口許を拭った。

坂田――いや、たしか鷲尾という名の、テロリストたちのリーダーだった。無精髭の生えた口の周囲に赤黒く血の痕が残っている。

松戸は啞然と立ち尽くしていた。鷲尾は吐血したのである。

おそらく彼は――病気だ。それもかなり重度の内臓疾患。

鷲尾が口許に手の甲を当てたまま、山小屋に向かって歩き出した。松戸は発電機の後ろに下がり、ロッカーの陰に隠れた。壁にピッタリと背中をつけて立っている、すぐ前を、鷲尾がゆっくりと歩いて通り過ぎていった。

後ろ姿を見つめた。力ない足取りであった。

通路の闇の奥に大きな姿が消えた。松戸はふうっと吐息を投げた。

右手に持っている小型トランシーバーに気づき、メインのスイッチを入れてみる。かすかな電子音とともに液晶が表示される。充電池の残量がまだじゅうぶんにある。

どこか見つからない場所まで行って通信するべきかと思ったが、ことは至急だった。

山小屋の外に出たところで、クリック式のダイヤルを回し、白根御池の警備派出所との通信チャンネルである周波数をセットする。プレストークボタンを拇指《おやゆび》で押した。

「こちら、北岳山荘の松戸です。警備派出所のどなたか、とれますか？」

小声でいった。

三度、呼びかけると、かすかなノイズのあとに向こうが出た。

――山岳救助隊警備派出所、星野です。松戸くん、大丈夫なの？

「夏実さん、大事な話です。よく聞いて下さい。いいですか。奴らはこの山にVXガスを持ち込んでいる。それを首都圏に向けてミサイルで撃ち込むつもりです。ミサイルはぜんぶで三つあるそうです。それからリーダーの鷲尾がNL66560という暗号みたいなものを誰かと話していました。〝横田ディパーチャー〟とか〝エアバンド〟といっていたので、おそらくそれって、自衛隊の――」

頭の後ろにぐっと硬い感触。声が詰まった。

沈黙した松戸の後ろから、太い手が伸びてきて、小型トランシーバーをもぎ取られた。

振り返った目の前に鷲尾の顔があった。

太い眉の下に切れ長の目。引き締めた口許には、まだ血が少し付着していた。右手に拳銃を握っている。それを突きつけられていた。

「まさかと思ったが、生きていたのか」

野太い声でいわれたが、松戸は返せなかった。

拳銃の銃口を凝視するばかりだ。

「われわれをこうも欺くとはたいした男だよ、松戸颯一郎くん」

右手に黒い拳銃。左手には奪い取ったトランシーバー。それを足許に落とすと、鷲尾は無造作にブーツの底で踏みつけた。ホイップアンテナがへし折れ、砕けた樹脂や金属片が散乱した。

絶望の表情を浮かべる松戸に向かって、鷲尾はまたいった。

「さっきの姿を見られてしまったようだな」

「あんたは……病気だ。それも重症だ」

かすれた声で松戸がいう。鷲尾はうなずいた。

「胃癌《いがん》だ。あと半年の命だと医者にいわれた。だから、それまでにやり遂げたかったのだ」

「毒ガスで東京を攻撃することを、ですか」

「それは目的ではなく、手段のひとつにすぎない」

「何がしたいのかわからないけど、あんたたちは狂ってる」

「そうだな」

鷲尾はふっと笑みを浮かべた。

「たしかに狂っている。しかし、われわれが見てきたことを、お前にも見せてやりたい。そうすれば、この狂気の意味が少しはわかるだろう」

「俺にはわからない」

「そうだろうとも」

背後から銃口を突きつけられ、歩かされた。

裏口から山小屋の中へ。狭い通路を抜けて受付前に行くと、あの氷室という男が仲間たちといっしょに立っていた。驚いた顔で松戸を見ている。

「てめえ、まだ生きてやがったのか」

悔しげな表情を見て、少しばかり溜飲《りゅういん》が下がったような気がした。

「あいにくと不死身なんだよ。それとも、あんたがたんにマヌケだったのかな」

いったとたん、拳で頬を殴られた。

倒れ込んだところを、氷室が軍靴で踏みつけてこようとした。それを鷲尾が制止した。

「無用な感情を剝き出すんじゃない」

強引に襟首を摑《つか》まれ、氷室が松戸から引き離される。氷室は火を噴きそうな表情で倒れた松戸を見ていたが、ふいに鷲尾の手を振り払い、背を向けて二階への階段をひとり上っていった。

仰向けに倒れた松戸は、頬に手を当てながらよろりと立ち上がる。

鷲尾はまだ拳銃を向けていた。その銃口を見つめる。

「あんたに期待しても無駄ってことだな」

「わかればそれでいい」

松戸はゆっくりと両手を挙げた。

目の前に、北岳山荘の管理人とスタッフたちが幽閉されている食堂への入口があった。

18

――奴らはこの山にVXガスを持ち込んでいる。それを首都圏に向けてミサイルで撃ち込むつもりです。ミサイルはぜんぶで三つあるそうです。それからリーダーの鷲尾がNL６６５６０という暗号みたいなものを誰かと話していました。〝横田ディパーチャー〟とか〝エアバンド〟といっていたので、おそらくそれって、自衛隊の――。

そこで松戸からの通信が途絶えていた。

警備派出所の待機室。無線機の前に立ち尽くす夏実は、マイクを置いて振り向いた。

目の前に江草隊長がいた。

杉坂副隊長に深町、関、進藤隊員。新人の横森と曾我野。

彼らの向こうに立つ地域特別指導官の菊島警視の姿もあった。

「きっと松戸くんに何かあったんです」と、夏実がいった。声が震えそうだった。

「交信が途絶えたのは他の理由かもしれない。バッテリー切れかも」

進藤がいった言葉を夏実は否定した。

「私にはわかるんです。あの人、今、とても危険な目に遭っているって」

視線をさまよわせたあげく、深町と目が合った。

眼鏡の奥に澄んだ瞳が光っていた。その目を見ているうちに、夏実の動揺がほんの少し薄らいだように思えた。しかし不安は胸にわだかまっている。

問題はそれだけではない。

松戸が伝えてきたVXガスである。関隊員が化学の知見を披露してくれたのだが、彼によると、VXガスというのは神経剤の一種で、およそ人類が作った化学物質の中でも最も毒性が高く、危険なものだという。かつてはオウム真理教もサリンと並行して、このVXガスを製造し、少量ながらもテロに使ったことがあった。

そんなものが、この北岳のどこかから東京に向かってミサイルで発射される。

江草が本署に連絡したが、無線機の向こうは明らかにパニック状態になっていた。すぐに山梨県警を通じて警察庁にも報告が到達したはずだが、レスポンスはまったく返ってこない。というか、政府や警察庁の上層部は、もしやすでにそれを事実として知っていたのではないか。

だから北岳山荘を制圧したテロリストたちに対して、対処が消極的だったのではなかろうか。だとしたら、松戸の命がけの交信はむだだったということになる。

重苦しい空気が待機室を占領していた。

沈黙が耐えられないほどに長かった。

「みなさん。北岳山荘に出発できますか」

江草隊長の言葉に、全員が驚いた。

まさか、の声であった。

「しかし本署からはまだ指示が出てませんが」と、杉坂副隊長がいう。

「無線の交信が途絶えたのは、きっと〝遭難〟です。われわれの仕事は救助にゆくことです」

江草が立ち上がる。待機所にいた全員がそれにならった。

狭い室内に緊迫感が張り詰めていた。

「本署には〝遭難事案〟にて出動と、私から伝えておきます。現在、風はやみ、雨もかなりおさまってきました。ただしトレイルの崩落や崩壊があり得ます。とりわけ岩場、梯子《はしご》場の通過はくれぐれも注意して下さい。それから——」

江草はそれぞれの顔に視線を移しながらいった。「〝彼ら〟との直接の接触は可能なかぎり避けるように願います。あくまでもこの出動は救助です。各員、そのことを肝に銘じるように」

「諒解しました」

杉坂副隊長が応え、敬礼する。

夏実たちもそれにならって、いっせいに敬礼を送る。

「私もゆきます」

その声に全員が振り返る。

待機所の出入口近くに立っていた菊島警視だった。

「だって、あなたは――」

夏実がいいかけると、彼女は当然のように答えた。

「みなさんの仕事ぶりを拝見したいの」

「いっときますけどハードですよ、凄く」

「足手まといになったりはしません」

菊島警視は答えると、近くにいる江草隊長を見た。

彼は不承不承という感じでうなずいた。ここではそれぞれが職務で動く。菊島の職務を否定することはできない。

第四部

1

午前六時ちょうど。

北岳山荘に立てこもったテロリストたちから、要求事項の期限繰り上げが通達されてきた。

無線を受けたのは警察庁の第一無線通信所。中野区の警視庁警察学校に隣接する施設で、関東管区警察局情報通信部無線通信課の技官が保守にあたっている。

情報は警察庁を通じ、すぐに首相官邸地下の危機管理センターにもたらされた。

要求の期限はあと一時間。午前七時である。

センター内のデスクに向かったまま、田辺首相は寝ぼけ眼《まなこ》で書類を見ている。老眼鏡を乱暴に放り出して、彼はいった。

「どういうことかね、これは」

「台風のコースが逸《そ》れたからですよ。予報よりもずっと早く、天候が回復します」

伊庭内閣危機管理監にいわれ、首相の顔にはむしろ影が差した。

彼は日本語訳された資料を熟読していた。VXガスを搭載しているという超小型巡航ミサイルの射程は百五十キロ。北岳から首都圏一円はゆうにその範囲内である。しかも台風が逸れるということは、気象が安定して巡航ミサイルの性能は最大限に発揮されることになる。

もはや打つ手はひとつしかなかった。

「自衛隊のヘリ部隊は？」

「立川でフライトのスタンバイに入ってます。飛び立てば三十分とかからずに北岳に到着します。山越えをしている御殿場の第五十五普通科連隊の隊員たちも、二時間以内に北岳山荘に到達する予定だということです。それから万が一の場合に備えて、小松基地の航空自衛隊第六航空団に近接航空支援を要請。第三〇三飛行隊のF－15Jが二機、すでにスタンバイに入っています」

伊庭の顔を見ていた田辺が、ふいに指先でこめかみを押さえた。

「だが、奴らにあの切り札を使われたら、どうにもならん」

彼は近くに座っている有馬防衛事務次官を見た。「連中に気づかせないようにヘリを飛ばせるのかね」

「ヘリの高度を低く、地上すれすれに飛ばし、奴らに気づかせないように接近させます」

有馬がいった。「NOE（ナップ・オン・ジ・アース）という航法で、陸自のヘリパイなら、誰だって訓練を受けている技術です」

「しかし、万が一にでも悟られたら、奴らにあれを使われてしまう」

「総理。ここはわれわれ自衛隊を信じて下さい」

すがりつくような目で近くにいる伊庭内閣危機管理監に目をやる。

ちょうど彼は誰かと電話中だった。その声がよく聞こえた。

――VXガス……搭載したミサイルは三基……なるほど、そうですか。それは何らかのガセネタを摑《つか》まされたんですよ、江草さん。あなた方のゆいいつの情報源だという北岳山荘にいるスタッフが、必ずしも正しいことばかりを伝えてくるとはかぎらない。

中腰の姿勢で、めずらしく興奮した口調なのに田辺は気づいた。

――いいですか。本当であれガセであれ、いたずらにパニックをあおらないためにも、それ以上の口外は無用です。

先方の声も聞こえたが、首相のところにははっきりとは聞こえなかった。

――NL6656０……？　何のことか、まるでわかりませんが……。はい。自衛隊のほうに打診してみます。こちら多忙なので、もう切ります！

乱暴に受話器を戻した伊庭の顔が動揺している。

どいつもこいつも、VXガスに振り回されている。

仕方ないことだった。

巷《ちまた》ではすでに噂《うわさ》が流れ始めていた。

主なメディアはやはりインターネットである。掲示板やブログ、SNSといったところで、今回のテロについての〝ヤバイ情報〟がまことしやかに飛び交っている。北岳に立てこもったテロリストは、大量破壊兵器を所持していて、何らかの手段で東京が狙われているというものだった。

マスコミも当然のようにそれを嗅ぎつけている。

ふだんから懐柔《かいじゅう》していた大手新聞社やテレビなどのメディアは、さっき伊庭がいっていたように何とか抑えておくことができる。しかし、そのほかの地方新聞やネットはむりだ。そもそもテロ発生から自衛隊の治安出動に至る経緯が短絡的すぎるという疑惑が、あちこちで評論家などにいわれていたし、何となく「裏がある」と怪しまれていた。

噂のもと、つまりニュースソースは、首都圏から逃げ出した政治家の家族の誰かではなかったかと彼は疑っていた。そもそも人の口に戸を立てることなど、はなっからむりなことだったのだ。

このままだと首都圏はいやでもパニックに包まれてしまう。

そうなると政治も経済も大混乱。国際的な信用もがた落ちになり、東京オリンピックどころの話ではない。

伊庭がやってきて、田辺の横に立った。

「ヘリの出動を命じて下さい」

「天候の回復を待つのじゃなかったのか」

「訓練を受けた自衛隊です。少々の悪天なら飛べますよ。それに奴らの意表を突くには、むしろ雨もガスもあったほうがいい。向こうが命がけなら、こっちだってそうです」

田辺の視線がさまよった。

「身代金は払ったのだ。それで勘弁してくれんのか」

「目的はそもそも金なんかじゃないんです。そのことを御理解下さい。選択肢はふたつしかない。奴らの要求に屈服するか、それとも奴らを殲滅《せんめつ》するか、です」

近くのデスクに腰を当ててもたれ、伊庭はいった。「カンボジアＰＫＯから二十四年。福島の事故から六年、ずっと秘匿していた禁忌を、今になって世間にさらけ出す勇気はおありですか」

田辺は虚《うつ》ろな目をして、あらぬほうを見ていた。

ふと、かぶりを振って、いった。「それはむりだ。私にはできない」

「それはそのはずです。自衛隊は六十年もかけて、ようやく国民の大半の理解を得ることができた。それを今さら無に帰すわけにはいかない。さらに原発事故の真相を明らかにすれば、これから先の日本の経済が立ちゆかなくなる」

田辺は額に掌《てのひら》を当てて俯《うつむ》いた。プレッシャーに押しつぶされそうだった。

「あなたは何かにつけ、いつも責任をとるとおっしゃいますが、物事に対して本当に責任をとれる政治家なんて、この世にはいないんです。あのとき、安保法案を強行して押し通したのはなぜです。まさか、集団的自衛権による軍事的パワーバランスなんていう幻想を信じているわけじゃないでしょうね？」

田辺は黙っていた。いや、言葉が出てこなかったのだ。

「あれはアメリカの代理戦争に日本が積極的に加わるということです。それまで国を守り、国民の命を救うことに徹してきた自衛隊を、文字通り軍隊にして、国の内外で他国や他民族を相手に戦争をさせる。その最高責任者としての立場に、あなたはいるんです。ご自覚はおありですか」

田辺はゆっくりと顔を上げた。充血した目で伊庭を見つめた。

「何がいいたいのだ」

「戦争は何も国外で起こるとはかぎらない。いや、すでにこれは戦争なんです」

「莫迦《ばか》な」

「総理。戦争をたんなる外交手段のひとつとして思われては困ります。戦争とは大勢の人間を殺す行為です。神に対する反逆といってもいい。これはあなたご自身が選ばれた選択肢だ。だったら、思い切ってそのことを自覚するべきです」

魂が抜けたように啞然《あぜん》と見つめる田辺を見据え、伊庭はふうっと息を洩《も》らした。

そして、いった。

「北岳山荘をヘリで一掃するんです」

伊庭は指先で眼鏡を押し上げた。レンズの奥で目が輝いていた。「空からロケット弾をいっせいに撃ち込めば、それで片がつきます」

「伊庭くん。きみは……」

「いいかげんに現実を理解していただきたいですな、田辺総理。そもそもが修羅の道だったんです。あなたの手はすでに半分血に染まっている。今さら逃げも隠れもできません。だったら思い切って心を鬼にするべきだ」

「奴らの口封じをするというのか。山小屋で人質になっている一般市民もろとも」

「鷲尾から周囲に情報が洩れている可能性がありますからね。大を生かすためには小を殺すこともあり得ます。迷っている余裕はありません」

眼鏡を指先で押し上げ、伊庭はかすかに笑った。

田辺は逃げるように視線を逸らした。

そのときになって、初めて彼は、そこにいる男を心底、怖いと思った。

2

日の出の時刻から一時間が経過した。空は相変わらず鉛色の雲が低く垂れ込めていた。

周囲の山は、まだ白いガスに閉ざされている。しかし雨は弱く、風は凪《な》いでいた。朝の空気独特の匂いがする。

このぶんならあと一、二時間で天気が回復し、ガスも晴れるかもしれない。

近くの野呂川からは増水した川の音が轟々《ごうごう》と聞こえていた。対岸の広河原山荘との間を結ぶ吊《つ》り橋は片側から切れ落ちたまま、褐色の水面に揉《も》まれながら、波の中で不安定に揺れている。

広河原山荘のスタッフたちは対岸であるこちらに渡るすべもなく、今は孤立状態のまま小屋の中にこもっている。とはいえ、いずれ天候が回復すれば、幕営指定地の平地にヘリが着地できるはずだった。

しかし広河原ICにいる藤野は、切羽詰まった気持ちで二階フロアの出入口に立っていた。

ときおり思いついたようにガラス扉越しに外を見る。

NTTドコモのパラボラアンテナの下に水原の姿があった。林道崩落で停滞中の登山者のひとりだが職業はエンジニア。しかも携帯電話のアンテナ設備に携わる仕事だという。だから、通話不能となったアンテナの修理を頼んでいた。

ボックスを開き、配電盤から切断されたケーブルを繋《つな》ぐという作業だから、難しいものではないという。そのための工具も、この広河原ICに常備されたツールで間に合った。

手伝いを申し出たが、ひとりで充分だといわれ、藤野はICに戻ってきたのだった。

NTTドコモの緊急回線が復旧すれば、各山小屋や外部との通話ができるようになる。無線機と衛星電話を壊されたからには、それがゆいいつの望みであった。もっとも藤野の狙いはそれだけではなかった。携帯電話の緊急回線を通じなくするために破壊工作をやった人間が、センター内にまぎれている。だとすれば、回線を復旧させようとする行為を何らかのかたちで妨害しにくるはずだ。

二階フロアに寝泊まりしていた登山者たちのほとんどは起き出していた。

持参のパンをかじったり、中にはガスストーブで湯を沸かし、ラーメンを作っている者もいる。センターにはカップ麵も売っているので、それをスタッフから買っている若者もいた。

二十二名の登山者の中から消去法で六名まで怪しい人物を絞ったが、そのうちのひとりは新聞記者だとわかった。あとは五名。いずれもまだ二階フロアのあちこちにいたが、中にはまだ寝袋に入っている者もいる。

彼らの様子を注意深く観察しているとき、ズボンのポケットに入れていた携帯電話がふいにバイブし始めて驚いた。あわてて出入口のガラス扉から外を見ると、雨の向こう、水原がパラボラアンテナの下から頭の上に手を回して丸印を作ってみせた。

藤野はうなずき、手を振った。

ポケットの中の携帯電話をとって開いた。液晶に表示された名前を見る。

山岳救助隊の星野夏実巡査からだった。

――藤野さん。そちらはいかがですか。ずっと携帯が繋がらなくて心配してたんです。

彼は出入口近くの狭いロビーに歩いて行き、内側のドアを閉ざしてから、ふたたび携帯電話を耳に当てた。

「実はこっちでも破壊工作があったんだ。夜中に無線と衛星のアンテナをぜんぶ壊されたよ。たまたまNTT関係のエンジニアが登山者の中にいたので、緊急回線のアンテナは修理できたが、いつまた同じことをされるかもわからない」

――それって藤野さん、けっこうヤバイんじゃないですか。

「そうだな。たしかにヤバイ」

――ひとりじゃ絶対に行動しないで下さいね。あと少ししたら静奈さんがそっちに行きます。

「神崎さんが？　どうやって」

――地蔵岳から白鳳峠を越えて山越えしてるんです。そろそろ下りてくる頃だと思います。

「彼女がいれば心強いが、相手は武器を持っているというからな」

――静奈さんにもそれ、いってあります。無茶だけはするなって。

藤野はひそかに苦笑いした。彼女にはいうだけ無駄かもしれない。

――あとひとつ。北岳山荘を占領しているテロリストグループですが、VXガスを所持している可能性があります。ミサイルみたいなものを使って、東京にそれを飛ばすっていってます。

「VXガス……何だね、それは」

――毒性が極めて高いガスだそうです。

「ミサイルで飛ばすったって、東京までずいぶんと距離があるのに？」

――よくわかんないんですけど、今の技術なら可能なんだそうです。

藤野はゾッとした。とんでもないことを企てたものだ。

「連中はそれが目的なのかね。それともそれをダシにして政府を脅しているとか」

――江草さんがあちこちに問い合わせてますけど、警察の上層部も政府も、本当のことをいってくれないんです。

「当然だな。国民が知ればパニックになるからだよ」

――それはわかるんですけど、私たちだって警察官なのに。

「縦割り社会の弊害《へいがい》という奴だ。政府も警察もけっきょくは不完全な組織なんだ」

藤野はふと気づいて訊《き》いた。「それはそうと、その情報はどこからだ」

――北岳山荘の松戸くんからです。

「まだ逃げ出さずに頑張ってるのか」

あきれながらそういった。

――あれから連絡が途絶えて安否不明なんです。

夏実の声が詰まったのがわかった。

「大丈夫だよ。彼にかぎってみすみす捕まるようなドジは踏まないさ。悪運の塊みたいな男だからなあ。それはそうと君たちは？」

――現在、御池の警備派出所を出発したところです。北岳山荘に向かってます。

「江草さんも決心したか。しかし相手は武装したテロリストだ。くれぐれもむりはするなよ」

――わかってます。ハコ長には釘《くぎ》を刺されましたから。

通話を終えて藤野は携帯電話をたたんだ。

藤野は肩越しに後ろを見た。

ふと、背中に視線を感じたような気がしたのだ。しかし、二階ロビーに至るガラス扉の向こうには誰もいなかった。目を細めて、ガラス越しに中を見た。人影がひとつ、急ぎ足に階段を下りていくのが確認できた。

とっさに扉を開き、ロビーに駆け込んだ。

そのまま階段に向かい、三段飛ばしに駆け下りる。

一階に下りると、そこにいたのはあの帝経新聞の記者だった。片手にスマートフォンを持っていた。

振り返って藤野を見たとたん、あわてた様子で傍《そば》のトイレの入口から中に駆け込んだ。

追いかけた藤野がトイレの中に入ったが、目の前で個室のひとつに飛び込まれた。

バタンとドアが閉じる。

「滝波さん。ちょっとあんた、何やってんですか！」

ドアを叩《たた》き、藤野が叫ぶ。

返事がない。

携帯電話の呼び出し音がくり返されていた。個室の中からどこかに電話をかけているのだ。

――朝早くからすみません。社会部の滝波です。大至急、編集局の誰かに繋いで下さい。

個室の中から洩れ聞こえるうわずったような声で、彼が新聞社の誰かと会話をしていることがわかった。まくし立てるような早い口調だった。

――あ、デスク、私です。ええ、そう。まだ北岳にいます。広河原インフォメーションセンターからスクープを伝えます。それも、とっておきの奴ですよ！　こいつで号外が出せます！

まさかと思った。

さっき星野夏実巡査とロビーの外で話しているとき、扉の傍にいたのはこの男ではないか。あのときの会話を聞かれたのではないか。

案の定だった。

さらに興奮した声が個室の中から聞こえた。

――北岳山荘をジャックしてるテロリストについて、大変なことがわかりました。彼らはVXガスを所持しているようです。そうです。かつてオウムがサリンとともに使った毒ガス兵器ですよ。それをロケットかミサイルに詰めて、東京に向かって発射する用意をしているとか……そうです……VXガスです！

藤野は歯軋《はぎし》りした。

もう一度、個室のドアを叩き、びくともしないので前蹴りの要領で何度か蹴った。

三度目に蝶番《ちょうつがい》が外れ、個室のドアが斜めに傾《かし》いだ。隙間に手をかけて、強引にドアを手前に引いて引っぺがした。

滝波は洋式便器に蓋をしたまま、その上に腰掛けていた。

目を皿のように開き、押し入ってきた藤野を凝視する。彼の手から、むりにスマートフォンをひったくった。液晶画面を見ると、左上の表示に〈帝経新聞編集局　デスク　香田悟郎《こうだごろう》〉と読めた。

まだ通話中の表示だったので、それを耳に当てた。

「私は芦安駐在所の藤野といいます。あなたは滝波記者の上司の方ですね」

――帝経の香田と申します。いま、そちらはどういう状況になっているんですか？

関西弁訛《なま》りの甲高いような独特の声色が不快だった。

「滝波さんの情報を記事にするのは、しばらくひかえていただけませんか」

――そうはいきませんな。新聞というものは事実を伝えるものです。とくにスクープともなればなおさらのことです。で、滝波がいったVXガスとやらの話は本当ですか？

「お答えはいたしかねます。そんなことを新聞に書かれたら、都内全域が未曾有《みぞう》のパニックになることはわかってらっしゃるでしょう」

――藤野さんとおっしゃいましたか。それでもうちは新聞を出さねばならないんです。真実をいち早く市民に伝えることが、われわれマスコミの使命ですから。

「誘拐事件に関して、初期段階では報道をひかえるというルールもあるそうですね」

――あれは警察と各社でかわした取り決めです。今回のテロ事件にそれは適用できません。

「あなたがたの記事が世に出れば、大勢の都民たちが恐怖に我を失ってしまいます。大勢の怪我人《けがにん》あるいは死者が出ても、あなたは心が痛まないのですか。のみならず経済もガタガタになり、国際的な信用はがた落ちになるでしょう。それでもいいのですか」

――事実は事実。厳然としてそこに存在するものです。それをマスコミが伝えないのは、事実の否定に他なりません。どのようなことがあろうとも、われわれには報道の自由があります。自由というよりも責務といってもいい。藤野さん。もう一度、お伺いします。テロリストがＶＸガスを保有しているということを、警察官であるあなたはお認めになりますか？

「私は何もいいません。人としての良心を持ち得ない報道者はマスコミと呼びたくない」

——どうぞ、ご自由に。われわれはですね……。

香田の声がふいに途絶えた。

スマートフォンを耳から離すと、通話が切れていた。表示が圏外になっていることに気づく。

壊されたパラボラアンテナは水原が修理したはずだったが、どうしてだろう。自分の携帯電話を取りだし、液晶を開いてみると、やはり圏外だった。

いやな予感がした。

便器の上に座ったままの滝波記者にスマートフォンを放った。

受け損ねた滝波が、二度、三度とお手玉をしてから、足許に落としてしまった。「もしもし！」と叫び続ける滝波の悲鳴のような声が聞こえる頃には、藤野はすでにトイレを出て、二階への階段を上り始めていた。


二階ロビーから出ると、雨がまたひどくなっていた。

ガラス扉の外に立った藤野は、ＮＴＴドコモのパラボラアンテナが立っている場所に目をやった。

水原の姿がなかった。

最前、アンテナの修理が完了したと合図があったばかりだった。しかし、その直後からまた携帯やスマートフォンが圏外となっていた。二階フロアに姿がなかったので、修理が不完全だったのだろうかと外に出てみたものの、やはりそこに水原はいない。

藤野は雨の中に走り出した。

建物と坂道を結ぶ短い橋を渡り、アンテナの立っている木立に向かって急ぐ。

アンテナの近くに濃い灰色のダットサントラックが駐車していた。藤野はそれを見て首をかしげた。

ゆうべ、こんな車が停まっていただろうか。記憶をめぐらせているうちに、ダットサントラックの車体の向こうに靴を履いたままの足が見えて驚いた。

仰向けになって誰かが倒れているのだ。

そのすぐ傍で、パラボラアンテナのボックスの扉が開き、修理したはずのケーブルが切れて配電盤から垂れ下がっていた。それがブラブラと揺れている。

回り込んでみると、倒れていたのはやはり水原だった。雨に打たれながら落葉が積もった地面に横たわっていた。揺さぶり起こすと、水原が濡れた顔に目を開いた。

頭髪の中が血に濡れていた。それが額の辺りにも流れている。

「藤野さん……」

いいかけて、身をよじって咳《せ》き込んだ。

「どうされました?」

「電波がまた途絶えたので、外に出てここに来たら、後ろから頭を殴られて……」

いいかけた口が止まったので、藤野は顔を上げた。

ダットサントラックのドアがいきなり開いた。

運転席から大柄な男が出てきた。迷彩柄の戦闘服のようなものを着用していて、黒っぽいキャップを目深にかぶっていた。さらに同様の恰好《かっこう》のふたりが、ダットトラの別々のドアから姿を現す。いずれも腰のベルトにホルスターを装着し、そこから拳銃のグリップが突き出していた。

藤野は水原から離れて後退《あとずさ》った。

全員が屈強な体型。それぞれの目が異様な殺気を帯びていた。

藤野はいった。

「てっきり登山者たちにまぎれていると思ったら、そうじゃなかったわけだ」

「われわれは土砂降りの雨の中でも眠れるように訓練を受けている。今回はありがたいことに車中泊だったがな」

鼻の下に髭《ひげ》を蓄えた男が、藤野に向かってきた。

迷彩服が雨に濡れてたちまち黒っぽく変色してきたが、男は気にする様子もなく藤野の胸ぐらを摑《つか》んだ。ぐいっと引き寄せられる。間近に男の顔が迫った。額や頬を流れる雨粒が、顎先からしたたっていた。

「お前は何者だ」と、誰何《すいか》された。

「南アルプス署芦安駐在所の者だ」

「警察官か」

「林道を爆破したのはお前たちだな。それに、このアンテナも……」

「広河原は通行を遮断し、通信設備はすべて破壊しておけという命令なんだ」

「VXガスのことなら、もうすでにマスコミに伝わっている」

「何だと？」

男の腕の力がふいにゆるんだ。

藤野は隙を見逃さなかった。手首を両手でとってねじった。男がうめいて力を抜いた瞬間、相手の膝の裏にかけた右足を自分の後ろに撥《は》ね上げるようにして、思い切って腰をひねる。同時に腕をぐいと引きながら、得意の大内刈りで投げ飛ばした。大柄な男が濡れた地面に背中から叩きつけられた。

向き直ると、あとのふたりが目の前にいた。

「いかにも警察官の柔道だな」

右側の男がいった。細面で三白眼だった。一見、痩せぎすに感じられるが、胸板が厚く、鍛えられているのがわかる。

投げられた髭の男が立ち上がった。ダメージはたいしたことがなかったらしく、男はすでに身がまえている。

「隙を突かれちまったが、あんたをひねるのは造作もないことだ。警察官の柔道と自衛隊の格闘技じゃ、雲泥の差ってことだ」

雨に濡れた手首から先、指を握り込んで藤野に見せた。岩のような拳に白く関節が浮いている。

「その格闘技は国民を守るためのものではないのかね」

「すべての自衛隊員がそうとはかぎらない」

いいざま、男が素早く踏み込んできた。一瞬、姿がぶれたようにしか見えなかった。

右目を狙われた。かわす余裕もない。

素早い突き。拳ではなく指先だった。眼鏡が跳び、反射的に閉じた瞼《まぶた》に痛撃が走った。

後ろによろけたとたん、右脇腹に素早い回し蹴りを決められた。肝臓を狙うキックだ。三日月蹴りとも呼ばれている。深い痛撃に躰《からだ》を折り曲げ、その場に倒れ込む。

とっさに立ち上がろうとしたが、果たせなかった。

脇腹を蹴られたダメージが重たい。体重が三倍になったようだ。

顔を上げたとたん、顎を蹴られた。雨の飛沫《しぶき》が飛び、もんどり打って仰向けに地に落ちた。

ちょうど先に倒れていた水原の上に、折り重なるように倒れ込む。鼻の奥にきな臭い匂いがした。意識が揺らいだ。

後ろの襟首を摑まれ、むりに引き起こされた。

二度、三度と手の甲で頰をはたかれた。無造作のようで打撃は強く、鼻の奥から血があふれて口の周囲に流れるのがわかった。何とか片目を開いて、相手を見た。

冷ややかな双眸《そうぼう》。髭の男は楽しんでいるようだった。

両手で頭をグッと摑まれた。一気にひねって頸骨《けいこつ》を折るつもりだ。

「悪いが、死んでもらうぞ。老いぼれ警官」

ちくしょう。この世で最後に聞く声がこれか。

藤野はそう思った。


犬が吼《ほ》えた。

力強く、野太い咆吼《ほうこう》が聞こえた。

男の力がゆるんだ。

藤野は見た。薄れかけた視界の向こう、降りしきる雨の中に立つ登山服姿の女がいた。

傍らに大型のジャーマン・シェパードがひかえている。ふたりとも雨にずぶ濡れで、顔も手足も泥だらけだった。しかし藤野にはすぐにわかった。

山岳救助隊の隊員、神崎静奈と救助犬のバロンだ。

そのバロンが、また吼えた。二度、三度と迫力のある声を放ってきた。

三人の男たちが緊張していた。大型犬の迫力にすっかり気圧《けお》されている。

しかし静奈はバロンにいった。

「ステイ！」

指先をそろえた片手で犬に指示を送り、停座させる。

すっと向き直り、顔の雨滴を掌で飛ばした。その手でザックの各ストラップを外してから、足許に落とす。レインウェアのジッパーを下ろし、素早くそれを脱ぎ去った。それをよこざまに投げたと思ったら、次の瞬間、静奈が走っていた。

ポニーテイルの後ろ髪が左右に揺れる。

鍛えられた足腰の筋肉の躍動が走りによく現れていた。踵《かかと》を浮かせて弾むように地を蹴っている。それでいて足音がまったく聞こえない。

三人の男たちの緊張が、藤野にもはっきりと伝わった。相手がただ者ではないとわかったようだ。彼らが自分の腰の拳銃に手をかけないのがさいわいだった。相手が強ければきっと銃を抜く。だが、向こうは若い女である。途惑っているのだ。

藤野を押さえていた髭の男が立ち上がる。さらにもうひとり。右に並んで立つ男はプロレスラーのような巨漢だった。首が異様に太い。

彼我の距離が一瞬にして詰まった。

静奈は雨を突いて走った。泥水の飛沫が激しくはじける。

ふたりの男の直前で、地を蹴った。

藤野は見た。彼女は右の巨漢を狙った。空中で横向きに躰を倒しながらの蹴り。長い肢《あし》が鞭《むち》のようにしなやかに旋回する。しかし最初の蹴りは牽制《けんせい》だった。相手が外受けであっさりと弾いた刹那、もう一方の蹴りが巨漢のこめかみに入った。

鈍い打撃音。一瞬、男の顔が歪《ゆが》んだ。黒いキャップが吹っ飛び、濡れた頭髪が派手に飛沫を飛び散らした。巨漢が真横に吹っ飛ぶように倒れた。泥水が爆発したようにはねた。

着地しざま、静奈はすっと半身のかまえをとる。

後屈立ち。左手は腰がまえ、右手は手刀のスタイルである。

左に立っていた髭の男が怒りに形相を歪めていた。

「なめやがって！」

怒声を放ちざま、男が右拳を放った。

静奈が半身をひねりながら左手での受け流し。相手の拳を内側に逸らし、同時に踏み込んで右手の裏拳を男の脇腹にたたき込んだ。髭の男が顎を突き出し、目を剝《む》いた。静奈は容赦なく腰をひねりつつ、右膝を飛ばした。ガードがガラ空きになった敵の鳩尾《みぞおち》に、鋭角に突き上げられた膝蹴りが食い込む。

「ぐっ」

髭の男がうめいて躰をくの字に折った。

すかさず跳び退《すさ》る。男は猫背気味に俯いたまま動けない。

静奈は息ひとつ切らしていない。涼やかな顔で立っている。

藤野はあっけにとられていた。救助隊のメンバーから、空手をやるという彼女の話や武勇伝をよく聞いていたが、実際に自分の目で見たのは初めてだった。彼女はただ強いだけではなかった。すべてにおいて完璧だった。

最初に倒した巨漢が立ち上がり、頭を振った。迷彩服が泥だらけだ。

憎悪の表情を浮かべながら、素早く踏み込んだ。

左前の半身立ちでのボクシングスタイル。それに対して静奈は右がまえになった。素早く繰り出されたストレートを避けながら、とっさに右足を飛ばして相手のくるぶしを打った。さすがに巨漢は倒れなかったが、わずかに姿勢を崩す。間髪入れず、しなやかに飛ばした回し蹴りが相手の左脇に入る。肋骨《ろっこつ》が折れる音が藤野の耳に聞こえた。巨漢が苦痛に顔を歪め、よろめく。

右足を下ろしざま、躰をひねってさらに左の後ろ回し蹴り。巨漢は避けきれず、彼女の踵を耳の辺りに受け、よこざまに吹っ飛んだ。泥水を散らして派手に倒れ込む。

大きな躰がうつぶせになって、ピクリとも動かない。

ふたり目、髭の男が静奈に向かった。

目にも留まらぬ速さのワンツーが彼女に伸びた。それを紙一重でかわし、素早く横移動する。続いて男の右回し蹴りが飛ぶ。重たいキックだがスピードがない。だから見切れたのだろう。攻撃と同時に彼女は身をかがめ、敵の足がまだ空中にあるうちに股間を蹴り上げた。

髭の男がくぐもった悲鳴を洩らし、ぬかるみの中に無様に倒れる。

姿勢を戻して半身になった静奈の前で、よろりと立ち上がった男が、雨に濡れ、泥に汚れた顔で目を剝いた。頭から湯気が立ち昇りそうな表情をしていた。

髭の男が唸《うな》りながら踏み込んだ。

静奈が同時に動いた。男が右足を飛ばす前に、半身の状態で左足の靴底を脛《すね》に叩きつけるストンプキックでそれを止めた。相手の動きが止まると同時に、顎を狙ってしなやかな右パンチをくり出した。鍛えた拳ダコが硬い骨を打つ。のけぞった相手の胴体を狙い、素早く横蹴りを飛ばした。

まともに鳩尾に入った。

雨の中に鮮血を飛ばしながら、髭の男がくの字になって後ろに吹っ飛んだ。

背中から倒れ込んだ髭の男は、仰向けのまま動かなくなった。

静奈が拳を固めたまま、濡れたポニーテイルを揺らして向き直る。左手で顔を濡らす雨を素早く弾いた。

もうひとりいた。

「女だてらにやるなあ、あんた」

藤野は振り向く。最後に残ったのは長身の男だった。三白眼で静奈を見据えている。

強敵とわかる。すらりとした体軀《たいく》だが隙がない。ところが彼は静奈に向かって立ちながら、右手で腰の拳銃を抜いた。

それをゆっくりと彼女に向ける。

静奈は緊張して身がまえた。

男は薄笑いを浮かべていたが、ふいに真顔になると、その拳銃を無造作に横に投げた。

重々しい音を立てて泥水の中に落ちた。

遠く離れて見ているバロンを指差し、男がいった。「あんたはあのでかい犬をけしかけてこなかった。だから、俺も銃は使わないことにする」

ゆっくりと両手の拳を握り込む。

「それに……あっさり殺しちまったらつまらん」

瘦身の男は半身にかまえた。わざとらしく眉をひそめ、口角の片側だけを大きく吊《つ》り上げて、凶々《まがまが》しく笑う。「お楽しみはこれからだ」

3

北岳白根御池の警備派出所から小太郎尾根の稜線まで、俗に草すべりと呼ばれる、標高差およそ五百メートルの急登を、一気に駆け登る。

先頭は夏実と進藤諒大。ふたりの相棒である山岳救助犬のメイとカムイが彼らの前をゆく。杉坂知幸副隊長と深町敬仁隊員が続き、さらに関真輝雄隊員。

しんがりに続くのは、曾我野誠と横森一平の新人たち。地域特別指導官の菊島優警視もまた、チームに遅れまいと必死に這《は》い登っている。

雨はまだ大粒。足許の急斜面は泥水が川のように流れていて、足場の確保も難しい。ところどころに倒木もあり、大規模に崩落して抉《えぐ》れたような箇所もある。それでも救助隊員たちは、あらゆる難所を強行突破する。

ときにはザイルを使って立木に確保し、すがりつくように登る場所もある。

ふだんの登山道ならば、そんなことはない。しかし超大型台風がもたらした大雨の被害は、彼らが通い馴《な》れたこのルートを、まったく別の世界に変貌させていた。ところどころ土石流が発生したらしく、大量の土砂や樹木の破片が流れ落ちているところもあった。

おそらくこの台風がもたらす降雨量は記録的なものになるだろう。

気象庁の発表によると、予想のコースを西にかなり逸れ始めているというが、それは台風の中心部がここに到達しないというだけで、周辺に渦巻き、激しい雨風をもたらす触手のような雲は、相変わらずこの南アルプスの上空にあった。

ようやく森林限界を越えた。シカなどの食害から高山植物を守るネットに沿って登山道はややゆるやかになるが、足許は砂地ゆえに雨水による浸食が激しい。ネットを支える支柱が地下の土台まで抉り出され、さらに大風によって何本か無残に倒れている。

小太郎尾根分岐点まで到達すると、夏実たちは遅れがちの三名を待った。

曾我野と横森は喘《あえ》ぎながら必死に登り、追いついてきた。

とりわけガタイのいい横森がバテていた。ゼイゼイと喉を鳴らしながら、身をかがめている。

「頑張ったな、ふたりとも」

訓練のときは手厳しい杉坂副隊長が、ふたりの背中を軽く叩《たた》いた。

彼らは応えることもできず、肩や背中を上下させている。

驚いたことに菊島警視が追いついてきた。最後のとっつきである急傾斜の登山道を、這いつくばるように登ってくる。彼女の赤いレインウェアが降りしきる雨の中に滲《にじ》んでみえる。

夏実は思わず声を送りたくなった。

しかし、そんなことをしてはいけないとわかっている。菊島警視には彼女なりのプライドがある。だからこそ、遅れまいと必死についてきた。心の中でその姿を賞賛しても、実際に口に出してはならない。

最後の数歩を、菊島警視は歯を食いしばりながら登ってきた。

尾根の砂地にとりつくなり、全員の目の前で膝を突いてへたり込んでしまった。ザックを背負った背中を上下に揺らして喘いでいる。

夏実はかすかに眉根を寄せながら、蒼白《そうはく》な横顔を見た。

菊島の悔しそうな表情がつらかった。

彼女の気持ちはよくわかる。かつて自分もそうだったからだ。

夏実はメイを停座させると、急いでザックを下ろし、雨蓋を開いて、テルモスの保温水筒をとりだした。コップ兼用の蓋に中身を注いで、白い湯気を洩らすそれを、黙って菊島警視にさしだした。

横目でそれを見た彼女は、ふと困惑の表情を見せた。

夏実は微笑《ほほえ》んだ。

「ホットカルピスです。疲れが少しとれますよ、きっと」

しばしそれを見ていた菊島が、よろりとその場に座り直した。ためらいがちに夏実から受け取ったコップを口許に持っていき、湯気を吹きながらすすった。血の気を失っていた白い顔に、少しずつ朱がさしてきた。

菊島は何もいわなかったが、かまわなかった。

彼女の少し寂しげな横顔から目を離す。

「あ。横森さんたちもいかがですか」

夏実の声に、ふたりは次々とザックを下ろし、自分のマグカップを差し出してきた。


稜線からのトレイルは、かなり楽だった。

急登が終わってなだらかな坂道となる。多少のアップダウンだが、さほどの高低差はない。雨もしだいに小やみになってきて、風もないままだ。

七名の救助隊員と二頭の救助犬、そして菊島警視は尾根道を走る。ところどころ風雨で崩壊している場所もあるが、いずれも難なくクリアできた。いくつかの小さなピークを越すと、忽然《こつぜん》と目の前に青い建物が見えてくる。

標高三〇〇〇メートルの高さにある山小屋、肩の小屋である。

「東の空が晴れてきました」

関隊員の声に全員が立ち止まり、振り返った。

まさに真東の空。ガスが薄らいで青い晴れ間がかすかに見え始めていた。彼方に見える鳳凰三山が、淡い紗幕《しゃまく》のようなガスの中におぼろげに姿を浮かび上がらせていた。雪が降ったように白く見える砂地の山頂。岩の突起、オベリスクもはっきりと見えていた。

「しかし気圧の変動がちょっと激しすぎますね」

腕時計のプロトレックを見ながら進藤隊員がいう。

「上がるどころか急降下してる」

雨雲が切れて空が晴れ始めたというのに、逆に気圧が下がっている。どういうことだろうかと夏実は思った。空気が異様な感じがした。空全体が安定感を失い、どこかから瓦解していくような、不安な感覚がある。

「もしかして、上空に前線が形成されてるんじゃないですか」

関にいわれた杉坂が、荷物の中からスマートフォンをとりだした。ブラウザを表示させて、気象図を確かめる。その顔がふと曇った。

「本当だ。この一帯だけに前線が発生している。台風が遠ざかっているのに？」

夏実はまた空を見た。晴れ間はそこにあるのに、周囲にひしめく雲の圧迫感がすさまじい。ところどころに黒雲が発生して、灰色の雨雲と入り交じっていた。それらが見る見る形を変えながら、西から東へと移動していく。

「真上にあるのは積乱雲だな。それもえらくでかいぞ」

深町の声に真上を見ると、濃密な感じのする鉛色の雲が低空――手が届きそうなところまで垂れ込めていた。東の空は晴れ間が見えるのに、ここだけ空が真っ暗だった。

「何だかいやな予感がする。急ごう」

杉坂副隊長がいい、足早に歩き出した。全員がそれに続く。


肩の小屋の前では、あらかじめ無線で連絡を受けていた管理人の小林雅之《こばやしまさゆき》が待っていた。警察から退避勧告があったはずだが、素直に従うような男ではなかった。

青いジャンパーに長靴はいつもの恰好だ。スタッフの若い男女が三人、紙コップに注いだコーヒーやお茶を差し出してくれる。

夏実も仲間に混じって礼をいいながら受け取った。

隊員たちからはオヤジさんと呼ばれて慕われ、いつも満面の笑みを浮かべる小林が、今日ばかりは神妙な表情だった。

「台風一過っていうが、こいつはそれどころじゃないぞ」

タールを塗り込めたような昏《くら》い雲が広がる空を見上げながら、小林がつぶやく。「長い間、この山にいるがな。こんな奇妙な積乱雲は見たことがない」

夏実も不安な顔をたびたび頭上に向ける。

傍らにいるメイにもわかるのだろう。しきりと鼻先を突き上げては風の匂いを嗅いでいる。

人間の数千から数万倍といわれる犬たちの嗅覚は、天候の急変にも敏感だ。メイはかすかに悲しげな声を洩らし、耳を伏せがちになっている。

川上犬のカムイも同じだった。

大きく口を開いて長い舌を垂らしながら、ハンドラーの進藤諒大の足許《あしもと》に座り、空を見上げていたが、ふいに二度、三度と吼えた。

するとそれに呼応するように、低い雷鳴を放った。

ゴロゴロという重低音が、雲底を渡ってゆく。

「こりゃ、急いだほうが良さそうだな」

進藤がそうつぶやく。

全員がまた出発の準備を始めた。

「曾我野、横森。おまえら、しっかりやっとるか」

小林は新人ふたりの肩を乱暴に叩いている。彼なりのねぎらいのつもりなのだろう。ふたりとも恐縮して、首を引っ込めている。

彼らの後ろに立っている菊島警視を見て、小林がいった。

「そこの別嬪《べっぴん》さんも新人かね。女性には大変な仕事だろうが、ガンバレや」

「あの、そうじゃなく――」

説明しようとした夏実の腕を菊島が軽く摑んだ。

「いいのよ」菊島が小さくかぶりを振った。「たしかに私はこの山では新人だから」

ハッとした夏実から目を離し、彼女は小林に「ありがとうございます」と頭を下げた。それから足許に下ろしていたザックを持ち上げ、膝の上に載せてから勢いよく背負った。

夏実の心を占めていた重たい気持ちが、ほんの少しだけ軽くなった気がした。

そのとき、また空が低く唸った。

「行くぞ」

杉坂副隊長が歩き出す。

夏実たちも続いた。

4

いつしか雨が止《や》んでいた。しかし静奈は気づかなかった。

痩身の男と対峙《たいじ》していた。

にらみ合ったまま、どれだけ時間が経《た》っただろうか。

相手は迷彩服に重そうなブーツを履いていたが、両足の踵を浮かせて両手を前後に上げるかまえを見せている。冷ややかな目は光を失ったような三白眼だったが、そこには独特の殺気がみなぎっている。触れれば斬れる刃のような迫力がある。

自衛隊は徒手格闘という日本拳法を基本に柔道や合気道の技を取り入れた格闘技を習得してきたが、最近はより実戦的な新格闘という武術に切り替えられつつある。静奈は何度か演武を見てきてスタイルを覚えていた。先のふたりはまさにその流れだった。が、しかしこの男だけは違った。もっと過激な気迫を感じた。

静奈が一歩前に出た。とたんに、すっと一歩、退かれた。

誘いだとわかって躊躇《ちゅうちょ》した一瞬、相手が右膝をひょいと上げるポーズをとった。

フェイントだと思ったとたん、その足が旋回して風を切った。左耳の辺りにたたき込まれるところを、すんでのところで左腕の外受けで弾いた。静奈が顔をしかめた。打撃が重く、深く骨にまで響いた。痛みをこらえる。

間を置かず反対側の足が飛んできた。敵が回転したことに気づいたのはその直後だ。身を沈めてかわした。敵の足が髪の毛をかすった。

跳び退ってかまえ直す。

相手もすっと背筋を伸ばし、左足を少し浮かせるかたちでかまえた。

静奈は動揺していた。彼女の得意技は相手の攻撃と同時に、それを見切って受けながら、必殺の一撃をくり出す戦法だ。しかし目の前の男にかぎって、それは通用しなかった。攻撃の瞬間にもいっさいの隙がないからだ。

もうひとつ。

夜通し台風の山を登り、下ることで、著しく体力を消耗してきた。だから、思ったように躰が動かない。全身の筋肉が限界まで疲労していた。今さらながら、そのことに気づく。

ふっと男が笑みを浮かべた。

口角の片側だけを吊り上げる不気味な笑い。それが癖のようだ。

真顔に戻ったとたん、男が気合いとともに出てきた。

静奈はかわさず、あえて前に出た。相手の攻撃の内側に入ろうと思った。

誤算だった。前蹴りが来るかと予想したら、肘《ひじ》が来た。空手でいう猿臂《えんぴ》だ。水平に風を切って襲ってきた。身をかがめてかわした直後、今度は膝が来た。自分の腕が死角を作り、それが見えなかった。

脇腹を痛打されてよろめいた。そこにすかさず裏拳が飛んできた。

左の額を打たれて、のけぞった。

たまらず泥水の中に倒れ込む。

痩身の男はトドメを刺しに来ず、いったん下がった。余裕の表情で見下ろしている。

仰向けになった静奈はすかさず立ち上がろうとした。しかし躰を包む疲労感が、これ以上の筋肉の酷使を許さなかった。ぬかるみに腕を突き、何とか身を起こす。よろりと立った。自分を鼓舞するように、両手の拳を握り込んでかまえる。

左目に何かが垂れてきたので、左手で拭う。

血だった。

掌に付いた自分の血を見て、それを横に振り払った。

踏み込んだ。姿勢を落とし、相手の利き手の脇を狙って拳を打ち込む。ところが男は受けやかわしではなく、V字に曲げた腕を胴体に引きつけることでそれをガードした。静奈が跳び退る前に横蹴りが低く伸びてきた。靴底が脇腹に突き込まれ、静奈が躰を折り曲げる。内臓がひしゃげるような打撃力。

ふたたび泥水の中に尻餅をついた。

痛撃が躰の奥深くまで届いている。肋《あばら》が折れなかったのが幸運だった。

歯を食いしばって耐えた。痛みを押しのけるように突き上がってきた怒りに、思わず泥の地面を拳で叩いた。飛沫が飛んだ。

しかし相変わらず疲労した躰が重すぎて、思うように動かせない。何とか立ち上がり、半身の姿勢になった。

相手の男は不敵な笑みを浮かべ、両手の拳をかまえていった。

「お前のその凡庸な空手じゃ、太刀打ちはできん」と、低い声で男がいった。

「俺のはシラットだ」

インドネシアやマレーシアなど東南アジアに伝わる武術だった。空手のように突きと蹴りが主体だが、投げ技、絞め技、武器などの手法もあるらしい。静奈は空手の組手での試合経験は豊富だが他の武術を相手にしたことがない。

男が体得しているシラットは実戦的な格闘技だと思った。

とりわけ軍隊にとりいれられたものは戦闘用に特化した武術だ。ひとつひとつの技が相手を倒すのではなく、躰を破壊するためのものだ。そんな当人からすると、たかだかスポーツのような空手をやるだけの静奈は取るに足らぬ相手だろう。

臆するな。

自分にいいきかせた。相手の隙は慢心の中にこそある。

男が踏み込んできた。かすかに笑みを浮かべている。

突きと見せかけ、もう一方の手の肘が来る。避ける間もなく、一発、二発と顔に食らう。そのたび、静奈がのけぞる。相手が女だからといって容赦がない。鼻腔《びこう》から血が流れた。それを拭う余裕もない。口の中にもどっとあふれた。飲み込むとむせるので、むりに吐き出した。

三発目が来たとき、からくもかわした。

男がバランスを崩した。ぬかるみで靴底が滑ったのだ。

相手の顔付近のガードが空いたのを見て、すかさず素早い右をくり出した。左目の辺りに一本拳《コーサー》を打ち込む。人差し指の第二関節を鋭角に曲げ、拇指《おやゆび》の腹を添える突き方だ。それまで稽古《けいこ》をしてきた彼女の流派にはない沖縄古流の技だった。

瘦身の男は後ろによろめいた。打撃された左目を押さえている。

静奈はかまえ直した。

まぐれ当たりだった。しかし、いけるかもしれない。

シラットを使うという男の得意技は、肘や膝といった近接戦闘であることに気づいた。ならば、それを逆手にとって、相手の技が届かないロングレンジから攻撃するべきだ。そう悟った静奈は、意識的にかまえ方を変えた。両足の踵を軽く浮かせ、トントン跳びながらバウンスステップを始めた。

半身の躰をわずかに左右に振りつつ、敵の隙をうかがう。

左目を充血させたまま、痩身の男が向かってきた。怒りの形相。

敵とは逆に静奈は心を鎮めた。自然体のまま軽くバウンスステップを続けて相手の攻撃を待つ。左右のワンツーをくり出された。思った通り、それは牽制《けんせい》で、やはり三発目に肘が来た。スウェイで後ろにかわしたとたん、素早いローキックが太股を狙ってきた。わずかに右足を上げ、膨ら脛《はぎ》で受ける。

激痛に耐えながらチャンスを待った。

男が左のジャブをくり出してきた。

そのチャンスを狙っていた。半身がまえのままプッシュオフ――後ろの左足で地を蹴って大胆に踏み込んだ。躰を真横にしつつ、上体を思い切り伸ばすように右の縦拳を飛ばしたストレートリード。男の左腕の上をかすりながら顔に届く。命中した瞬間に下から上へと拳をこね上げる。一瞬のエネルギーが静奈の中心を抜け、右手が男の顔面を砕く。

素早く手を返し跳び退った。

男がのけぞったまま、案山子《かかし》のように動かず、止まっていた。

ポニーテイルを揺らしながら、軽快なバウンスステップを続ける。かつてない高揚感があった。躰を鉛のように重くしていた疲労すら忘れていた。

男がゆっくりと向き直った。鼻血を噴き、左の顔が早くも腫れ上がっていた。

「何だ。今の技は……」男がしゃがれた声でいった。「空手だけじゃないのか」

「さっき女だてらにっていったよね」

静奈は軽くステップしながら、微笑みを浮かべた。「先入観は大怪我の元よ」

男が向かってきた。

相手の両手、両足。どれがくり出されるかを見定める。わずかに男の腰が回った。右の蹴りが来ると悟った瞬間、静奈はそれよりも素早く右回し蹴りをくり出した。予備動作のない突きや蹴りは得意技だ。しなやかに空を切ったハイキック。足の甲が、相手の技よりも速く男の横顔に決まった。肉と骨を打つ、確かな手応えがあった。

素早く脚を戻した静奈は、相手がまだ立っているのを見て、思い切って身をひるがえした。

飛び上がりながらの後ろ回し蹴り。目まぐるしく旋回した脚の先。靴の踵がもう一度、男の頭部を直撃する。雨、汗、そして血。男の顔から飛沫が派手に飛び、頭の形が一瞬、ぶれて歪んだように見えた。

着地してかまえ直す。

両足を踏ん張るように立っていた男が、虚《うつ》ろな目で静奈を見ていた。

鼻腔と耳、口から鮮血が流れていた。

ふいに双眸《そうぼう》が光を失ったかと思うと、次の瞬間、男は仰向けに大地に倒れた。

それきり動かなかった。

静奈は両手の拳をゆっくりと腰の位置まで下ろし、長い吐息を洩らした。

足音がして、思わず振り返った。

バロンが走ってきた。

それまでずっと静奈の戦いぶりを見ていた犬であった。助けに出たくてもできなかったのは、ハンドラーの命令に忠実であることが、かれの仕事だからだ。だから、今になってようやくその命令から解放された。

バロンに飛びつかれたとたん、静奈は倒れた。

ひとしきり顔を舐《な》め回されてから身を起こした。少し離れた場所に芦安駐在所の藤野巡査長が倒れていた。隣に別の登山者らしい男性の姿もある。

力を使い果たした躰に鞭打《むちう》って、何とか立ち上がった。

片足を引きずりながら、藤野たちのところへと歩いて行く。バロンが寄り添うようについてくる。

傍らの登山者は気絶しているようだが、藤野の意識はしっかりしていた。ただし彼らに痛めつけられたダメージで立ち上がれないようだ。

「大丈夫ですか」と、声をかけた。

藤野は小さくうなずいた。

「神崎さん。あんたは凄いな。あんな手強《てごわ》い奴らを三人とも……」

「え」

あらためて肩越しに振り返る。

雨に濡れたぬかるみの大地に、迷彩服姿の男たちが三人、完全に伸びていた。

全員を倒した。今になってようやく気づいた。

藤野が心配そうに静奈を見つめる。

「そっちこそ、大丈夫なのか」

右足と顔面をしたたかにやられた。その痛みがまだ残っている。

額からは血が流れ、鼻血もまだ完全に止まっていなかった。それをむりに掌でこすってから静奈が笑う。

「こんなの、いつものことですから――」

いいかけたところで視界が揺らぎ、ふっと意識が遠のいた。

5

篠突《しの つ》く雨の中を、フライトスーツに救命胴衣をはおり、ヘッドセットの付いたヘルメットをかぶった男たちが走る。立川基地の滑走路には、プレフライトチェックを終えた彼らの搭乗機が、それぞれ整然と並んでいる。

矢口達也三等陸佐が搭乗する機体はＯＨ－１、通称《ニンジャ》。戦闘ヘリに似た縦列複座のコクピットが特徴的な観測ヘリだ。周囲には無骨でものものしいシルエットの武装ヘリ、ＡＨ－１Ｓのシルエットも見える。それぞれの機体にパイロットやガナーと呼ばれる副操縦士が走る。後席が操縦士となる彼らの機体と異なって、ＯＨ－１では操縦士の矢口は複座の前列、観測士の谷崎は後列に搭乗する。

跳ね上がっていた風防を閉じて、操縦席に座った矢口は、すぐにシステム作動。手馴れた様子で電光計器をオール・チェック。さらに充電完了のチェック。

防弾ガラスの窓の外には、若い整備幹部が雨に濡れながら立っている。

彼に向かって合図を送ってからマスタースイッチ・オン。エンジンスタート。

四枚のメインローターが回転するとともに、機体が震え始める。整備幹部らが離れて退避する。

エンジンの出力を少しずつ上げていく。ローターブレードが空気を切り裂くスラップ音が聞こえ始める。

車のアクセルに相当するコレクティブレバーが最低位置にあることを確かめ、サイクリックレバーすなわち操縦桿《そうじゅうかん》が中立位置にあることも確認する。

雨が強いが、さいわい風は微風。

VFR（有視界飛行）はじゅうぶんに可能。

横田タワーの管制官にテイクオフの許可を英語で求める。

すぐに許可の返信が入電する。

指揮官機である矢口のOH－1は部隊で最初に離陸する。コレクティブレバーを徐々に上げていきながら、サイクリックレバーを倒していく。エンジン音とブレードスラップ音が高まり、ローターが雨を切り裂くのが風防越しに見える。出力を高め、さらにコレクティブを倒すと、ふいに機首がグッと前のめりになり、尾翼を上げつつ、ヘリがテイクオフした。

続いて隣接する僚機、攻撃ヘリのAH－1S《コブラ》が次々と離陸した。

それぞれがこの荒天の中、見事なクリアランスを維持しながら高度を上げていく。滑走路にいたヘリ観測機と戦闘ヘリ四機はすべて離陸していた。

コクピットの上部にあるアビオニクスと呼ばれる索敵サイトが、計器板にあるディスプレイに投影され、同じ映像がヘルメットに装着されたヘッドアップディスプレイにも映っている。赤外線サイトと高出力カメラ、レーザー測定器がいっしょになった画像の中に、編隊を組む僚機がくっきりと浮かび上がっている。

小隊名はチームアルファである。

矢口の観測ヘリOH－1は〈アルファ1〉のコード名となっていた。

コクピットから躰を傾けつつ見下ろした。

〈S〉と扉に書かれていた大きな倉庫の前に、巨大な機体がゆっくりと出てきた。

胴体左右から突き出した主翼の先端に、それぞれ小振りの回転翼が取り付けられた迷彩模様のティルトローター機。ふたつのローターが奇妙なエンジン音とともに回り始めた。

アメリカのベル・ヘリコプター社とボーイング・ロータークラフト・システム社が共同開発した輸送用の軍用機、V－22。通称《オスプレイ》であった。去年、アメリカから正式導入された機体のひとつだった。

その格納庫のひとつが立川基地の〈S〉と書かれたあの建物だった。

胴体と主翼突端のアンチ・コリジョンライトが点滅している。それがあっという間に急上昇してくるのを見ながら、矢口は驚愕《きようがく》した。ローターブレードの大きなヘリに比べて、ティルトローターはもっと鈍重な動きだとばかり思っていた。

みるみるうちに矢口たちの編隊の間を抜けるように、オスプレイはさらに上昇した。

すれ違うとき、機体の胴体に書かれた陸上自衛隊の文字と日の丸のマークがはっきりと見えた。ツインローターから生じるイレギュラーなダウンウォッシュが、矢口たちのOH－1の機体を不規則に揺るがせた。あわてて矢口はサイクリックレバーとラダーペダルで姿勢を立て直す。

こみ上げてくる嫌悪を感じつつ、なおも上昇していくオスプレイを見上げた。

——いやな野郎ですね。文字通り、お高くとまってやがる。

観測士の谷崎の声がインカムから聞こえた。

矢口は笑った。

「アメリカから送り込まれた気障《きざ》なキャリア官僚といったところだな」

――それはそうと、オスプレイの今回の任務は何でしょうか。ブリーフィングではとくに話に出てませんでしたが。小隊長は何か聞かされてましたか。

「いや」

彼は少し考えてからいった。「何も知らん。輸送機だし、山越えして北岳に向かった部隊の回収じゃないかな」

――何にしろ、あのオスプレイはわれわれのオペレーションとは無関係なまま、行動をともにするということですか。

「無視していればいいんだ。上には上の考えがある。俺たちは命令に従うだけだ」

そういいつつ、矢口は視界の遥《はる》か上を飛ぶオスプレイから、なぜか目が離せなかった。

それにしても醜い機体だ。いったいどこの誰がこんなセンスのないデザインをしたのだろうか。

彼は心の底からそう思った。

6

目を覚ましたとき、静奈は自分の真上にあるコテージ風の屋根裏に気づいた。

広河原ＩＣの二階フロアの一角に寝かされていたようだ。

キャンプ用のウレタンマットがフローリングの上に敷かれ、布団代わりにジッパーを開いたシュラフがかかっている。ゆっくり身を起こしてみると、躰の節々が痛んだ。格闘だけではなく、嵐の中を山越えしたのが、今頃になってこたえていた。

疼痛《とうつう》と倦怠感《けんたいかん》がひどい。もっと眠っていたかったが、そうも行かない。

周囲にはあちこちザックや登山用品が置かれていて、ここに避難していた登山客たちが寝転がっていたり、車座になって会話していたりする。その静かな声が二階フロアに響いていた。

むりに立ち上がり、カウンターに向かってゆっくりと歩いた。

藤野の姿はなく、このセンターのスタッフのひとりである霜田《しもた》という初老の痩せた男性が、奥の椅子に眠たそうに舟をこぎながら座っているだけだ。

静奈が声をかけた。「すみません。藤野さんは？」

霜田は重たげな瞼を開いて、こういった。

「一階の事務所にテロリストたちを閉じ込めていて、そこで見張りをしてるよ。それから、きみの犬は外に繋いである」

頭を下げて、二階フロアから裏口に出た。

出入口のガラス扉を開けて出ると、そこにリードで繋がれていたバロンが尻尾を振りながら飛びついてきた。膝を折って、しばし犬を抱きしめ、長い舌で舐められるままにしていた。

ふと頭上を見上げると、雲に覆われていた空のところどころ、ガスがちぎれるように青空が覗《のぞ》いていた。台風一過というべきなのだろうか、風もなく穏やかな朝だった。しかし、背後を見れば、ちょうど北岳をすっぽりと包み込むように濃密なガスがとりまいている。ガスというよりも、それ自体が大きなひとつの雲塊だった。まるで巨大な灰色の城がそこにそびえるようだ。

雲底のあちこちに音もなく青白い稲光が瞬いているのが見えた。

局地的に積乱雲が大きく発達しているのだ。

いったんセンター内に戻り、階段で一階に下りた。

フロアの出入口近くに事務所がある。ドアを開けると、狭い室内にテロリストの男たち三名が床に寝かされていた。いずれも登山用の太いザイルで後ろ手に頑丈に縛ってある。全員が傷だらけの顔をして気絶したままだった。

近くに椅子を置いて、藤野が座っていた。

「神崎さん、もっと眠ってたほうがいい」

「彼らにいろいろと訊《き》きたいことがあるんですが」

「この様子じゃ、当分、意識が戻らないと思うがね」

「武器はどうしました」

「ぜんぶ没収してパトカーの中に入れておいた。車を調べると、ぞろぞろとヤバイものが出てきたよ。ナイフに拳銃、短機関銃。それに爆薬や時限装置らしいものまでな」

「身分証みたいなものはありましたか」

「残念ながら、その類いは見つからなかった。代わりにこいつがあった」

藤野がズボンのポケットから小型トランシーバーをとりだし、静奈に見せた。

「奴らが持っていた無線機だ。連中の交信チャンネルに設定してある」

電源が入っているので、さかんに空電を拾い、雑音を洩らしていた。

それを見ているうちに、静奈は焦り顔になる。

三人のテロリストのうち、ひとりを選んだ。自分と最後に戦った痩身の男だった。しっかりザイルで縛られているのを確認してから、後ろから上体を引き起こし、拳で背中を突いて活を入れた。

男が瞼を開いた。虚ろな視線で周囲を見てから、静奈に気づいた。

男の目を見る。敵意はない。自分たちが不利な状況であることをわかっているのだ。

「訊きたいことがあるの。あなた、名前は？」

「渋沢だ」

素直に答えたが、偽名かもしれない。

「何のために林道を封鎖して北岳山荘に立てこもったの？」

しばし俯き、逡巡《しゅんじゅん》したのち、彼はいった。

「俺たちは金が目当てだった。政府を威《おど》して一億五千万ドルを要求した。だがリーダーの鷲尾さんはそうじゃない。政府が隠していた自衛隊に関する秘匿事項を公式に発表させるためだ」

「内容は？」

「それは俺たちもよくは知らない。カンボジアＰＫＯと、三・一一のときの福島の原発事故に関することだという話は耳にした」

「ＶＸガスを装填《そうてん》した巡航ミサイルの話も本当なのね」

渋沢と名乗った男がうなずいた。

「じゃあ、先の話を聞かせて。あなたたちはこの山からどうやって脱出するつもりだったの？」

「黙秘する」

「あなたたちのグループ以外に、外から協力または手引きをしているメンバーはいるの？」

「黙秘する」

静奈がふと笑った。

「なるほど」

「拷問をされても口は割らん」

「拷問はしないわ」

渋沢は顔を上げた。

「そもそもあんたは何者だ。警察の特殊部隊か何かか」

「南アルプス警察署地域課の山岳救助隊です」

あっけにとられた顔で、渋沢は彼女を見つめた。

「莫迦《ばか》な。何だってそんな奴に俺は……」

静奈は微笑んだ。

「見くびってもらっちゃ困ります。山岳救助隊は遭難者を救助するだけじゃない。この山の平和を守ることも立派な仕事なの」

ゆっくりと顔を近づけ、にらみつけていった。

「私たちがいるかぎり、ここで好きにはさせない」

渋沢は明らかな動揺を見せて彼女を見ていたが、やがて疲れ切った視線を横に流した。

静奈は立ち上がった。

「あとの尋問は藤野さんにおまかせします。私、すぐに行かなきゃ」

藤野は気の毒げな表情を浮かべる。

「むりだよ。北岳への登山道には入れない。台風の風と増水で吊り橋がふたつとも切れて、向こうに渡れないんだ」

さっき外に出たとき、野呂川の水面は見えなかったが、そこから轟々という水音がはっきりと聞こえていた。

静奈は彼らから没収した無線機を足許に置いて、自分の小型トランシーバーをとりだした。それで警察無線のチャンネルに合わせて南アルプス署を呼び出してみたが、応答はなく、空電がもたらす雑音しか戻ってこない。

広河原は高い山に挟まれた渓谷だから、もともと外部への無線が通じにくい環境にある。大きなアンテナが使える高出力の無線機ならともかく、そちらはテロリストたちに壊されたままだった。

「携帯電話は使えるようになりましたか」

「さっき水原さんがアンテナの修理を完了したから大丈夫だ」

すかさずポケットの中から引っ張り出したスマートフォン。液晶画面を見ると、アンテナマークがしっかり三本、立っていた。通話履歴の中から県警航空隊の直通番号を呼び出す。

スマホを耳に当てた。

――こちら航空隊です。

先方が電話に出た。若い男性の声だった。

「南アルプス山岳救助隊の神崎です。すみません、納富《のうとみ》さんはいらっしゃいますか」

――納富さん。パイロットの？

「そうです。〈はやて〉機長の納富さんです。大至急、お願いします！」

静奈ははやる気持ちを抑えつつ、相手が電話口に出るのを待った。

7

「広河原の渋沢との交信が途絶しました」

北岳山荘の方角から足早に歩いてきた陣内が、そう報告した。

山小屋に隣接する小高い丘の上に立っていた鷲尾は奇異な顔を見せる。

「まさか自衛隊か警察が――?」

「それはあり得ないと思います。が、いずれにしても別働班は切り離したほうがいいかと」

「合流はないということか」

「リスク回避のためです」

鷲尾は口を引き結び、頭上を見上げた。

風がまた吹き始めていた。

北岳山荘の上空には積乱雲があって、どんどん巨大に発達している。小屋の外に出て見上げると、暗晦《あんかい》な雲底が広がっているばかりだが、蠢《うごめ》く雲のそこかしこに青白い雷光が不気味に瞬いている。かすかな雷鳴が轟き、音が反響しながら山嶺《さんれい》を渡っていった。

「気圧がさらに下降しています。これはただの積乱雲じゃないようですね」

傍らに立つ陣内が、不安そうな眼差《まなざ》しで空を見ながらいう。「強烈なダウンバーストが発生する可能性があります」

「こんな高い山でそういうことが起きるのか」

「異常気象ですよ、いまは」

鷲尾は渦巻くようにゆっくりと動く雲底を見上げていた。東の空にはまだ晴れ間が覗いているのに、彼らの上空だけは陰鬱なベールに閉ざされている。

視線を変えると、左手にそびえる北岳の威容。

真っ黒なシルエットとなって突き上げる岩稜の山だ。白いガスが屹《き》り立つ岩壁に幾重にもまとわりついている。その幻想的な光景は、まるで中国の仙境を見るようだった。

「陣内。ここに神はいると思うか」

唐突な質問を受けて彼はじっと考えていた。

「山のことはよくわかりませんが、こうしてここに立ってみると、見えない存在を感じます」

「私は強い憎悪のようなものを感じる」

「憎悪、ですか」

「今回のことで、きっと山に嫌われるだろうと、妻がいっていた」

ふと真顔になって陣内がいった。「奥様はいま？」

鷲尾はかすかに首を振った。

「先に息子のところに行ってるといわれた」

「そうでしたか」

「今回のことで、千代子なりにずいぶんと悩んだはずだ。しかし、最後に自分が出て行ったあの朝、そんなそぶりはまったく見せなかった。それが私の妻として、俊介の母としてのあいつ自身のあり方だったのだろう」

知らず妻の面影をたどっている自分に気づいて、鷲尾はそれを振り払った。

ゆっくりと息を吸い、吐いた。それで心の曇りが消えたように思えた。

「立川基地を発《た》ったヘリ部隊の到着は、あとどれぐらいだ」

「およそ十分です」

うなずいた。

時計を見てから、左手に持っていたトランシーバーの電源を入れる。

指定の周波数を表示させ、プレストークボタンを押した。

「こちら北岳の鷲尾だ。指定の時間が過ぎたが、政府からの回答が来ない。よって、これより制裁を決行する」

――無茶だ。少し待ってほしい。

警察庁第一無線通信所の担当官の声が焦っていた。

鷲尾はいった。

「もう、充分に待った。いや、待ちすぎたぐらいだ」

無線のスイッチを切り、また北岳を振り仰いだ。ちょうどそのとき、東の空の晴れ間から差し込んだ光が山全体を輝かせた。まばゆい光芒《こうぼう》に鷲尾は目を細めた。

「鷲尾さん。この山で、過去に何があったんですか」

傍らから陣内に訊かれたが、彼はしばし黙って山を見ていた。

雲が風で流れる。山肌を照らす光がゆっくりと明滅した。高速度フィルムの撮影映像を観ているように、北岳の岩稜の色彩が見る見る暗くなり、明るくなった。憑《つ》かれたように、鷲尾は壮絶なまでに美しい光景に見入っていた。

「息子とふたり、あの山のてっぺんに立ったときはひどい天気でな。雨風にたたられながら必死にふたりして登って、ようやく頂上に到達した。その瞬間、雲間が切れて太陽が覗いた。まるで奇跡のようだった。空から降り注ぐ光が、われわれの上に落ちていた」

目を細めながら鷲尾は回想した。

光の中で、俊介はいった。

自分は父を尊敬している。だから自衛官になると。

あの輝きの中で見つめた息子の顔が忘れられない。白い歯を輝かせながら笑っていた。希望に満ちた笑顔だった。

カンボジアPKOで父が体験した地獄は、息子にはいっさい伝えていなかった。しかし、彼はどこかでそれを知り、理解していたのだろう。だからこそ、のちに自衛隊に入った。あのとき、おのれを試したいのだといった。あえて同じ世界に飛び込んでみたいと。それは父の悩みや葛藤《かっとう》を払拭《ふっしょく》するためではなかっただろうか。

それから二年半。あの日、俊介は帰ってこなかった。

福島の原発事故。放射能にまみれたあの場所から、二度と生還することはなかった。

息子の亡骸《なきがら》はまだあそこにある。

遺骨も遺灰すらも遺族のところには届いていない。

鷲尾はポケットの中に手を入れ、重たい装置を取り出した。

衛星携帯電話だった。

コマンド画面から衛星通信のリンクを確かめて、一号ランチャーのシステムを表示させる。

起爆までのカウントダウンは、当初のプログラムのままだ。〝SMCM〟ミサイルの巡航経路も変更なし。画面上に表示されたコースを確かめてから、最終的な発射モードに設定した。

最後にセフティ解除のための暗証番号四桁を入力する。

鷲尾はいまいちど間近に見える北岳の頂稜を見上げた。

それから東の空に目を向けた。

「一号を発射する」

短くつぶやき、赤いボタン表示にカーソルを合わせてクリックした。

8

北岳肩の小屋からの急登を、夏実たちは急いでいた。

途中、広河原に到着した静奈からの連絡が携帯電話に入ったばかりだった。潜伏していたテロリスト三名を相手に、さっそく大立ち回りを演じたらしい。ちょうど広河原に駆けつけたとき、彼らは藤野巡査長らに危害を加えるところだったという。

最悪なコンディションの中で、それも徹夜の山越えだったにもかかわらず、静奈は相手を倒した。

本人の超人ぶりは何度となく噂《うわさ》には聞いていたし、実際に彼女が出場する空手の大会を応援にいって、その戦いぶりを目撃したこともある。また、毎日のように警備派出所の裏でくり返している空手の形を見ているし、自身を厳しく戒める古武士のような性格はよく知っている。だからこそ彼女からもたらされた吉報が納得できる。

静奈が駆けつけてくれた。それだけでも夏実には嬉《うれ》しかった。

急登の途中で足を停め、振り返った。

さっきから菊島警視が遅れがちになっていて、新人の曾我野たち二名が彼女の補佐についている。

三人の姿が眼下にずいぶんと離れている。

誰かが遅れるといって、それを待ってはいられないのが一般の登山者のパーティと違う点だ。だから、救助隊と犬たちは全力で登る。

両俣分岐の道標を越える頃になると、また風が唸りを上げて吹き付けるようになった。

雨は落ちてこないが、鉛色に低く垂れ込めた積乱雲は、いっそうの不気味さを増して天空を覆うようになっていた。東の空のわずかな晴れ間は、いまでは墨色の雲に塗りつぶされている。

ピュウピュウと耳許で吹きすさぶ突風が不吉な予感をはらんでいる。

夏実の傍をゆくボーダーコリーのメイは、冷たい風に全身の毛を膨らませながら、耳を伏せていた。瓦礫《がれき》に四肢の爪をかけてはリズミカルに登り続けている。背後からは川上犬カムイの息づかいもはっきりと聞こえた。

救助の出動にはいつも不安がつきまとう。

要救助者を発見できなかったり、命を救えないという状況があり得るからだ。

しかし、この出動で隊員たちは、別の意味でさらなる不安に苛《さいな》まれていた。救助の対象は彼らの知人である山小屋のスタッフたち。しかも相手は大自然の猛威ではなく武器を持ったテロリストだ。かつてないケースであるし、事故ではなく事件が現場で起こっていることへの困惑。あるいは恐怖もある。

救助隊員はいつだって自分が命を落とすかもしれない現場に向かうが、殺意を持った人間たちを相手するとわかって、その現場にいくのは、これはもう戦場に向かうのと同じことだ。しかもこちらは完全に丸腰である。

そんな緊張が犬たちにも伝わっているのだろう。

メイもカムイも、いつもの様子とは明らかに違う。

正直いって、犬たちをこの出動に連れていくべきか迷った。山岳救助犬として第一線で活躍してきたかれらは、たんに遭難者を見つけるだけではなく、他の特技もある。だからいつなんどき、犬の活躍があるかもしれないという予察で、メイとカムイを連れてきた。

夏実は少し後悔していた。自分たちばかりでなく、犬たちまで危険に巻き込んでしまうのではないだろうか。

肩の小屋の側から登ると、北岳には偽ピークともいえる丘がひとつある。それを越すと、ひとたびトレイルがなだらかになって、少し下り坂となり、ずっと先に本当の頂上が見える。三年前に立て替えられたばかりの頂上の看板も小さなシルエットとなって、はっきりと肉眼で捉えることができる。

夏実たちは一気にその距離を走り抜け、頂上に到達した。

周囲はガス。景色はほとんど見えない。風が強く、四方から吹き付けてくる。

緊張が高まっていた。

杉坂副隊長が姿勢を低くするように手で合図した。

「この付近は、北岳山荘に立てこもっているテロリストたちの勢力範囲内といってもいい。いつ彼らに遭遇してもおかしくないということだ」

彼らは這いつくばるように前進し、南側の少し高い岩場に向かった。

かつて北岳の標高を三一九二メートルとして立てられた三等三角点よりも、南南西方向およそ二十八メートルの場所にある岩盤が、三角点の位置よりも八十センチ高いということで、のちに公式に北岳の標高が三一九三メートルに変更された。

夏実たちがいるのは、まさにその岩盤の上である。

杉坂の指示で全員が匍匐《ほふく》して、岩盤の南端からそっと覗く。

下方には、間ノ岳に向かってゆるやかに下降しながら延びる稜線があり、途中に北岳山荘がマッチ箱のように小さく見えている。夏実の隣に腹這いになった進藤が双眼鏡をザックからとりだしたので、彼女もそれに倣った。

タスコの八倍率の双眼鏡をそっと目に当てる。接眼レンズを回して焦点を調整する。

北岳山荘の周囲に異常はない。人影もまったく見当たらなかった。

ときおり東から西へ吹く風に乗った白いガスが、視界を通過してにわかに景色が見えなくなるが、少しするとまた北岳山荘が忽然と現れる。それを見ながら夏実は胸の動悸《どうき》を感じた。あの中でスタッフたちが人質になっている。

松戸もどこかにひそんでいるはずだ。しかし、こちらから彼に携帯電話などの通信を試みるわけにはいかない。それが命取りになる可能性があるからだ。

こんなに緊張感に包まれながら、ここから北岳山荘を見下ろすなんて、初めてのことだった。

そんなことを考えつつ、隣に目をやると、すぐ傍にメイが腹這いになっていて、ちょっとびっくりした。まるで人間の真似《まね》をするように、メイは伏臥する夏実の隣で同じ姿勢になっていた。目が合ったので微笑んでみせた。

「大丈夫だよ。きっとみんな無事だから」

小声でいって、メイの頭をそっと撫《な》でた。

「ここから北岳山荘までの道を降りていけば、敵に見つかる可能性が大きいですよ」

近くにいた関隊員がいう。「ガスが隠してくれているうちはいいけど、ひとたび晴れたら身を隠す場所がない」

夏実が関の顔を見た。

「あの、実は私――」

彼に声をかけようとした、そのとき、奇妙な異音がした。

一瞬、何が起こったかわからなかった。

周囲を見回しているときだった。

彼らがいる北岳頂上から見て南側の山腹。まさに北岳山荘に下るトレイルの途中のどこかから、煙をまき散らしながら何かが飛び出した。

小さな飛翔体だった。

耳をつんざくような爆音をともない、細長い白煙を曳《ひ》いて飛んだ。見る見る高空に上昇したかと思うと、北岳の頂上と同じぐらいの高度、つまり高度三千メートル付近で水平飛行に移った。

「ミサイルだ！」

声を放ったのは関だった。

ロケットモーターの甲高い噴射音がすさまじい。耳を覆いたくなるほどに。

夏実はあわてて双眼鏡を顔に当てた。

飛翔体の曳く白煙の先端を目で追うと、オレンジ色の弾体がはっきりと確認できた。その胴体の横から飛行機の翼のようなものが左右に突出している。異様な音を発しつつ、後部のノズルから白煙を噴射しながら、それは徐々に高度を落としていた。

一瞬、ミサイルが墜落するかと思ったが、予想は外れた。地形に沿って飛び始めたようだ。東の空に向かって白煙がするすると延びてゆく。

「まさか……あれを東京に向けて発射したのか」

深町の言葉に夏実は絶望感を覚えた。

ミサイルは東側に延びる池山吊尾根の南側上空を通り、夜叉神峠のほうに向かっていき、やがて山をとりまくガスの彼方に見えなくなった。

後部ノズルから曳いた白煙が風に流されながらも、しばらく残っていた。

足音がして、夏実たちは振り向いた。

曾我野と横森にサポートされた菊島警視が、ようやく頂上にたどり着いたところだった。肩を上下させて喘《あえ》ぎながら、彼女は空を見ていた。

「今のは……」

杉坂副隊長が岩場から飛び降りて傍に行った。

「菊島さん。最悪の事態かもしれません。ガスを積んだミサイルが東京に向けて発射されました。すぐに警察庁に連絡を入れてもらえますか」

啞然《あぜん》として杉坂の顔を見ていた菊島が無言でうなずいた。満面に汗を浮かべたまま、あわてて懐から衛星携帯電話を取りだした。

夏実は向き直り、ミサイルが消えた東の空を見た。

松戸の情報が間違っていたらと思う。しかし本当だったら、東京は阿鼻叫喚《あびきょうかん》の惨劇の舞台となる。地下鉄サリン事件の何十倍、何百倍もの恐ろしいテロだ。何千、何万という人が苦しんで死ぬのかもしれない。

夏実の友人、知人、親戚などもいっぱい住んでいる都会である。それだけじゃない。あそこには一千三百万の人口が。いや、首都圏全体とするならもっとだ。

思考停止になりかかっていた。

無意識にメイの躰に手をかけて抱き寄せていた。

白煙はすでに風にかき消され、また黒と灰色の混じったガスが周囲の景色を覆い始めた。

眼下に望める北岳山荘の小さな姿も、やがて見えなくなった。

9

――午前七時十三分頃、北岳より巡航ミサイルが発射されました！

危機管理センター内に、連絡担当のスタッフの声が響いた。

各部署のテーブルで雑談をかわしていた大勢が、ピタリと口を閉ざした。

誰もがいつか来るかもと予想していた言葉なのに、一方でそれはないだろうと楽観していた言葉でもあった。だからこそ、その場に居合わせた全員が打ちのめされ、棒立ちになった。

――中部航空方面隊、中部航空警戒管制団の御前崎第二十二警戒隊のレーダーサイトから送られてきたリアルタイムの映像が中央スクリーンに出ます。

伊庭内閣危機管理監は硬直したまま、それを見た。

日本列島中部地方から関東にかけての地図。南アルプスの一角から赤い光点が線を引きながら東京を目指して延びている。すでに発射されて数分が経過していた。山梨県を横断し、甲州市上空を越えたところだった。見ているうち、なおもグングンと東京に迫っている。

「こちらへの到達時間は？」

伊庭が叫んだ。

――現在の巡航速度だと、都内中心部まで約四分です。

田辺首相があわただしく伊庭のところに走ってきた。

「迎撃はできないのか！」

「むりです」

「何のための自衛隊だ」

「自衛隊でも米軍でも、飛行中のミサイルを撃墜するなんて、むりなものはむりです。ましてや全長一メートルに満たない小さな標的ですよ。不可能もいいところだ」

「ヘリ部隊は？」

「あと十分で北岳に到着しますが、ミサイルはすでに放たれています。鷲尾たちを殲滅《せんめつ》しても、被害は変わりません」

「莫迦な！」

田辺は真っ青な顔で目を剝いた。「だったら東京は……」

「総理。都民に退避勧告を！」

「何をのんきなことをいっとるんだ」田辺が角幹事長を怒鳴りつけた。「たったの四分で、いったい何人が避難できるというのかね。たんにパニックをあおるだけだ」

そうしているうちにも、赤い光点がラインを引きながら東に向かって進み続けている。

「われわれも――」

ふと気づいたらしく、田辺がいった。声が震えていた。「ここにいて大丈夫なのか？」

「本センターは基本的に対爆仕様に工事しておりますが、ガス兵器に関しては想定外です」

伊庭がそう答えると、田辺首相の顔からさらに血の気が引いた。

「だ、だったら早く避難しないと」

伊庭は腕時計を見た。「あと三分です。どこにも行けませんよ、総理」

「何てことだ」

「VXガスと巡航ミサイルを準備された段階で、すでに鷲尾たちの優位は見えてました。われわれの負けだ」

「勝ち負けの問題じゃないだろう。どうするんだ、この事態を！」

「神に祈るだけです」

伊庭がいったとき、連絡担当のスタッフの声がした。

——巡航ミサイル、飛行中。現在、多摩川上空を時速七百五十キロ、高度六百メートルで、真東に向かっています。都心部までおよそ一分三十秒。

伊庭は満面に噴き出していた汗を手の甲で拭った。

その手が氷のように冷たかった。心臓だけが激しく高鳴っていた。

巡航ミサイルの赤い光点が、世田谷区から渋谷区の上空へ。そして千代田区に侵入した。

危機管理センターの中はしんと静まりかえっていた。誰もが声もなく、息づかいも聞こえない。ただ、全員が巨大スクリーンの中を進んでいく赤い光点に目を奪われている。

——巡航ミサイル、東に進路が逸れつつあります。

ふいにスタッフの声がした。

——中央区上空。江東区へ。

伊庭も異変に気づいた。

明らかにミサイルのコースが南にカーブしていた。

何らかの事故なのか、それとも意図的なものなのだろうか。

——東京へリポート上空を通過。江戸川対岸にある東京ディズニーランドに向かっています。

「まさか！」

茂原官房長官がデスクに両手を突いて立ち上がった。

しかし、地図上を進む赤い光点は、早くもその上空を通過していた。

——巡航ミサイル、東京湾へ……いま、レーダーから消滅しました。

危機管理センター内が、一気に喧騒に包まれた。

あまりに大勢の声が交錯していて、誰が何をいっているのかまるでわからない。

「どうだった。ミサイルはどうしたんだ！」

田辺首相の裏返った声だけは耳障りに響いている。

——木更津駐屯地から第一ヘリコプター団が出発。ミサイルが消滅した東京湾付近の調査に向かいます。

スタッフの声を聞きながら、伊庭はまだスクリーンを見ていた。

センター内はホッとした安堵《あんど》の空気に包まれていた。誰もが助かったと思っている。

しかしそれはいっときのことだ。毒ガスが散布されたとしたら、たとえそれが東京湾上だとしても、ただではすまない。風向きによっては東京の沿海区域が被害を受ける。

そのとき、別の連絡スタッフから声がかかった。

——北岳に立てこもっているテロリスト集団のリーダーから警察庁第一無線通信所あてに無線の通信が入りました。危機管理センターの総理と直に話したいとのリクエストです。

田辺首相が息を呑《の》んだ。緊張した顔で咳払《せきばら》いをしてから、いった。

「つなぎたまえ」

しばらくして、壁に設置されたスピーカーから雑音とともに男の声が聞こえた。

——私は鷲尾一哲。北岳山荘を制圧した決起部隊のリーダーである。今、発射した〝ＳＭＣＭ〟にＶＸガスは搭載されていない。こちらがあくまでも本気であることをあなた方に理解してもらうための示威《じい》行為としてダミーを発射した。しかし、二号機、三号機にはそれぞれガスを封入したステンレス容器がセットされている。首都圏に到達と同時にミサイルは近接信管で爆発し、上空三百メートルからガスを広範囲に散布する。二号機の発射は、今から三十分後とする。

「ま、待ってほしい」

田辺があわてていいかけたが、鷲尾は問答無用とばかりに通達してきた。

――われわれの要求事項である隠蔽《いんぺい》されたふたつの真実を明らかにせよ。さもなくば、次は〝実弾〟を発射する。ランチャーから放出されたミサイルは、プログラムどおりに飛行する。いったん発射されたら、こちらからの制御は不可能である。十五分以内に返答しろ。

「十五分なんてむりだ。こればかりは私ひとりの一存で決めることができない。だから――」

――すでに立川基地からヘリ部隊が飛び立っていることは知っている。そうやって時間を引き延ばして、われわれを攻撃するつもりだね。

「ば、莫迦な。人質の命をみすみす危険にさらしたりするものか」

――嘘《うそ》をついてもわかる。もともとあんたたちは発表をするつもりはないのだ。

「そんなことはいってない」

――歴史に名を残したいのだろう？　田辺首相。だったら、その望みをかなえてやる。

通信が途絶えた。

田辺は蒼白な顔で振り返った。

「ヘリ部隊はまだ到着せんのか！」

伊庭はゆっくりとかぶりを振る。「鷲尾はとっくに察知しているようです。この状況でうかつにヘリ部隊を近づけるのもどうかと思いますよ」

「しかし、他に方法がないだろう?」

「間ノ岳から山を渡っている第五十五普通科連隊のことは、さすがの鷲尾も知らないはずです」

いわれて田辺の顔にパッと朱が差した。「そうだ」

「彼らの到着まで何とか時間を稼ぐしかない。大至急、NHKに連絡をして緊急放送の用意があるとテロップを流させるんです」

「しかし!」

「内容はどうでもいいんだ。こちらの〝やる気〟を鷲尾に伝えるだけです」

「正式な手続きもなしにNHKがそんなことを許可するはずがない」

「だったら、あなたから直に会長に指示しなさい。トップダウンがあればすべてが動きます」

田辺は唇を小刻みに震わせながら伊庭を見ていたが、ふいに決意したように、傍らの受話器を取って耳に当てた。

そのとき、別のスタッフの声がした。

——山梨県警本部より連絡がありました。広河原に潜伏していたテロリスト三名を、現地の警察官二名が確保したようです。

「林道を爆破した連中か」

岡田警備局長がいった。しかし表情は昏《くら》い。

何しろ、現地に行くことができないのだ。

「その三名から何か聞き出せたのかね」

——いずれも尋問にはほとんど答えず、明らかになったのは姓名ぐらいのようです。

伊庭は疲れ切った躰を座席に落とした。

しばし額に拳を当てて、目を閉じていた。

極度の緊張のせいで、神経が焼け切れそうになっていた。しかし意識は冴《さ》えている。

北岳にいる山岳救助隊からもたらされる情報は、ことごとくこちらが掴んでいるものばかりだった。

向こうは必死なのだろうが、戦略的には何の価値もない。彼らの徒労を思うといたたまれなくなる。

そう思ったとき、別の言葉が記憶によみがえった。

NL６６５６０——といっていた。それが何だったのかを考えているうちに、唐突にある仮説が脳《のう》裡《り》に浮かんだ。

まさかと思った。

「有馬さん！」

伊庭はまた勢いよく立ち上がり、防衛事務次官の名を叫んだ。

10

ガスが白く流れていた。

南側の斜面を這《は》い上がってきたかと思うと、うねり、渦を巻きながら空の高みへとさらに昇ってゆく。それを鷲尾は見上げていた。頭上の積乱雲はなおも発達を続けているようだ。

右手にはまだトランシーバーを握ったままだ。

つらそうな顔をして遠くを見ながら、陣内がいった。

「ご存じだったのですね」

鷲尾は彼の横顔に視線を向けた。

白髪交じりの無精髭《ぶしようひげ》の間にうっすらと寂しげな笑みが浮かんでいる。

「政府はわれわれの要求には応じない。それを認めるぐらいであれば都民を見殺しにすることなど造作もない」

しばし考えてから、うなずいた。

「やはり最初から無謀な決起だったようですね」

「そうは思わない」

耳許をかすめて冷たい風が吹いてきた。鷲尾は目を細めた。

「われわれがこうして決起したことを、国民はいやでも知ることになる。その理由もな。たとえ政府がそれを認めずとも、歴史に埋もれた真相はいやでも明らかにされるだろう。テロや戦争が絵空事でなく現実そのものであることを、彼らは身をもって知ることになる」

「それでよろしいのですか」

問われて鷲尾はまた視線を変えた。

ガスの合間に北岳の頂稜が黒々と屹り立っていた。

「息子に先立たれて半年後、私はまたあの山に登った。ふたりの思い出の場所だったからだ。本当は遺骨を持っていくつもりだったがな。遺体も戻らなかったから、息子の写真を持参した。私はひとりで北岳の頂上に立った。そこで写真を焼き、風に流そうと思っていた。それが息子との別れの儀式になるはずだった」

「何があったんです」

あのときのことを鷲尾は思い出していた。

陣内に語った。

北岳の山頂は周囲をガスに覆われていた。だが、彼の背後だけ、それが途切れて、つかの間、太陽が顔を覗かせた。刹那、異変が起こった。

頂上の懸崖《けんがい》の上に立つ鷲尾の目の前に、虹色の光輪が出現していた。

その中に真っ黒な影があった。

「ブロッケン現象ですね」

いわれて鷲尾はうなずく。

太陽が背後にあり、自分の前にガスがあるときに起こる現象だ。山ではまれに見られるものだったし、飛行中の航空機が雲に影を落とすときも周囲に光輪が生じることがある。

だが、その影はどこか異様だった。

右手を動かせば、向こうも右手を動かす。左手を挙げれば、同じ動作をする。しかしながら自分のようでいて、そうではない。そこにはっきりとした無言の意思のようなものを、鷲尾は感じたのである。

しばしの間、彼は山上に立ちつくし、影と対峙《たいじ》していた。

ふいに山の声が聞こえた。

——復讐《ふくしゅう》するは我にあり。

周囲を見渡した。そこには自分以外に誰もいなかった。

復讐は人ではなく神こそがなせる業《わざ》。聖書にはそうあった。目の前にある光と影は神の姿ではなく、自分自身の投影である。復讐するは我にあり。すなわちそれは、おのれに向けられた言葉であった。

「そのとき、私は決意したのだ。かりそめの平和を享受する愚か者たちへの報復を」

「だから、あなたは私怨とおっしゃった」

「きみをそこに巻き込んでしまったな」

「今さら何をおっしゃる。二十年来の古女房じゃないですか」

いわれて鷲尾は初めて笑みを見せた。


北岳山荘の中に戻ると、出入口の土間に氷室と加藤、畠田が立っていた。それぞれ肩からスリングでイングラムM11短機関銃をぶら下げ、腰にはグロック17拳銃を差していた。


小屋の中に上がり込む鷲尾と陣内に氷室が声をかけた。

「鷲尾さん。そろそろ脱出の用意を」

「政府が公式発表をするまでは、ここを動かん」

「一億五千万ドルはスイス銀行の指定口座に振り込まれたんですす。目的の半分は達成したじゃないですか」

「私は金が目当てで決起したのではない。もっとも、そのことをお前に理解してもらおうとは思わないがな」

皮肉を返され、険しい顔で佇立《ちょりつ》する氷室たちの傍を通り抜けて、鷲尾と陣内は食堂に入っていった。

管理人の三枝、七名のスタッフ。くわえて松戸颯一郎の姿がある。

彼は後ろ手に縛られたまま、窓際のテーブルの椅子のひとつに座らされていた。雨に濡れたまま満身創痍《まんしんそうい》。顔も傷だらけである。のみならず、背中が血まみれなので調べると、氷室のイングラムから放たれた九ミリクルツ弾が食い込んでいるようだ。あのとき、乱射された何発かが当たったのだろうが、どうして生きているのか不思議だった。しかも、見下ろすような垂壁から落下したというのにである。

今朝、鷲尾が彼を捕らえたあと、氷室が拷問をくわえようとしたので制止した。彼としては幾度も逃げられて悔しかったのだろうが、そうした部下の狼藉《ろうぜき》を許すわけにはいかない。松戸はここの責任あるスタッフのひとりとして自分の戦いをしてきたのだ。それもこれだけ不利な状況で、よくぞ今まで生き延びたとすら思う。

壁にとりつけられた液晶テレビが映っていて、スタジオで青いスーツ姿の女性アナウンサーが何かをしゃべっている映像だった。音声は消してあるようだ。

「鷲尾さん。ＮＨＫがさっきテロップを流しました」

人質の見張りをしていたひとり、梶川がいった。興奮を抑えている。「これから三十分後に特別枠で、政府による発表を放送するそうです。奴らはわれわれの要求を呑んだんです」

「喜ぶのは早い。テロップを流すだけなら簡単な話だ。実際の放送を見てからのことだ」

冷たく切り捨てられ、梶川が真顔に戻った。

「三十分も待てません。ヘリ部隊がこっちに向かってますよ」

「こちらもそれを待っているところだ」

「しかし、われわれは対空戦闘の装備を持っておりません」

「戦うばかりが戦法ではない。ツメが甘ければ、何をやっても挫折するということだ」

言葉の真意をくみ取れず困惑する梶川に、鷲尾は背を向け、窓際に座らされた松戸颯一郎のところに歩み寄った。身をかがめて、傷だらけの髭面を見る。

目が合った。にらみつけてくる。疲れ切った表情だが気力がみなぎっている。

「先ほど、きみが落ちた崖を見てきた。あれは血ではなくペンキだった。後ろから撃たれることを計算してザックに詰め込んでいたのかね」

松戸は答えない。ただ怒りに燃えるような目で鷲尾を見ている。

この男は根っからの戦士だなと思う。自衛隊にいれば有能な人材になれただろう。

だが、彼にはやはりこの山が似合っている。ここにいるからこそ、実力以上のことがやれたのだ。

鷲尾たちは、しょせんここでは招かれざる客なのだ。

「外の様子が変です」

いいながら食堂に飛び込んできたのは部下の小諸だった。

窓を指差すので、彼は急いで歩み寄り、外を見た。それまでガスはかかっていたが、小屋の周囲の視界は明るかった。それがいつの間にか真っ暗になっている。たかだか五分程度前、鷲尾たちが外にいたときには、まったくそんな気配もなかった。

「積乱雲がまさか――」

そういったとたん、食堂の窓すべてがいっせいに音を立てて震えた。いや、北岳山荘自体が地震のように揺れている。窓ガラスに派手な音を立てて、何かが当たり始めた。

真っ白な雹《ひょう》だった。それも直径一センチ以上の大きさだ。

乱雑な足音がして、数名の部下たちが食堂に駆け込んでくる。

「鷲尾さん。凄い風です。立っていられません。それにでかい雹が……」

ひとりがいいかけたとたん、窓ガラスの一枚が大きな音を立てて割れた。たちまち風と大粒の雹が食堂内に吹き込んでくる。人質になっていたスタッフたち、とりわけ若い娘たちがいっせいに悲鳴を上げた。

「ランチャーは大丈夫ですか」

陣内に訊かれ、鷲尾はまた窓を見た。

「頑丈に岩に打ち込んでいるから、これぐらいの風ならびくともしない」

そういってから、ふいに眉間に深く皺《しわ》を刻んだ。「しかし、この風がある間は、〝ＳＭＣＭ〟の射出はできない」

陣内が神妙な顔で彼を見つめた。

11

突然、周囲にバタバタと激しい音がし始めた。

夏実は最初、何かと思った。足許に真っ白で大きい粒のようなものが落ちては、砕け散ったり、てんでに跳ね飛んだりしている。

雹が降り始めたことに気づいた。それもかなり大きい。

メイを従え、茫然《ぼうぜん》と立ち尽くしてそれを見ていた。

頭上の空はすでに墨汁を一面に流したように真っ黒になっていた。

他の救助隊員と菊島警視も、頂上の岩場で立ち往生していた。すさまじい音を立てて降ってくる雹が、頭や肩に痛いほどだ。逃げ場などないため、必死に耐えるしかない。大きいものは直径が一センチ以上もある。

おかげで石礫《いしつぶて》を投げつけられているような惨状だ。それも絶え間なく。

夏実は思わずメイを抱きしめていた。自分の躰で大粒の雹が当たらないように防いでやる。傍らで進藤諒大もカムイをかばうようにして岩場にかがみ込んでいる。

ところが雹だけではなかった。

突然の颪。

背後からいきなり吹き付けてきた。躰が飛ばされそうになる。見えない津波に呑まれたのかと思った。

「身を低くしろ。颪にさらわれるぞ！」

杉坂副隊長の大声で、あわてて岩角にしがみついた。他の隊員たちも姿勢を低くした。

まるで空気が固体になったようだ。岩場の砂や小さな石粒までを巻き上げては、居合わせた者たちに叩きつけてくる。少しでも躰を持ち上げようものなら、すかさず颪に捕まってどこかへ飛ばされてしまいそうだ。

もし飛ばされたら、ひとたまりもなく高度差六百メートルのバットレスの垂壁を落ちていく。だから、全員が必死だった。通常の耐風姿勢ではままならず、とにかく腹這いになって、なるべく身を低くする。足を突っ張り、指先を岩のクラックにねじ込むようにして、躰を大地に固定する。そうしながら、夏実は片手でメイを抱えていた。

耳を伏せたメイの被毛が猛風の中で踊り狂っている。

そうしているうちも、夏実の脳裡に絶望が憑《とりつ》いていた。先ほど、眼下から飛び出していったオレンジ色の巡航ミサイルのことだ。あれからもう十五分以上は経過している。今頃、首都圏に到達したはずだった。

そこで起こっている惨状を想像する気になれなかった。

いったい、なぜそんなことにと、夏実は何度もくり返して思う。目尻を拭《ぬぐ》っても拭っても、涙があふれてしまう。それが颪にさらわれて飛んでいく。

そうしているうち、少し風がおさまってきた。

まだ、立ち上がることはできないが、腹這いになっていれば、吹き飛ばされるほどではない。空は相変わらず轟々と唸りをあげ、彼らの周囲を濃密なガスが渦巻いている。

気配がして肩越しに後ろを向くと、匍匐《ほふく》しながら誰かがやってきた。驚いたことに菊島警視だった。片手に衛星携帯電話を握っている。

「いま、本庁から指示がありました。ミサイルは東京上空を通過、東京湾に落ちたそうです」

強風の中で菊島が大声を張り上げていった。

「東京湾に？」と、杉坂副隊長。

「VXガスは搭載されておらず、ダミーだったようです」

それを耳にして夏実はホッとした。安堵《あんど》のあまりに気が遠くなりそうだった。

「ただし、あと二基のミサイルを発射させるランチャーが、この北岳頂上付近に設置されている。その場所を突き止めてほしいということです」

「その二基には間違いなくガスが搭載されているんですね」

杉坂の質問に菊島がうなずく。

「最初は脅し。次から本番というところだな」と、夏実の隣で進藤がつぶやく。「このまま北岳山荘に向かっても、武器も持たない俺たちの力で人質を救出することはできない。しかし山の地の利をわきまえているわれわれに、ミサイルの捜索は適任だと思う」

「でも、松戸くんたちが――」

「星野の気持ちはよくわかるよ。だが、今、何をすべきかを考えたらそれしかないんだ」

杉坂にいわれて、夏実はうなだれる。

「犬に臭気を捉えてもらうことはできるの？」と、菊島が訊いてきた。

「エアセントといって空気中を漂う臭気を追うのは、こんな強風の中ではむりです。地鼻を使って跡をたどるのなら、何とかなるかもしれませんが」

カムイのハンドラーである進藤がいった。「いずれにしても原臭がなければ」

「原臭？」

「たとえば行方不明者を犬に捜させるのに、その人が着用していた服などの匂いを嗅がせます」

納得したらしく菊島がうなずいた。「なるほど、彼らの原臭を確保することは難しいわね。だいいち、うかつに近づくと敵に見つかる恐れがあるわけだし」

「大丈夫です」

全員が夏実を見た。「ここから北岳山荘に行く枝道なら知っています」

「お前、どうして？」と、進藤が驚く。

「さっきいいそびれたんですが、松戸くんにいろいろと教えてもらったの。メインルートを外れて、稜線の西側をトラバースしてから登り直すルートがあるんです。そこをたどれば彼らに見つからない。山小屋の中に入らなくても、周囲には彼らの靴痕がいっぱい残っていると思う。メイにそれを憶えさせます」

「無茶をいわないで。あなたみたいな女の子ひとりに何ができるっていうの」

菊島が風になぶられる髪を押さえながらいった。表情が険しい。

「俺もいっしょに行きますよ」

声がして、夏実は振り返った。「深町さん？」

彼は真顔でいった。

「いずれにしても、ミサイルのランチャーを捜すのに、グループがひとかたまりで行動しても仕方ない。最低でも三班に分けて、山頂の周囲を捜索する必要があると思います。だから、俺は星野と北岳山荘方面に行きます」

「そういうことなら仕方ないな」

杉坂が苦笑しながらいった。「ここで班分けする。関は曾我野といっしょに菊島さんと三名で八本歯方面へ。進藤とカムイは、俺と横森とともに両俣尾根方面に行く。誰か異論はあるか？」

「ないです」関と進藤が声を合わせてしまい、思わず笑った。

12

第四対戦車ヘリコプター隊から選抜された、四機の攻撃ヘリAH－1Sと偵察ヘリOH－1が低空を飛行している。

北岳付近に局地的に前線が発生しているという気象情報を知って、飛行コースを南寄りに変更。いったん静岡県の太平洋沿岸近くまで飛び、そこから北上する。直線で行けばとっくに北岳に到達している頃だが、予定よりも十五分ほどよけいにかかっていた。それでも南アルプスに沿って北に向かい、前線展開地へ近づくにつれ、しだいに気流が乱れてきた。

機体が小刻みに振動し、メインローターが風を受けて不安定に揺れている。

一般の航空機に比べてヘリは風の影響を受けやすい。だから、風向きは常に意識する。

台風十七号はどんどん西に遠ざかっているのに、この空域はなぜかブラックホールのように低気圧の巣になっている。

おそらく現地の低気圧が異常に発達して、スーパーセルと呼ばれる巨大で強力な積乱雲になっているものと思われた。もしヘリがそこに入るようなことがあれば、地上にたたき落とされる可能性もあった。

しかし機長であり、チームアルファの小隊長でもある矢口三等陸佐にとって、当面の不安は別のところにあった。

「相変わらず、上から目線されてますよ」

OH－1ヘリの副操縦席からインカムで伝わった谷崎一等陸尉の声に、矢口三佐は片手でサイクリックレバーを握ったままキャノピーの上を見た。

右斜め上方に迷彩模様の機体が見える。

固定翼の両端につけたツインのプロップローターはエンジンとともに前方に倒されている。すなわちふつうの双発機と同じスタイルで、今、V－22オスプレイは飛行していた。矢口たちの操縦するヘリOH－1よりもかなり高空。両機の間の高低差は百メートル以上あった。

だから谷崎は「上から目線」だといったのだ。

オスプレイは国内の導入反対意見を政府が押し切ったかたちで、一機およそ百億円で十七機が購入され、そのうち七機が海上自衛隊に、十機が陸上自衛隊に納入された。立川飛行場のSと呼ばれる格納庫には三機が搬入されていた。

それから一年が経過したが、けっきょくティルトローターという独特の構造を持つオスプレイは、ヘリのような汎用性がなかった。自らが起こす下降気流によって、かんたんに揚力《ようりよく》を失うという性質上、事故が起こりやすいことから、たとえば災害救助に使うにはホバリングの安定性に問題があった。当然ながらNOEなどの超低空飛行には適さないから山岳救助にも使えない。それがゆえ航続距離の長さと最高速度の速さ、兵員輸送能力というまさに軍用機としての長所を活かせぬまま、長らく倉庫に眠っていたのであった。

それがなぜ、今になって突然という疑問が矢口の中にある。

しかもディパーチャーの管制とのやりとりは、彼ら第四対戦車ヘリコプター隊と同じチャンネルだったにもかかわらず、フライト中のエアバンドが別のチャンネルというのも腑《ふ》に落ちない。つまり同じ目的で出動しても、彼らとは指揮系統がまったく別だということだ。

理由は矢口たちにも明らかにされていなかった。

斜め上を飛行するオスプレイから目を離し、彼はレーダースクリーンに意識を集中した。

このまま前進すれば、あと数分で北岳に到着する。だが、局地的に発生している前線が問題だった。左の山肌を覆っていたガスは、今は上空にも広がっていて、天候のふたたびの悪化を予想させられた。

――ディス・イズ・チャーリー。アルファ1。レッド1、ノーコンタクト。レッド1、ノーコンタクト。

部隊本部から無線が入った。あわただしい男の声がインカムに飛び込んでくる。

矢口は驚いた。〝レッド1〟は上空を飛行中のV－22オスプレイの暗号名だった。航空無線の呼び出しに応答しないという。

「チャーリー、レディオトラブル？」

――ネガティブ。

通信装置の故障ではないといっているのだ。

「どういうことでしょう」

副操縦席から谷崎が不安な声を送ってくる。

矢口はまた上空を飛行中のオスプレイを見た。こちらからオスプレイへの呼び出しを試みてみようと、チャーリー＝本部に連絡を入れようとしたときだった。

ふいに上空に異変を感じて、矢口はまた上を仰ぎ見た。

思わず目を疑う。

オスプレイが加速し始めていた。ゆっくりとその機体が前方に離れてゆく。

矢口は部隊共通のエアバンドのチャンネルに切り替えて呼びかけた。

「ディス・イズ・アルファ1。レッド1、リクエスト・コンタクト！　レッド1、リクエスト・コンタクト！」

しかし返電がない。

オスプレイはさらにヘリ部隊から距離を取り、灰色の空の中の点のようになっていた。

「追跡しますか」

「無駄だ。奴に追いつけるはずがない」

オスプレイは最高時速五百六十キロメートルをたたき出す。

このOH－1は二百七十八キロ、戦闘ヘリのAH－1Sにいたっては二百二十七キロしか出ない。ゆうに倍近い最高時速の差があるのは、やはり双発のローターを前に倒して固定翼モードになれるティルトローター機ならではの性能だ。

やがてオスプレイの機影はガスの向こうに消えた。

矢口はそっと吐息を洩らす。

やはり悪い予感は当たっていた。もとより何かの陰謀がここにあった。それが予定通りに始まっただけのことなのだ。

本部に事態を報告するために、矢口は無線のチャンネルを戻した。

13

首相官邸地下の危機管理センターに防衛担当の連絡スタッフの声が飛んだ。

――オスプレイが単機、ヘリ部隊から離れたそうです。まもなく北岳に到着する模様。

伊庭は拳でテーブルを叩いた。

「ちくしょう。やられたッ」

鼻に皺を刻み、歯軋《はぎし》りをした。

官房長官や幹事長の視線が向いていたが無視する。

NL66560というコードを南アルプス山岳救助隊の江草から聞いたとき、ピンと来るものがあった。すぐに有馬防衛事務次官にいって、意味を調べてもらった。NLとは〈ノースランド〉の略。それが陸海自衛隊が保有する十七機のV－22オスプレイのうち一機の機体番号であると、今し方、防衛省から連絡が入ったばかりだった。

立川飛行場の〈S〉と呼ばれる倉庫に、オスプレイが三機、収容されていた。

そのうちの一機がまさにそれに該当する機体番号。今回の作戦行動に参加。木更津から発進した第四対戦車ヘリコプター隊とともに北岳に向かったという。当初は山越えで現地に向かった東部方面隊第五十五普通科連隊の回収のためだといわれていた。

ところが該当部署からの報告だと、そういうオペレーションはないはずだという。

伊庭が連絡を受けた直後の急報だった。

「これはどういうことだ」と、田辺首相がいった。

「わかりませんか、山に立てこもった連中以外にも、鷲尾の手の者が自衛隊内にいたということです。それも、よりにもよって東部方面隊のヘリコプター部隊に、です」

「何をいっている」

「これが奴らの脱出作戦なんですよ」

伊庭は立ち上がり、壁際のスクリーンのオペレーター席まで足早に歩いた。

画像を切り替えて日本列島の地図を表示させる。

「ここが北岳です」

グリーンのレーザーポインターで、列島中央部の南アルプス付近を指し示した。

それから日本列島の周囲をぐるりと円を描いてみせた。「――オスプレイの戦闘行動半径は六百キロといわれています」

そこから日本海を経て中国大陸方面に光点を移動させる。「空荷でまっすぐ飛行した場合の最高航続距離は三千八百キロメートル。つまり朝鮮半島を越して、ゆうに中国奥地、いやロシアまでも無給油で飛んでいけるんです」

センター内にざわめきが起こった。

「今さら騒いでどうするんですか。専守防衛の枠を越え、海外の紛争地に自衛隊の兵力を送るためにこそ、オスプレイはあるんですよね。それを、まんまと逆手にとられたわけですよ」

「奴らはすべてわかっていたと?」

田辺の憤った言葉に、彼はふっと冷笑を見せた。「そりゃ、そうです。有事の際に戦場に行くのは彼らなんですから」

伊庭はゆっくりと向き直り、政治家たちを見つめた。

「平和主義の名分を捨ててまでして、あなたたちが獲得した安保法制の脆弱《ぜいじゃく》さは、つまりこういうことなんです。今さらアメリカの軍事力の傘の下で平和が保てるわけではない。むしろ、よけいなトラブルを招くことになる。オスプレイはあくまでも攻撃兵器です。それを十七機も、あなたたちはまんまと乗せられてアメリカから購入したんです」

伊庭にいわれて、田辺首相や閣僚たちはわざとらしく目を逸らした。

何とか話題を変えようと必死になっているのだ。

「しかしだね。海を渡って逃げるにしろ、他国の空域に無断で侵入すれば、領空侵犯で迎撃されるのでは？」

角幹事長の言葉を耳にして伊庭がいった。「鷲尾にそんな抜かりがあるとは思えません。すでにどこかの国への亡命ルートも手配しているんじゃないでしょうか」

「オスプレイのことはもういい。北岳の現地はどうなっている」

田辺首相が疲れ果てたような声でいう。

「現在、南アルプス中央部から北端部にかけて、局地的な前線が発生。積乱雲が急速に発達してスーパーセルになり、風速四十メートルを超える猛烈な風が吹いているようです」

情報担当スタッフの声に、田辺はまた苛立ちと不安な表情を見せた。

「そんな状況下ではヘリの接近はむりではないか」

伊庭はいった。

「さいわい巡航ミサイルの発射も不可能だと思います」

「それは好都合だな」と田辺が安堵の顔を見せる。

「第五十五普通科連隊の現在地はどこですか」

伊庭の質問に防衛省の有馬事務次官がやってきて、国土地理院発行の二万五千分の一の地形図を広げた。北岳と間ノ岳の稜線を結ぶ場所に、赤鉛筆でバツ印を描き込む。

「数分前にここに到達したと連絡が入ってます」

「中白根山……ここから北岳山荘までの歩行時間は？」

「およそ三十分です」

伊庭は拳を握り、力を込めた。「行ける。これで奴らの裏をかける」

——気象庁から報告。ただいま、南アルプス北岳付近の巨大積乱雲に異変。かなりのエネルギーを持った漏斗雲《ろうとうん》が発生し、強烈なダウンバーストが生じているようです。

スタッフの声に彼は振り返る。

「ダウンバースト？　まさか竜巻になるんじゃないだろうな」

伊庭がそうつぶやいた。

「竜巻というのは海とか平野部で発生するものだろう」

茂原官房長官の質問に伊庭は首を振る。「たしかに山岳部のような地形が複雑な場所では、竜巻は発生しにくいものです。つかの間、発生してもすぐに消えることが多いんです。ただし、気圧の状態によります。逆にいえば、山岳部で発生し、長時間にわたって形態を維持する竜巻は、それだけエネルギーを持っていて破壊力があるということです」

「ヘリ部隊の接近どころか、下手すれば稜線にいる陸自隊員たちも無事にはすみませんよ」

有馬防衛事務次官の焦り顔を伊庭は見たが、冷徹にいった。

「竜巻の暴風域は局地的だ。かわせば何とかなる。第五十五普通科連隊の部隊と第四対戦車ヘリコプター隊には引き続き、現地を目指してもらいます」

「伊庭さん。自衛隊員に甚大な被害が出ます」

「覚悟の上だ。彼らには国のために死んでもらう」

机上に両手を突いたまま、伊庭が低くいった。「それが自衛隊の役儀というものでしょう」

14

夏実とメイ、深町は、急斜面を駆け下りていた。

風は相変わらず強く、雨上がりの濡れた岩の上に、あちこちに降った大きな雹が溶けずに残っている。しかし彼らは確実なルートファインディングを続けながら、的確な足運びをする。だから、ふつうの健脚の登山者の倍近いスピードで急坂をジグザグに下っている。

かなり下まで降りてから小休止をした。夏実が少し左足首を痛めたからだ。

緩傾斜の中腹をトラバース気味に道が横切っている場所だった。もっともここは正規の登山道ではないから、カモシカなどが移動する獣道なのだろう。

ふたりで向かい合って膝に手を突き、互いにハアハアと息をついた。メイだけは平然とした顔で夏実の足許に停座し、長い舌を垂らして彼女を見上げていた。

「足は大丈夫か」

深町の顔を見た。むりに夏実が笑う。

「大丈夫です」

本当はくるぶしの辺りに痛みがある。

「見せてみろ」

登山靴の紐をほどき、深町がソックスの上からそっと触れる。足先をつまんでゆっくりと足首を動かしてみる。

「痛むか」

「いいえ」

「とくに腫れてもないし、軽い捻挫《ねんざ》だろう」

「ありがとうございます」

その瞬間、唸りを上げて風が真横から襲ってきた。ふたりはあわてて岩陰に飛び込む。すかさずメイが夏実の傍らにやってくる。固体のようになった空気が大地を抉《えぐ》りながら通過していく。落ちていた雹や小石、岩の欠片《かけら》まで巻き上げながら荒れ狂う。まるで地震のように大地が揺れる。

ようやく風が抜けた。

ひょうっと音を立てて彼方に舞い上がっていった。

深町の躰にピッタリと身を寄せていたことに気づいて、夏実はとっさに離れた。

頬が紅潮しているのを見られたくないので、わざとらしくあらぬほうを向いた。それをメイが見上げている。目を細めているから、すべてをわかっているみたいだ。

「深町さんって、凄いですね」ごまかすようにいった。

「何がだい」

「だって、さっきの下り道の脚力。あんなの誰もついていけませんよ」

「きみはちゃんとついてきた」

「あ。そうですね」

「入隊したばかりのあの頃とは明らかに違うな」

「それはきっと、この山にすっかり馴染んだからだと思います」

深町がうなずく。「星野さんは出会うべくして北岳と出会ったんだな」

夏実は嬉しくて唇を噛みながら俯く。それから、ゆっくりと視線を上げた。ここからは見えないが、ふたりのずいぶん上に北岳山荘がある。そこに囚《とら》われている松戸やスタッフたちのことを思って不安がこみ上げてくる。

口笛のような音を立てて、また突風が吹いてきた。

北岳の山頂を振り返る。

すると彼女はそこに〝色〟を感じた。

「でも、今日の北岳って怖い。何だか山がとても怒っているみたいです」

「山が……？」

深町も北岳を見上げた。目を細めている。

山が怒っている。彼女ははっきりと感じていた。ここに忌まわしきものを持ち込んだ男たちに対するものか、それとも人間という存在そのものに対する怒りなのかはわからない。五年もここにいて、こんな北岳の姿を見るのは、夏実にとって初めてのことだった。

静寂な空気の中に怒りが満ちているのを感じるのだ。

「俺には何となくしかわからないが、きみがいってることは理解できるよ」

深町がつぶやくようにいった。「星野さんは、きっと山と〝共感〟できるんだろうね」

「え……」夏実が深町の顔を見つめる。

「それは俺たちには備わっていない、きみの〝力〟のひとつだと思う」

黒々と立ち上がる頂稜の向こう、大きく広がる真っ黒な積乱雲の雲底が、巨大な不定形生物のように蠢《うごめ》いている。

ふたたび見上げた夏実は、ふと異変に気づいた。

雲底の動きが大きく変化していた。はっきりと渦動を始めたのである。

みるみるうちにそれが漏斗状に垂れ下がってゆき、細長く伸びた先端が大蛇のようにゆるりとうねり始めた。

夏実たちは凍りついたように動けなかった。

「あれってもしかして……」

「竜巻だ」

触手のようにうねりながら雲底から降りてきた竜巻が、北岳に隣接する仙丈ヶ岳の南斜面、馬の背と呼ばれる尾根線の中程に到達したとたん、下端に派手な土煙が噴き上がり、無数の岩塊が爆発したように飛び散った。

信じられない光景だった。

「両俣尾根のほうに向かっています。進藤さんたちが……」

「大丈夫だ。彼らも足が速いから、きっとだいぶ下まで行っているはずだ」

見ているうちに竜巻が、さながら意思があるかのように、ぐいっと進路を変えた。大仙丈沢カールの中央を下りながら、野呂川が削る谷に向かって徐々に下り始めた。

「こっちにやってくる。時間がない」

深町が立ち上がりながらいった。「星野さん。走れるか」

夏実は一瞬、自分の左足を見てから、深町の顔に目を戻した。

「はい！」

ふたりでトラバース道を駆けた。

メイがあわてててついてくる。

15

「鷲尾さん。竜巻です。仙丈ヶ岳から、こっちを目指してきてます」

乱雑な靴音とともにあわただしく北岳山荘の食堂に駆け込んできたのは小諸だった。よほど恐ろしいものを見たという証拠に、顔がひどく青ざめている。

鷲尾と陣内が山小屋の外に飛び出すと、北の上空に広がった積乱雲の真っ黒な雲底から真下に向かって延びた竜巻が、奇怪なうねりを見せながらこちらに進んでくるのが見えた。

「こんな山の中で竜巻ですか」

陣内があっけにとられた顔でつぶやいている。

「台風が去ったはいいが、とんだ置き土産だな」

鷲尾がいったときだった。

——オスプレイが到着しました。

山小屋の南側から声がした。

見れば、笹井《ささい》というメンバーのひとりが小屋のヘリポート方面から走ってくるところだった。

「どういうことだ。ヘリ部隊とともにここに到着するはずだ。それがずいぶん早いじゃないか」

鷲尾の言葉をよそに、爆音が聞こえ始めた。

西側の空に広がる白いガスを突いて、ティルトローター機独特のシルエットが姿を現した。すさまじいスピードで旋回しながら稜線にアプローチしてくる。

一度、ヘリポートの上を通過してから、ゆっくりと左旋回しながら、両翼端のプロップローターの角度を少しずつ変え始めた。ちょうどヘリポートの真上に到達したところで、V－22オスプレイはふたつのローターを真上に向け、ヘリのようなホバリング状態になる。

風は依然、強いがパイロットは慎重に機体を空中で保持させている。

オスプレイが少しずつ高度を下げ、ランディング態勢になった。やがて機体が接地したらしく、丘の向こうに見えなくなった。ローターの音がゆるやかになってゆく。

「誰かが到着を早めたんですよ」

陣内の顔を見つめ、鷲尾がつぶやく。「まさか……」

考えられるのはひとりしかいなかった。

——あなたがたを拘束します。

ふいに後ろから声をかけられ、ふたりは肩越しに振り向く。

数名の男たちがいつの間にか背後に立っていた。

加藤、畠田、大島、白岡《しらおか》。全員が決起隊の同志だった。ひとり、一歩前に出ているのが氷室だ。他の男たち同様、イングラムM11短機関銃を腰だめにかまえている。

「やはりお前か、氷室」

陣内が怒鳴った。

「銃を捨てて下さい」

氷室にいわれ、ふたりは仕方なく腰の拳銃をゆっくりと抜いて、足許に落とした。

加藤がやってきて、慎重にイングラムの銃口を向けながら腰をかがめ、ふたりの拳銃を拾った。後《あと》退《ずさ》るように仲間のところに下がっていくと、代わりに畠田がやってきて、鷲尾と陣内の手を後ろで組ませ、それぞれに手錠をかませた。

硬い感触とギリギリという音が不快だった。

「われわれはすぐにここを脱出します。しかし、あんたたちには残ってもらう」

「それでオスプレイの到着を早めたんだな」

氷室がうなずく。

「鷲尾さんの大義とやらは、われわれにはどうでもいいことです。一億五千万ドルが手に入ったからには、これ以上、あなた方と行動をともにする必然性がない。だから、とっととここを出て行きますよ。おふたりは、ここで悠長に政府の回答とやらを待っていればいい」

口の両側を吊り上げてわざとらしく笑い、氷室は鷲尾たちの後ろに回って、短機関銃の銃口を背中に突きつけた。「食堂へどうぞ。人質たちの仲間に入ってもらいます」

松戸は驚いた。

テロリストのリーダーである鷲尾が、白髪頭の陣内とともに他の男たちに後ろから銃を突きつけられて食堂に入ってきた。ふたりはテーブルに並ぶ椅子に座らされ、無念そうな顔で俯いている。

ふたりとも謀反によって裏切りの憂き目に遭ったのだと、松戸にはすぐにわかった。

氷室が入って来た。右手に小さな短機関銃。

頭に赤いバンダナを巻いていた。何かの決意の印だろうと思った。

「間もなく、ここは自衛隊のヘリ部隊に攻撃される。われわれはその前に脱出している。奴らが殺すのは、皮肉なことにお前たち罪なき国民だ。だが、おそらく真相は永遠に明かされない。政府もマスコミもそれをひた隠しにする。自分たちの汚点をさらさないためにだ。お前たちの死は、たんなる偶発的なものとして扱われるだろう。臆病な政府のおかげで、すべては闇の底だ。その頃には、われわれは別の国にいる。高級ホテルのプールサイドで美女を傍らに一杯やってるというわけだ」

「最低だよ、あんたら」

そういったのは栗原幹哉だった。他のスタッフ同様、ろくに眠っていないので青ざめていたが、充血した目で氷室をにらみつけている。

「よせ、幹哉」

管理人の三枝がいった。

だが、幹哉は憤怒の形相で氷室を凝視している。

もとより正義感の強い男だった。山小屋のスタッフが遭難救助にどこまで関わるべきかで、管理人の三枝と論争したことが何度もある。そういう一途なところが松戸は好きだった。

氷室が黙って歩いてきた。

冷ややかな表情のまま、幹哉が座っている椅子を無造作に蹴飛ばす。吹っ飛ぶように幹哉が床に倒れ込んだ。女性スタッフたちの悲鳴が聞こえた。

「氷室。人質に暴力はふるうな」

鷲尾の声に振り向き、彼は笑った。

「今さら、何をおっしゃる一等陸佐。もともとこれはあんたが始めたテロなんだぜ」

「無用な狼藉《ろうぜき》は禁じたはずだ」

「莫迦も休み休みいえ。そもそも一千三百万の都民がいる首都圏に、ＶＸガスのミサイルの照準を合わせたのは誰だ。あれが究極の暴力でなくて何だよ。え？」

横倒しになった幹哉の頭を、重たげな軍靴で蹴ろうとしたとき、松戸が立ち上がる。

「やめろ」

叫びながら倒れた幹哉との間に入った。

間近で氷室と目が合った。相手の表情が憤怒に突き上げられていた。

「もともと、てめえは気にくわなかった。撃っても撃っても、くたばらずに戻って来やがって」

いいながら股間《こかん》を蹴り上げてきた。

とっさに膝でかばおうとしたが、軍靴の先が向こう臑《ずね》に当たった。骨がガツンと音を立てた。激痛に身をかがめたとたん、すかさず短機関銃を無造作にふるってきた。銃把に差し込まれた長い弾倉が頰を抉り、松戸はのけぞった。仰向《あおむ》けに倒れ込んだ。殴った衝撃でロックが外れ、弾倉が飛んで床に落ちた。無数の銃弾がバネの勢いで飛び散って、床の上を転がっていった。

横倒しになった松戸の頰から、ゆっくりと血が流れ落ちた。

氷室は新しい弾倉を銃把にたたき込み、イングラムを倒れた松戸に向けた。

とっさに立ち上がり、銃口の前に立ったのは三枝である。血の気を失った顔だったが、表情は決意にみなぎっていた。

「撃つなら私を撃て。うちのスタッフに手出しは許さん」

氷室が含み笑いを見せた。

「管理人風情がカッコつけんじゃねえよ」

チンピラのようにいい放ち、氷室はイングラムのストックで三枝の顎を打ち据えた。

よろめいた三枝は、近くにいた氷室の仲間——加藤に後ろから羽交い締めにされる。太い腕でガッシリと摑《つか》まれて、さしもの北岳山荘の管理人も身動きがとれない。

無念の顔をする三枝の口の端に血が滲《にじ》んでいる。

「さすがに年貢の納め時だな」

氷室が血走った目を剝いて松戸にいった。「それとも、ここで頭をぶち抜かれて、またゾンビみたいに生き返ってくるつもりか」

冷たい銃口が額にあてがわれた。かすかに硝煙の匂いがした。

氷室の勝ち誇ったような笑みから目を逸らし、松戸は目を閉じた。

そして祈った。

カチッという金属音。

松戸はゆっくりと目を開いた。額からこめかみにかけて汗が流れていた。

困惑した顔の氷室が、イングラムのフレーム上部にあるボルトを引いた。エキストラクターに嚙まれて薬室から弾かれた九ミリクルツ弾が真横に飛んで、床の上で硬い音を立てて転がっていった。

「くそ。不発かよ。相変わらず運のいい野郎だ」

もう一度、イングラムの銃口を松戸に向けた。ぐいっとその手を突き出してきた。うつむく側頭部に強く銃身が押しつけられた。

そのとき、食堂に入ってきた別の男がいった。

「竜巻がまっすぐこちらに向かっています。ぐずぐずしている暇はありません。脱出しましょう！」

氷室は一瞬、振り向いた。

途惑いの顔で松戸に目を戻すと、鼻の上に皺を刻み、いった。

「どうせおまえらはすぐにくたばる運命だ。自国を守るべき〝軍隊〟によってな。それとも、でかい竜巻がここに到達するのが先かもしれんな」

踵《きびす》を返すと、氷室は食堂を出て行った。

――畠田。人質を見張っていろ。俺たちは出発の準備をする。

声とともに足音が遠ざかっていく。

「颯ちゃん。大丈夫？」

幹哉に抱き起こされた。

顔じゅうが涙でくしゃくしゃになっているのを見て、松戸が笑った。

「もうじき結婚するんだろ。そんな哀しそうな顔をするなよ」

「颯ちゃん！」

幹哉に思い切り抱きしめられた。

16

広河原ICの一階事務所で、テロリスト三名の尋問を何度か行った。

しかし静奈と藤野巡査長が得られた情報はわずかだった。

リーダー格の渋沢の他、二名は大柴《おおしば》と新庄《しんじょう》。彼らは北岳山荘にいる本隊から「別働班」と呼ばれ、三カ所の林道爆破が任務だった。他に任務はあるのか。ここからどうやって脱出するつもりか。ＶＸガスを搭載したミサイルについて……いろんなことを質問したが、けっきょくは何も聞き出せず、三人とも貝のように口を固く閉ざしていた。

もう一名、懸念すべき人物がいた。

たまたま登山に来ていた帝経新聞記者の滝波である。

しかしいま、彼は打ちひしがれて、二階フロアの角で膝を抱えて座り込んでいた。

自分が携帯電話で編集局あてに知らせた事実――ＶＸガスを使ったテロに関する情報を、新聞社の上層部から押さえられてしまったのである。香田という彼の上司、編集局のデスクは、再三にわたって抗議をしたようだが、政治の圧力には抗すべき手段がなかった。何よりも秘密保護法（特定秘密の保護に関する法律）を持ち出され、それを盾にされてはぐうの音も出ない。

さすがにパニックの蔓延《まんえん》を恐れてのことだろうが、昔から〝保守系〟〝与党の広告塔〟などといわれてきた彼らの新聞社は、政治家たちにとってもことさら御しやすかったようだ。

午前七時半になって、市川三郷《いちかわみさと》町の県警航空隊から連絡があり、県警ヘリ〈はやて〉がフライトしたと報せてきた。それから十五分ほどで、広河原上空にブレードスラップ音が聞こえ始めた。

二階フロアの登山客たちは、自分たちを迎えにきたヘリかと思ってにわかに浮かれ立ったが、芦安駐在所の藤野から事情を聞かされて落胆の顔を浮かべた。しかし、天気が回復しさえすれば、おっつけ救助のヘリはやってくる。

静奈はすでに出発の準備をしていた。ザックを背負ってセンターの建物から外に出る。

北岳方面を見ると、真っ黒な雲。

気象情報によれば仙丈ヶ岳南面に竜巻も発生しているという。台風が去ったというのに、荒れ模様は続いていた。しかし、局地的な悪天候ならばそれを避けながらヘリは飛べる。

「神崎さん。あんた、ちっとも眠ってないいんだろう。それに疲れ切っているし、そんなんでこれから大丈夫なのかね」

藤野にいわれ、彼女はうなずく。痣《あざ》と傷だらけの顔に笑みを浮かべる。

「私も同行したいんだが……」

「ひとりで充分です。藤野さんは、ここであいつらの見張りをしなきゃ」

「そうだな」

寂しげに笑みを浮かべ、彼はいった。「彼らのことを頼む」

静奈はうなずき、きれいに指をそろえて敬礼した。

藤野も頭の横で右手をそろえ、返礼する。


野呂川を渡る大きなアーチ橋〈野呂川橋〉を駆け足で渡る。

増水は相変わらずで、アーチ橋のすぐ下まで褐色の水が恐ろしげな音を立てて流れている。

渡りきった橋の袂《たもと》から右に曲がり、坂を下りると、広いヘリポートになっていた。平地の真ん中に四角くコンクリートでランディングポイントが固められていて、中央に〈H〉のマークが鮮やかに描かれている。

その近くに立った。

周囲の山はすべてガスに閉ざされている。中天は真っ黒な雲底に覆われている。

それなのにヘリコプターの爆音が聞こえる。

ローターが空気を切り裂く音がする。

ふと、不安になる。彼らはむりをしてここに到達しようとしているのではないか。

あり得る話だ。

県警航空隊のヘリパイ、納富慎介《しんすけ》は名物男だ。他の操縦士が尻込みするような危険なフライトを平然とやってのける。ときには悪天候を突っ切り、不安定な気流の中で遭難者をホイストで吊《つ》り上げて救助し、ときには崖の壁面から数十センチというギリギリのクリアランスで谷底に降下したりする。

そんな納富を無謀と呼ぶ者は誰もいない。彼には操縦士としての天賦《てんぷ》の才があり、かつまた愛機であるベル412EP〈はやて〉を知り尽くし、その性能を全面的に信頼しているからこそである。

それがゆえに、この山で活躍する静奈たち山岳救助隊との連携もできる。ヘリコプターと地上班の双方が、お互いのスキルを知り、信頼し合っているからこそ、無駄のない救助活動が可能なのである。

ふいに爆音が大きくなった。

南の山をすっぽりと呑み込むガスの中に、小さな黒い点が生じた。

それがどんどん大きくなり、やがてヘリの青い機体が確認できるようになった。徐々に高度を下げながら進入してくる。

あっという間に頭上に到達すると、県警ヘリ〈はやて〉は機首をめぐらせて半回転する。追い風でランディングを試みると揚力を失って失速する畏れが高まるため、パイロットは常に風向きに注意する。

静奈が少し下がると、ちょうどコンクリの〈H〉の文字の真上に、ふたつのスキッドを接地させ、〈はやて〉が着陸を完了した。

巨大なローターブレードがヒュンヒュンと音を立てて回転している。

スライド式のサイドドアを開いたのは整備士の飯室滋《いいむろしげる》。その向こうに副操縦士の的場功《まとばいさお》の姿もあった。いずれも救助隊員にはお馴染みの顔ぶれだ。白い歯の笑顔が眩《まぶ》しい。

静奈が頭を低くしながら駆け寄った。走りながら背中のザックを外す。

キャビンの中に勢いよく飛び乗った。

飯室がスライドドアを閉めた。

彼女は座席のひとつに座り、シートベルトをかけた。副操縦士の的場が青いヘッドセットを渡してくるので、受け取って頭に装着する。

――さっそく、一戦やらかしたって？　神崎さん。

だしぬけに操縦席から納富の声が飛び込んできて驚く。

彼はサイクリックレバーを片手に握ったまま、肩越しに振り向いた。サングラスの下で細い顎が動き、口許が笑みの形になった。

「どうしてそんなこと、ご存じなんですか」と、静奈が口を尖《とが》らせる。

――噂ってのは広まるのは早いんだよ。

「そんなことよりも納富さん。北岳山荘周辺の天候は最悪で、大きな竜巻まで発生しているそうです。大丈夫なんでしょうか」

――立川飛行場を飛び立った陸上自衛隊東部方面航空隊の第四対戦車ヘリコプター隊も、たった一機をのぞいて、うかつに近づけないでいる。

「一機？」

――V－22オスプレイだ。なぜそれだけが離隊したかは不明だ。

「自衛隊の情報もわかるんですか？」

――彼らのエアバンドの周波数はよく知っているよ。昔からね。

「でも、そういうときって、どうやって現場にアプローチするつもりなんですか」

するとと納富がこう答えた。

――まあ、行き当たりばったりってところかな。

「もう、そんなんでいいんですか！」

——神崎さん。この頃、物言いがますます星野さんに似てきたな。

「え？」

——しっかり摑まってな。これから、ちょいと荒療治になるぞ。

その声と同時に県警ヘリ〈はやて〉の機体がぐいっと持ち上がった。静奈が思わず声を失い、前の座席の背もたれに両手をかける。

ヘリは尾翼を上にして、前傾姿勢のまま、急激に上昇を始めた。

あっという間に、山をとりまく濃密なガスの中に突っ込んでいく。

17

松戸は何とか立ち上がり、息をついた。

満身創痍。殴られ蹴られ、躰のあちこちがボロボロだった。おまけに背中には何発かの弾丸が食い込んだままだ。奇妙なことにそこはあまり痛くない。深い疵《きず》ほど神経が麻痺《まひ》するものだという話を思い出す。自分が救助してきた遭難者にも、何人かいた。滑落して足首がちぎれた中年男性が、「まったく痛みを感じない」と笑っていたことがある。もっとも三十分もしないうちに、泣き声を放つようになったが。

テーブルの向かいの席に座らされている鷲尾と陣内を見つめた。

ふたりとも後ろ手に手錠で拘束され、俯いていた。鷲尾がゆっくりと顔を上げて彼を見た。

「怪我は大丈夫か」

松戸は険しい顔でにらんだ。

「同情されるいわれはないです。でも、あなただって奴らに裏切られた」

「もとより私はこの山を下りるつもりではなかった。自分の目的を達成できれば、それで良かった」

「それはあなたの問題です。俺たちはそちらの一方的な大義とやらに巻き込まれただけだ」

「その点に関しては深く詫《わ》びるしかない」

「あなたはもともと、こんな大それた犯罪に手を染めるような人間じゃないように思えます」

「私は人の心を棄《す》てて悪魔になるつもりだったが、なりきれなかった」

「それは、あなたの中に良心が残っていたからですか」

鷲尾はかすかに笑みを浮かべた。

「良心なんてものはとっくに失ったよ。これは復讐なのだ」

「何のための復讐です」

「死んだ私の部下たちと、私の息子。これから先、捨て駒として戦場に行かされるに違いない、すべての自衛隊員たちのためだ」

鷲尾はそこで言葉を切り、つらそうに眉をひそめた。

「カンボジアで、福島の原発事故で、私たちは地獄を見てきた。あの記憶を絶やすわけにはいかないのだ。これから先も、きっと同じことが起こる」

「どうして、そんなことがいえるんです」

松戸の声に、鷲尾は信じられないという顔をした。

「きみはわかっていない。ふだん、こんな山の中にいるから、世間のことに疎いのだろうな」

松戸は答えられなかった。

「政治家がいかに防衛の必要性を語り、集団的自衛権による抑止力を国民に押しつけようとしても、戦地にゆくのはわれわれ自衛隊員であって、けっして彼らではない。政治家は国会の席で居眠りをし、好き勝手な野次を飛ばし、料亭で飽食し、ゴルフにうつつを抜かす。そんな連中が勝手に始めた戦争に、国を守るという責任を背負った自衛隊員たちが参加させられ、戦場で若い命を散らしていく。それでいて誰ひとりとして、その責任をとらない」

松戸は鷲尾の目にかすかに涙を見たような気がした。

が、彼はふいに目をしばたたいた。

「そんな茶番劇が国民に知らされることなく、くり返されている。この先、どれだけの自衛隊員の死があろうとも、愚行は終わることがない。私には許せなかった。ただ黙って耐えていることができなかった」

「真相を世間に向けて公表するだけではダメだったのですか」

「それでは世の中にあまた流布する、たんなる噂のひとつになるだけだ。何の意味もない」

「だからこんなテロを……」

「その通りだ」

松戸はしかし、きっぱりといった。

「――毒ガスを搭載したミサイルを東京に放つなんて愚かだ。人間が作り出した毒ガス兵器で大勢の人々を殺し、苦しめることに、いったい何の意味があるんです」

「戦争という行為の意味を知らせたかった」

「政府にですか」

「それと国民に、だ」

「国民……」

「無気力で無関心で刹那的《せつなてき》に生きてきて、自分で未来を選ぼうとしない愚かな日本人に、われわれが見てきたものをわからせたかった。無責任という逃げ道を作りながら飽くなき暴走を続ける政府と、それをなし崩し的に容認する無自覚な日本人そのものが、われわれの標的だった」

松戸はハッとした。自分もそんな無自覚な日本人のひとりかもしれないと思ったからだ。

「だけど、あなたは依然、この無謀なテロの中心人物なんです。そのことを忘れたわけではないでしょう？」

鷲尾はうなずいた。

「だったら、東京に向けられているというミサイルを何とか飛ばさないようにできませんか」

「発射コードはすでに衛星携帯電話で入力されている。発射時刻になれば自動的に撃ち出され、プログラム通りに飛行して都内上空で爆発するようになっている。それを止めるには巡航ミサイル本体をランチャーから取り外し、ＶＸガスを封入したステンレス容器を抜いて、デトネーターつまり起爆装置のカウンターをリセットしなければならない」

「ミサイルの場所はどこですか？」

鷲尾はいった。「〝ＳＭＣＭ〟ミサイルの二号機は、稜線東側のトラバース道と八本歯のコルへの道との合流点にある」

「ミサイルはあと一基あるはずです」

「三つ目のランチャーは、万が一の機密保持のため、リーダーの私ではなく、部下のひとりが独自に管理している。だから、私は場所を知らない」

そういった鷲尾の顔がつらそうだった。

いつしか椅子に座ったまま、前のめりになっていた松戸は、落胆した。背もたれに背中をドンと当てたとたん、皮膚下に食い込んだ弾丸の痛みが全身を襲ってうめいた。

こめかみから頬にかけて汗が這い伝うのを、鷲尾たちが気の毒げに見ている。

ともあれ、一基の場所は判明した。それを何とか外に伝えなければ。

突如、風が吹き、食堂の窓という窓がガタガタと揺れた。

外の景色は依然、夜のように真っ暗だ。

巨大な竜巻が北側からこちらに向かっているらしい。それが山小屋を直撃したら、いかに頑丈な建築物とはいえ、ひとたまりもないだろう。巨竜のようにうねり狂う竜巻の下で、この北岳山荘が粉々に破壊されるイメージを脳裡《のうり》に描いて、松戸はぞっとした。

鷲尾は自分が悪魔になりそこねたといった。

だとしたら、そんな存在を神が殺そうとしているのではないだろうか。

一千三百万の都民に向けられている毒ガスのミサイルとともに――。


そのとき、銃声が聞こえた。

削岩機の音に似ているが、もっと回転が速い。

松戸にはわかっていた。昨夜、それを初めて聞いて以来、何度も自分に向かって撃たれ、躰が覚えていたからだ。間違いなく彼らが持っている短機関銃の連続射撃音だった。それが証拠に、鷲尾と陣内が驚いた顔で振り返っている。

食堂の入口に立ち、彼らを見張っていた男――畠田も明らかに狼狽《うろた》えていた。両手で短機関銃を握りしめ、慎重に出入口のほうに向かおうとした。

また銃声が轟いた。

それが思わぬ間近だったので、人質たちがいっせいに悲鳴を上げた。

反射的に畠田が腰だめに短機関銃をかまえ、撃った。派手なマズルファイアが暗い食堂に青白くひらめき、硝煙の中で真横に二列になって飛ぶ金色の空薬莢《からやつきよう》の行列が見えた。

次の射撃音で、畠田の躰が震えた。鈍く肉を打つ着弾の音がした。背中から突き抜けた弾丸が血煙を巻き、背後の壁にめり込み、ガラス窓を粉砕した。

畠田は足を開いて立ったまま、ゆっくりと後ろにバランスを崩し、鈍い音とともに倒れた。

板を踏みつける靴音とともに、銃をかまえた迷彩服の男が食堂に入ってきた。片手に短機関銃を持っている。銃口から、うっすらと硝煙が流れていた。畠田の死体を跨《また》ぐと、食堂の真ん中に歩いてくる。

女性スタッフたち三人が身を寄せ合い、悲鳴を洩らした。

「小諸！」

陣内がいうと、男は素早くやってきて、短機関銃を肩掛けし、彼らを後ろ手に拘束している手錠をカギで外した。束縛から解き放たれて鷲尾たちが立ち上がる。

「外で梶川が死にました。残りは自分だけです」

声がうわずっていた。かすかに震えている。

「奴らは？」と、陣内が訊く。

「白岡と大島を倒しましたが、氷室と笹井、加藤がまだ残っています」

あっけにとられていた松戸だが、ことの詳細がようやくわかった。テロリストたちがふたたび仲間割れをしたのだ。ここに来た小諸、それから亡くなったという梶川の二名は、もともと鷲尾の側についていたのだろう。

「君たちはここにいろ。外は危険だ」

鷲尾がそういい残すと、畠田の死体の傍らに落ちていた短機関銃を拾い上げた。陣内、小諸とともに駆け出した。

松戸は立ち上がった。

やらねばならぬことがあった。通信手段を確保することだ。

倒れた畠田の躰を調べた。

迷彩服がびっしょりと血に濡れていた。血だまりが床に広がっている。

仰向けの顔はまるで能面のようで、光を失った目をうつろに開いていた。この山で何度も遭難者の遺体を見てきたが、どれとも違う気がした。不慮の事故で亡くした命と、銃撃戦で撃ち殺された命の差異はないはずなのに、いったいなぜなのだろうと思った。

あわてて目を逸らし、迷彩服をまさぐった。胸ポケットにスマートフォンが入っていた。さいわい画面にロックがかかっていなかったので、電話の画面を呼び出し、夏実の携帯番号を直接、打ち込む。呼び出し音が始まって、それを耳に当てたときだった。

ふたたび連続した銃声が建物を揺るがした。

男たちの怒号、悲鳴が聞こえた。

松戸は食堂の中に残っている管理人の三枝、そして山小屋のスタッフたちを見渡した。

みんな怯《おび》えていた。疲れ切って、萎縮し、目を泣きはらしていた。

畠田の死体に目が行った。

さっきまで生きていた人間が、人形のように動かず、そこに倒れていた。

これこそがリアルな戦争なのだと、松戸は思った。

18

北岳頂上から南に下り、吊り尾根分岐点を過ぎて数分。

土砂止めのための丸太がジグザグに地面に打ち込まれている。そんな急傾斜のザレた登山道を、菊島優は夢中で駆け下りていた。

ともすれば浮き石に乗り、あるいは石車に足を取られそうになる。実際、頂上からここに至るまで、すでに三回は尻餅をついている。

それなのに苦しくはない。つらくもない。奇妙な高揚感が頭に憑《とりつ》いていた。

クライマーズハイという言葉を思い出す。これもそうなのだろうか。

しかし登山者が苦しい登山を続けているうちに感じるというそれとは、どこか違う気がした。菊島と、彼女とともに駆けている山岳救助隊の関真輝雄隊員、新人の曾我野誠隊員には大きな使命があった。公的機関である警察の仕事を大きく逸脱した、人としてやらねばならぬ真実の責務ともいえた。

山岳救助隊員は、遭難者を助けるために、いつもこの山で走っていた。

だが、今は不特定多数の、一千三百万という都民の命が、彼らの走りにかかっている。

菊島は今になって思う。

この山で遭難した登山者の命も大勢の都民の命も、同じ命に変わりはない。これから先、幸せに生きていくべき人々が、まったく理不尽な理由でその生命を絶たれる。そんなことが許されるはずがない。

キャリア警察官としての道を歩んでいた彼女は、かつてそんなことを考えもしなかった。

警察という階層構造の中を、まっしぐらに上に向かっていた自分にしてみれば、この世界はあくまでも非情であり、私情は許されず、とりわけ成績ばかりが重んじられた。モチベーション——動機はいっさい考慮されず、ただ結果の良し悪しばかりが求められた。

そんな彼女が、この山に来て驚いた。

ちっとも警察官らしくない彼らの中に、本当の人間らしさが見えてきたからである。

そして菊島はこの山を走っている。

彼ら、山岳救助隊のメンバーとともに汗水流して疾走している。


携帯電話の呼び出し音が聞こえた。

先頭を走る関が足を止める。後続の菊島、さらに後ろにいた曾我野に手を挙げてから、登山ズボンのポケットからスマホを取り出す。

その間、菊島は足を止めて小休止した。

登り始めのときは、あんなにつらく、バテていたのに、今はすっかり躰が山に馴染んでいた。北岳に初めて登った昨日、夏実に向かって「大学は登山部だった」といったが、実をいえば半分、嘘《うそ》だった。たしかに登山部に入ったものの、しごきがつらくて半年で退部してしまっていた。それ以来、山という世界にはとんと縁がなかったのだ。

なのにどうして、こんなふうに躰が順応したのだろうか。

「星野さんから連絡です」

関が大声でいった。「北岳山荘の松戸くんからの情報で、テロリストが仕掛けたミサイルのランチヤーのひとつは、トラバース道と八本歯のコルへの道との合流点にあるそうです」

「菊島さん。俺たちのすぐ下ですよ」

曾我野隊員が興奮した声でいった。

「ちょっと待って下さい」

関がいって、夏実からの電話に耳を傾けた。

ふいに神妙な顔になった。

スマホを耳から離して、彼はいった。

「仙丈ヶ岳から接近している竜巻が、北岳の尾根を越して、こちらに来るそうです」

菊島は頭上を覆う暗晦《あんかい》な雲底を見上げた。そして関の顔を見て訊《き》いた。

「竜巻はどこ？」

「われわれのすぐ真上です」

「真上……って」

菊島が見上げた。曾我野も、そして関も。


異変が起こった。

北岳のまさに頂上に、巨竜のうねりが出現した。

あまりに唐突なことなので、菊島は驚いた。

真っ黒な雲から象の鼻のようなものがゆらゆらと揺れながら地表に垂れ落ちていた。その下端が北岳の頂上を突き刺している。それが岩盤を激しく削った。粉々に砕かれた大小の岩の欠片が、竜巻に巻き上げられた。

ぐいっと大きくうねりを見せたと思ったら、今度は尾根伝いにまっすぐ降りてくる。三人のいる尾根に向かって。

突如、周囲の状況が一変した。

空気が唸り、気圧の変動で鼓膜がおかしくなった。激しい頭痛が差し込んできた。

菊島は思わず両耳を押さえた。

だしぬけに風が強まった。押し寄せる洪水のように、三名を吹き飛ばし、竜巻のほうに押しやろうとしている。彼らはあわてて耐風姿勢をとった。しかし、どれだけ這いつくばり、岩にしがみついても、風にさらわれそうになる。

——このままここにいれば、竜巻に巻き込まれる！

関の悲痛な声がした。

菊島は見上げた。大きくうねる空気の柱。紐《ひも》のように細くなったかと思うと、次の瞬間、巨大に膨れあがって、視界いっぱいになる。それが轟然たる音を立てながら迫ってきた。

「かなりヤバイですよ、これ」

菊島のすぐ横で、曾我野が茫然とつぶやいた。

「どこかに逃げる？」

「こんな痩せた尾根ですから、逃げ場なんてないです」

意を決して菊島がいった。

「逃げ場がないんだったら行くしかない。ランチャーはすぐ下なのよ」

「でも」

「竜巻が直撃したら、ＶＸガスを搭載したミサイル自体が空中に巻き上げられて破壊される。そうなったら、この山域の広範囲にわたって最悪の毒ガスが散布されることになる」

間近から曾我野が菊島を見つめた。

「行きます！」

「単純莫迦ね、あなたって」

笑った菊島の横を走り抜けて曾我野がいった。「よくいわれます、それ」

先頭にいた関が驚いていた。曾我野が彼を越して、岩場を駆け下っていったからだ。

菊島もそれを追いかけた。

「どういうつもりです」

「竜巻が到達する前にランチャーを何とかするの」

いいながら走る彼女を関も追いかけていた。三人の背後には、真っ黒な雲から曲がりくねって降りた竜巻がうねりながら、まさに彼らのあとをたどるように尾根道を這い下りてくる。

竜巻の外側半径数十メートルの付近から、風は猛烈に地表のものを巻き上げていた。砂利、土塊、ハイマツ。すべてを一瞬にして高空に吸い上げながら、巨竜がうねっている。

尾根を駆け下りる三人は、ともすれば強風で足許がすくわれ、空にきりもみ状に巻き上げられる恐怖に包まれていた。気圧の変化で鼓膜が破れそうになり、耳が完全におかしくなっていた。かまいたちのような風の渦動が、何度も彼らをさらおうと襲ってきた。

小石が、小さな岩が、引きちぎられた枝葉が、絶え間なく躰にぶつかってくる。

八本歯のコルに至る合流点。

道標が立っている場所の近くに、菊島はようやく目的のものを見つけた。

最初は岩場に垣間《かいま》見える黒とオレンジの染みのように見えた。しかし、すぐにそれだと確信した。周囲の景色からすると、違和感がたっぷりあった。

三人はそこに駆けつけた。

発射装置の土台はガッシリとしていて、数カ所を頑強にボルトで岩盤に打ち込んであった。ミサイル本体を支える架台は黒い金属製のアーチ状になっていて、その中央に設置された小さなオレンジ色の巡航ミサイルが、斜め上を向いてランチャーに載せられていた。

関隊員が杉坂副隊長に無線で連絡をしている。

「こいつを外せばいいんだろう」

いいながら曾我野が手をかけようとしたとき、交信を終えたばかりの関が怒鳴った。

「莫迦野郎。素人が下手に触るんじゃない」

電撃を受けたように、曾我野が手を引っ込めた。

関隊員がザックを下ろし、雨蓋を開いて、中から工具箱をとりだした。それを開き、ドライバーを持ちながら、慎重にランチャーに載ったオレンジ色の巡航ミサイルをにらみつける。

「関さんだって、わかってんですか、こいつの仕組み」と、曾我野が訊いた。

彼は答えなかった。

ふいに、ぶわっと音を立てて、足許の小石がいくつも風にさらわれた。躰にも砂礫《されき》が音を立ててぶつかってくる。

「ヤバイっすよ。竜巻が追いついてきました」

振り向いた曾我野の悲痛な声を、関真輝雄は無視している。というか、眼中にないらしい。

傍らで菊島は固唾を呑んで立っていた。ここまで来たら、彼に頼るしかない。

昨日、菊島が調べた山岳救助隊のメンバーの中でも、関は突出して特殊技能に優れた人材だった。医師免許を持ち、救命救急士、調理師免許、一級建築士、第一種電気工事士、測量士など、多種多様なライセンスを取得している。機械いじりも、彼のもっとも得意とする趣味だということだった。

関はオレンジ色のミサイルの胴体に小さなカバーを見つけ、細身のマイナスドライバーで慎重に抉った。カバーを外し、いくつかのネジを回してゆるめる。

さらに内側にある金属製の覆いを外す。ミサイル本体の内部に関がそっと手を差し入れた。細長い銀色の筒状のものを摑んで、それを引っ張り出した。まるで妊婦の身体から胎児をとりあげた産婆のような仕種《しぐさ》だった。

「なるほど、こういう仕掛けか」

いいながら、それをビニールの気泡クッション材にくるんで、自分のザックの中にそっと入れる。

「関さん、今のって？」

「VXガスを封入したステンレスカプセルだ」

無造作に答えられて曾我野が棒立ちになった。

「どうするんですか」

「こいつをミサイルから外せば毒ガスの散布はできない。だが、このミサイル自体には、おそらく強力な自爆装置が組み込まれているはずだ。鷲尾がいったデトネーターというのがそれだろう」

「自爆……」

「広範囲に毒ガスを撒《ま》くため、それ自体、かなり強力な爆発力があるはずだ」

「だったらここから逃げないと」

曾我野を見て、関が笑った。「そういうことだな」

その瞬間、また風がぶつかってきた。しかもこれまでにない強風。菊島はなぎ倒されそうになって、あわてて腹這いになった。

「退避しろ！」関が叫んだ。

とっさに駆け出そうとして立ち上がったとたん、菊島の足がもつれた。手を突こうとしたが、そこに地面がなかった。

尾根の北側、ハイマツの生えた急斜面を、すさまじい勢いで転がっていく。ザザザとハイマツを揺らしながら、彼女はどこまでも落ちていった。ぐるぐると回転する視界の中で彼女は見た。真っ黒な雲底から降りてきた巨大な竜巻の下端が、まさに彼らがいたロケットランチャーの設置場所に向かって延びていた。

象の鼻の先端が地表に接触した。

すさまじい破砕音。オレンジ色のミサイル本体をくわたままの金属製のランチャーが岩盤から引っこ抜かれ、くねるように高空へと巻き上げられていく。あれよという間に真っ黒な渦の中心部まで回転しながら吸い上げられていった。

恐ろしい勢いで十数メートル転げ落ちた菊島は、ハイマツの繁みの中で何とか滑落が停まった。肩や背中、太股を岩にぶつけた痛みに顔をしかめながら、彼女は見た。

ざわざわと揺れるハイマツの繁みの上。

高空に丸い渦が生じていた。まるでコンパスで描いたようなきれいな真円だ。

その周囲を、砂礫《されき》や岩、ハイマツの破片などが、クルクルと回りながら巻き上げられている。すべてが螺旋《らせん》の中心に向かって回っている。

ずっと彼方の高空で、何かがまばゆく瞬き、強烈な光を放った。

轟々と唸る風の中で音は聞こえなかった。

僥倖《ぎょうこう》だった。竜巻に巻き上げられていったミサイルが、高い空中で爆発したのだ。菊島は今さらのようにそれに気づいた。

19

北岳山荘の正面出入口から外に出たとたん、どこからともなく射撃された。

フルオートの銃声が轟き、周囲を銃弾がかすめた。

小諸が右に、陣内と鷲尾が左に走った。ふたりの足許を着弾の白煙が散る。跳弾の不気味な擦過音が耳許で鳴る。鷲尾が腰だめで短機関銃を撃った。相手のいる場所が特定できないので威嚇発砲だ。

敵の射撃が一時、止まった。

すかさず、オレンジ色の屋根の倉庫の裏に飛び込む。中には発電機が入っているらしく、絶え間なく低い唸りが聞こえている。鷲尾たちの近くに迷彩服の男が倒れていた。梶川だった。小諸とともに、鷲尾に深く共感していた自衛隊員だった。

ふたりには、氷室の裏切りの可能性をそれとなしに示唆しておいた。

大義をもって立ち上がった者と、金が目当ての者。しょせんは相容《あいい》れぬ水と油だった。だから叛乱《はんらん》が始まったとき、ふたりはすぐに鷲尾の側についたのである。

陣内がかがみ込み、梶川の右手に握られたままの拳銃をとった。グロック17。左手でスライドを少し引いて薬室内の装弾を確認する。

風が凪《な》いでいた。

北岳の方角は空が真っ黒で、右手の吊り尾根付近に降りている不気味な竜巻の姿がはっきりと見えている。それなのに東の空はまばゆいほどに青く、その領域が広がっていた。

真っ白な真綿を敷き詰めたような雲海が眼下にあった。ずっと彼方に富士が蒼《あお》く、三角の顔を突き出している。

「昔、息子といっしょに見た景色だ」

つぶやく鷲尾の横顔を、陣内がじっと見つめた。

「一佐がこの山を去るつもりがないことは、最初から存じておりました」

そういって彼は微笑《ほほえ》んだ。「私もそのつもりでしたから」

「何も、そこまでつきあってもらわなくてもいい」

「古女房ですからね」

どこかで銃声がした。山小屋の反対側だ。

小諸が誰かと撃ち合っているらしい。

「相手が多勢だとまずいな。バックアップしにいくか」

うなずいた陣内と駆け出そうとしたとき、背後に足音がした。

振り向いたとたん、倉庫の裏から飛び出してきた男がひとり。額に赤いバンダナを巻いた氷室が、白い古傷のある頰を歪めつつ、歯を剝き出して笑いながら、イングラムM11をフルオートで発砲した。

陣内が躰の正面に銃弾の嵐を受けて仁王立ちになる。

口から血を流しながら、肩越しに鷲尾を見た陣内。

「逃げて……下さい」

言葉の途中で躰を傾がせた。鷲尾がその躰を受け止めた。

二度目の発砲。銃弾が襲ってきた。

数発が鷲尾の左脇腹付近に食い込む。たまらず、陣内の躰を離して、大地に転がった。

腹這いになり、長い弾倉が地面に当たらぬよう、イングラムを横向きにして撃った。

雨に濡れたままの地面が、着弾のために爆発したように飛び散った。氷室があわてて背を向け、逃げ出す。後ろ姿を狙って、またフルオートで撃った。三十二発の弾倉がすぐに空になる。

硝煙をまとったまま沈黙したイングラムを捨てて、鷲尾は何とか起き上がった。

倒れていた陣内を抱き起こす。すでに事切れていた。虚《うつ》ろな目があらぬほうを向いたままだ。

鷲尾は眉根を寄せて瞑目《めいもく》した。

そっと陣内を大地に横たえてから、彼のグロックを手にしてゆっくりと立ち上がる。弾丸が食い込んだ胴体に手を当てたまま、苦痛をこらえて歩き出した。足許に血がしたたり落ちている。

ふたたび足音。

とっさに右手の拳銃を向けるが、山小屋のほうから走ってきたのは小諸だった。

「奴ら、ヘリポートのほうへ行きました。オスプレイで脱出するつもりのようです」

小諸は気づいたようだ。

「陣内さんは？」

鷲尾は黙って首を振った。小諸が唇を嚙《か》みしめる。

ふと腹部の血に気づいたようだ。

「あなたもひどい傷だ。ひとまず中へ入りましょう」

小諸に右手をとられ、肩を借りながら鷲尾はゆっくり歩いた。苦痛が次第に激しくなってくる。

北岳山荘の二重扉を開く。

土間から上がり込むと、目の前に松戸が立っていた。その後ろに管理人の三枝。栗原幹也という若いスタッフの男も。

「氷室は――」

「すまない。逃げられてしまった」

答えたとたん、鷲尾はむせた。肩を上下させながら咳《せ》き込むと、足許の土間に大量の血がしたたり落ちた。銃創のもたらした吐血ではなかった。それを松戸がつらそうに見ていた。

「康子さん、麻実ちゃん。二階の客室に布団を敷いておいてくれ！」

三枝が食堂のほうを向いて大声で叫ぶ。

「テレビの前に連れて行ってくれないか」

「テレビ？」と、松戸が訊いた。

「政府の回答の最終期限になった」

しわがれた声でいう鷲尾を、小諸が哀しげな表情で見つめている。

「鷲尾さん……」

「わかっている。だが、確かめずにいられんのだ」

松戸とスタッフたちの手を借りて、鷲尾はまた食堂に戻った。灯油ストーブ近くに倒れていた畠田の死体は、彼らによってどこかに運ばれたらしく、床に血の痕だけが残っていた。

壁に設置された液晶テレビの前のテーブル。椅子を引いて、松戸が鷲尾を座らせてくれた。

電源を入れてチャンネルをＮＨＫに合わせた。

ニュース番組を放送していた。首相官邸会見室での茂原光男官房長官の記者会見の模様である。今朝方、都内をパニックに陥れた〈ミサイルのようなもの〉は、大気圏を抜けて落ちて来た大きな流れ星、すなわち〝火球〟であり、人工のものではあり得ないという発表だった。

北岳山荘を武装占拠しているテロリスト集団には、自衛隊の戦力をもって断固として制圧するという田辺首相の決意を代読。

ニュースが終わると夜のバラエティ番組の予告が流れ始めた。

鷲尾は震える手でリモコンを操作し、壁の液晶テレビを消した。

無念な顔で腰の後ろに挟んでいたグロック17を抜くと、鷲尾はテーブルの上に乱暴に横たえた。

その拳銃を松戸がじっと見つめている。

「早くここを去ったほうがいい。あと数分で自衛隊のヘリがやってくる。おそらくこの山小屋ごとわれわれを殲滅《せんめつ》にかかってくる。君たちも無事ではすまない」

「あなたが白旗を掲げて降伏すればすむことじゃないですか」

「いや」彼は松戸の前で俯いた。「奴らは私を生かしてはおかないだろう」

「そんな莫迦な」

「権力を維持するためなら手段はいとわない。それが国や政府というものだ」

そういった鷲尾の上体がぐらりと揺れた。

次の瞬間、彼は椅子ごと床に倒れ込んでいた。

「鷲尾さん！」

小諸があわてて背後から抱き起こす。

血の気を失った顔を上げて、鷲尾はまた松戸にいった。

「たとえ生き延びられたとしても、ここで見聞きしたことを他言してはいけない。奴らはそれを許さない」

また肩を揺らして咳《しわぶ》き始めた。

20

「莫迦野郎が。ヘリポートからずいぶん離れた場所にランディングしやがって」

そういいながら氷室は走っていた。接近する巨大な竜巻を避けるために、仕方のないことだった。それはわかっているが、悪態をつかずにはいられない。

笹井と加藤もすぐ後ろをついてくる。

V－22オスプレイの機体は、北岳山荘の南側の丘にあるヘリポートから、さらに三百メートルほど離れた稜線の上に着地していた。いつでも飛び立てるように、垂直に立てたティルトローターは回転を続けている。

鷲尾の当初の計画では、公海上で待っている南アフリカ船籍の貨物船に着艦する予定だった。しかし氷室はオスプレイで海を渡って中国大陸、その向こうにあるロシアへ向かうつもりでいた。かねてから懇意《こんい》にしていたロシアン・マフィアの組織が、彼らを迎え入れてくれるからだ。むろん鷲尾や陣内には洩らしていなかった。

だからこれは、氷室にしてみれば計画通りのことなのだ。

背後を振り返る。

北岳山荘の赤い屋根が尾根にへばりつくように見えている。その先、ぐっと突き上がった北岳の辺りは、まだ真っ黒な雲に覆われ、巨大な竜巻が見えていた。吊り尾根付近にあったそれは、勢力を維持したまま、どんどんとこちらに向かって接近しているようだ。

氷室は歯を剝き出して笑った。

このまま進めば北岳山荘の建物があれに巻き込まれる。頑丈に作られた山小屋だろうが、猛烈なエネルギーを持つ竜巻に襲われたらひとたまりもないだろう。自衛隊のヘリに攻撃されなくても竜巻が後始末をしてくれる。

その頃、自分たちは空の上だ。一億五千万ドルの大金が彼方《かなた》で待っている。

ひとつ小さな丘を駆け登ると、すぐ目の前にオスプレイの機体が見えた。迷彩模様に塗装され、胴体側面には日の丸マーク、陸上自衛隊と白く記してある。三カ所のランディングギアが、平らな岩場にガッチリと機体を接地させていた。

操縦席から氷室たちが見えたらしく、オスプレイは両翼先端にティルトさせたプロップローターの回転を速めた。モーターの音とともに後部ランプがゆっくりと下ろされてゆく。

あそこから機内に駆け込めば、もうこちらのものだ。三十分もかからずに俺たちは海の上を飛んでいるだろう。

氷室がそこに向かおうとしたとき、異変に気づいた。

彼らが今、立っている尾根は南にまっすぐ延び、その先から急にせり上がって隣の間ノ岳へと続いている。途中の岩場にいくつかの人影が見えた。

立ち止まり、目を凝らした。

氷室たちと同じ自衛隊の迷彩服。ヘルメットも着用している。一小隊らしく八名の人数がいた。

「まさか、山越えしてきやがったのか」

彼我の距離のちょうど中間にオスプレイが着陸している。

このままでは無事に乗り込むことができない。

「奴らを撃て！」

命じた氷室が、自分からイングラムを連射した。射撃音とともに短機関銃が激しく震える。

笹井と加藤も発砲した。

オスプレイの向こうに見える自衛隊員たちの周囲に着弾の煙が見えた。

彼らはあわてて散開を始めた。その場に腹這いになる者もいる。

氷室は舌なめずりをしながら撃った。拳銃弾を使用するイングラムの七十メートルという最大射程距離からすると、敵はずいぶん遠い。が、たまさか何発かの命中弾があったようで自衛隊員たちが三名ほど倒れた。

「行けるぞ。走れッ」

氷室は叫んでまた駆け出した。

銃声が轟き、彼の右側にいた加藤がイングラムを放り出してのけぞった。

振り返ると顔と胸に被弾していた。岩場の上に倒れたまま動かない。即死だった。

双方の火力の差異は決定的だった。氷室たちが短機関銃なのに比べ、自衛隊員たちが装備しているのは八九式小銃だ。射程距離があまりにも違う。

自衛隊からの発砲が続き、氷室のすぐ傍を至近弾が通過した。空気を切り裂く音に身がすくみそうになるが、がむしゃらに走り続ける。

前方の自衛隊員たちの姿がはっきりと見えた。自分たちの優位を知っているのか、横並びに数名が立っていた。氷室はチャンスを逃さなかった。すかさずイングラムの弾倉を交換する。ストックを引き延ばし、肩につけた。

横なぎに撃ちながら払った。

自衛隊員たちが、次々と血飛沫を飛ばしながら倒れていく。

三十二発の弾倉がすぐに空になると、最後の弾倉を銃把にたたき込んだ。立ち上がってくる敵はいなかった。相手を殲滅したことを悟って、氷室は満足の笑みを浮かべた。

「氷室さん！」

声がして振り返る。

笹井が岩稜の上に倒れていた。戦闘服の左の太股に血が滲《にじ》んでいる。

かまわず向き直って走った。

ガツンガツンと軍靴の音を立てて、オスプレイの後部ランプの斜面を一気に駆け登る。

――氷室さん！

背後から聞こえる悲痛な声を無視した。ひとりでも減れば、それだけ分け前が増える。運の悪い野郎はつまるところ敗者だ。手をさしのべる必要はない。

――俺も連れて行ってくれ、氷室さん！

その声に、彼はやっと振り向いた。

右手に持っていたイングラムをかまえた。

まさかという表情であっけにとられている笹井に向かって、フルオートで弾丸を送り込んだ。全身から血飛沫を上げて、元の仲間がすっ飛ぶのを見てから、彼は向き直る。

「片山《かたやま》！　離陸だ」

貨物室から操縦席に向かって叫んだ。

モーター音がしてランプがゆっくりと閉じ始めた。

ぐいっと機体が持ち上がる感覚。Gを感じた氷室は、貨物室両サイドに並ぶ椅子のひとつにしがみつく。機体が斜めにバンクした。風を受けたのだとわかる。

いったん上昇し始めたオスプレイが急激に落下した。

セットリング・ウイズ・パワー現象。

またはボルテックス・リング・ステートともいう。

ローターを持つ航空機はホバリングや離着陸の際に追い風に見舞われると、とたんに揚力を失い、機体自らのダウンウォッシュに巻き込まれるように垂直に落下する。ヘリの墜落原因で多いのがこれだった。

貨物室の前方から見える操縦席で、ヘルメットをかぶった操縦士の片山一等陸尉と副操縦士小川《おがわ》三等陸士があわてている後ろ姿が見える。

急降下はなおも続いた。このままだと山肌に墜落する。

「機体を立て直せ！」と、氷室が怒鳴りつけた。

尾根線から急速に落ちていったオスプレイが、ふいに揚力を取り戻した。

ぐいっと機首を持ち上げながら、ゆっくりと上昇を開始する。

「いいぞ、その調子だ」

氷室がいったとき、副操縦士の小川三士の声がした。

——前方からヘリ部隊が来ます！

氷室は貨物室を走り抜け、操縦席へと向かった。

操縦士たちの間から前を覗いた。正面のパネルと天井の計器類の間、風防越しに機の前方が見えた。

晴れ間が広がりつつある東の空に、数機のヘリが飛んでいた。

観測ヘリＯＨ－１が一機。攻撃ヘリであるＡＨ－１Ｓも四機。

空中に整然と横並びになったまま、まっしぐらに飛行してくる。

「向こうはこっちを狙っています。射撃されたらひとたまりもありません」

操縦桿を握ったまま、片山がいう。

「本機に武装はないのか」

「輸送機ですよ。それでなくとも航続距離を延ばすために最低限のペイロードで来てるんです」

さらにヘリ部隊が接近してきた。双方が時速二百キロ以上で接近しているから、あっという間に邂逅《かいこう》することになる。ぐずぐずはしていられない。

「早く左へかわせ」

「しかし氷室さん。そっちは竜巻が――」

「くそったれが。だったら右だ！」

氷室の叫びに、片山が操縦桿をぐいっと倒した。オスプレイが右にバンクしながら急旋回する。

そのとたん、氷室が、ふたりの操縦士が絶叫した。

視界いっぱいに真っ黒な壁が立ち上がっている。

まるで意思があるかのように竜巻が急速に向きを変え、彼らの背後、右側にいつの間にか回り込んでいたのだ。

操縦席の風防の外に巨大な竜の胴体がうねりながら迫っていた。大小の岩塊や引きちぎられたダケカンバ、ハイマツの群れが、竜巻の周囲をすさまじい勢いで回転しつつ、上昇していく。

それが風防の窓いっぱいに広がった。

ガンガンと音を立てて、無数の小石や岩が風防に激突し始めた。強化ガラスの全面が、たちまち白いひび割れに覆われてゆく。

悪夢を見ているようだった。

「莫迦な……」

氷室がつぶやいた。「こんな終わり方なはずがない」

次の瞬間、オスプレイはまともに竜巻の渦中に突っ込んだ。きりもみに機体が回転して一気に巻き上げられ、主翼がふたつにへし折れた。

爆発が起こり、すべては一瞬にして炎の中に消えた。

21

北岳山荘への西側トラバース道の終点は、這って進むような急登だった。

夏実と深町が慎重に岩場を伝ってゆく。

メイは勝手にトレイルを外れ、ハイマツの中を進みながら、犬の肢で楽に登れるルートを見つけていた。山に馴れている彼女は、地形を一目するだけで自分専用の通り道を見つけてしまう。そしてさっさと難所を登り切って、夏実たちがハアハアと喘《あえ》ぎながら登ってくるのをのんびりと待っている。

そうして彼らは、ようやく稜線上に到達した。

銃声が聞こえたのは、もう十五分以上も前だった。

それも連続して、何度か北岳山荘のほうから響いてきた。

いったい何が起こったのか。夏実は不安になる。誰かが殺されたのか。それとも、自衛隊が到着して撃ち合いになったのだろうか。

しばらくすると銃声は間ノ岳の方面から聞こえた。

散発的に何度か音がし、やがてそれも止んだ。

「竜巻が――」

深町が指差すので、彼女は振り返る。

吊り尾根の途中付近で揺らいでいたそれが、急激に方向を変えて北岳山荘目指して迫っていた。相変わらず真っ黒な雲底から漏斗のように伸びて、ウネウネと蠢きながら、稜線の東側に沿って移動を開始していた。

それがさらに南東方面にカーブしてゆく。

まるで獲物を見つけたかのように、急速に進行方向を変えた。

視界を一直線に横切りながら、ふたりの目の前を奇妙な形の航空機が飛行していた。機体色からして自衛隊の所属らしいが、それはまるで何かから逃げるように急速にカーブを描きながら、ちょうど北岳の方角に進行方向を変えた。

「オスプレイだ」

深町がそういったとたん、機影は竜巻に呑まれた。

真っ黒な巨竜の中でオスプレイの主翼がへし折れるのが見えた。機体が引きちぎられながら、クルクルと回って上昇してゆく。直後に爆発が起こった。

無数の破片となって、炎のシャワーのように山の中腹に降り注いできた。

夏実は無意識に深町の右腕にしがみついていた。

「自衛隊機が……」

「違う。あれはそうじゃないと思います」

夏実が断言するようにいった次の瞬間、竜巻に異変が起こった。

東に向かっていたコースを急に九十度も変えたかと思うと、南へ——間ノ岳へと続く稜線の上に沿って進みながら、竜巻はうねり始めた。見ているうちに、山腹に接地していた下端部分が、すうっと色を失っていく。

ふいに竜巻が地面から離れた。巨大な一匹の竜が螺旋《らせん》を描き、空高くに巻き上がっていく。真っ黒な雲から降りていた渦動の本体が、するすると上空の雲に巻きとられるように短くなっていく。

それが完全に見えなくなるとともに、竜巻を作り出していた積乱雲そのものが形を失い始めた。少しずつ真綿がちぎれていくように凧に流され、散ってゆくのである。

あまりにもドラマチックな空の現象を、夏実たちは声もなく見上げるばかりだ。

そうしているうちにも、晴れ間がどんどん広がっていく。隣り合う鳳凰三山がガスの中から姿を現し、どこまでも広がる純白の雲海の向こうには富士山の蒼いシルエットがある。

その景色を背後に、数機のヘリコプターが爆音とともに接近してきていた。

横並びに編隊を組んで、この稜線にある北岳山荘を目指している。

「急ごう！」

深町にいわれ、夏実が走った。メイがついてくる。

北岳山荘の周囲には、明らかに銃撃戦の痕跡があった。

迷彩服姿の男たちが倒れ、血だまりがあちこちに点在していた。真鍮《しんちゅう》の小さな空薬莢が地面にいくつも転がっていて、公衆便所や倉庫、発電機の小屋には、連続射撃の弾痕《だんこん》が雨滴のように散らばっている。

まさに戦場を見るようだった。

しかし夏実たちは足を止めてもいられなかった。

北岳山荘の出入口が開きっぱなしになっている。そこから中に入った。

「松戸くん！」

夏実が大声を放った。

——ここです！

声が返ってきた。

土間から土足のままで板の間に上がり込む。狭い通路を抜けて、奥の食堂に飛び込んだ。

そこに北岳山荘のスタッフたちの姿があった。管理人の三枝を始め、全員がそろっている。松戸は壁際で、迷彩服姿の初老の男を抱きかかえていた。

傍に同じスタイルの若い男が立ち尽くしている。

「この人は？」

「リーダーの鷲尾って人だ」と、松戸が答えた。

「ひどい怪我……」

「仲間割れで撃ち合いになった。裏切った奴らは逃げ出したよ」

「彼らが竜巻に巻き込まれるところを見たわ」

松戸が驚いた。

そのときになって、夏実はあらためて松戸の姿に気づいた。顔や手には血が固まってこびりつき、服のあちこちも褐色に濡れていた。のみならず、傷だらけである。フルラウンドを戦ったプロボクサーよりもひどい顔をしていた。

「自衛隊のヘリがいっぱい外にいるぞ」

窓越しに外を見る深町の言葉に、松戸がうなずいた。

「あいつらはここを攻撃しようとしている」

「だってテロリストはもう……」

松戸が夏実を振り返る。

「関係ないんだ。この山荘にいる人間はみんな標的にされるらしい」

「そんな莫迦なことがあるものか」深町が叫んだ。

「私は政府が世間に明かしたくない事実を公表させようとした。だから、私に接触した人間はすべてウイルスに感染した者のように見なされ、処分される」

松戸に抱き起こされている男が低い声でいった。

「早くここから逃げたほうがいい」

「もう遅いよ」

夏実がガラス越しに外を見ながらいった。

「今にも攻撃が始まりそう……」

全員が窓際に寄った。

北岳山荘からおよそ三百メートル離れた空中に、自衛隊のヘリコプターが五機、横並びにホバリングしていた。そのほとんどが機体に武器を搭載している。

「早くどこかに隠れよう」と、スタッフの誰かがいった。

「無駄だ」

松戸に抱えられた鷲尾がいう。「――AH－1S《コブラ》は対戦車ヘリだ。機首下の銃座《ターレット》に口径二〇ミリのガトリング砲が据え付けられ、三本の銃身が回転しながら毎分六百八十から七百五十発の連射が可能だ。それだけじゃなく、スタブウイングの下には、ロケット弾と対戦車ミサイルが装備されている。こんな山小屋など紙で出来た建物のように破壊してしまう」

彼のいうとおりだと夏実は思った。

胴体の厚みが異様に細い攻撃ヘリの両側から突き出した翼の下に、それらしきものがとりつけられているのがはっきりと見えた。四連装の対戦車ミサイルのランチャーと、蜂の巣のような形をしたロケット弾のポッドがこっちを向いている。あれを使われたらひとたまりもないだろう。

深町がトランシーバーを取り出した。

「北岳山荘の深町から警備派出所、どうぞ」

――こちら派出所です。どうぞ。

江草隊長の声が返ってきた。

「北岳山荘が自衛隊のヘリに攻撃されようとしています。テロリストはすでに逃亡、このままではわれわれも山小屋のスタッフも全滅です。ただちに攻撃を止めさせて下さい！」

――わかりました。そちらも早く脱出して下さい。

通話を切って、深町がいった。

「急いでここから出るんだ」

松戸といっしょに鷲尾の躰を引き起こそうとしたとき、夏実が気づいた。

窓の外、離れた空中に浮かんでいるヘリコプターがぜんぶで五機。それぞれがゆっくりと左右に散開を始めたのである。

「もう、間に合わない。攻撃が始まる！」

そういって夏実は振り向き、足許にいたメイを見下ろした。

ボーダーコリーが大きなつぶらな瞳で見返してくる。ふいに涙が出そうになって、夏実は腰をかがめ、メイの躰を抱きしめた。

そのとき、突然、閃《ひらめ》いた。

無駄なあがきかもしれない。けれども、やるだけやってみよう。

傍らにいる松戸を見て、彼女は叫んだ。

「発煙筒はどこ？」

「え」

彼は驚いた顔で夏実を見、視線をさまよわせた。

「たしか……受付カウンターの下にいくつかあると思うけど」

夏実は決心した。

「メイ、行くよ！」

ボーダーコリーとともに走り出す。

22

――ディス・イズ・チャーリー。チームアルファ。アラウ・トゥ・アタック。アラウ・トゥ・アタック。

ヘッドセットから飛び込んできた本部からの通信に、矢口達也三佐が返電する。

「ラジャー」

観測士の谷崎一尉にいった。「攻撃の許可が出た」

――矢口さん。自分にはまだ決心が付きません。

「谷崎。事情はどうあれ、われわれ自衛隊は命令で動くものだ」

――オスプレイは竜巻に巻き込まれたじゃないですか。

「山小屋にまだテロリストたちが残っている可能性がある。ミサイルの発射装置を持っているかもしれんのだ。それを一掃するのが俺たちの任務だ」

そういうと、彼は無線のチャンネルを小隊の周波数に切り替えた。

「アルファ1から各機へ。攻撃許可が出た。標的は北岳山荘。M261ロケット弾を使用し、一気に殲滅する」

アルファ2から5の各戦闘ヘリから、「ラジャー」の返電が入ってくる。

矢口は固唾を呑んで見守った。

自分は小隊長であり観測ヘリの機長なので、直接の攻撃は行わない。が、左右に散開したAH－1Sがロケット弾を発射する。M261はハイドラ70とも呼ばれる多連装ロケットで、蜂の巣状に十九もあるポッドから立て続けにロケット弾を発射できる。最大射程は八千メートルもあるが、今回は最短の三百メートルでの攻撃である。一斉射撃すれば、あの山小屋は原形をとどめぬほどに破壊されるだろう。

むろん、生き延びられる人間などいるはずがない。

矢口は緊張した。

これが初めての自衛隊による本格的な実戦だ。それも自国内で、元自衛官や同僚たちを相手にした戦闘なのだ。攻撃は当然、中で人質になっている一般市民を巻き込む。しかし、それは仕方のないことだ。少数の命と引き替えに都民一千三百万の命を守る。

迷いは吹っ切らねばならなかった。

——神よ。赦《ゆる》したまえ。

矢口は目を閉じた。


聞き馴れぬ爆音が突如として聞こえた。

彼はそれを目撃した。

戦闘モードに展開したヘリ部隊の前方。突如、下方から急上昇してきたヘリがいる。

空気を切り裂くローターブレードの下、青いボディ。首輪のような赤いライン。そして尾翼に向かって細くなる機体には桜のマークと〈山梨県警察〉と記された文字。

そのヘリは五機の編隊の前にホバリングしていた。

彼らと北岳山荘を結ぶロケット弾の射線のど真ん中にいる。

——こちら山梨県警航空隊〈はやて〉。陸上自衛隊第四対戦車ヘリコプター小隊の指揮官機、コンタクトを求む。

無線が男の声をインカム越しに送ってきた。

矢口三佐は片手にサイクリックレバーを握ったまま、硬直した。どこか聞き覚えのある男の声だった。

なぜ、県警ヘリのパイロットが自衛隊のエアバンドの周波数を知っているのだろうか。そんな疑問が脳裡をかすめたが、目の前に横向きでホバリングする青と赤の機体に目が吸い寄せられるように凝視していた。

「こちら陸上自衛隊第四対戦車ヘリコプター隊、第一小隊長の矢口です。貴機はわれわれのオペレーションの妨害をしています。即刻、この空域から退去して下さい」

すぐに返電が来た。

――北岳山荘への攻撃は即刻、中止していただきたい。

「すでに攻撃命令は出されています。今さら変更はできない」

――あの中には山小屋のスタッフたちが大勢いる。国民の生命と安全を守ることが自衛隊のつとめであるとすれば、貴部隊がやろうとしていることは犯罪行為である。

だしぬけにそんなことをいわれ、矢口は狼狽《うろた》えた。

「命令を無視するわけにはいきません」

――矢口。お前は相変わらずだなあ。だから昔から石頭っていわれたんだ。

相手の口調が変わったので、彼は驚いた。

眉間に深く皺《しわ》を刻んで考えた。

「まさか……あなたは納富二尉ですか！」

しばし間があって、返電が入って来た。

――元、二尉だよ。莫迦野郎。

久しぶりに莫迦野郎と声をかけられ、矢口は躰が震えた。

昔の記憶が次々とよみがえってきた。

――こちら、アルファ2。本機はミサイル発射の安全装置を解除している。再度の指示を求む。

戦闘隊形に展開しているAH－1Sから無線が飛んできた。

他の僚機からも、立て続けに交信が入ってくる。どの機も、突然、目の前に現れた警察のヘリコプターを前に、さすがに攻撃を躊躇している。

――矢口。北岳山荘の手前だ。あれが見えるか。

〈はやて〉の納富にいわれた。

矢口はキャノピー越しに、前方にいる山梨県警ヘリ〈はやて〉を見、さらに向こうの稜線上にある北岳山荘を見た。四角い山小屋の建物が岩稜の上に建てられている。

その手前に赤い煙が見えた。

矢口は驚く。

北岳山荘の東側の崖っぷちに小さな人影があった。発煙筒を持って、右に左に大きく振っている。真っ赤な煙が風に流れている。矢口はＯＨ－１ヘリのアビオニクスを操作した。可視光線映像に切り替え、対象にズームしていく。

北岳山荘の手前に立つ人物がクローズアップされて、ヘッドアップディスプレイに投影された。赤とオレンジ色の登山服にキャップ。驚いたことに若い女性だった。

傍らにハーネスを胴体に巻いた小さな犬がいた。

こちらに向かって、必死に発煙筒を振っている。

――北岳山荘は彼らの手に戻った。攻撃は無用だ。以上。

交信が終わった。

目の前にいた県警ヘリ〈はやて〉の青い機体が機首を転じた。鮮やかな曲線飛行をしながら北岳山荘に向かってまっしぐらに飛んでゆく。その機影を矢口は茫然と見つめていた。

――誰ですか、納富二尉って？

観測士の谷崎の声で我に返る。

少し間を置いてから、彼は答えた。

「北宇都宮駐屯地の第十二ヘリコプター隊にいたとき、第二小隊の隊長をしていた人だ」

――もしかして、あの鬼の納富……。

「俺たちにヘリパイの技術と精神をたたき込んでくれた、本物の〝空の男〟だよ」

そういってから、矢口は決心した。

左右に並ぶ僚機に向かって、彼は命令を下した。

「アルファ1から各機。攻撃を中止する。くり返す。攻撃を中止する」

――本部命令はどうします？　無視するんですか。

谷崎の声がなぜか明るい。

矢口がいった。「ここは彼らの山だ」

23

パタパタというブレードスラップ音が近づいてきた。

県警ヘリ〈はやて〉の青い機体が蒼穹《そうきゆう》の彼方から近づいてくる。

自衛隊のヘリコプター編隊は、いずれも機首をめぐらせて北岳山荘から遠ざかっていた。危機は回避できたのだ。

夏実は煙を出さなくなった発煙筒を放った。

急速にアプローチしてくるヘリに向かって、大きく、力いっぱい両手を振った。そうしているうちに北岳山荘から何人かが飛び出してきた。松戸はいなかったが、深町の姿があった。

ヘリは大きく空中でカーブを描きながら、山小屋の南側にある丘のヘリポートに向かった。機長の納富にすれば、何度となくここに着地しているから、お馴染みの場所だろう。

ローターが空気を切るスラップ音と、エンジンの爆音が大きくなった。

夏実とメイが斜面を一気に駆け登る。

目の前に〈はやて〉が地面すれすれまで降下していて、すさまじいダウンウォッシュが大地を叩いていた。猛烈な風の中で髪を乱しながら、夏実たちがヘリに近づいた。スキッドが接地した瞬間、スライドドアが開かれた。

真っ先に機内のキャビンから飛び出してきた人物を見て、夏実が叫んだ。

「静奈さん――！」

神崎静奈がローターの風の中に立っていた。

ポニーテイルの髪を風になぶらせながら、涼しげな笑みを浮かべている。

「莫迦ね。そんな黄色い声を上げたりして」

いいながら静奈が出してきた右手を、夏実が夢中で摑んだ。ぐいっと身体を引かれた。

ふたりして抱き合った。

「松戸くんは？」

手を離して静奈が訊いた。

「大丈夫。生きてます。ただし、もの凄くボロボロだけど」

笑ったあとで、夏実は初めて気づいた。「ボロボロといえば静奈さんも？」

「たいしたことないよ」

と、彼女は青や黒の痣だらけの顔で強がりをいう。

〈はやて〉の機内から飯室整備士と的場副操縦士が降りてきた。次にコクピットのドアを開き、長身の納富慎介操縦士が姿を現す。ヘルメットを脱ぎ、サングラスをとった目が思わぬ優しさに満ちていた。

「星野さんの発煙筒、よく見えたよ」

優しい声でいって警察式の敬礼をしてきた。

夏実はグッとこみ上げてくるものをこらえながら、指先をそろえ、返礼した。

その瞬間、ぽろっと涙があふれ、頰を伝った。


北岳山荘の食堂の床に布団が敷かれ、鷲尾一哲が横たわっていた。

傍らに膝を突いているのは、ゆいいつ残った彼らの仲間、小諸だった。ふたりの横に松戸と深町が座り、周囲にはスタッフらも集まっていた。

神崎静奈と納富ら〈はやて〉の乗務員の姿もある。

鷲尾は右手に持っていた衛星携帯電話を彼らに見せた。

「残りふたつのランチャーに発射コードの解除を送った。だから、もう巡航ミサイルは発射されない。だが、問題がひとつある。VXガスのカートリッジといっしょにミサイルの中にセットしているデトネーターには時限装置が組み込んである。あと一時間と二十二分で、ミサイルは自爆する。デトネーターはプラスティック爆弾の一種であるセムテックスを利用している。重さは五百グラムだが、爆発力が強く、ビルひとつ崩壊させるほどの力がある。それが爆発すれば、VXガスが広範囲に拡散して、一帯は死の世界となる。なるべく早くここを離れたほうがいい」

「何とか止めることはできないんですか」と、深町が訊いた。

「ミサイルを分解して、デトネーターを取り外すしか方法はない。しかし三号ランチャーの方の設置場所は私ではなく、部下のひとりしか知らない」

「まさか、その人は……」

深町が口ごもった。

「氷室だ」

つらそうな顔で鷲尾がいった。「三つ目のランチャーの管理を任せる。それが今回の決起に彼が参加する条件のひとつだった」

その氷室が乗ったオスプレイは、竜巻に呑まれてしまった。

つまり、三号ランチャーがどこに設置されているかを知る者は誰もいないということだ。

「爆発後のガスの拡散範囲はどれぐらいですか」

深町の問いに彼は少し間をおいてからいった。「地上で爆発する場合、空中で散布するほど広い範囲にはならない。おそらく被害エリアは一キロメートル四方程度だ」

山小屋のスタッフの幹哉が、すぐに二万五千分の一の登山地図を持ってきて広げた。

全員でそれを覗き込む。

「風向きによっては肩の小屋までは届きそうだな」

松戸がへたり込むように胡座《あぐら》をかいた。

「さいわい都市部ではない。全員が避難すれば被害は最小限にとどまる」

そういった鷲尾を夏実が厳しく見据えた。

「この山にいるのは人間ばかりじゃありません。野生動物も、高山植物も、それにライチョウたちもみんな死滅してしまう。北岳が死の世界になる。そんなことが許されるはずがない」

鷲尾は意外な顔で夏実を見ていたが、ふっと気を抜いたように視線を逸らした。

つらそうな顔をしていた。

「あなたのような人が、どうしてこんな大それたことを実行したんですか」

鷲尾はちらと夏実を見てから、また目を戻した。

「この山がな、復讐しろといったんだよ。だから、私はいっさいの良心を棄てたのだ」

「それは間違っています」

夏実がきっぱりといった。「山はそんなんじゃない。誰かに対して復讐をそそのかしたりなんて、絶対にしません。山はいつも優しいんです。たしかに厳しさもあるけど、それは人の身勝手や甘えを許さないからです」

「私はあの山頂で自分の影を見た。それが悪魔の姿だった」

ブロッケン現象だと夏実にはわかった。雲に映る自分の影が悪魔に見えるほど、彼はきっと追いつめられていたのだろう。

「鷲尾さん。それはきっとあなた自身の心です」

「何をいう」

「山は人の心を鏡のようにして見せるんです。だから、悪魔はあなたご自身の中にいます」

「われわれが見てきた地獄を、君たちには理解できない。カンボジアのあのジャングルの村でポル・ポト兵の銃撃にさらされたときの恐怖は誰にもわからない。福島の原発事故で息子たちが帰ってこなかった、あの無念を君たちには理解できないだろう」

「あの日、私も福島の被災地にいました」

鷲尾は言葉を失い、彼女を凝視した。

「あなたがあそこで何を見たかは知りません。でも、私もあの日、自分の人生が変わるほどの心の病を得てしまった。だけど、誰かを恨んだり、復讐したり、ましてや自分が悪魔になろうとは思いません。なぜなら、この山が生き方を教えてくれたからです」

夏実は険しい顔で彼を見た。「あなたはいったい、この山で何を学んだんですか？」

そんな質問に鷲尾は答えられずにいた。

彼女は毅然《きぜん》といった。「三号ランチャーのミサイルは絶対に捜します」

「むりだ。こんな広大な山域でどうやって？」

そういったのは鷲尾の部下の小諸だった。

「私たちは山岳救助隊ですよ。ここは自分の家の庭みたいなものです。だからミサイルは必ず見つけます」

夏実は立ち上がり、小諸にいった。「あなたは鷲尾さんとヘリで下山して下さい」

「自分で後始末ができないのだから、せめて責任をとって、われわれはここに残るべきだ」

「莫迦なことをいわないで。そんなの責任でも何でもない」

小諸は険しい顔で向き直る。

「どうすればいいんだ」

「登山は麓に下りてこそ終わるんです」

そういって夏実はニッコリと笑った。

24

県警ヘリ〈はやて〉が、北岳山荘に隣接するヘリポートから飛び立った。

機内には的場副操縦士、飯室整備士の他、神崎静奈と深町敬仁隊員が乗り込んだ。彼らは空から三号ランチャーを捜索する。一方、夏実とメイは地上から捜すことにした。

無線連絡で、北岳頂上から分かれていた杉坂副隊長と進藤、横森隊員もこちらに向かっている。しかし、関、曾我野隊員と菊島警視らとは無線での連絡がいっこうにとれず、夏実はずっと心配していた。

北岳山荘および ガスの飛散範囲に入ると思われる肩の小屋の管理人やスタッフたちは、二十分後に飛来する県の防災ヘリ〈あかふじ〉で脱出することになっていた。風向きによっては他の山小屋――両俣小屋や広河原山荘、広河原ICなどにも毒ガスの影響範囲が届く恐れがあるため、県内や隣県からの民間ヘリも数機、救援に駆けつける予定となっていた。

夏実とメイは、険しい尾根を伝って走っていた。

空はすっかり晴れ渡り、遠い山々が雲塊の向こうにくっきりと浮き出して見えている。

トライカラーのボーダーコリー、メイの豊かな被毛が風に揺れていた。四肢を駆使して荒い岩場を飛ぶように走っている。

遅れがちについていく夏実だったが、メイの疾走ぶりを見て頼もしく思う。

北岳山荘で、鷲尾の部下だった小諸から、あの氷室という男の遺した靴を渡された。

武装決起のあとで、軍用の編み上げ靴に履き替えたとき、その場に残したザンバラン社の登山靴だった。それが氷室という男の行動をたどる原臭となった。

たっぷりと時間をかけてそれをメイに嗅がせてから、ターゲットを認識させた。

自分の仕事を悟ったメイは、躊躇《ためらい》もなく北岳山荘から走り出した。

驚いたことに北岳に向かって延びる稜線を駆け登っていく。北岳と北岳山荘を結ぶトレイルの間だ。

まさにメインの登山道である。台風で人が来ないという前提とはいえ、こんな場所に本当に巡航ミサイルのランチャーを設置しているのだろうかと思う。

それでも夏実はメイを信じていた。

犬を信じる。

それが山岳救助隊員であり、救助犬のハンドラーである夏実のつとめだった。

メイはいつだって、その期待に応えてくれた。夏実が何を求め、自分がどう行動すればいいかをメイは知っている。救助犬とハンドラーの究極の連携がふたりの間にはあった。

夏実も、彼女を相棒とするメイも、この山で遭難者を発見し、救助することが、自分たちの歓《よろこ》びだった。いくたびもの哀しみを乗り越えて、ここで人が生きていることを発見する。それが何よりもの誇りだった。

だからふたりは山を走る。どこまでも駆けてゆく。


前方の斜面に人影が見えた。

ランチャーを捜すために分かれたグループだった。関真輝雄と曾我野誠隊員、それに菊島優警視の姿もある。

——星野さん！

関隊員が遠くから手を振る。夏実も振り返す。

ずっと彼らと無線連絡が取れなかったから心配していたのだ。

数分後に彼らは合流した。

三人とも衣服はボロボロで顔や手にひどい傷があった。聞けば竜巻に巻き上げられるところだったのだという。かろうじて助かりはしたが、関と曾我野は数メートルも吹き飛ばされた。菊島に至ってはハイマツの急斜面を十メートル以上も滑落したのだという。

それでトランシーバーが壊れ、今まで交信不能になっていたらしい。

「二号ランチャーとミサイルが目の前で竜巻に巻き込まれたんだ」

夏実は関の言葉に驚いた。

「VXガスは？」

彼は自分のザックを拇指《おやゆび》で差した。「寸前に取り外せた。ミサイル本体も、竜巻に巻き込まれて上空で爆発したから被害がなかったんだ」

夏実は安堵《あんど》したが、強力な殺傷力を持つという毒ガスのカプセルが関のザックの中に入っているかと思うと、気が気ではない。

「それより北岳山荘はどうなっているの？」

菊島に訊かれ、そこであったことをかいつまんで話した。

「じゃあ、あとは三号ランチャーを発見すればいいのね」

夏実は腕時計を見る。「でも、時間がありません。あと三十分ちょっとで爆発が起こります」

だしぬけにスラップ音が聞こえて、稜線の下から県警ヘリ〈はやて〉の青い機体がせり上がってきた。夏実たちの前で機体を横向きにした。空中でスライドドアを開き、静奈が身を乗り出す。その向こうに深町の姿も見えた。

排気音とローターが空気を切る音で声が聞こえないが、彼女はミサイル捜索についての報告を聞いているようだ。夏実は頭の上に両手を挙げて、大きくバツ印を作ってみせる。静奈がうなずき、ヘリのスライドドアを閉じた。

ぐいっと機体を持ち上げるように〈はやて〉が急上昇していく。

ローターから吹き下ろすダウンウォッシュが、夏実たちの髪や衣服を乱した。ヘリは斜めにバンクしながら旋回し、間ノ岳方面を目指して飛行していく。

その機影が小さくなると、夏実は関たちにいった。

「みなさんは北岳山荘に向かって下さい。五分後に防災ヘリ〈あかふじ〉が到着します」

「星野はどうするんだ」

「私は……」

言葉を切ってから、決心したようにいう。「ここに残ってミサイルを捜します」

「何をいってんの。あなた、死ぬつもり？」

険しい顔で菊島にいわれたが、夏実は笑みを浮かべる。

「私だって死にたくないです。でも、この山が毒ガスで死の世界になるなんて耐えられない」

そう答えてから、彼女は振り向いた。

猛々《たけだけ》しく屹立《きつりつ》する北岳の威容が、すぐそこにあった。山が、彼女を見下ろしているようだ。

「だったら、あなたひとりにしておけない」

菊島のふいの言葉に彼女は向き直る。「え？」

関も、曾我野も傷だらけの顔に笑みを浮かべていた。

「星野がたとえミサイルを見つけても、お前ひとりじゃどうにもならんだろう」

関がいった。「餅は餅屋っていうからな。技術のことならぼくに任せてくれ」

その顔を見て、夏実が笑った。

「はい」

答えたときだった。ふいにメイが吼《ほ》えた。

全員で振り向いた。

崖道の途中から、北岳方面に向かって何度も咆吼《ほうこう》を放っている。

「メイ。まさか……あなた、こんなところで?」

トライカラーのボーダーコリーが夏実の許へと走ってきた。目の前で止まるや、嬉しそうに後肢で立ち上がった。

《見つけたよ――!》

メイがいっている。その鳶色《とびいろ》の大きな眸《ひとみ》を見て、夏実がうなずいた。

「どうしたの?」

菊島が訊いてきた。

「氷室の……あ、三号ランチャーのミサイルを設置した人の臭跡を、メイが探り当てたんです」

驚く菊島に背を向けて、彼女はしゃがみ込んだ。

メイを抱きしめてから、耳の後ろの被毛をそっと撫《な》でた。

「ありがとう、メイ。あなたを頼りにしてる」

メイが見上げてきた。ハアハアと舌を垂らしながら期待に満ちた顔を輝かせている。

ハンドラーの指示を待っているのだ。

「GO!」

夏実の声とともに、メイがダッシュした。急斜面を駆け登り始めた。

彼らはそれを追って走った。

ギザギザの岩稜が尾根の上に斜めに並んでせり出している。

頂上側から見ると、遥《はる》か下に見える北岳山荘に向かって身をかがめる、巨大な怪獣の背びれに見えなくもない。だから、夏実たちはこの岩を〈ゴジラの背びれ岩〉と名付けていた。その岩場の東側、すぐ下に大きな窪地《くぼち》があった。

〝SMCM〟と呼ばれる超小型巡航ミサイルのランチャーは、そこに設置されていた。

土台は岩盤に無数のボルトで頑丈に打ち付けられている。

逆U字型の発射装置がその上にあり、オレンジ色のミサイルが短いランチャーに載せられて、斜めに傾《かし》ぎ、いかにも挑発的な姿で遥かな東の空を向いていた。

夏実は緊張した。大勢を殺す毒ガスが、この中に封印されている。思わず足許のメイをそっと抱き寄せる。

プロトレックの腕時計を見た。爆発まであと十一分しかない。

関隊員がザックを下ろし、工具セットを取り出した。ランチャーの傍に立って、慎重にミサイルの分解を試みる。

「大丈夫ですよ。関さん、二号ランチャーのときも分離に成功したから」

青ざめている夏実の顔を見て、曾我野隊員がそういってくれる。

うなずいた。

さっきはメイを信じた。だから、今度は関隊員を信じよう。

関はいつにない真顔で作業を続ける。いくつかの小さなネジをひとつひとつゆるめていく。それからミサイル本体のカバーに手をかけ、そっと外した。傍らから受け取った菊島が、ゆっくりと足許に置いた。

腕時計を見る。あと九分。

関はミサイルの中から、もう一枚の金属の覆いをそっと外す。内部に両手を差し入れて、銀色の細長い円筒形のカプセルを抜き出す。それがＶＸガスを封入したステンレス容器だと気づいて、夏実が凝然となった。

関はあくまでも慎重に、そっと、カプセルを地面に置いた。ビニールクッションの梱包材《こんぽうざい》を取り出して何重にも巻き付けて、岩場の上に横たえた。

「それ、ぼくのザックの中に入れておいて下さい」

そういって拳の甲で額を拭う。

菊島が慎重に梱包されたカプセルを関のザックに入れた。

「あとはデトネーターだな」

腕時計を見る。残り、五分。

超小型巡航ミサイルの内部。ＶＸガスのステンレス容器と隣り合うように、別の円筒形の黒いパーツが組み込まれていた。関が用心深くそれを取り出す。小さな画面の中で、赤いデジタル数字がカウントダウンを続けていた。目まぐるしく数字が減っていく。

４：００……３：５９……３：５８……

「これって、どれぐらいの爆発力なの」と、菊島が訊いた。

「セムテックスという強力なプラスティック爆弾が五百グラムほど入っているそうです。爆発すれば、ビルひとつが崩壊するぐらいだって」

夏実の言葉に曾我野が目を剝いた。

「ここら一帯がきれいに吹っ飛ぶぞ」

「関さん。カウントダウンを停められない？」

彼は夏実を見て絶望的な顔で首を振った。「さすがにこれを分解する知識はないよ」

「ほら。青いコードとか赤いコードとか、どっちかを切断するとかって映画にあるじゃない」

「そんなもの、どこにも見当たらない！」

さしもの関が泣きそうな顔になっている。

「この崖から下に投げ捨てるのよ」

菊島が岩場から身を乗り出しながらいった。夏実も見下ろした。

彼らがいる岩稜の下は、二百メートルはありそうな垂壁だった。風が吹き上がっている。

「早く捨てなさい！」

菊島が声を荒らげた。「それともここでみんなで死にたいの？」

関はデトネーターを両手で持ったまま硬直していた。

「崖下で爆発が起これば、一帯が崩落するかもしれませんよ」

曾我野が青ざめた顔でそういった。「そしたらここにあるVXガスが……」

全員が関のマムートのロゴが入ったザックを見つめた。この中には二本分の毒ガスのカプセルが入っているのだ。

「一か八か、やってみないとわからないわ。だって、他に方法がないもの」

菊島がそういった。

夏実はゆっくりと立ち上がる。唇を引き結んでいた。

「私、そんなのいや……絶対に」

「星野さん。あなた、何を考えてるの」

険しい顔で迫ってくる菊島から、夏実は目を逸らした。

「この山でそんなことは許せない」

足許のメイが彼女を見上げていた。その無垢《むく》な眸を見ているうちに思いついた。

とっさに腰のホルダーからトランシーバーを抜き出す。プレストークボタンを押した。

「こちら現場の星野。〈はやて〉、どうぞ。聞こえますか」

すぐに応答があった。

――〈はやて〉の神崎です。夏実さん、どうしたの？

「山頂南の〈ゴジラの背びれ岩〉の下で、ミサイルを発見。関さんがＶＸガスの分離に成功しました。けれども、デトネーターの爆発時刻が迫ってます。そこで、あの……静奈さん。お願いがあるんですが」

しばし間があった。

――わかってるよ、夏実。あなたが何を望んでいるか。

静奈が落ち着いた声でいった。

――星野さん。すぐにそちらに向かうが、そこでは岩が邪魔になってピックアップできない。稜線まで上がってこられるか？

今度は納富の声。

夏実の顔に朱が差した。握りしめたトランシーバーに向かっていった。

「はい！」

全力で岩場の斜面を駆け上がった。

ヘリのローターブレードが空気を切るスラップ音が、背後から迫ってきた。

夏実は走る。片手に起爆装置を持ったまま、尾根を駆け下る。急登を一気に駆け登ったあとなので息が切れてへたり込みそうになる。しかし休まずに尾根の岩場を走る。

メイが豊かな尻尾を振りながら、彼女と併走する。

救助犬には夏実のやろうとしていることがわからない。けれども、自分のハンドラーが何か必死の思いで駆けていることは理解できる。だから、メイも彼女に従う。

尾根線を途中まで下りかかったところで、〈はやて〉の青い機体が真横から急速にアプローチしてきた。曲芸飛行のように美しいカーブを空中に描きながら、県警ヘリが接近してくる。

機体側面のスライドドアが開き、静奈と深町が顔を見せた。

——夏実、それをこっちによこして！

静奈の声が聞こえた。

「私がやります！」

精いっぱいの声を返す。

——莫迦。あなた、何を考えてるの。

〈はやて〉が機体下部のスキッドぎりぎりに地表に降下してきた。

キャビンから静奈が身を乗り出している。深町と、整備士の飯室が彼女を後ろから支えている。

ヘリの爆音。すさまじいブレードスラップ音。そしてダウンウォッシュの猛風の中、〈はやて〉が夏実の真上に定位した。

静奈が伸ばしてきた手を、夏実が摑んだ。

——しっかり摑まって。

ヘリが急上昇する。その急激なGに逆らいながら、静奈が夏実を機内に引っ張り込んだ。

ふたりしてキャビンの中に倒れ込む。

「大丈夫か」

深町が声をかけてくる。夏実がうなずいた。

ヘリが上昇を始める。

尾根に取り残されたメイがしきりに吼えている。

置き去りにされたからではない。夏実の思いを心でキャッチして声援を送っているのだ。機体が高みに昇ってゆくにつれ、稜線にある姿がどんどん小さくなっていく。

右手にしっかりと握った起爆装置――デトネーター。

赤いデジタル数字を見た。

1：01……1：00……0：59……

ついに残すところ、あと一分を切った。

「納富さん。もっと高く。できるかぎり！」と、静奈が叫んだ。

県警ヘリが機首を上げながら急速に上昇し始めた。

開け放したままのスライドドアから、すさまじい風が機内に吹き込んでくる。飯室整備士がかぶっていた濃紺のキャップがさらわれて、機外にすっ飛んでいく。静奈のポニーテイルの髪が激しく乱れている。

「もっと高く！」

夏実がキャビンから下を見ながら叫んだ。「限界高度は六千まで上がれるはずよ」

「空気が薄いから、急上昇はむりです」

座席の背もたれにしがみついたまま、飯室整備士がいった。

夏実は右手のデトネーターを見た。

赤いデジタル数字のカウントダウンが続いている。だったら、ぎりぎりまで待つしかない。

0：30……0：29……0：28……

「もういい。外に投げろ」と、深町がいった。

夏実はまたデジタル数字を見た。どうせなら、爆発の影響が地上に届かない場所で投擲《とうてき》したい。

0：20……0：19……0：18……

目を閉じた。

何としてもやり遂げる。この山を守ってみせる。

夏実はゆっくりと目を開く。カウントダウンが0：10と読めた。

落ち着いたまま、サイドスローで投げた。

黒い円筒形のデトネーター——起爆装置がクルクルと回転しながら、機外へと飛んでいく。

すぐに放物線を描きながら空中を降下し始めた。

「納富さん。全力離脱！」

深町とともにスライドドアを閉じて、静奈が叫んだ。

機体はなおも上昇を続けた。

ベル412EP〈はやて〉の最高速度は時速二百四十三キロ。それでも、もどかしいほどに遅く感じる。夏実はキャビンの座席にしがみついたまま、頭の中で数えた。

五……四……三……二……一。

キャビンの窓の外が光った。

続いて、下から突き上げるような衝撃が来た。機体が大きく揺れた。

爆風を避けながら、操縦席の納富はゆっくりとサイクリックレバーを倒してヘリを斜めに左バンクさせる。

窓外に北岳が見えた。眼下の景色が雄大な俯瞰図《ふかんず》となる。

空中に紅蓮《ぐれん》の火球が生じていた。

四方に飛び散りながら、やがてそれは薄らいでいく。爆炎は空中で消え、地上までは届かない。

ふうっと夏実が吐息を投げた。

あれを思い切り投げた右手が、いつの間にか、傍にいる深町の腕を強く摑んでいることに気づいて、ハッとなった。顔を赤らめて離れる。

深町は苦笑しながらも黙っていた。

「よくやったね、夏実」

静奈に呼ばれてハッと振り向いた。

彼女は右手を差し出してきた。

「生きててくれてありがとう」

まるでモデルみたいに美人なのに、拳ダコでゴツゴツした手。それを思い切り握った。

唇を嚙みしめて、こみ上げてくるものをこらえた。

ふいに別のヘリの爆音が聞こえた。

見れば、ちょうど北岳山荘方面から、県の防災ヘリ〈あかふじ〉が上昇してくるところだった。純白の機体に赤い模様が目立っている。

二機のヘリが至近ですれ違う。

操縦席の納富が、〈あかふじ〉のパイロットにサムアップの合図を送る。

キャビンの窓には北岳山荘のスタッフたちの顔があった。向こうが手を振ってくるので、夏実も笑いながら振り返す。

松戸はちゃんとヘリに乗れたのだろうかと、ふと思った。

25

周辺空域を数機のヘリが飛び回っていた。

ほとんどが自衛隊らしく迷彩模様の機体だ。それらのローター音がうるさいばかりだ。

間ノ岳方面の稜線でテロリストとの銃撃戦があり、多くの自衛隊員が殉職したという。彼らの遺体と負傷者の回収なのだという話だった。

県警ヘリ〈はやて〉は、北岳頂稜付近で杉坂副隊長、進藤、横森両隊員をピックアップし、そののち、稜線上にいた関、曾我野隊員、そして菊島警視を拾って、北岳山荘のヘリポートに戻ってきた。山小屋の周辺にもテロリストたちの遺体がいくつもあった。すべては現状維持され、やがて警察の鑑識が終わるのを待ってから搬送されることになる。

夏実は哀しみをこらえられない。

いったい、この二日間だけで、何人が命を落としたのだろう。

この山がそんなことを望んでいるとは思えない。すべては人間の身勝手さから生じたものだ。やれ大義だとか、復讐だとかいいながらも、けっきょくは無益な死と破壊を招いただけだった。それが心に重かった。

北岳山荘の前に数人が立っていた。

管理人の三枝辰雄。御池の警備派出所から防災ヘリでやってきたハコ長こと江草恭男隊長の姿もある。山岳救助隊のメンバーたちは、隊長の前に立って、いっせいに敬礼をした。

江草隊長が穏やかな顔で返礼する。

「みなさん。本当にお疲れ様でした」

彼らに混じって、松戸颯一郎の姿があるのに夏実は驚いた。

「松戸くん。ヘリに乗らなかったの」

彼ははにかんだような顔で照れ笑いを見せ、子供っぽく自分の足許を見た。

夏実はふっと吐息を投げる。

「あなた、ボロボロじゃないの。何だか生きてるのが不思議に見えるよ」

彼は眉をひそめた。浮かない顔をして、こういった。

「俺がやってきたことって、けっきょくはぜんぶ無駄だったんですよね」

「え……」

「テロリストの情報も、VXガスのことも、その他すべて、政府はとっくにわかっていたって」

「あの鷲尾って人にそういわれたの？」

松戸はうなずいた。

「だけど、あなたがそうやってボロボロになるまで戦うことで、あの人は目覚めたんじゃないかな。たったひとりで孤立しながら、必死に彼らに立ち向かう姿を見たから、自分の過ちに気づいたんじゃないのかな」

「そうかな」

「きっとそうよ。うん。絶対に」

「あの……だったら」

「何？」

松戸はボロボロの顔のままでこういった。

「夏実さん。俺とつきあってくれませんか」

一瞬、言葉を失った。

真っ赤になりながら、夏実は眉を立てていった。

「だからって、どうしてそうなるのよ」

火照った顔を仲間に見せたくなくて、彼女はわざと横を向く。

そのとたん、ぼろっと涙があふれた。嗚咽《おえつ》しそうになるのを何とかこらえる。

目をしばたたきながら、ふと視線を上げると、中天の太陽の下に北岳が孤高の姿で立ち上がっていた。

終章

鷲尾一哲はドクターヘリで甲府の病院まで搬送される途中、機内で息を引き取った。

防衛省の統合幕僚監部と陸幕幹部の幕僚たち、市ヶ谷情報本部から来た事務官が、機内で付き添っていたが、けっきょくのところ、鷲尾の口からは何も聞き出せぬままだった。

生き残った小諸という元自衛隊員もずっと口を閉ざしたままだった。

広河原ＩＣには、山岳救助隊員らによって捕縛された三名の男たちがいたが、彼らもヘリポートに下りた自衛隊のヘリによって連行されたらしい。

いずれも警察の手にゆだねられるだろうが、彼らはどういう罪状で裁かれることになるのか。

国連、その他の国際機関で、テロ防止に関する十三の条約がある。中でも、「人質による強要行為等の処罰に関する法律（人質を取る行為に関する国際条約）」が、今回のケースに該当し、国内での犯罪行為と規定することになると思われる。

しかし北岳で起こったことの多くは、内密に事務処理されるはずだ。すべては自衛隊に不満を抱いた退役自衛官らのグループによるテロ事件であり、戦後初の自衛隊の治安出動によって、すべては鎮圧されたという結果。

山小屋のスタッフのみならず、東京都民の多くが知らぬ間に人質になっていたという事実を、ほとんどの国民が知ることもない。いくつかの情報が噂となって世間に流れることもあるだろうが、すべては裏付けのないゴシップでしかなく、やがてはうたかたのように消えて行くだろう。

照明を落として暗くなった首相官邸地下の危機管理センターの一角。

伊庭健一内閣危機管理監は、誰もいないだだっ広い室内をぼんやりと見つめていた。

それにしても、何と長い一昼夜だったことか。

最初に連絡を受けて、ここに押っ取り刀で駆けつけたのが、もうずいぶんと昔のように思える。

壁際の大きなスクリーンには、今は何も投影されていない。

しかし、伊庭にはあの北岳の雄大な地形図が、そこにまだ幻のように見えていた。

「山か……」

この世界に入って以来、とんと足を踏み入れていない領域だった。

まだ小学四年だった娘とふたり、八ヶ岳の赤岳《あかだけ》に登って山頂を踏んだ。あれは果たして何年前のことだっただろうか。おそらくもう二度と、父親と山に登ったりはしないだろう。

ふっと伊庭は笑みを浮かべた。

もたれていた机から離れて、ゆっくりと歩き出した。

自動ドアの前に立ち、もう一度、薄暗いセンターの中を見渡してから、ドアを開き、外に出た。

§

北岳の東側にある巨大な岩壁バットレスに、太陽が当たって光っていた。

白根御池の警備派出所前に、江草隊長と、夏実たち隊員全員が整然と並んでいる。

救助犬のメイとカムイ、バロンの姿もある。

彼らに向かって、菊島優警視が背筋を伸ばして立っていた。

犬たちのところに行き、彼女は一頭ずつ、優しげに手を触れて頭を撫でた。とくに嬉しそうに尻尾を振ったのがメイだった。初めて菊島に会ったとき、あんなに緊張していたのに、今はまるで違う。まるで十年来の友に会ったような歓びをボーダーコリーは体現していた。

彼女を仲間と認めたのだと夏実は思う。

「ヘリを呼べば、ここまで来てくれるのにどうしてですか」

江草隊長が訊《たず》ねると、彼女は丹唇をすぼめて笑う。

「いいの。広河原まで下りて、そこで他の登山者たちといっしょにピックアップしてもらうことにしたから。本当は、来たときみたいにあなたの車で署まで戻りたかったけど、林道が復旧するまで当分かかりそうだし」

「ご自分の足で下りられることにこだわるわけですか」

江草に笑顔を見せてから、菊島は傍にいる夏実に視線を移した。

「登山は麓《ふもと》に下りてこそ終わるんでしょ？　あなたの口癖とうかがったわ、夏実さん」

「え……」

少し顔を赤らめてから、夏実はニッコリと笑う。「そうですね」

菊島は視線を移し、遠くに望める北岳の蒼《あお》い山肌を見上げて、目を細めた。

夏実もまた肩越しに北岳を振り返る。

ふっと哀《かな》しみに包まれた。

この二日間で、多くの人たちがここで亡くなった。よくある山岳事故ではなく、テロを行使するべくやってきた人間たちと、それを防止しようとした勢力との戦闘。たったの二日だったが、北岳はたしかに戦場になっていた。

それはこの山の歴史に残る最大の汚点となることは間違いない。

すべては人間のエゴのためだった。

それなのに、北岳はいま、穏やかな姿でそこに屹立《きつりつ》している。静かな表情で人間たちを見下ろしている。それがきっと山というものの大きさであり、懐の深さなのかもしれない。それに比べ、人間はなんて卑小な存在なのだろうか。

「来年辺り、林道が復旧したら、また来るわ。今度はプライベートで」

菊島の声に振り向いた夏実が笑みを浮かべた。

「ぜひ、お待ちしてます」

菊島は少し躊躇《ちゅうちょ》してから、はにかみながらこういった。「今度、来るときは私、もしかしたら名字が変わってるかも」

「え」さすがに驚いた。「それって、まさか?」

「実は、来年の一月に結婚するの」

「そうなんですか!」

夏実の大げさな反応に、かすかに頬を染めてうなずいた。

「あの……おめでとうございます。お幸せに」

「ありがとう」

彼女は微笑《ほほえ》み、向き直った。

「それから静奈さん」

ふいに名をいわれ、もうひとりの女性山岳救助隊員が驚く。

菊島は目を細めて笑い、いった。

「空手、頑張って」

静奈は絆創膏と青タンだらけの顔でじっと彼女を見つめていたが、黙って一礼を返した。

菊島はあらためて背筋を伸ばして立ち、きれいな指先をそろえて顔の横に持ち上げ、敬礼した。江草隊長や夏実たち、山岳救助隊のメンバーも、いっせいに指先をそろえ、返礼をする。

地域特別指導官の菊島優警視は全員に背を向けた。

雨に濡れ、泥に汚れ、ボロボロになった新品のザック。アークテリクスのトレードマークが、すっかり貫禄《かんろく》がついたように目立っている。馴《な》れた仕種《しぐさ》でそれを背負うと、彼女は下山ルートに向かって足を踏み出した。

森に続く狭いトレイルを踏みしめながら、しっかりした足取りで歩いていく。

秋の柔らかな日差しがその後ろ姿を優しく照らしている。

あとがき

本作品の執筆にあたり、今回も各方面、多数の方々に取材をし、ご指導、ご協力等をいただきましたことを、ここに感謝いたします。

南アルプス市白根御池小屋管理人の高妻潤一郎さん、奥様の裕子さん。同じく北岳山荘のスタッフ、とりわけお世話になった五十川仁さん（あなたはまさしくリアルな〝松戸くん〟です）。肩の小屋管理人の森本茂さん。北岳で出逢った登山者の皆様にも。

ＪＡＮＥＴ航空運航本部の保延義仁さんからはヘリコプターの専門知識について。

そして韮崎市鳳凰小屋管理人の細田倖市さん。長らくご無沙汰をしておりましたが、久しぶりに再会が実現できたことを嬉しく思います。

その他、大勢の方々のご尽力がありました。もしも作中の記述に誤りや瑕疵等がありましたら、すべては作者の責任に帰するものであります。

〈参考文献〉

『日本最悪のシナリオ　9つの死角』財団法人 日本再建イニシアティブ／著　新潮社

『［テロ対策］入門　遍在する危機への対処法』テロ対策を考える会／編著　亜紀書房

『「実践　危機管理」国民保護訓練マニュアル　テロ対策訓練の進め方』宮坂直史・鵜飼進／著　ぎょうせい

『兵士に聞け』杉山隆男／著　小学館

＊本作品はフィクションであり、実在する個人、団体とはいっさい関係がありません。

著者略歴

樋口明雄（ひぐち・あきお）
1960年山口県生まれ。2008年に刊行した『約束の地』で第27回日本冒険小説協会大賞と第12回大藪春彦賞をダブル受賞。2013年『ミッドナイト・ラン！』で第2回エキナカ書店大賞を受賞。主な著書に『狼は瞑らない』『光の山脈』『男たちの十字架』『武装酒場』、「南アルプス山岳救助隊K－9」シリーズに『ハルカの空』『天空の犬』など。

Kadokawa Haruki Corporation

樋口明雄

ブロッケンの悪魔《あくま》　南《みなみ》アルプス山岳救助隊《さんがくきゅうじょたい》K《ケー》－9《ナイン》

*

2016年2月8日第一刷発行

発行者 角川春樹
発行所 株式会社 角川春樹事務所
〒102-0074 東京都千代田区九段南2-1-30 イタリア文化会館
電話03-3263-5881（営業） 03-3263-5247（編集）
印刷・製本 中央精版印刷株式会社

ISBN978-4-7584-1278-0 C0093
http://www.kadokawaharuki.co.jp/